MATTEO STRUKUL es novelista y dramaturgo. Vive entre Padua, Berlín y Transilvania. Es licenciado en Derecho y doctor e investigador en Derecho Europeo. Ha publicado varias novelas históricas y thrillers en Italia, Estados Unidos, Gran Bretaña y Alemania.

Dirige los festivales literarios Sugarpulp y Chronicae (Festival Internacional de Novela Histórica).

Es docente en la Universidad de Roma y escribe en las páginas culturales de *Il Venerdì di Repubblica.*

Los Médici IV
La decadencia de una familia

Matteo Strukul

Traducción de Natalia Fernández

Los Médici IV
La decadencia de una familia

Título original: *Medici IV. Decadenza di una familia*

Primera edición en B de Bolsillo en España: enero, 2020
Primera edición en México: abril, 2024

penguinlibros.com

Adaptación de la portada original de Goldmann
Taschenbuch / Penguin Random House Grupo Editorial
Fotografía de la portada: Finepic

ISBN: 978-607-384-317-1

Impreso en México – *Printed in Mexico*

A Silvia
A Tim, Sergio y Chris

- **GIOVANNI DI BICCI MEDICI** (1360-1429) Piccarda de' Bueri
  - **COSIMO IL VECCHIO** (1389-1464) ⚭ Contessina de' Bardi
    - **PIERO IL GOTTOSO** (1416-1469) ⚭ Lucrezia Tornabuoni
      - **LORENZO IL MAGNIFICO** (1449-1492) ⚭ Clarice Orsini
        - PIERO IL FATUO (1472-1503) ⚭ Alfonsina Orsini
          - LORENZO II (1492-1519) ⚭ Maddalena de La Tour d'Auvergne
            - **CATERINA** Reina de Francia (1519-1589) ⚭ Enrico II di Valois-Angoulême
          - CLARICE (1489-1528) ⚭ Filippo Strozzi
        - **GIOVANNI** (1475-1521) Futuro papa León X
        - GIULIANO (1479-1516) ⚭ Filiberta di Savoia
          - IPPOLITO Hijo ilegítimo (1511-1535)
      - **GIULIANO** (1453-1478)
        - **GIULIO** Hijo ilegítimo (1478-1534), futuro papa ClementeVII
          - **ALESSANDRO** Hijo ilegítimo (1510-1537) ⚭ Margarita de Austria
    - GIOVANNI (1421-1463) ⚭ Ginevra degli Alessandri
      - COSIMINO (1454-1459)
    - CARLO Hijo ilegítimo (1430-1492)

Árbol genealógico de la familia Médici

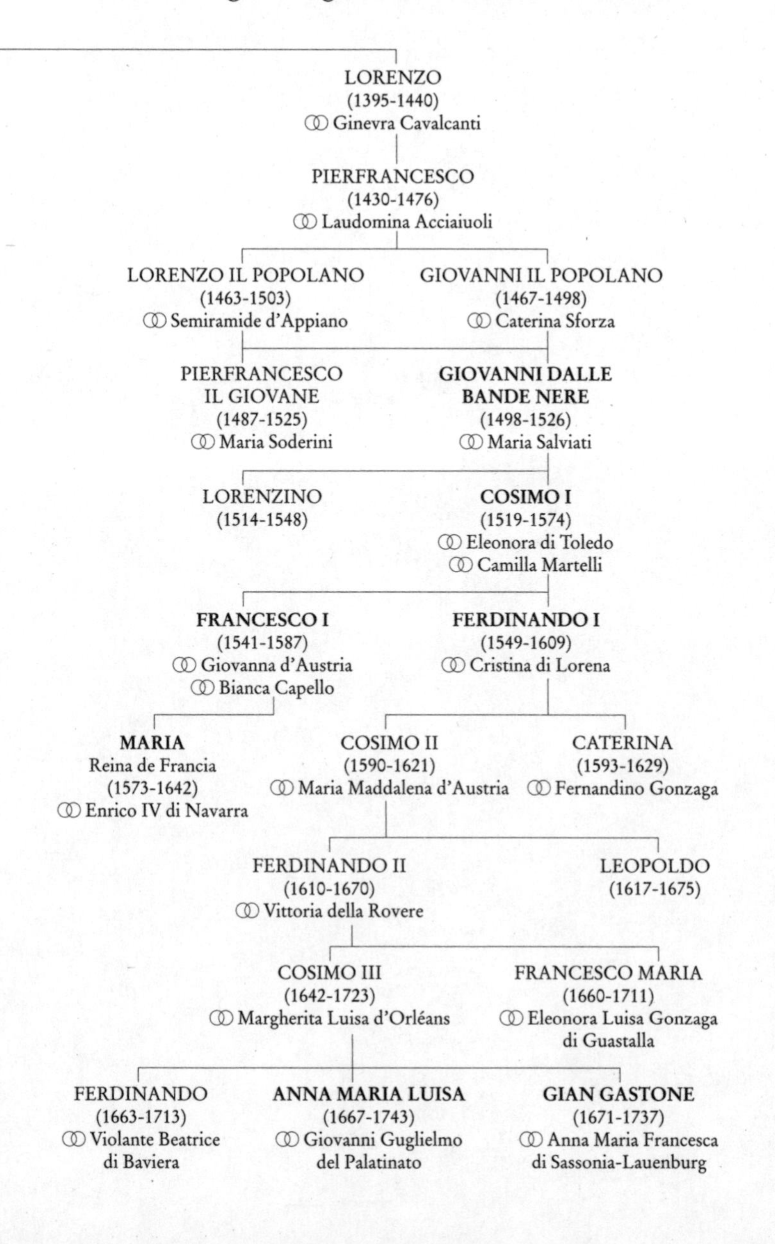

NOVIEMBRE DE 1597

Prólogo

Passitea tenía los ojos muy grandes y de un color tan cálido que recordaba la miel silvestre. Parecían ocupar casi por entero su pequeño semblante de delicados rasgos, incluso frágiles. Sin embargo, pese a su complexión menuda, revelaba de manera inequívoca una resistencia obstinada.

Cuando María la vio se quedó fascinada.

Había llegado en carroza desde el Palacio Pitti, en el distrito de Colonna, cerca de la iglesia de la Annunziata, en los alrededores de la casa que el propio Médici había concedido a Passitea y a sus dieciocho compañeras.

Expulsada de Siena por haber intentado fundar su propia orden de religiosas, aquella mujer pía y dulce había obtenido todo el apoyo de Florencia. Y ahora tan solo intentaba hacerse con un monasterio donde llevar una vida santa y misericordiosa, castigando la carne y ayudando a las almas perdidas de hombres y mujeres.

Y solo Dios sabía cuánto se necesitaba en aquellos tiempos aciagos, gobernados a hierro por el dinero, la traición y el engaño.

María la miró largamente, incapaz de apartar la mirada: Passitea vestía solamente un atuendo de arpillera. La tela estaba gastada, hasta el punto de dejar trasparentar las llagas rojas que se marcaban en sus flancos, en los puntos en que se autoinfligía profundas heridas con espinas y cadenas, agudizadas por el vinagre caliente que hacía que sus compañeras le aplicasen para mantener vivo el recuerdo del dolor y de la expiación.

Aquel sufrimiento, no obstante, no parecía doblegar de ningún modo su firme atención hacia los demás. Se dijera que, al contrario, parecía exaltar aquella actitud. Por un instante María estuvo segura de identificar un aura impalpable que la envolvía y se alejaba en lenguas claras hacia la luz pálida que se filtraba por los ventanales del gran salón.

María estaba segura de que eran el rigor y la disciplina lo que alimentaban aquella aura.

Passitea se le acercó. La tomó de las manos.

María sintió los finos dedos, fríos como el alabastro, que se entrelazaban con los suyos. No rechazó aquel contacto que se presentó tan natural y amable a su corazón.

No hubiera sabido explicar por qué, pero había algo que iba más allá de la dimensión terrenal en aquel encuentro.

Passitea tenía un don natural, una rara capacidad de comprender las penas ajenas, sin tener que pronunciar una sola palabra. Sin embargo, María se dejó ir y explicó el motivo de aquella visita. Tenía el corazón transido de emoción y el silencio la hacía sentir incómoda. Abrirse a aquella mujer era todo lo que necesitaba.

—He venido porque tengo miedo, madre. Temo por mi futuro. —Pero no halló la manera de acabar porque Passitea le puso el índice delante de la boca.

María obedeció a aquel gesto, como si una fuerza sobrenatural le hubiera robado los pensamientos y la voluntad. Se dejó guiar por aquella mujer tan singular hacia dos pequeños taburetes de madera.

Todo en aquella gran sala vacía estaba marcado por el signo de lo esencial al desnudo. El mármol claro del suelo parecía querer devolver el aire frío de noviembre. Las velas, aprisionadas en el hierro de los candelabros, estaban apagadas, a fin de que la luz artificial quedara desterrada de aquel lugar.

Aparte de los taburetes, un reclinatorio era el único mueble presente. En las tablas se distinguía con claridad una aureola de color vino, que hablaba más que mil confesiones, de la sangre que Passitea debía de haber derramado en las horas de penitencia y plegaria.

María tomó asiento en el taburete.

Frente a ella, Passitea cerró los ojos. Con las manos apretaba el gran crucifijo de madera que le colgaba en el pecho.

—Mi dulce amiga —dijo la pía mujer—, veo en vuestro rostro una preocupación que os devora, pero tenéis que tener confianza. Haced acopio de paciencia y no os angustiéis por vanas dudas, porque yo veo con claridad vuestro futuro.

—¿En serio?

María la miraba estática. Y también llena de miedo, puesto que, cuando Passitea volvió a abrir los ojos, detectó en su mirada una luz tan intensa que casi le cortó la respiración. Si no hubiera tenido una confianza ciega en ella, habría considerado a aquella mujer, sin lugar a dudas, una fanática.

—Fiaos de lo que os digo, amiga mía.

Sin añadir nada más, Passitea mantuvo los ojos en los de María, como si al mirarla pudiera explorar su alma. Y, probablemente, era así. Es más, María no tenía ninguna duda de que era así.

—Sois tan hermosa —dijo Passitea—, vuestros ojos, sinceros; vuestra piel, blanca como la nieve; esos cabellos castaños de un color tan intenso que ciega la vista de los que los contemplan... Y, sin embargo, eso no son más que leves baratijas de la vanidad, ¿lo entendéis? Tenéis que tener fe, María, abandonaos a lo que nuestro Señor ha decidido para vos. Dejad de angustiaros con preguntas inútiles. Mejor preguntaos cómo podéis servirlo y preparaos para celebrar su gloria.

—¿Qué tengo que hacer? —preguntó María de Médici.

—Pasad más tiempo orando. Visitad a quienes os necesitan, a los últimos, a los que ni siquiera saben de qué vivir.

María inclinó la cabeza, en señal de contrición. Passitea tenía razón.

Estaba muy preocupada por su futuro, tan incierto. Su tío Ferdinando le había prometido un magnífico matrimonio, pero el tiempo pasaba, y ella, con veintidós años, estaba todavía sola. Y, a pesar de su innegable belleza, parecía que nada iba a poder cambiar aquella situación.

—¿Por qué nadie me quiere? —murmuró con un hilo de voz.

Esa pregunta se escapó de sus labios, desgarrada casi por aquella sensación de insuficiencia que de vez en cuando la agredía como una enfermedad violenta.

Se arrepintió de inmediato de tales palabras porque se advertía en ellas el egoísmo y la vanidad.

Pero Passitea no se inmutó.

Le puso el dedo en el mentón y le levantó la cabeza. Luego la miró de una forma sorprendente.

Fueron las palabras que pronunció las que produjeron escalofríos a María.

—Preparaos para ser la reina de Francia, puesto que, como que me llamo Passitea Crogi, lo vais a ser. Pero que vuestro corazón no se regocije demasiado, ya que el poder terrenal corrompe el corazón de los justos y la riqueza arruina el alma.

FEBRERO DE 1601

1

La idea de Leonora

—Os digo que me odian. Todos, sin excepción. Ya sé que carezco de esas patentes de nobleza que aquí parecen indispensables. Pero os prometo que, si os ponéis de mi parte también en esta ocasión, os seré fiel hasta la muerte, reina mía.

Leonora Galigai tenía la voz temblorosa de rabia. María de Médici le daba la espalda, con la mirada aparentemente perdida más allá de las ventanas lúgubres del Louvre, que se volvían más oscuras ante el cielo plomizo de aquel invierno que parecía no terminar nunca.

La luz lívida confería tristeza pintada de sombra a la sala en la que se encontraban. Los muebles oscuros y pesados, las estanterías casi vacías. Aquel palacio estaba tan lleno de recuerdos funestos que quitaba el aliento. Era como si los soberanos anteriores no hubieran hecho nada para eliminar a los fantasmas de las tragedias que se habían consumado allá. Quizás albergaban el terror secreto de alterar un aterrador orden establecido. Al menos mil vidas se habían roto allí, en el transcurso del tiempo, y un destino de angustia y sufrimiento parecía ser todo lo que le esperaba a quien hubiera osado oponerse.

—No tenéis ni siquiera que decirlo, Leonora. Lo sé perfectamente. —María no se volvió. Su gran figura, que se intuía de una belleza majestuosa, escultural, se recortaba contra la luz sanguinolenta de las candelas—. Y creedme —prosiguió la reina—, no tengo ninguna intención de dejarlo correr. Sois mi *dame d'atours* y no me importa en absoluto si incluso mi marido a veces se queja de que ese papel tenga que asumirlo la vizcondesa de Lisle. —Al decirlo, María dejó escapar un suspiro—. Se acostumbrará a la idea. Yo no cedo, Leonora, de eso podéis estar segura.

—Os lo agradezco, sé cuánto estáis luchando por mí, y os prometo que cada gesto de afecto que me concedáis os lo devolveré multiplicado por diez.

María se volvió hacia Leonora. Sonrió. Los dientes blancos y regulares brillaban como perlas. Tenía un semblante fascinante, de rasgos simples, pero extraordinariamente hermosos, realzados por un tocado que recogía su fluida melena, enmarcándolo con una diadema de piedras preciosas. Miró a Leonora y a sus ojos negros como la tinta, esa expresión de su rostro que valía más que mil palabras.

—No tengo dudas. Hemos crecido juntas, ¿lo recordáis? ¿Y podría yo, según vos, echar a perder un pasado como ese por las peticiones arrogantes de un puñado de nobles franceses? Porque, entonces, ¿con qué atrevimiento se me pide que renuncie a vos? ¿Os parece sensato que el hombre que me traiciona con una zorra como esa tal Henriette d'Entragues tenga el valor de pretender que yo abandone a la única persona en la que tengo una confianza absoluta?

Leonora se regocijó en el fondo de su alma al escuchar esas palabras, pero no dejó entrever la más mínima emoción.

—Ese hombre es el rey, reina mía —se limitó a decir.

—Naturalmente. Y yo lo honro como marido y como soberano. Cada día, Leonora, bien lo podéis creer. Pero tampoco él puede decirme quién ha de ser mi *dame d'atours*, ¿me explico? No temáis, Leonora, os protegeré siempre. Pero es evidente que en este palacio, gris y triste como esa Francia devorada por la miseria y por la guerra, tendremos que buscar a alguien que sea nuestros ojos y nuestros oídos, ¿no os parece?

—Majestad, yo bien puedo ser tales ojos y tales oídos, si me dejáis ese honor —dijo Leonora con un celo casi excesivo.

—No lo dudo. Pero no será suficiente, creedme. Hace falta un hombre. Alguien muy hábil en el arte de la simulación y, al mismo tiempo, de la espada, que represente una garantía cierta para conseguir información vital para nuestra supervivencia. No me refiero a envidas y chismes, no. Necesito a alguien que conozca el arte de la intriga y de la política y que esté dispuesto a llevar a cabo las misiones más peligrosas y horribles; alguien a quien no le importe el buen nombre, pero que responda a sus propios intereses y que esté preparado para hacer cualquier cosa, en nombre del dinero que le podamos ofrecer. Había pensado en Concino Concini al principio, pero no creo que él sea la persona adecuada, es demasiado ostentoso e impetuoso. No, necesitamos a alguien completamente diferente.

—Y tenéis razón, reina mía. Concino os es fiel, lo puedo garantizar, pero no es un hombre adecuado para la misión que proyectáis. Y, sin embargo, creo conocer a esa persona, alguien que corresponde a vuestras demandas, majestad.

—¿De verdad?

Leonora asintió.

—Os escuchó —la animó María.

—Mirad, majestad, hay en mi círculo de amistades más íntimas alguien que responde a esas características: un joven aventurero de buen aspecto, pero lo suficientemente discreto y astuto para pasar inadvertido, puesto que siempre ha entendido que solo desde un segundo plano se tiene una vista de conjunto, hasta el punto de poder abarcar todo cuanto acontece en esta vida.

—¿Y es de confianza?

—Puedo poner la mano en el fuego por él.

—Entonces, con eso tengo suficiente.

—Lo mandaré llamar si tal cosa puede complacer a vuestra majestad.

—Hacedlo.

—De acuerdo, pues. —Pero Leonora no fue capaz de terminar la frase porque la reina quería saber más.

—¿Y cómo se llama ese héroe nuestro?

—Matteo Laforgia. Pero ha cambiado su nombre, ahora es Mathieu Laforge, para no levantar sospechas.

Una sonrisa traicionó a María.

—Un nombre falso. ¡Magnífico! —Los ojos se le llenaron de una luz deslumbrante—. Un italiano, por lo tanto.

—Un veneciano, majestad.

—¡Ah, Venecia...! —exclamó María—. ¡Qué maravilla!

—Sí —repitió Leonora—. Venecia, tierra de espías y traidores.

María pareció querer minimizar aquel detalle y dejó que su hermosa mano abofeteara levemente el aire.

—Esperemos que nuestro hombre pertenezca tan solo a la primera de esas categorías, entonces —concluyó.

—Confiad en mí, reina mía.

—Por supuesto, Leonora. —Y según lo decía soltó un suspiro liberador. Quizá después de tantos temores e inquietudes había encontrado una manera de responder golpe a golpe a todos aquellos que buscaban su final. Sabía que iba a haber una guerra que se libraría con traiciones e intrigas, pero ahora, tras haber hablado con Leonora, se sentía preparada: era una Médici y no iba a ceder fácilmente.

Como si fuera una confirmación de sus pensamientos, hizo un gesto de asentimiento.

Luego, mirando a Leonora, pronunció una declaración de guerra.

—No tengo miedo a estos franceses, Leonora. Que hagan sus jugadas. Yo haré las mías y, al final, ya veremos quién queda en pie.

2

Historia de un espía

París era en aquellos días la esencia misma del vicio y de la violencia: un hervidero del infierno arrojado a la tierra, en el que los pobres y los desamparados se retrepaban los unos a las espaldas de los otros en el desesperado intento de salir adelante y sobrevivir.

En los barrios populares las calles no eran más que callejones malolientes de barro y excrementos; las casas, erupciones deformes y desordenadas que crecían arracimadas, tupiendo los espacios en un cúmulo de techos y mampostería que impedía que se viera el sol.

Los palacios de los nobles resultaban algo más fascinantes, pero, en el interior, la violación y el asesinato tenían lugar en igual número, si no mayor.

El Sena atravesaba la ciudad como un arroyo maldito, tal era el número de muertos que acababan ahogados o simplemente degradados como basura blanca.

La plaza de Grève veía las horcas en perpetuo funcionamiento, los prostíbulos aumentaban día tras día y ni siquiera las iglesias parecían sustraerse a aquella orgía desenfrenada de odio, violencia y sexo desmedido.

Bajo el dominio de Enrique IV de Borbón, París se había vuelto, aún más, un gigantesco escenario de depravación, como si la noche de San Bartolomeo, acaecida treinta años atrás, no hubiera enseñado nada a sus habitantes.

Matteo Laforgia conocía bien aquel hecho. Había llegado a la capital francesa con la esperanza de hacer fortuna en el séquito de la florentina Leonora Galigai, protegida de la reina, hasta el punto de convertirse muy pronto en *dame d'atours*.

Había decidido de inmediato cambiar su nombre y había comprendido, a decir verdad, de manera veloz, que ese rostro suyo de rasgos regulares, que en el pasado había hecho suspirar a más de una doncella, podría servirle de ayuda en muchas ocasiones.

Criado a la sombra del campanario de San Marco, Matteo había ejercido de ladrón y embustero profesional a sueldo de un noble veneciano. Al descubrirse el engaño contra un caballero algo irascible y vengativo, había dejado la Serenísima República y se había dirigido a Florencia.

Ahí había prosperado como espía y sicario, haciendo buen uso de su experiencia y, precisamente por esas virtudes, se hallaba ahora en la capital francesa.

Se dedicaba a caminar por las calles, holgazaneando como un cantamañanas. Llevaba un jubón gris oscuro, pantalón abombado y una capa de tela del mismo color. No usaba nada para cubrirse. No llevaba consigo ni espada ni pistola, para evitar llamar excesivamente la atención. Y, sin embargo, si alguno se hubiera tomado la molestia de registrarlo tal vez habría encontrado el puñal que llevaba oculto en el bolsillo interno de la manga derecha del jubón.

Tenía el pelo largo, aunque no demasiado para la moda de

aquel tiempo. Bigotes regulares sobre unos labios igualmente regulares. No había nada, en definitiva, en su aspecto que lo convirtiera en un hombre de encanto considerable. No era feo, pero podía perfectamente pasar inadvertido.

Esa era la manera en que le gustaba entremezclarse con la marea humana de la ciudad para campar a sus anchas. Sin embargo, si hubiera sido necesario, no habría tenido ninguna dificultad en sacar cualquier disfraz con tal de camelar al prójimo.

Era un arte que dominaba a la perfección. Y que le había procurado, con el tiempo, más de una ventaja.

Pero, de cualquier modo, no era su intención disfrazarse en ese momento. Tenía preocupaciones bien distintas, puesto que ese día tenía que matar a un hombre.

Alcanzó con la vista el mercado de Les Halles; era temprano por la mañana. En aquel lugar, desde las primeras luces del alba, hombres y mujeres de toda condición se inclinaban sobre los puestos de carne y pescado. Las galerías cubiertas permitían a todos los comerciantes de la región exponer y vender sus mercancías, sin importar el tiempo: no había diferencia si llovía o hacía sol. Por encima de aquellas galerías había casas, iglesias y hoteles, en un delirio de edificios con las formas más extrañas.

La verdad era que en Les Halles, que había nacido como centro de intercambio, pululaban no solamente compradores, sino también ladrones, prostitutas, asesinos y bandas de criminales de la peor ralea, y todas las mercancías hallaban su lugar en los puestos, sin excepción: no solo fruta y verdura, quesos y embutidos, sino también cuero, pieles, telas, zapatos, sombreros, muebles, cubiertos, enseres de decoración y armas.

Laforgia, o mejor Laforge, como se hacía llamar ahora, sabía perfectamente que el hombre al que tenía que matar se encontraría esa mañana entre los puestos de tela y los de sombreros. A monsieur de Montreval, tal era su nombre, le gustaba vestir con elegancia, incluso más: era un verdadero dandi, y no había semana en que no exhibiese en la corte un nuevo jubón o una chamarra ostentosa o tal vez un sombrero de forma particularmente atrevida. Y, no obstante, más allá del buen vestir, hacía gala de una lengua demasiado larga, tanto que, en el intento de conquistar el corazón de la condesa de Bernais, no había vacilado en escupir hiel sobre Leonora Galigai, sosteniendo que era un escándalo que una mujer privada de toda patente de nobleza hubiera llegado a donde había llegado ella sin tener más título que el de ser amiga de María de Médici. Una italiana como *dame d'atours* de la reina de Francia era una vergüenza. Concino Concini, noble florentino, amigo íntimo de la Galigai, hasta el punto de que había quien apuntaba que era también su amante, había echado sapos y culebras por la boca. Había proclamado que rebanaría el cuello a quien osara repetir tales palabras. Pero Concino era así: puro blablablá. No era que no fuera peligroso —que lo era, y de qué modo—, sino que cada acción llegaba acompañada de infinidad de fanfarronadas. Había en él una teatralidad innata. Sin embargo, la mayoría de las veces aquella manera ostentosa de actuar revelaba falta de eficacia.

Leonora era completamente diferente. No estaba en ningún caso dispuesta a dejarse insultar con impunidad y, puesto que intentaba realmente acallar aquellos rumores, había dado órdenes precisas a Laforge: aproximarse al tipo y cerrarle la boca.

Para siempre.

La misión se llevaría a cabo con la mayor discreción posible y a la velocidad del rayo, dejando a todo el mundo aquella desagradable sensación de que algo fatal le ocurriría a quienquiera que se atreviera a desafiar a Leonora, y sin que por ello se le atribuyera a ella la eliminación de monsieur de Montreval.

Y precisamente por esa razón, Mathieu Laforge no había dejado de seguir, oculto en las sombras, al inconsciente caballero. Pero este último, que no era para nada un león en lo que se refiere a valentía, iba siempre escoltado por un fulano armado hasta los dientes, dispuesto a entrar en acción para defenderlo a la primera señal de alarma.

Y así, con el objetivo de distraer al guardaespaldas, que sentía debilidad evidente por las mujeres hermosas, Laforge había ideado un truco simple, pero eficaz.

De hecho, le había pedido a una guapa pescadera que girara su cabeza hacia el gascón en el momento oportuno, de modo que él pudiera aprovechar aquella distracción para atacar.

3

Promesas a una amante demasiado incómoda

El rey no daba crédito a lo que estaba escuchando.

—¿Qué es lo que decís? —gritó. Las venas hinchadas, sobresaliéndole del cuello, parecían a punto de reventar. La mujer que tenía delante era capaz de convencerlo, pero, al mismo tiempo, también de sacarlo de quicio como ninguna otra persona que conociera. Le acababa de pedir, de manera bastante educada, que le ratificara el documento debidamente firmado de su puño y letra hacía más de un año, con el cual prometía ante su padre, monsieur François de Balzac, y ante Dios, tomarla como esposa. Con una condición: que concibiera un hijo.

Y ahora su favorita le había confesado precisamente eso: que esperaba un hijo suyo. Y pretendía que hiciera honores a su promesa.

Pero Enrique IV de Francia no tenía intención alguna de hacerlo.

Henriette d'Entragues frunció el ceño. Lo hacía siempre que las cosas se le torcían y, en ese momento, hacerse la víctima resultaba el arma más eficaz.

—¿Acaso vuestra majestad se ofende? ¿No fuisteis vos quien me juró que daría cumplimiento a tal promesa?

El rey miró ese semblante menudo tan hermoso y sintió su propia voluntad vacilar por un instante. Pero se rehízo de inmediato: ¡esa mujer no siempre tenía que salirse con la suya! ¡Por Dios! Se había comportado como un demente temerario cuando había firmado aquel maldito juramento. En su momento no había valorado en su justa medida aquel gesto, convencido de que la absurda pretensión de casarlo se atenuaría y que Henriette se conformaría con su papel de favorita, que, pese a todo, él le concedía.

Pero en cambio, pese a su convicción, nada había salido como había previsto. No solo el padre de la chica pretendía la ejecución del contrato y, precisamente por esa razón, Henriette se negaba a devolvérselo, sino, lo que era peor, Henriette misma insistía en aquel absurdo plan e intentaba minarlo utilizando al niño como moneda de cambio.

El rey sacudió la cabeza, desesperado y lleno de disgusto. Le parecía que los requerimientos de Henriette eran tan injustos que resultaban ultrajantes.

—¿No veis que os he dado todo lo que puedo? —dijo con un hilo de voz—. ¿Y no os basta? ¿Acaso no os garantizo los ingresos de una reina? ¿No os he dado honores y riqueza? ¿No ha sido suficiente con que hiciera preparar para vos aposentos y estancias dignas de la mujer más noble de Francia? ¿O que os reconozca el marquesado de Verneuil? ¿Qué más queréis? ¿Queréis mi ruina, Henriette? Porque, os lo garantizo, una recompensa como esa no me veo capaz de concedérosla. No hay nadie que se sienta más feliz por ese niño, podéis creerme. Pero no voy a permitir que lo uséis en mi contra.

Henriette fingió no comprender.

—Enrique, mi único amor, sabéis muy bien que tenía toda la intención de devolveros esa carta que vos firmasteis con el objetivo de demostrarme cuánto me amáis. Ahora veo, muy al contrario, que se trataba únicamente de una vergonzosa maniobra para tranquilizarme, a la luz de ese matrimonio que os ha arrancado de mí para siempre y os ha entregado a esa florentina perversa y arribista.

—¿Cómo osáis hablar de María de ese modo? —Los ojos de Enrique relampagueaban de rabia: para todo había un límite—. No os permito que habléis de esa manera de la reina, ¿me he explicado?

Henriette se mordió el labio inferior. Hacer enojar al rey más de lo que estaba no servía de mucho y tenía que recordar que justamente esas ofensas hacia la persona de la Médici eran el mejor modo de quitarle la razón. Tenía que recordarlo. Pero, muy al contrario, sus celos proverbiales la llevaban siempre a exagerar tontamente, con el resultado de no obtener todo aquello que quería.

—Enrique, os lo ruego: tenéis razón —dijo, con la idea de bajar el tono—, no quería faltarle el respeto a vuestra esposa. Pero ¿cómo pensáis que me siento viéndome apartada a un lado de este modo? Vuestro matrimonio ha sido el funeral de mi amor. Hasta hace unos meses no teníais ojos más que para mí, pero desde que ha llegado esa mujer me habéis olvidado por completo.

Según lo decía, Henriette logró que se le escapara una lágrima. Cayó como una perla de cristal sobre su mejilla clara.

—Entonces..., ¿no os importo nada? ¿Y tampoco nuestro niño? —presionó.

Inclinó la cabecita a un lado y un mechón de cabellos rubios fue a parar, pícaramente, sobre su rostro.

Era condenadamente irresistible.

Y Enrique, que sufría su fascinación más que cualquier otro hombre, estuvo a punto de volver a caer en la trampa.

Pero, al menos en esa ocasión, lo que estaba en juego era una apuesta demasiado alta para dejarse llevar: se arriesgaba a comprometer el reino.

—Henriette, no abuséis de mi paciencia. Os aconsejo que encontréis esa maldita promesa y me la devolváis. Estoy seguro de que con sentido común y discreción descubriremos cuál es el modo de ser felices los tres: la reina, vos y yo. María es consciente de que no pretendo renunciar a vos, pero no está dispuesta, y con razón, a ser humillada. Por no hablar de que es una mujer fascinante y con temperamento, y de modales exquisitos. Sabiendo perfectamente el lugar que vos ocupáis, ha aceptado con serenidad ese hecho. Con gran madurez e inteligencia. En cambio, vos seguís jugando con fuego. Poned cuidado en no estirar mucho la cuerda, Henriette, puesto que ya tenéis una idea más bien exacta de lo que soy capaz. No quiero tener que obligaros...

—No osaréis —dijo Henriette, fulminándolo con la mirada.

—Tal vez no hoy —le espetó él—, pero tened por seguro que, mañana o pasado mañana o el otro, haré lo que sea para volver a recuperar aquella promesa que os hice por escrito. No tengo ninguna intención de negaros el papel que os he concedido, por lo menos no todavía; pero recordad que se trata de concesiones y que no se os debe nada. Del mismo modo que os he elegido, bien puedo olvidarme de vos. O de vuestro hijo. ¡El rey soy yo! —Y mientras pronunciaba esas palabras, Enrique dejó escapar una sonrisa amenazadora.

—Este niño es también vuestro. No tenéis corazón —insistió Henriette, y en ese momento las lágrimas empezaron a caer copiosas.

Pero el rey ya se había cansado.

—Recordad, entonces, que no tengo intención de rogaros una vez más. Tratad de devolverme esa carta. Cuando se acabe ese asunto podré finalmente alegrarme por el nacimiento de nuestro hijo. Hasta entonces tendré que pensar en las prioridades que mi papel me impone.

Y sin añadir nada más, Enrique se dirigió hacia la puerta y se fue.

Casi instintivamente, Henriette miró hacia el gran espejo de la pared. Vio sus propios ojos arrasados en llanto.

Pero las suyas no eran lágrimas de desesperación. Eran de rabia. Encontraría la manera de hacérselo pagar a esa zorra de los Médici. Y también se lo haría pagar al rey.

4

El accidente en el mercado

Laforge observaba a escondidas a monsieur de Montreval entre la multitud de Les Halles. La ocasión era propicia. Entre los gritos de los vendedores que elogiaban las cualidades de sus productos y la muchedumbre que se apiñaba delante de los puestos, llevar a cabo la misión no debería resultar demasiado complejo.

Sin embargo, no quería subestimar la tarea.

Fue en el preciso instante en que la hermosa pescadera llamó la atención de Orthez cuando Laforge entró en acción.

La mujer tenía unos profundos ojos azules y el cabello rojo como ráfagas de árboles en llamas. Una pequeña joya destacaba en su generoso escote.

Inclinándose hacia delante para magnificar su mercancía, plantó sus ojos en los de Orthez. Pero todas las cosas buenas de Dios cegaban al hombre.

—Señor mío —dijo la pescadera—, ¿habéis visto alguna vez unas truchas más frescas que estas?

El gascón volvió la mirada hacia la pecera. Pero fue solo

un instante, porque inmediatamente después una fuerza irresistible lo atrajo hacia el pecho prominente de aquella mujer tan hermosa como impetuosa y salvaje.

Laforge no perdió el tiempo.

Vio a monsieur de Montreval, que, completamente ajeno a todo ese montaje, se estaba probando un sombrero de ala ancha. No del todo convencido, lo había vuelto a dejar en su sitio. Se lamentó de la multitud que presionada de todas partes, lo que le impedía tener espacio suficiente incluso solo para moverse.

Laforge se acercó.

Fingiendo transitar su propio camino, golpeó con el hombro el de Montreval. Al mismo tiempo extrajo el cuchillo que llevaba oculto en la manga y lo apuñaló dos veces en el corazón.

Fueron dos flashes, dos golpes tan rápidos que resultaron imperceptibles, escondidos como estaban bajo las amplias capas del manto. Inmediatamente después, Laforge prosiguió su camino y desapareció de la vista, engullido por la muchedumbre del mercado.

Montreval se llevó las manos al pecho.

Había recibido aquellas dos puñaladas de modo tan rápido y letal que no tuvo siquiera tiempo de respirar.

Percibió una especie de mordisco ardiente en el pecho, como si un aguijón gigante lo hubiera clavado de manera inadvertida, aparecido quién sabe de dónde. Se dobló ligeramente hacia delante hasta vomitar; luego, una bocanada de sangre.

Entonces se desplomó, tomando aire y agarrándose desesperadamente a los hombros de un hombre que estaba frente a él.

—*Mort-dieu!* —gritó el último en cuanto vio lo que había ocurrido—. Este hombre se está muriendo.

Como si tuviera la corazonada de que aquel asunto le tocaba de acerca, Orthez miró a su alrededor como si esas palabras hubieran azotado el aire y él hubiera percibido el chasquido cortante. Se llevó instintivamente la mano a la empuñadura de la espada, enfundada en una vaina que sobresalía de su capa de tela como una cola. Apartó los ojos de la pescadera y se volvió en dirección al grito.

Y vio, a poca distancia, a su amo desplomado. Un par de hombres intentaban abrir espacio y colocarlo en el suelo.

—¡Monsieur de Montreval! —Y las palabras le salieron en un alarido ahogado.

Orthez corrió, pero en cuanto llegó a donde se encontraba su amo entendió que la situación era desesperada.

—¡Moveos! —gritó el gascón—. ¿No veis que no puede siquiera respirar? ¿Quién ha sido? ¿Quién lo ha agredido?

Los ojos negros se apoderaron del espacio circundante como si fueran las garras de un ave rapaz. La mirada de Orthez llameaba, inyectada de culpa y rabia, una mezcla incendiaria y peligrosa para cualquiera que le saliera al paso.

Pero a pesar de la ira y la frustración halló tan solo rostros vacíos, los semblantes de ciudadanos bondadosos de París que le devolvían preguntas silenciosas.

Y eso era todo.

Sacudió la cabeza.

Quien lo había atacado se había marchado hacía un buen rato. Y él no podía hacer nada más que contemplar su propia ineptitud.

Miró a su amo, extendido a los pies de los puestos de sombreros: el jubón empapado de sangre, un charco rojo que inundaba el suelo y se extendía como una capa escarlata debajo de él.

Montreval tenía sus ojos azules abiertos de par en par. Parecía como si hubiera visto un fantasma; el rostro era una máscara de terror, congelado en el *rigor mortis* que avanzada, ávido de poseer su vida.

Algunas burbujas rojas le estallaban en los labios. Montreval aún tuvo tiempo de soltar un jadeo. Luego expiró.

Orthez se quedó de pie en medio del mercado, mientras la gente se iba alejando. Parecía un apestado. De repente, alrededor del gascón se hizo un vacío, la multitud se retiraba como una marea, dispersándose en diferentes direcciones.

¡La pescadera!

Orthez volvió la vista hacia el puesto donde poco antes se había detenido a intercambiar miradas con aquella mujer hermosísima.

Pero en su lugar ahora había un hombre de larga barba.

¡Se habían burlado de él como si fuera un niño! ¿Cómo había podido ser tan idiota? Orthez volvió al puesto de pescado.

—¡La chica! —tronó.

—¿Perdón, señor? No le entiendo.

—La mujer pelirroja que estaba aquí hace un rato. ¿Adónde fue a parar? —Y mientras preguntaba, Orthez desenvainó la espada hasta la mitad, haciendo que brillara el acero como la mejor prueba de sus intenciones.

Pero el comerciante no se inmutó. Era grande y gordo, tenía anchas espaldas, y se podía jurar que era fuerte como un toro.

—¿Os referís a Colette?

—No lo sé... ¿Se llama así?

—A fe mía, señor. Es la única pelirroja que conozco.

—¿Dónde está ahora?

—Se fue. Me dijo que tenía negocios pendientes.

—¿Y vos la habéis dejado que se fuera?

El hombre lo miró con astucia.

—¿Qué tenía que haber hecho, según vos? —Su voz sonó amenazante—. Colette me echa una mano de vez en cuando en el puesto de pescado a cambio de un cubo de gambas. No tiene horarios y le agradezco que me elija a mí antes que a otros. Cuando está ella, los clientes pican como peces en el anzuelo.

Orthez entendió que no había mucho que discutir.

—¿Adónde se fue? —preguntó una vez más, pero con menos convicción.

—¿Y quién lo sabe? —respondió el otro.

El gascón dejó escapar una maldición entre dientes. Después, sin añadir nada más, se volvió sobre sus propios pasos.

No podía abandonar a su señor donde estaba.

Pero alguien parecía haber pensado ya en ello, puesto que estaba llegando la guardia real.

Orthez reflexionó a toda prisa: tenía que tomar una decisión velozmente. ¿Era más importante mantener la lealtad hacia el hombre que hacía un tiempo lo había alentado, o salvar la piel? No vaciló un segundo.

Entonces, sin pensárselo dos veces, tomó la dirección opuesta a aquella por la que iba llegando la guardia.

5

Dos anuncios diferentes

Entre sus tantas virtudes, el rey de Francia se reconocía a él mismo una en particular: la de ser un gran amante. Quizá por todo lo que había tenido que sufrir en su juventud, quizá por una mayor consciencia de su propia fascinación, alcanzada únicamente con la madurez, había pensado mucho, en aquellos años, en dedicar todo su ser a las mujeres, tanto que Francia entera tenía conocimiento de su extraordinario vigor sexual y sus muchos, incluso demasiados, amoríos.

Sin embargo, todas sus amantes, y eran unas cuantas, se difuminaban en comparación con María, su reina.

Hasta la misma Henriette.

La suerte, por una vez, lo había favorecido, pensaba, mientras miraba, arrobado, aquella piel diáfana, clara y suave como el terciopelo.

Estaba completamente subyugado por la belleza de la Médici. Sus marcadas curvas, esos pechos grandes y tiernos en los que le gustaba perderse, las caderas imponentes pero firmes, su cuerpo bien moldeado, hecho para que lo poseyeran y al mismo tiempo para convertirse en la catedral en la que perder el sentido.

Y además las piedras preciosas con las que a María le gustaba adornarse, algunas de las cuales no se las quitaba ni en los momentos más íntimos, que le otorgaban detalles fabulosos: el collar de rubíes que le brillaba ardiente sobre el pecho, las piedras perfectas flotando, casi, en la curva de los pechos. Y las perlas que acariciaban las muñecas.

Pensaba en todo eso mientras daba un beso sobre los labios de coral de María. Y luego otro, y otro más. Cuando estaba con ella todo parecía desaparecer de repente: las preocupaciones, los problemas, las intrigas y los engaños. Y él volvía a ser un hombre libre de amar, de tocar, de poseer.

La reina sonreía en silencio. Enrique le acariciaba el rostro. Tenía grandes ojos y pómulos altos; la piel perfectamente lisa, como de porcelana, impregnada de una palidez rosada y esos tonos que le cautivaban el pensamiento.

¡Y qué inteligente era María! No como las otras mujeres: celosas, cautelosas, crueles. ¡Nada de eso! En ella coexistían la magnanimidad y una generosidad tan grandes como Francia.

Enrique la besó sucesivamente en los blancos brazos. Saboreó aquella carne tan compacta, como si fuera un manjar. La mordisqueó ligeramente mientras ella se abandonaba por completo, entornando los ojos.

Hubiera podido pedirle cualquier cosa en un momento como aquel. Pero María no se aprovechaba de ello, lo que la hacía todavía más deseable. No intentaba sacar provecho o beneficio de su proverbial atractivo.

Y esa pericia suya indudable en asuntos de la vida hacía de ella una amante maravillosa, llena de sorpresas y dispuesta a experimentar.

María hizo el amago de sentarse en la cama. Las sábanas cubrían sus abundantes senos. Los cabellos castaños le caían sueltos por la espalda en mechones suaves y relucientes. Sonrió.

—Tengo que deciros una cosa, amor mío —confesó con aquella voz suya cálida y profunda.

Enrique estaba absolutamente subyugado.

—Habladme, hermosa mía. Estoy listo para escucharos.

María apartó la mirada un instante. Luego, de repente, volvió a encontrarse con sus ojos.

—Majestad, espero un hijo vuestro.

Por un momento aquella noticia dejó a Enrique estupefacto, como si no hubiera entendido. Luego, sin embargo, todo se volvió claro y una alegría irrefrenable pareció explotar en aquel rostro áspero y, por lo general, hasta demasiado ceñudo y lleno de arrugas.

—Mi reina, vos me dais la más grata de las noticias, no podía esperarme una buena nueva más hermosa. —Y la besó tiernamente.

Dejó vagar la mirada, feliz con aquella confesión inesperada. Por unos instantes se quedó traspuesto mirando las copas de jaspe que María había hecho colocar en sus aposentos. Lámparas de alabastro y pequeños candelabros en oro *vermeil* salpicaban de gemas de luz la gran estancia y rebotaban en las superficies transparentes de los muchos espejos venecianos.

Aquellas maravillas parecían amplificar la alegría que le crecía en el alma.

María iba transformando su propia vida justo a medida que iba cambiando aquel Louvre tan oscuro y arruinado: llevando la luz, la felicidad, el calor de la vida.

—Vos, María, sois mi bendición —admitió el rey con una nota de emoción en la voz.

Ella lo abrazó. Le besó la espalda con dulzura. Pero luego aquella inocencia parecía dejar lugar a otras sensaciones muy distintas. Enrique sintió los dientes de ella buscando su espalda. María lo mordisqueó. Después le torturó deliciosamente los costados, y entonces le apoyó una superficie fría en la cintura.

No comprendió de qué se trataba, pero luego detectó entre las manos de ella un diamante grande como una avellana.

—Sois tan lasciva, reina mía, que si no os supiera fiel y enamorada empezaría a dudar de vuestra virtud.

A Enrique le gustaba burlarse de ella de ese modo. Y aunque sabía que se exponía a posibles agravios por su notable infidelidad, casi disfrutaba al hacerlo y al ver cómo María lo dejaba correr.

Y así, lo mantenía ligado a ella. Desde que había llegado a la corte de Francia, su interés por Henriette y por todas las otras había disminuido mucho. Y no solo y únicamente por el hecho de que María representara una novedad, y del tipo más seductor, sino precisamente por aquella actitud suya descuidada, como si después de todo estuviera convencida de que ninguna de las amantes del rey estaba realmente a su altura.

Enrique suspiró.

Era feliz.

Le acarició una mejilla. Y le besó apasionadamente los labios.

—Ahora bien —dijo—, el hecho de que esperemos un hijo no significa que tengamos que renunciar a los placeres de alcoba. —Y, sin decir nada más, tomó una mano de su esposa y la condujo allá donde su placer se estaba volviendo más intenso.

—Os digo que es un hecho consumado, mi señora.

En otra estancia del Louvre, no demasiado lejos de aquella en la que los soberanos se entregaban a su propio amor, Leonora Galigai recibía a Mathieu Laforge.

Según lo acordado, aquel hombre tan singular había acudido a ella en cuanto ejecutó su misión, exactamente como ella le había ordenado.

—Entonces..., ¿ese hombre ha dejado de respirar?

—Le he perforado el corazón dos veces —concluyó Laforge con absoluta frialdad.

Leonora lo miró intensamente. Sus ojos negros parecían leerle el corazón, pero Laforge no le hizo caso. Su semblante, hermoso pero de una belleza casi despreciable, no transparentó ninguna emoción. Era como si, pese a ser joven, hubiera llegado a cultivar un envidiable autocontrol y una notable capacidad de simulación, virtudes aún más preciadas en una corte donde el chisme y la intriga eran principios en los que basar la propia conducta.

—¿Os ha visto alguien, Mathieu? —prosiguió Leonora.

—En absoluto. La multitud de Les Halles ha sido la mejor garantía.

—Muy bien. —Ella no fue capaz de reprimir una sonrisa de satisfacción.

Entonces, sin detenerse más, se acercó al magnífico escritorio de madera, delicadamente tallado. Se sacó de la manga del suntuoso vestido una llave de plata y la metió en la cerradura del mueble, haciéndola chasquear.

El estante se abrió, mostrando un nicho interno. Leonora extrajo una bolsa tintineante. Después de haber cerrado el mueble, se la entregó a Laforge.

—Esto para vos, monsieur, cincuenta escudos de oro por las molestias, a cuenta de lo pactado por vuestros servicios.

Laforge se inclinó.

—Os lo agradezco, madame —dijo con deferencia. Sin embargo, tampoco en esa ocasión se prodigó con modales excesivamente afectados o particularmente elegantes. Todo en él estaba estudiado para mantener una mesura, como si sus gestos tuvieran que imitar el concepto mismo de normalidad.

No era un hombre que se hiciera notar, con esa manera de vestir siempre sobria, contenida, casi invisible. Por el contrario, construía su propio éxito, como espía y sicario, sobre la posibilidad de que uno pudiera olvidarse de él en un instante. Parecía nutrirse de sombras. Y ese hecho le gustaba tremendamente a Leonora.

Era el hombre perfecto para la reina, pensó una vez más.

Así que llegó muy pronto a confesarle lo que tenía la intención de decirle desde el inicio de su conversación.

—Monsieur Laforge, o quizá deba decir messer Laforgia, puesto que os conozco de hace tiempo.

—Como os guste más, señora mía —respondió él.

—Habréis oído hablar de las muchas amantes del rey, imagino.

—La noticia no me resulta nueva.

—Y sabéis, ciertamente, entonces, que su favorita...

—Es Henriette d'Entragues, marquesa de Verneuil —completó él.

—Exactamente. Entonces —continuó Leonora—, vos sabéis lo querida que es para mí nuestra reina y tendréis conocimiento cierto del hecho de que ella experimenta hacia mí un sentimiento de sincera amistad.

—Hasta el punto de nombraros su *dame d'atours*, señora mía, con gran desdén de muchas nobles francesas —observó Laforge.

—Estáis bien informado, Mathieu, porque es así como os llamaré.

—Estar informado es la base misma de mi oficio —respondió el sicario y, al decirlo, sus ojos grises la delataron, por un instante, un destello. Pero desapareció de inmediato, tanto que Leonora se preguntó si lo habría soñado.

—Muy bien. Pues esta es mi petición.

—Soy todo oídos, señora mía.

6

El encuentro con la reina

Por la noche, María había decidido encontrarse con el espía del que le había hablado Leonora Galigai. Por consejo de su amiga había salido en carroza y había llegado al lugar elegido para el encuentro: una pequeña casa en la calle de Vaugirard. Había optado por un vehículo sin insignias para no levantar sospechas. Un par de guardias, vestidos como caballeros ordinarios, la habían acompañado.

Leonora Galigai la esperaba allí. La reina tuvo la sensación de que no era la primera vez que Leonora utilizaba aquella casucha para llevar a cabo sus reuniones secretas. Pero no quiso ahondar en ello. Y, por lo demás, los rumores que circulaban en la corte confirmaban de lleno aquella sospecha. Desde hacía ya unos días algunos de los nobles más destacados no ocultaban el hecho de que creían que había sido por orden de Leonora por lo que monsieur de Montreval había pasado a mejor vida. Los guardias del rey, de hecho, lo habían encontrado boca abajo en el mercado de Les Halles. Una investigación rápida había revelado que el caballero había sido alcanzado por una doble puñalada en el pecho.

Obviamente, nadie estaba en condiciones de probar que detrás de tal acción estuviera Leonora, pero el hecho de que, tan solo unas semanas antes, Montreval hubiera insultado a la Galigai sembraba en muchos la duda de si lo que había ocurrido no debía de ser una venganza de la *dame d'atours*. Por supuesto que podía tratarse de su pretendiente, Concino Concini, noble florentino, de temperamento visiblemente fogoso, pero aquella manera de proceder no era la suya. Cuanto más pensaba en ello, más se convencía María de que tenía que haber sido Leonora la que había ordenado el asesinato.

María conocía bien a Leonora y sabía que la movían desde siempre una voluntad de hierro y una agresividad nada comunes. Ese ángulo suyo la espantaba. Pero sabía, al mismo tiempo, que vivía en un nido de serpientes; un lugar, el Louvre, donde casi toda la nobleza francesa estaba en su contra: por el hecho de ser italiana o, peor todavía, florentina, por ser hermosa y fascinante, y por no ser noble, con esa nobleza de sangre que se le exige a una reina. María era la primera después de Catalina de Médici, que, hasta hacía poco más de diez años, había sido la reina de Francia más odiada de la historia. Y ahora ella parecía destinada a ocupar su lugar.

Por lo tanto, en un último análisis, esa voluntad de pensar en su propia seguridad de manera despiadada y absoluta, poniendo de su parte a un hombre que era, al decir de Leonora, el mejor espía disponible, podía ser una idea nada extravagante. María se fiaba de su amiga, aunque contratar a un hombre así para que Enrique recuperara aquella demente promesa hecha hacía ya un tiempo a Henriette d'Entragues, presentaba márgenes de riesgo bastante considerables.

Desde que había llegado a París había comprendido que la mejor manera de evitar problemas era crear una red de unos pocos amigos de confianza y apoyar a su marido, incluso en sus vicios, sin demasiados celos ni agravios innecesarios. Enrique no era un niño, y a partir de ese momento se iría amansando. Aquellos ardores eróticos suyos cederían con la edad, y en ese momento ella sería la única mujer de su vida: esposa y reina.

En definitiva, bastaba con dejar pasar el tiempo. Sin propiciar intrigas inútiles. Ella era hermosa y sabía cómo darle placer. Y, sin embargo, era muy cierto que aquella promesa consignada en papel, peor aún, en documento oficial, corroborada por un testigo de autoridad y por escrito, representaba un problema no menor.

Algo que iba mucho más allá de la envidia estúpida y las vanas tramas de corte.

No era secreto para nadie el hecho de que, no solamente Henriette, sino toda la familia e incluso una parte de la nobleza, era extremadamente favorable a que el rey la repudiara y tomara como esposa a Henriette.

María no creía que Enrique llegara nunca tan lejos, en parte porque también se sentía bastante segura de su superioridad, pero, por el contrario, no podía excluir que aquel problema, en ese momento aún manejable, no pudiera agravarse en el futuro, especialmente si se alimentaba con envidia y frustración.

Y esos sentimientos eran los que experimentaban los parientes de Henriette. En particular su hermanastro Carlos de Valois, conde de Auvergne, que no ocultaba que apuntaba al trono de Francia. Y tener descendencia, legitimada en un matrimonio real, también podría hacer encender esperanzas ahora inactivas. Tanto más si, junto con él, estaba, asimismo, Carlos de Gontaut, duque de Biron y mariscal de Francia, que parecía querer aprovecharse de la situación. En suma, entorno a las pretensiones de Henriette d'Entragues iba gestándose una maniobra mucho más amplia y peligrosa. Y Enrique parecía no percatarse. O quizá su orgullo de gran amante lo cegaba hasta el punto de no ver aquellas oscuras tramas. Ciertamente, no era un estúpido, y para arrebatar la corona a los Valois había demostrado tanta astucia como valor. Pero ahora estaba cansado, deseaba la paz y la serenidad, y por ello tendía a minimizar y a infravalorar aquellas fuerzas subversivas que, sin embargo, iban aumentando día a día.

El rey había obtenido del papa la dispensa matrimonial con Margot. Aquella reina había sido tan hermosa en el pasado como repugnante y horrible en el presente. Por si fuera poco, una mujer despiadada y obsesiva con los apetitos que satisfacía, sin compromisos, con orgías de toda especie. Se decía que sus ardores sexuales superaban a los de su exmarido, tanto que, como contrapartida al divorcio, parecía que Margot había exigido una renta de trescientas mil libras y un contingente de jóvenes favoritos a los que violar y poseer a todas las horas del día.

Fueran verdaderas o falsas aquellas leyendas, lo cierto es que María había visto una sola vez a la reina y la impresión que había tenido era la de una mujer inteligente con la que la vida y la edad no habían mostrado clemencia de ninguna especie. Parecía también que los años se hubieran ensañado con ella, arrebatándole toda la belleza de la que en otro tiempo había hecho gala.

Pero si el legendario encanto había desaparecido, no podía decirse lo mismo de su elegancia en el vestir y de sus gustos magníficos. Eso por no decir que su perspicacia y amor al arte hacían de ella una mujer absolutamente fascinante.

Pero no era Margot, ahora, el problema, sino el título de reina de Francia, puesto que era un hecho que aquel documento, firmado por el propio rey, podía, en las manos equivocadas, convertirse en un arma. Y el conde de Auvergne y el duque de Biron contaban precisamente con ello.

María suspiró.

Cuando por fin la carroza llegó a su destino, uno de los

dos caballeros que la acompañaban se apeó antes y la ayudó a bajar el estribo. El otro llamó a la puerta de la casita de la calle Vaugirard y, en cuanto abrieron, la reina desapareció en su interior.

Los dos hombres se pusieron a vigilar la entrada. Pero en esa hora, con el sol ya de atardecida desde hacía rato y el cielo nocturno por único testigo, la calle estaba más vacía que el sombrero de un mendigo.

Una vez dentro, María se encontró en una pequeña sala, débilmente iluminada. En la penumbra apareció Leonora. Vestía de negro, y solo las perlas del hermoso collar reflejaban la tenue luz de las velas.

En un rincón, en una vieja silla de terciopelo con la tapicería desgastada, vio a un hombre. Este, al verla entrar, se puso en pie e hizo una inclinación. Se quitó el sombrero de ala ancha y gran pluma, y luego levantó el rostro.

María vio una mirada penetrante en un semblante simple, casi anónimo: ojos grises y cabellos castaños. Bigote cuidado y lubricado, con las puntas hacia arriba, rasgos sutiles sin llegar a ser aristocráticos. No era ni alto ni bajo. De constitución seca sin ser delgado. Llevaba un jubón de color gris oscuro, pantalón abombado y botas hasta las rodillas. Una gran capa de paño, abultada por el extremo de una vaina en la que guardaba una espada con empuñadura a cesta, completaba el conjunto.

En general, María lo habría considerado como uno de tantos caballeros en busca de fortuna en París. Y no andaba muy lejos de ser cierto.

Leonora Galigai fue al grano.

—Majestad, os agradezco que hayáis venido. Tengo el placer de presentaros al hombre que de aquí en adelante sabrá resolver cualquier problema, otorgando a nuestra causa su dedicación y competencia.

—Me llamo Matteo Laforgia, pero he cambiado mi nombre por Mathieu Laforge —dijo el hombre que estaba frente a ella—. Soy veneciano, majestad, y, por lo tanto, un aliado natural vuestro si es que es verdad que mi república y la vuestra, la de Florencia, han combatido muchas veces juntas en el mismo lado del campo de batalla. Sin embargo, por prudencia, prefiero parecer francés. Este hecho os será de utilidad, puesto que parecerá improbable que una mujer como vos se fie de un hombre como yo, francés, además. De esta sencilla manera alejaremos toda sospecha.

María asintió. Después habló.

—Monsieur Laforge, veo que iniciativa no os falta. Imagino que Leonora os ha puesto al corriente del problema que nos aflige y que, en verdad, amenaza a Francia entera.

—Los hechos no podrían ser más claros, reina mía.

—Muy bien. Entonces, lo que os pido es recuperar con la máxima brevedad posible el documento. No tengo ni idea de dónde lo tiene escondido Henriette d'Entragues, pero es de vital importancia que vuelva cuanto antes a las manos del rey.

—Comprendo perfectamente la naturaleza del problema.

María suspiró.

Leonora intuyó sus dificultades y acudió en su ayuda.

—Señora mía, entiendo bien sus reservas. Todos nosotros sabemos lo ambigua que es esta forma de proceder, pero no tenemos otra alternativa. Varias veces el rey intentó remediar su error, pero sin resultados apreciables. La obstinación de madame d'Entragues es inexpugnable. Y, por lo tanto, darle un empujón al curso de los acontecimientos no es más que un pequeño riesgo frente al gran beneficio que vuestra vida y la del rey obtendrá con ello.

La reina miró a Leonora. Y después, a Laforge.

—Tenéis que comprender bien, monsieur, que es un acto de alta confianza el que os requiero en este momento. Os confío una de las misiones más delicadas que puedan existir, y si un día hablarais de esto que os encomiendo, estaría poco menos que perdida. Me he dirigido a vos únicamente porque vuestros servicios me los ha recomendado Leonora. Espero haber actuado bien.

Laforge no vaciló siquiera un instante. Su voz y sus palabras sonaron sinceras.

—Reina mía, entiendo bien vuestras preocupaciones, pero no tenéis nada que temer. Una amistad profunda me une a Leonora. Algo que es más fuerte que los lazos de sangre. Mi corazón es vuestro. Haced con él lo que queráis. Si algún día falto a mi palabra sobre lo pactado, me lo arrancáis sin dudarlo y lo dais de comer a los perros. De ahora en adelante soy vuestro. No obedeceré a nadie más. Os lo juro, palabra de veneciano.

A María le conmovió la sinceridad de aquellas palabras, por más que fueran las de un veneciano. Y de un espía, por añadidura. Sin embargo, Laforge había puesto tanta pasión en aquel breve discurso que no tuvo ninguna duda acerca de su autenticidad. Por lo demás, de alguien tendría que fiarse.

—De acuerdo, monsieur —dijo finalmente. Luego se volvió hacia su amiga.

—Leonora, ¿queréis darle a nuestro común amigo la mitad de lo pactado?

Y mientras lo decía, la Galigai ya le entregaba una bolsita de terciopelo tintineante.

—Aquí está —dijo ella—, cincuenta mil pistolets por las molestias. Una cantidad idéntica se pagará a trabajo hecho.

Laforge apretó la bolsita en la mano enguantada, luego la hizo desaparecer bajo su capa.

—Y ahora —concluyó la reina— estaría bien que Leonora y yo volviéramos al palacio.

El espía asintió.

—Una última cosa —pidió María—. ¿Cómo sabremos que habéis llevado a cabo la misión que os hemos confiado?

—No temáis, reina mía, os lo comunicaré.

Y por primera vez desde que se vieron, María advirtió una veta de sombría determinación en la voz de Laforge.

Mientras llegaba a la puerta y salía, sintió un escalofrío helado recorriéndole la espalda.

No miró atrás.

7

Una negra sorpresa

Durante varios días, Mathieu Laforge había seguido a Henriette d'Entragues, en todo cuanto le había resultado posible, por sus aposentos. Había sido agotador e infinitamente tedioso memorizar los hábitos de esa joven noble, malcriada y arrogante. Tanto que, si Mathieu no hubiera tenido que cuidarse mucho de tocarle ni un pelo, la habría estrangulado con sus propias manos. No es que hubiera estado con ella, puesto que tenía que guardar las distancias, pero con solo mirarla de lejos se detectaba su pésimo carácter.

De todas formas, los años transcurridos afinando trucos y técnicas que hacían de él quien era le habían regalado la virtud más importante para un hombre que pretendiese desarrollar tales actividades: la paciencia.

Y, por lo tanto, día tras día, Laforge había sido bendecido con la constatación de dos descubrimientos diferentes de absoluta importancia: el primero fue que Henriette no se separaba nunca de aquel famoso documento. Lo llevaba siempre consigo, metido en el bolsillo interior del corsé. Laforge había verificado la certeza de aquella conclusión tras haber alquilado durante una semana entera una habitación en la segunda planta del Hotel Los Tres Monarcas.

Su habitación daba al edificio en el que Henriette d'Entragues pasaba buena parte de la jornada. No se le había escapado, tras haberla observado, que se llevaba con demasiada frecuencia la mano al pecho, cuando estaba sola, como si quisiera asegurarse de que todo seguía en su sitio. Y un día, mientras esperaba claramente a alguien, había sacado un grueso sobre de papel sellado. Era bien cierto que no podía tratarse más que de la famosa promesa escrita, visto el cuidado y la atención con que la marquesa de Verneuil se aseguraba de que aquel maldito papel estuviera en su lugar.

El segundo descubrimiento fue que, cada jueves, Henriette se acercaba a la iglesia de Saint-Hilaire-du-Mont para confesarse. Y esa novedad le había llevado a idear un plan de simplicidad absoluta, pero efectiva.

Caminando por los alrededores había observado que aquel día de la semana el edificio religioso estaba prácticamente desierto. Todo ello sin contar con que a Henriette le gustaba pasar algunas horas de recogimiento en una pequeña capilla de la iglesia.

La única persona que, además de ella misma, frecuentaba aquel lugar era el padre confesor. Se trataba de un joven párroco que, a poco que se lo mirara, daba la sensación de conocer las terrenas costumbres mucho más profundamente de lo que quería aparentar.

De cualquier modo, a Laforge le importaba bastante poco lo que hiciera o no aquel joven de la Iglesia, aunque una mayor atención a algunas de sus formas había hecho prender en él la convicción de que ese hombre de piel cuidada y ojos claros y lánguidos cultivaba en su mente el más sórdido de los vicios.

Y, muy probablemente, no solo en su mente.

Así, aquel día, sabiendo de la llegada de Henriette hacía poco, Laforge se introdujo en la pequeña iglesia.

Normalmente, cuando veía entrar a la marquesa de Verneuil, el padre Courbet, ese era su nombre, se deslizaba al confesionario y esperaba con paciencia a que la joven noble llegara hasta allí.

Laforge había pensado, para reducir las sospechas, ponerse un sayo de capucha amplia. Lo había elegido lo suficientemente ancho para poder ocultar un par de espadas que le podrían servir en caso de necesidad.

Al llegar a la capilla sin mayores contratiempos, Laforge había visto al párroco. Estaba arrodillado con el rostro vuelto hacia el crucifijo. Le daba la espalda. No teniendo intención de hacer más complicada la tarea, se le acercó sigilosamente y le golpeó en la cabeza con la empuñadura de su espada ropera.

Courbet no emitió ni un quejido.

Al contrario, se había desplomado como un saco. Laforge lo cogió por los hombros y lo arrastró hacia una alcoba. A continuación, lo ató rápidamente con el cinturón de cuerda del sayo que llevaba a la cintura y le puso una mordaza. Después, lo empujó al rincón más remoto de la alcoba, de modo que permaneciera invisible a quien fuera que se adentrara en la capilla.

En ese momento se deslizó dentro del confesionario. Desenfundó dos de sus espadas roperas preferidas y las apoyó en las paredes de madera. Después abrió la rejilla y esperó. No pasó mucho tiempo cuando alguien entró en la capilla. Laforge anhelaba que fuera Henriette, pero cuando se abrió la puerta del confesionario ya no tuvo más dudas. El rostro que estaba detrás de la rejilla de hierro era el de la marquesa de Verneuil.

Sabía que no tenía que perder tiempo. Courbet no iba a

permanecer inconsciente para siempre. Por no hablar de que Henriette se daría cuenta casi de inmediato de que la persona que estaba al otro lado no era su padre confesor. Por lo tanto, tenía que actuar con presteza.

Había llevado una máscara consigo. Se la puso, inclinando la cabeza hacia delante, de manera que no dejaba a la vista su propio rostro a la mirada de Henriette.

—Alabado sea el Señor —dijo, camuflando las palabras con un ataque de tos.

—Alabado sea siempre —respondió la mujer. La voz se quebró ligeramente por un toque de incredulidad, como si por un instante se hubiera olfateado la trampa.

Ese era el momento.

Después de todo, no pretendía ciertamente confesarla. No hubiera sido capaz: lo que tenía que hacer era arrebatarle aquel maldito documento.

Agarró la empuñadura de su primer estoque y la hizo deslizarse por la reja en toda su longitud. Lo hizo de tal modo que no rozara a la mujer, de manera que, al frotarse contra el hierro de la reja, el filo fue a colocarse, en medio de una cascada de chispas azuladas, en la madera de la pared a su espalda.

Aterrorizada, Henriette soltó un grito ahogado. Lo sagrado del lugar fue más fuerte que el miedo.

Empuñando la segunda espada ropera, Laforge salió del confesionario y abrió la puerta. Henriette d'Entragues estaba traspuesta, con sus grandes ojos abiertos de par en par. Una mueca de auténtico terror había palidecido como la muerte aquel semblante hermoso.

Laforge la apuntó con la espada a la garganta.

—Gritad, que ya os arrepentiréis amargamente, madame —dijo, sin dejar traslucir ninguna emoción—. Ahora dadme el documento que guardáis en el bolsillito de vuestro magnífico vestido.

Tras el terror inicial, Henriette estaba ya haciendo acopio de sangre fría. Elevó una ceja.

—¿De... de qué estáis hablando?

—Venga, madame, no perdamos tiempo. No es el caso. Nadie puede ayudaros en este momento. El padre Courbet duerme como un angelito. Así que entregadme la promesa matrimonial.

—¿Quién sois? ¿Y por qué os dirigís a mí con... con una máscara puesta?

Pero Laforge la interrumpió en seco y le hizo tragarse sus palabras apuntándola con la espada justamente en el centro del pecho.

—No me obliguéis a haceros daño. No quisiera arruinar semejante belleza. Sabéis perfectamente de qué estoy hablando. La promesa que nuestro buen rey, Enrique IV, os hizo hace mucho tiempo. Esa que conserváis exactamente donde ahora se encuentra la punta de mi espada y de la que no os separáis nunca.

Pero Henriette no se daba por vencida.

El acero de la primera espada ropera relucía, brillando en la penumbra del confesionario, como una delgada lengua afilada.

Laforge hizo una ligera presión y la punta de la espada rasgó la tela.

—Un poco más y sangraréis... ¿Es eso lo que queréis? —Estaba perdiendo la paciencia—. Viva o muerta os voy a arrebatar sea como sea ese documento, podéis creerme.

Algo en su mirada, firme y cruel detrás del tejido de la máscara, debió finalmente de convencerla de su determinación. Henriette se llevó la mano al pecho. Laforge alejó la punta de la espada. Un instante después, con un gesto de irritación, Henriette agarró el trozo de papel y se lo tiró a ese hombre al que odiaría siempre.

—¡Aquí está! —exclamó—. ¡Que os ahorquen!

Laforge se agachó y recuperó el documento. Vio el sello real y eso le resultó suficiente. Con un movimiento repentino, abrió la puerta del confesionario y recuperó la segunda espada, sacándola de entre los barrotes de la rejilla. Después, sin más dilación, se dio a la fuga.

Mientras lo veía desaparecer, Henriette lo miró con odio. Descubriría quién era ese hombre.

Y se vengaría.

8

Cuando se vuelve a encontrar aquello que se creía perdido

—María, única razón de mi vida, Francia tiene demasiados enemigos: no solo fuera, sino, sobre todo, en el interior del reino. —La voz del rey revelaba toda su frustración. Sin embargo, la reina, que se hallaba en sus aposentos como solía ocurrir en esos días, advertía también una resignación silenciosa, como si frente a ese hecho no hubiera ninguna solución en absoluto.

—¡Ojalá fueran el emperador de Habsburgo y la reina de Inglaterra aquellos de quienes debiera guardarme! —decía Enrique en un torrente de palabras—. Y en cambio no es así, para nada, y es eso precisamente lo que me angustia. Ese estado de perenne dificultad en el que estoy obligado a vivir. No ha sido suficiente lo que me han impuesto en los últimos treinta años. Hasta mi conversión al catolicismo es motivo de nuevas quejas.

María observó a su marido con dulzura. Se cuidó mucho de hacerle ver que sus conversiones amenazaban con ser más numerosas que las puertas de París.

En todo caso se preocupó de dejar caer sobre el escritorio de madera, hermosamente tallado, aquella maldita promesa de matrimonio que tantos quebraderos de cabeza le había costado.

Y todo por culpa de su imprudencia.

—¿Vuestra majestad alude a alguna cosa concreta?

—*Ventre-saint-gris!* Por supuesto, mi dulcísima reina. Sully, maestro de artilleros y ministro de Finanzas, y, por cierto, mi confidente, es hugonote. ¡Y también el duque de Bouillon! Pero esto sería lo de menos. Mi hermana, María, rechaza hacerme el favor de convertirse en católica, ¿os dais cuenta? Y el papa no pierde ocasión de recordármelo en boca de sus embajadores.

—¿La duquesa de Bar?

—Catalina de Borbón, por descontado, ¿quién, si no? —Enrique dio un manotazo al aire con aspecto molesto—. Parece que todos aquellos que, por razones de parentesco o de inteligencia, tendrían que probarme mayor afecto que los demás se divierten haciendo de todo para meterme en aprietos. ¡Se convirtieron al catolicismo! ¡Incluso el papa me lo ha escrito!

—¿De verdad? —María lo sabía perfectamente, pero sabía asimismo que era una buena norma secundar al rey en todos los sentidos, y ya que la ocasión requería estupor y consternación, pues bien, no dudaría ni en lo uno ni en la otra. Se quedó con la boca abierta, en una expresión de inocente maravilla. Era tan convincente que Enrique asintió.

—Él en persona. ¡Él les aconsejó que alejaran a sus hijos de las tinieblas, ministros de Satanás! Esos malditos hugonotes que, a decir suyo, le impiden ver la luz. Solo faltaba una afirmación como esa. ¿El resultado? —Y, mientras dejaba caer esa pregunta, Enrique se acercó al escritorio y, de un manotazo, hizo caer dos panfletos que tenía que haber apoyado anteriormente y, como es obvio, la valiosa promesa de matrimonio—. ¡Y no le siguió uno, sino dos panfletos! ¿Me entendéis?

—Enrique continuaba su reprimenda—. En el primero alguien había escrito, además, una falsa respuesta de mi hermana Catalina que sostendría, según este escriba desconocido, que la Iglesia católica está tan corrupta como para ser apóstata, y que el papa es un hombre maldito. ¡En el segundo panfleto al pontífice se le llama, además, anticristo y pecador!

María se llevó a la boca la hermosa mano cubierta de anillos. Un rubí brillaba como una gota de sangre. En ese momento estaba sinceramente desconcertada. Cualquiera que se hubiera atrevido a hacer tales afirmaciones estaba poniendo al rey de Francia en dificultades, y ciertamente no podría permitirse tolerar tales episodios.

—Se pretende que yo castigue tales posiciones y conduzca a mi hermana ante consejos más blandos, desde el momento en que no ha negado tales rumores. —Mientras hablaba, la mirada del rey fue a parar, casi por pura casualidad, a las cartas que había hecho caer del escritorio.

Fue entonces cuando se quedó alucinado al mirar el suelo de mármol.

Parecía no dar crédito a lo que veían sus ojos.

María intuyó lo que había ocurrido. Intentó, de manera velada, alentar aquel descubrimiento.

—¿Va todo bien, mi señor?

—*Ventre-saint-gris...!* —exclamó el rey, profiriendo una vez más su expresión favorita—. ¡Que el diablo me lleve! —Sin embargo, precisamente se trataba de lo que él creía.

Agarró el documento con dedos temblorosos.

Lo abrió, rompiendo aquel sello que tan bien conocía. Y leyó.

María lo dejó hacer. Simuló estar perpleja. Una vez más.

—¿Qué leéis, señor mío?

Enrique levantó la mano como para detenerla, prosiguió con la lectura un momento y después le dedicó una mirada feliz e incrédula al mismo tiempo. Luego, como si hubiera intuido por vez primera que ella pudiera saber también algo del modo en que aquel maldito documento había vuelto a él, le preguntó:

—María, ¿vos sabéis algo de esto?

María fingió bajar de la nube. No fue difícil en ese punto.

—¿A qué os referís, en concreto?

Enrique pareció volver en sí de repente. Se recompuso. ¿Se había vuelto loco?

—Nada, nada —se apresuró a decir—. Simplemente he encontrado un documento que buscaba desde hace mucho. Temía haberlo perdido, pero debe de haber estado siempre en el escritorio, entremezclado con ese río de cartas que demasiado a menudo cubre el estante.

—Parecéis aliviado, Enrique —observó María, no sin una pizca de malicia.

Pero el rey pareció no percatarse o, más bien, consideró oportuno, por razones muy comprensibles, cambiar de tema.

Pero María se le anticipó.

—Creo que me retiraré, señor mío. Estas tardes frías de febrero me causan tanto agotamiento que prefiero recuperar fuerzas para la cena de esta noche.

—Magnífica decisión, querida mía —observó el rey con alivio. Al decirlo se le acercó, con sus andares llenos de energía, y le depositó un beso en los labios.

Feliz de cómo se habían dado las cosas, María se dirigió a la puerta.

Mientras salía no fue capaz de contener una sonrisa.

Laforge había llevado a cabo, realmente, un magnífico trabajo, pensó para sí, y lo utilizaría de nuevo en el futuro si fuera necesario.

Sus cualidades de espía y de sicario lo habían vuelto lo suficientemente valioso como para hacerse indispensable.

JUNIO - JULIO DE 1602

9

El conde de Auvergne y sus legítimas sospechas

El tiempo pasaba, pero la situación no iba ciertamente mejorando. Es más, deberían haber actuado con más prontitud. En eso pensaba el conde de Auvergne aquella noche. Observaba la luz de una vela que parecía a punto de extinguirse cada vez que la puerta de la posada se abría, dejando entrar a un cliente. Y pese a aquellas repentinas ráfagas la delgada llama resistía impertérrita.

Bajo aquella leve luz se encontró a sí mismo. Su firme obstinación en no rendirse. Aunque todo daba a entender lo contrario. En ese último período, además, la situación se había precipitado. El rey había decidido alejarlo a él y a otros pares de Francia del propio Consejo.

Habían sido apartados en favor de técnicos y burócratas.

Hasta hacía poco tiempo, Carlos había esperado que su hermana Henriette pudiera, gracias a sus encantos y su lujuria, condicionar la voluntad del rey.

Pero desde hacía ya un tiempo que la cosa no era así. Enrique estaba prisionero en las malas artes de aquella maldita comerciante italiana que se tenía por reina y, lo que era peor, en las de sus amigos florentinos: Leonora Galigai y aquel marido suyo con el que se decía que la Médici incluso llegaba a acostarse, el tal Concino Concini.

Era realmente repugnante ver cómo París había caído en manos de aquel triángulo de arribistas sin escrúpulos y, peor aún, constatar cómo el rey era esclavo de todo ello. Llegados a ese punto, D'Auvergne había comprendido que era necesario reaccionar. Hasta la promesa arrancada al rey por su hermana, que hubiera permitido asimismo pedir la anulación de aquel maldito matrimonio, se había convertido en humo.

Henriette le había contado que un hombre con una máscara le había sustraído el documento. Y, para hacerlo, le había apuntado con una espada en la garganta. ¿Un espía? Naturalmente. Pero sobre quién podía ser, oscuridad total. ¿Concini? Hubiera sido capaz de concebir, sin duda, un plan como ese, pero nunca de llevarlo a cabo. No, en realidad tenía que tratarse de otra persona. Un hombre tan hábil y sabio como para ser capaz de deslizarse como una sombra entre los pliegues de la oscuridad.

Mientras así reflexionaba, perlas de sudor le empapaban la frente. Había viajado a caballo un día entero para alcanzar esa posada en el corazón de la Borgoña, y rezaba para sus adentros para que el hombre al que esperaba compareciera lo antes posible.

Bebió otro trago de vino claro y frío. Disponía de una jarra entera. Y a pesar de que la trucha era fresca y su carne, blanca y magnífica, no había sido apenas capaz de tocar la comida.

La espera lo consumía.

Finalmente, como si quisiera satisfacer su deseo, entró por la puerta de la estancia el duque de Biron.

Hijo de Armand de Gontaut, barón de Biron, Carlos era uno de los mejores soldados del reino de Francia y amigo de confianza de Enrique IV. Había luchado brillantemente a su lado, distinguiéndose en numerosas campañas que le valieron el grado de almirante y, consecutivamente, el de mariscal general en los campos y ejércitos del rey. Menos de tres años después se había convertido en gobernador de Borgoña.

Su valor en las batallas de Amiens y de Bourg-en-Bresse le habían hecho subir todos los grados en la escala social, pero también habían alimentado en él una cierta tendencia a la arrogancia y a la presunción. Se decía que sugería a los cronistas que tan solo su nombre fuera oportunamente celebrado en las victorias del ejército francés. Y el de nadie más. Convertido en par de Francia, únicamente había participado en intrigas con España y Saboya para perjudicar al rey, devorado como estaba por una avidez infinita, y con la esperanza de meter la mano en la mayor cantidad posible de dinero y tierras.

Apoyar al legítimo descendiente de Carlos IX de Valois le había parecido una buena idea.

Y así, a pesar de las sospechas del rey, había decidido aliarse junto con otros nobles para arruinar el reino de Enrique IV: pretendía arrebatarle la corona para ponérsela en la cabeza a Carlos de Valois, conde de Auvergne, hermanastro de Henriette d'Entragues.

El duque llegó a la mesa donde estaba Carlos y, tras quitarse los guantes, le tendió la mano. Lucía un gran mostacho y pelo castaño, ojos vivísimos que expresaban una energía nada común. Cuando se sentó frente a él, el conde de Auvergne vio la misma determinación de siempre. El duque de Biron ordenó que le llevaran un pastel frío y jamón. Luego, sirviéndose vino y mojando el mostacho, puso al día al conde de Auvergne de los recientes acontecimientos de su proyecto.

—Mi buen amigo, nuestros planes tienen esperanza de salir adelante. Hemos sumado a nuestra causa también al duque de Bouillon y, por lo demás, vistas las recientes expulsiones del

Consejo del rey, no podía ser más fácil. El rey debe de haber perdido la cabeza para cometer tamaña locura. Por supuesto, influido por aquella maldita florentina, la Médici. Y no solo eso. Cada vez más nobles sienten odio hacia Enrique. El círculo se va estrechando. Ahora tenemos que encontrar, simplemente, el lugar y el tiempo precisos para atacar. Sin piedad. Cualquier vacilación será tanto más peligrosa por cuanto puede hacer saltar las alarmas al soberano.

El conde de Auvergne era de la misma opinión, pero le pareció que había un exceso de optimismo en las palabras de Carlos.

—Olvidáis que Enrique sospecha de vos. Y ya una vez os llamó al orden en el pasado, al descubrir vuestros acuerdos secretos con España y Saboya. Es más, si mal no recuerdo, os ha hecho jurar que abandonaríais para siempre ciertos compromisos vuestros. Solo Dios sabe cuántos espías tiene ese hombre. ¿No tenéis miedo, pues, a que algún movimiento vuestro esté sometido a vigilancia? ¿Qué es lo que dice vuestro fiel Lafin?

El duque de Biron resopló. Se enroscaba distraídamente las puntas del mostacho, que volvían a caerse, un gesto de aburrimiento con el que parecía sugerir lo poco que le interesaban aquellas cavilaciones.

—Conjeturas. Hipótesis. Precauciones inútiles. En lo que respecta a mi fiel Lafin, sostiene que, justamente por haberme perdonado ya una vez, Enrique no cree en absoluto que esté urdiendo planes contra él. Cree que he abandonado tales tramas. Pero no tiene idea de cuán equivocado está en sus suposiciones. En cualquier caso, yo sostengo que nunca hemos sido más fuertes.

—¿Vos sostenéis? —le instó el conde—. Yo no lo creo para nada, pienso más bien que vuestra reciente visita a Fontainebleau esconde más de una trampa.

—Escuchad —respondió el duque—, también lo he pensado, por supuesto. Mis hombres me aseguran que no es así. Lafin en primer lugar. Y vos sabéis lo valioso que ese hombre me ha sido en el pasado. Su prudencia y su astucia me permitieron mantener en secreto mis compromisos con Saboya y España. Creedme, no hay nadie más hábil que él en esto.

—Concedéis demasiada confianza a vuestro secretario. Esperemos que sea correspondida —observó el conde de Auvergne.

—Si tenéis ideas mejores que las mías, proceded. No veo el momento de ser relevado en mis misiones —le espetó el duque—. Francamente, me estáis dejando a mí toda la responsabilidad, mi buen conde. Por ello, que ahora critiquéis mis elecciones y la manera en que las dirijo me importa muy poco.

—Lo hago porque aprecio vuestra amistad y quisiera evitar que ocurriera algo grave.

—Eso puede ser cierto, pero, para ser honesto, lo que percibo es únicamente vuestro miedo y la incertidumbre que siempre os ha impedido imponeros en el trono. Pero no es mi intención moralizar, a diferencia de lo que hacéis vos respecto a mí. Y, como quiera que sea, basta de cháchara: no es la primera vez que Enrique quiere hablarme. Tiene todo el derecho, después de todo, dado que soy el mariscal de Francia. Y él es el rey. No hay nada preocupante o escandaloso. He decidido verlo. Y luego, cuando vuelva a París, entonces lo atacaremos. Y vos seréis el rey, tenéis mi palabra.

Entretanto, habían llevado el pastel. El duque, al que le gustaba la buena mesa, hizo honores al plato.

Mientras lo miraba atiborrarse, el conde de Auvergne suspiró. En el fondo no estaba tan seguro de que la convocatoria en Fontainebleau no ocultara alguna trampa. Y de Lafin, él no se fiaba en absoluto. Le había parecido siempre un individuo escurridizo y dispuesto a vender a quien fuera por dinero. Seguramente era verdad que en el pasado le había echado una mano al duque. Pero su teoría —de la que estaba tremendamente convencido de su certeza— era que el que delinquía y traicionaba una vez bien podía hacerlo de nuevo. Y no necesariamente guiado por ideales o por amistad.

Biron parecía sereno y, sobre todo, parecía haber evaluado todas las posibles trampas. Pero ese hecho no lo hacía ciertamente estar tranquilo: si la conspiración lo perdiera, su tutela habría fallado. Y en ese punto no solo él, sino toda su familia, empezando por Henriette, estaría en peligro.

Y eso no podía tolerarlo.

Biron le parecía enormemente arrogante. Como si los considerase a todos inferiores a él. Y, por lo tanto, incapaces de superarlo y de jugarle una mala pasada. Es verdad. Era un guerrero valeroso. Pero los años lo habían convertido en un político, un hombre pagado de sí mismo y vanidoso.

Y esos defectos amenazaban con comprometer el buen curso de aquella difícil conspiración.

Laforge miraba a la reina fijamente a los ojos. Ella lo había recibido en la antecámara de sus aposentos; un salón exquisitamente arreglado en pleno corazón del castillo de Fontainebleau.

María sabía que lo que decía era verdad, pero quería oírselo repetir. Una vez no le había bastado.

—O sea, ¿que estáis seguro?

—Majestad —respondió el espía—, lo que os puedo decir es que el dinero derrite las lenguas. Y el perdón más aún. Por lo tanto, es un hecho que el duque de Biron no perdona a los malcriados y se siente demasiado seguro de sí mismo, hasta el punto de que anda vanagloriándose por ahí con otros nobles acerca de su voluntad de derrocar a la corona francesa.

Nunca ha perdonado al rey que le haya negado la posesión de Bourg-en-Bresse.

—Me acuerdo bien de esa historia. —Leonora Galigai pareció hacerle eco.

Pero María la hizo callar.

—¡Silencio, Leonora! También la recuerdo yo. Cuando Enrique descubrió la trama contra él, hace unos meses, preguntó al duque de Biron el porqué de tanto odio hacia él, después de haberlo cubierto de honores. Y el duque respondió que el motivo estaba vinculado a haberle negado aquella ciudadela, por la que había dado su sangre para conquistarla. ¡Maldita codicia! ¡Biron está consumido por ella hasta lo más profundo de su alma!

—Si me lo permitís, majestad —prosiguió Laforge—, la reciente decisión de expulsarlo a él y a otros nobles del Consejo del rey no ha jugado precisamente a favor de las relaciones.

—¿Se suponía que teníamos que haber mantenido a esas serpientes, monsieur?

—No, ciertamente. De todos modos, lo que quiero deciros es que los acuerdos entre el duque de Biron y el conde de Fuentes, general de los españoles, no han cesado en ningún caso.

—¿Estáis seguro? —María apenas podía creer lo que escuchaba.

—Me lo ha confirmado su confidente. Tan astuto como dispuesto a traicionarlo: me refiero a Lafin, señora mía. El oro y la exoneración de la culpa pesan mucho. Y cuando eso no es suficiente, un filo en la garganta hace que se suelten todas las lenguas de la creación.

—¿Y ese maldito Lafin estaría dispuesto a colaborar?

—Verdaderamente así lo creo.

—Pues, entonces, mi buen Laforge, traedlo ante mí.

El espía carraspeó, llevándose la mano a los labios. Sus

ojos brillaron. Luego se tornaron calmos como el agua de una balsa.

—En verdad me he permitido anticiparme, reina mía. Me dije: si lo he hecho bien, nos ahorraremos tiempo. En caso contrario, siempre podremos deshacernos de él.

María abrió los ojos de par en par. Y Leonora hizo otro tanto.

—¿Lo habéis traído aquí?

—Si no voy errado, señora mía, a Lafin lo han conducido a la sala de la guardia. Tengo algún amigo entre los soldados del rey. Y no tengo intención alguna de atribuirme méritos particulares. Por ello me las arreglé para que terminara en manos de la guardia escocesa, que lo vigila. El rey está advertido. Creo que lo deben de estar interrogando en este mismo momento.

María de Médici se quedó sin palabras. Después miró con una pizca de admiración a aquel hombre que parecía sacarse las soluciones del sombrero.

—Bien hecho, Laforge, sois un hombre realmente lleno de sorpresas.

El espía se inclinó.

—Es mi deber, majestad.

La reina le sonrió.

10

Lafin

El rey observaba la hermosa chimenea en la sala de la guardia. La apreciaba mucho. Era una de sus mayores alegrías poderla ver encendida, especialmente en invierno, cuando el viento ululaba en las ventanas y él se quedaba disfrutando del calor de las brasas, mientras se entretenía leyendo algún manual de caza ilustrado.

Pero junio se mostraba inclemente: el bochorno cortaba la respiración y los grandes ventanales estaban cerrados. Los rayos de sol inundaban aquel magnífico espacio, pero todo el posible esplendor no lograría cambiar aquella situación, que, a los ojos del rey, se presentaba grave y peligrosa.

A Lafin lo acababan de conducir ante él. Era un hombre delgado, de rasgos sutiles, de aspecto cuidado y embellecido hasta el punto de parecer una ramera de corte. Cuando, lamentándose de los modales rudos de los guardias, mostró una voz suave y aflautada, Enrique ya no tuvo dudas.

Sin más dilación, el rey fue directo al grano.

—Pues bien, señor Lafin, no alargaremos el asunto: sabemos desde hace tiempo que sois el confidente del duque de Biron, así como tenemos constancia de los manejos del duque en mi contra y, por ello, en contra de toda Francia. Ya en el pasado lo perdoné por algunas de sus intrigas y afirmaciones que apestaban a conspiración; por lo tanto, seré claro: explicadme lo que sepáis de las intenciones del duque, de manera que pueda entender si tengo que preocuparme o no. Tened presente que solo así salvaréis la vida. Sabed también que ya he ordenado al duque de Biron que comparezca ante mí. Por ello, lo que me digáis significará simplemente una confirmación de mis convicciones.

Antes de comenzar a hablar, Lafin se volcó en una reverencia tan profunda que, por un instante, el rey temió que fuera a partirse en dos. Tenía piernas de cigüeña y una nariz larga y pronunciada, similar a un pico. Exactamente.

—Majestad, os lo diré todo, sin callarme nada —terció—. Pero antes permitidme haceros comprender mi fidelidad a Francia y los motivos por los que ahora me dispongo a la confesión que os haré. Pues bien, hace algún tiempo mi secretario personal, Renazé, fue indebidamente retenido por el duque de Saboya. No es misterio para nadie las relaciones entre este último y el conde de Fuentes, capitán general de España, tanto más a la luz del reciente tratado entre los dos. Por lo que bien podréis comprender cómo, de mano del duque de Saboya, he sufrido la intrusión del español. Esa era la señal de lo mal que se presentaban para mí las cosas. No por casualidad tuve que tomar el camino de Los Grisones a toda prisa y velocidad para sustraerme a la posibilidad de acabar yo mismo en prisión. Confieso que la pérdida de mi joven asistente ha sido un duro golpe para mí. Era un chico magnífico...

—*Ventre-saint-gris!* Cortad de una vez esa interminable cantinela e id al grano. No me interesan los asuntos de vuestro secretario sodomita y, como que hay Dios, si continuáis divagando os colgaré por las paredes, de las vísceras, hasta la chimenea. —Y al decirlo, el rey señaló con la mirada la lumbre apagada al fondo de la sala. Los ojos de Enrique lanzaban llamas, tantas o más que el sol, que incendiaban las paredes decoradas y los grabados dorados del techo.

Aquel repentino acceso de ira hizo abrir los ojos como platos al desgraciado Lafin.

—Obviamente, vuestra majestad tendrá que excusarme por esta... —Lafin parecía buscar por un momento la palabra oportuna— digresión. Entonces, me han traído aquí, mi señor, para anunciaros que el mariscal Carlos de Gontaut, duque de Biron, me ha pedido que me deshaga de todas las cartas y documentos que ahora pongo en vuestras manos. —Y, según lo decía, Lafin cogió de la bolsa que llevaba consigo un pliego de cartas y documentos y se los entregó al rey.

Mientras Enrique miraba sumariamente aquel mar de papeles, Lafin prosiguió:

—Es inútil que os diga que en ellos encontraréis confesiones e instrucciones secretas en las que se me pedía que dijera a vuestra majestad que me había ido a Italia con el único objetivo de llevar a cabo un viaje en calidad de fiel devoto de la Virgen de Loreto. Aprovechando la ocasión, y de regreso a Francia, pasaría por Milán y me hubiera quedado en la ciudad para discutir con el duque de Saboya sobre la posibilidad de dar en matrimonio a una de sus hijas al duque de Biron. Debería decirle que, ante una propuesta tal, Carlos se opondría con su negativa para no ofender, desde el momento en que justamente vos, majestad, le habíais ya prometido que lo ibais a esposar con una dama de noble cuna. Todo esto, naturalmente, con el solo y único propósito de robar vuestra confianza y en realidad ocultar la intención secreta y verdadera de alcanzar con el duque Carlo Emanuele de Saboya, el conde de Fuentes y, de manera más general, España, un acuerdo para dividir Francia entre varios potentados bajo su batuta y la del conde de Auvergne, hijo de Carlos IX de Valois y hermano de Henriette d'Entragues. Potentados que responderían, en última instancia, al mando de Felipe III de España.

Al escuchar aquellas palabras, Enrique sintió irritación. Dio un puñetazo en la mesa que tenía más a mano.

—Si esto es lo que pensaban hacer, entonces se arrepentirán amargamente. ¿También el conde de Auvergne, decís? ¿Y qué otros formarían parte de estos secuaces vergonzosos conspiradores? Venga, ¡decídmelo, Lafin, o no respondo de mí! —gritó el rey, acercándose al pobre hombre y tratando de agarrarlo por la amplia pechera de encaje blanco como si quisiera sacarle el alma del cuerpo.

—Ma... ma... majestad, os lo ruego —balbuceó el infeliz Lafin, agitando los brazos de manera desordenada. Parecía una araña a punto de clavar las patas en el aire.

Algo de todas aquellas súplicas debió de funcionar, ya que el rey, al final, lo dejó estar, alejándolo de un empujón. El desgraciado fue a golpear con el costado contra una percha y se sostuvo de milagro gracias al mango de una pica.

Lafin tenía los ojos desorbitados. Enrique jadeaba de rabia y era mejor salir por pies, ya que el rey era bastante conocido por la furia destructiva de su ira.

Sin embargo, en contra de todo lo que se decía y que hubiera cabido esperar, Enrique se recompuso.

—Está bien —dijo, después de recolocar su jubón negro y su gorguera—, me leeré vuestros papeles y decidiré qué hacer. Como os decía, ya he convocado al duque de Biron aquí, en Fontainebleau, pero es evidente que, a la luz de vuestras revelaciones, mi disposición frente al mariscal de Francia ha cambiado radicalmente. Entretanto, vos, Lafin, os quedaréis en Fontainebleau. Os alojaréis aquí en el castillo y asistiréis a vuestro amo como si nada hubiera ocurrido: no tenemos que darle motivos para que sospeche de nosotros, ¿me explico? Solo así evitaréis el patíbulo, ¿está claro?

Los ojos del rey ardían. No tenía, en efecto, necesidad de repetirlo.

Lafin se recuperó como pudo y se apresuró a asentir y a deshacerse en una serie infinita de inclinaciones.

—Naturalmente, majestad —dijo con un hilo de voz—, y gracias por vuestra clemencia.

Enrique hizo señas al capitán de la guardia escocesa de que se hiciera cargo de ese tipo.

—MacGregor, escoltad a monsieur Lafin y alojadlo en una de las estancias del ala de la Antigua Comedia. —Después, volviéndose hacia el secretario del duque de Biron, le dijo—: Si os vuelvo a necesitar, monsieur, os haré llamar.

Y, sin añadir nada más, se fue, con la mente exacerbada por oscuros pensamientos.

11

Marido y mujer

—Enrique, sabéis que me repugna pediros que me satisfagáis en cualquier cosa, e incluso ahora en que voy a hacerlo, ruego con toda mi alma que me disculpéis. Sin embargo, no puedo fallaros, ya que es mi deber, hoy más que nunca, poneros en guardia respecto a la familia de los Balzac. ¿No os dais cuenta, pues, de lo peligrosos que Carlos de Valois y su hermanastra resultan para vos? ¿Y para vuestro reino? Sé muy bien que no es asunto mío deciros a quién debéis tener en vuestro círculo de amigos, pero permitidme al menos haceros notar que vuestra complicidad con la marquesa de Verneuil ya no es solo inapropiada, sino incluso peligrosa.

El rey miraba a su mujer. Era muy hermosa. ¡Y había en ella tanta devoción! Enrique la percibía muy claramente. Se daba cuenta de lo arriesgado que era continuar alimentando aquella relación absurda con su favorita Henriette d'Entragues.

Pero María no tenía intención alguna de dejar las cosas ahí.

—Los dos pertenecen a un complot conspirativo, Enrique. Primero el asunto de la promesa de matrimonio, luego esta trama... ¿Qué más necesitáis para castigarlos?

Aturdido, Enrique miró a la reina con sincero estupor en sus ojos. ¿Cómo podía saber ella de su promesa de matrimonio?

María pareció leer sus pensamientos. Se le acercó y le acarició el rostro con dulzura.

—¿Os sorprende que esté al corriente de vuestras precipitadas promesas, majestad? Perdonadme si tan solo ahora os lo confío, pero debéis admitir que sorpresas como esas merecen toda la atención de la que sea capaz una reina. Nunca he dicho nada contra vuestra favorita, sois el rey, pero tengo la obligación de hacerlo en el momento en que ella no solo hiere mi orgullo y niega mi papel, sino que pretende, además, comprometer vuestro reino. ¿Acaso me equivoco?

Como muchas veces le sucedía con María, Enrique se quedó pasmado ante tanta sabiduría y firmeza juntas. Y por la lucidez con la que su mujer afrontaba cuestiones espinosas, manteniendo la compostura y una dignidad que no reconocía en ninguna de sus amantes. Y al actuar de ese modo, María se ganaba toda su estima y lo dejaba atónito en cada ocasión, tanto que ya incluso su presencia era una esperanza, deseada y providente, fundamental en el intento de hacerse una idea nítida de esas cuestiones.

Quiso entonces hacer partícipe a su mujer de esa reflexión, puesto que, por encima de todo, lo merecía.

—María, amor mío, escucharos es para mí motivo de alegría y de serenidad. Realmente no creo que le pueda pedir más a mi mujer. Vos no tenéis idea de lo que he tenido que pasar hace ya muchos años para llegar a estar en posesión de la corona de Francia, que, creedme, gotea sangre. Escucharos tan racional y perspicaz no hace sino aumentar mi gratitud hacia vos. Ahora bien, precisamente por esa razón, os pido consejo. ¿Cómo tendría que comportarme con el duque de Biron? ¿Y con el conde de Auvergne, y, en última instancia, con todos aquellos nobles que he excluido del Consejo del rey? —Enrique dejó escapar un hondo suspiro. Se sentía cansado. Pero continuó porque no podía permitirse esperar un instante más a tomar la decisión correcta—. Me resulta claro, más allá de cualquier duda razonable, que esta última conspiración contra mí ha sido alimentada por la envidia y el resentimiento por haber querido limitar los privilegios y las prerrogativas de los nobles. Por otro lado, Sully, mi buen ministro de Finanzas, tiene toda la razón del mundo cuando sostiene que favorecer el nacimiento de una nueva burocracia pondría freno a las pretensiones de estos señores que toman tanto del reino y nada dan a cambio.

El rey levantó la mirada y se cruzó con los ojos profundos de María. Por un momento se dejó zambullir en ellos, como si aquellos iris pudieran mecerlo hasta encontrar una solución. Luego hizo una pregunta que le salió del alma.

—¿Qué sugerís, vos, reina mía?

María cerró por un instante los párpados, porque aquella petición, que había llegado de improviso, la había estado esperando desde hacía mucho tiempo. Por primera vez, el rey le demostraba de manera concreta que tenía plena confianza en ella.

Abrió de nuevo los ojos y una sonrisa se dibujó en su bello semblante.

—Vuestra majestad —dijo—, en primer lugar creo que es oportuno detener la conspiración antes de que sea demasiado tarde. Convocad en Fontainebleau al duque de Biron...

—Ya lo hice —se anticipó.

—Perfecto. Creo que en un castillo muy querido para vos, y del cual el duque de Biron no es gran conocedor, será más fácil reducirlo a vuestra merced en caso de que conciba ideas extrañas.

El rey enarcó una ceja.

—¿Me sugerís matarlo, madame?

—¡Ni en sueños, majestad! El solo pensamiento me aterra. Más bien, habladle, amenazadlo si es necesario. Cuidaos mucho de asesinarlo o Francia hará de él un mártir.

—Pero no puedo ponérselo fácil, no después de haberle ya pedido una vez que renunciara a sus planes conspiradores, para que luego me pague con su total indiferencia.

María tomó las manos del rey entre las suyas y empezó a acariciarlas con dulzura.

—Nadie os sugiere tal cosa, majestad. Haced que lo arresten en las estancias del castillo y procuradle un juicio justo.

Enrique sacudió la cabeza.

—En la Bastilla —dijo—. Tengo intención de arrojarlo a las mazmorras de la Bastilla en espera de conocer la decisión de los jueces.

—De acuerdo —dijo María—. Y haced requisar sus bienes y los del conde de Auvergne y de su hermana Henriette y de todos aquellos que han conspirado contra vos. Creedme, majestad, si los priváis de sus medios, esos tiranos no se atreverán nunca más a conspirar. Atacadlos en lo que les resulta más preciado y garantizaos el apoyo de la burocracia y del pueblo, evitando caer excesivamente en la violencia. No dejéis lugar para malentendidos, o D'Auvergne transformará esta decisión vuestra en una maniobra político-religiosa. Sostendrá que os oponéis a la fe hugonota y convertirá una acusación justa en un pretexto para desencadenar la enésima guerra religiosa.

Enrique asintió.

—Cuánta sabiduría hay en vos, María.

La reina se llevó una mano al pecho.

—No sé si es realmente como dice vuestra majestad, lo que sí es cierto es que os amo y haría cualquier cosa por vos.

Y no sabéis qué alegría llena mi corazón con esta demostración de vuestra confianza.

—Será siempre así a partir de ahora, adorada mía. No permitiré nunca más que nadie se interponga entre nosotros. Me acompañaréis en cada viaje y escucharéis mis dudas y mis preguntas, ayudándome a gobernar el reino de Francia. Sé que os pido mucho, pero, por otro lado, no podría aceptar vuestro rechazo.

—No os negaré nada, amor mío. —Y mientras lo decía, María se le acercó y le depositó un beso en los labios.

Enrique sintió aquella boca plena y hermosa. La devoró con la suya, saboreando el aroma dulce de la promesa que María acababa de hacerle.

12

Leonora y Concino

En otra estancia de Fontainebleau, Leonora Galigai se esforzaba en todos los sentidos en recomendar prudencia a su marido, Concino Concini. Este último se había casado con ella hacía algún tiempo en una ceremonia nupcial tan opuesta a la nobleza francesa como la reina quiso. El rey había legitimado aquellos desposorios con su aprobación.

El caballero florentino, odiado en la corte tal vez más que la propia Leonora, llevaba aquel día en la cabeza un sombrero de ala ancha, que ni siquiera un gascón hubiera osado ponerse. El semblante afilado, al que alargaba más aún una perilla más tiesa que la hoja de un puñal, y los ojos líquidos, llenos de una energía evidente, daban cuenta a la perfección de la formidable curiosidad y la astucia que animaban sus acciones.

La gorguera de encaje contrastaba con un jubón de raso oscuro. Los pantalones abombados iban a caer sobre unas largas botas de caza. Para entretener el tiempo que transcurría tan lentamente en aquel junio bochornoso y suave, Concino no dejaba de dedicar parte de sus jornadas a partidas, en el séquito del rey. Enrique estaba prácticamente obsesionado, como si en los bosques de detrás de Fontainebleau pudiera encontrar la inspiración para solucionar los problemas que se cernían sobre su reino.

—Debemos asegurarnos de eliminar a Biron —dijo sin medianías—. Los que son como él representan una amenaza para nosotros. Francia nos percibe como enemigos del reino por el solo hecho de ser florentinos.

—María nos protegerá —dijo Leonora lacónicamente. Llevaba unos grandes pendientes de oro y rubíes. Emitían reflejos como de sangre cuando el sol, que se filtraba por las ventanas, chocaba contra su superficie.

—¿Qué os hace creer que será suficiente? —En la voz del marido Leonora advirtió un tono sombrío de preocupación.

—Pero... ¿cómo, Concino, aún me lo preguntáis? ¿No fue ella quien proveyó una dote tan rica como magnífica para nuestra boda? ¿Y no soy yo, acaso, *dame d'atours* gracias a su voluntad? ¿Cómo podéis, encima, dudar de ella?

Concino resopló. Leonora tenía razón, obviamente; era siempre así. Y era cierto: ni siquiera hacía un año, María había previsto para su boda una dote digna de un príncipe. Por eso aquellos titubeos suyos resultaban tanto más mezquinos e injustos frente a ella. Pero aquella reflexión no era suficiente para hacerle cambiar de idea.

—Será verdad —dijo—, pero me parece que el tiempo pasa y no ocurre nada. No he acumulado ni títulos ni honores hasta el momento, y no pretendo quedarme de brazos cruzados. Debéis convencer a María de que no tenga piedad hacia Biron y los otros. Esta ocasión es la que estábamos esperando y nos la sirven en bandeja de plata: podemos liberarnos, en una misma jugada, de la marquesa de Verneuil y del conde de Auvergne. ¿Qué le pidió María a Enrique?

Leonora fulminó con sus hermosos ojos negros a Concino. Fue como un relámpago. Luego se tranquilizó.

—Ha pedido que los dos hermanastros se vieran despojados de todos sus bienes y que arrestaran a Biron.

—¡Así no va bien, maldita sea! —siseó Concino—. ¡Hay que asesinarlos a todos para que no puedan hacer más daño!

Ante aquellas palabras, Leonora perdió la cabeza. Las mejillas se le enrojecieron de rabia.

—¿Queréis, entonces, desafiar la suerte? ¿Vuestra sed de sangre es tan profunda que no podéis siquiera esperar a ver cómo se desarrollan los acontecimientos? Si hacemos de nuestros enemigos unas víctimas, entonces obtendremos el único efecto de ser todavía más odiados de lo que ya somos. Y aunque yo misma sueño con ver desaparecer a esos personajes de los que habláis, no puedo olvidar que la prudencia ha de guiar nuestros actos y no la crueldad. María me quiere, y seguro que decidirá de la manera más favorable. Aprended a fiaros de ella, esposo mío, y, cosa aún más importante, aprended a fiaros de mí.

Concino miró a su mujer con su elegante vestido de satén. Los ojos encendidos de un embrujo hechicero, los mechones negros de su cabello enmarcando un rostro de piel olivácea. Detectó en aquella mirada una luz salvaje. Quizá Leonora no era la mujer más hermosa de la corte francesa, pero con toda seguridad no le faltaba una irreprimible sensualidad.

Tenía, entre los incisivos blanquísimos, una leve fisura que, en su imperfección, le producía escalofríos de placer cada vez que la veía.

Leonora pareció intuir sus intenciones y lo detuvo de inmediato.

—No ahora, Concino. Tengo que ir a los aposentos de la reina. Nos vemos mañana por la mañana.

Así, sin añadir ni una palabra más, agarró una vela y se dirigió hacia los aposentos de María de Médici.

13

Fontainebleau

Todo estaba tranquilo.

El cielo se había teñido con las sombras rojas de poniente. El sol ya se había puesto y el aire por fin refrescaba. Soplaba una brisa suave y el castillo de Fontainebleau había emergido delante de él, y de su reducida escolta, iluminado con mil luces.

El duque de Biron había distinguido en los límites del bosque los contornos de aquella residencia que tanto odiaba, por cuanto estaba concebida «a la italiana», y, por lo tanto, completamente abierta, estructurada en jardines infinitos, llenos de estatuas y esculturas, con fuentes de diversas formas y tamaños.

Pero ahora todas aquellas obras extravagantes estaban envueltas en gran medida por las sombras de la noche y pronto se hundirían en la oscuridad más completa.

Nada más entrar por la puerta dorada, el duque vio a la luz de las antorchas y las candelas el cuerpo central del castillo con los torreones, la capilla, el pórtico del Serlio, el ala de la Antigua Comedia, y otras mejoras deseadas por soberanos demasiado atentos al arte y muy poco dispuestos a comprender las dramáticas implicaciones de las guerras religiosas.

Cuando llegó el momento fue recibido por la guardia personal del soberano. Enrique había dado órdenes en aquellos días de que se fundara un cuerpo de carabineros del rey, armados con aquel largo fusil que cada vez tenía más presencia en los cuadros de la infantería del ejército. Y, sin embargo, la compañía no estaba todavía operativa. Pero lo estaría muy pronto, pensaba el duque, y de ese modo otra de esas ideas extrañas y estúpidas de aquel hombre se habría hecho realidad.

Por esa razón, fue una vez más la guardia escocesa la que se volvió a hacer cargo de la modesta escolta del duque de Biron y desfiló delante de ellos.

Habían atravesado la sala de la guardia y la sala siguiente, de ayuda de campo. Entonces empezaron a recorrer la larga galería de Francisco I, llena de estucados y frescos, de decoraciones y frisos.

Al llegar al final del subterráneo, el duque de Biron fue conducido a una antecámara en espera de que lo llevaran al salón de recepciones. A sus hombres los obligaron a esperar fuera.

Pocos instantes después de la espera, ya se hallaba en el centro del salón bellamente amueblado. Frente a él, Enrique IV estaba tranquilamente sentado.

No fue una sensación muy tranquilizadora la de encontrarse cara a cara con el rey y un puñado de sus guardias, sobre todo porque su escolta había sido retenida fuera. Pero, a pesar de esos desagradables detalles, el duque se sentía seguro. Sabía que Enrique le tenía en gran estima y lo creía incapaz de hacerle una jugarreta. Y, además, Lafin le había hecho saber que todo estaba en orden, que no había nada que temer y que el rey le había perdonado por sus acciones pasadas.

Por lo tanto, el duque hizo una breve reverencia e inmediatamente después, reincorporándose y sacando pecho, preguntó la razón de aquella invitación a presentarse ante el rey.

Enrique pareció pensarlo un momento, como si no tuviera respuesta para aquella pregunta. Pero luego empezó a hablar de una manera extraña. Afectada. Biron advirtió que había algo que no iba bien. Era como si su majestad quisiera disculparse por algo.

—Mi buen amigo, ¿cómo estáis? Bien, diría yo, a juzgar por lo que veo. Pues bien. Este es el motivo por el que os he hecho venir. ¿No sois, después de todo, el mariscal de Francia? Me gusta pasar el tiempo con vos y quisiera preguntaros si hay algún asunto del que deseéis hablarme.

El duque enarcó una ceja.

Enrique hablaba de manera sibilina. No era claro en su petición y al mismo tiempo adoptaba un tono alusivo. Dejaba intuir que sabía más de lo que admitía. Pero a lo mejor era solo una impresión. Lafin había sido claro. Y de Lafin podía fiarse. Habían compartido mucho juntos. Y jamás lo había traicionado. Jamás.

De todas formas, Biron no tenía idea de adónde quería ir a parar el rey. Por ello, con sincero estupor se limitó a responder a la pregunta con una nueva pregunta.

—¿A qué os referís, majestad? Si queréis preguntarme algo, podéis hacerlo formulando la pregunta de la manera más directa y sincera posible, y yo os responderé.

Enrique sonrió, pero había algo amargo en aquella expresión.

—Mi buen amigo, si es lo que queréis, lo haré, pero permitidme antes preguntaros algo respecto a lo que tengo en mente. Y os ruego que me respondáis con honestidad.

—No pido nada mejor —respondió el duque.

—Pues bien. He aquí lo que os pregunto: ¿acaso no os he tratado siempre bien el tiempo que habéis estado a mi lado? ¿No os he nombrado almirante de Francia y después mariscal?

—Es verdad, majestad. —Biron no podía negar los hechos.

Pero Enrique no había terminado.

—¿No os he concedido acaso el rango de mariscal general de los campamentos y ejércitos del rey? ¿No os habéis convertido, gracias a esos nombramientos, en gobernador de Borgoña?

—Evidentemente...

—Entonces, ¿en qué, según vos, os habría maltratado? ¿En qué habría manifestado yo mi ingratitud?

Aquella secuencia de preguntas estaba cortando la respiración al duque de Biron. Sí, era verdad, el rey tenía razón, pero no era menos cierto que siempre le había servido con fidelidad y valentía. Al menos en el pasado. Era el momento de decírselo.

—Nada que yo no me haya ganado en el campo, majestad. He derramado sangre por vos. He rebanado cabezas y cercenado piernas. He matado e incendiado en vuestro nombre. Por vos y por Francia.

—Nadie afirma lo contrario. Pero lo que habéis hecho por mí os lo he pagado diez veces en términos de honor y reconocimiento. Sois par de Francia. Y, sin embargo, ya una vez descubrí que conspirabais a mis espaldas. —Enrique suspiró—. No tenéis idea, por lo tanto, de lo que me cuesta haceros esta pregunta, pero la tengo que hacer o jamás sería un buen rey. ¿Tenéis intención todavía de volver a conspirar contra mí, Carlos?

Los ojos del duque de Biron parpadearon. Entonces... ¿el rey sospechaba? ¿Lo habrían espiado? ¿Lo habían traicionado? Todas aquellas preguntas le zumbaban en la cabeza como avispas alrededor de un panal. Se quedó sin palabras, porque Enrique había formulado esa pregunta con sincera decepción, como si comprobar su voluntad de conspirar contra la corona constituyera para él un dolor verdadero. Luego, tratando de recomponerse, mientras el rey lo miraba fijamente y su mirada se volvía de fuego, encontró la única palabra que podía pronunciar en un momento como aquel.

—¡No!

—No ¿qué?

—No, majestad. No os he traicionado. Ni tengo intención de organizar una conspiración contra vos.

—¿Estáis realmente seguro?

—Os lo juro.

Ante aquellas palabras, el rey dio un suspiro de alivio. La luz en sus ojos se transformó. El duque de Biron tuvo la sensación de ver en él la mirada de quien está a punto de darse por vencido. Fue un instante, por supuesto, y aquella expresión de sincera amargura pronto fue reemplazada por una mueca de rabia.

Y, en ese momento, Biron entendió que todo estaba perdido.

Como si le hubiera leído el pensamiento, Enrique miró a MacGregor, capitán de la guardia escocesa, que se había quedado junto a cuatro de sus hombres en el salón de recepción.

—Capitán —dijo el rey—, abrid la puerta.

Sin esperar un segundo más, MacGregor ejecutó la orden y Lafin entró en el salón. Al ver a su secretario, delgado y elegante, con una mirada de tanta culpabilidad, mucho más elocuente que cualquier palabra, el duque de Biron experimentó un sobresalto. Al final logró salvar las apariencias y, manteniendo la compostura, intentó una nueva defensa a la desesperada.

—¿Qué significa esto, majestad?

Pero el rey ya no le escuchaba. Se acercó a un escritorio y sacó de él un cofre con documentos.

—Me habéis traicionado, Biron. ¡Por segunda vez! Y no tenéis siquiera la lealtad de admitirlo. ¡Pero como que hay Dios que esta será la última de vuestras conspiraciones! —Y, al decirlo, lanzó los papeles al duque.

Los pergaminos llovieron sobre Biron. Fue entonces cuando reconoció las cartas enviadas a Lafin. Aquellas cartas que su secretario juraba haber quemado.

—¡Puaj! —dijo el rey con disgusto—. Al menos podríais haber tenido la decencia, si no la astucia, de encriptar vuestra correspondencia. Pero vuestra arrogancia os ha condenado definitivamente, amigo mío.

El duque miró a Lafin con ojos llameantes.

—Vos, maldito traidor —susurró, y mientras hablaba desenvainó la espada.

El filo rascó siniestramente la funda. Una vez desenfundada, relució, magnífica, bajo la luz de las candelas.

Pero MacGregor y la guardia escocesa no estaban dispuestos a quedarse mirando y empuñaron las espadas a su vez.

El duque se arrojó de inmediato sobre su adversario más cercano, en el intento desesperado de liberarse y alcanzar la puerta. Entretanto, gritó exhalando una última esperanza, tratando de actuar de manera que aquellos que lo habían acompañado pudieran forzar la entrada y desplegarse en el salón en el que se encontraba.

—¡Hombres, a mí! —gritó con todo el resuello que le quedaba.

Pero nadie respondió a su ruego. Mientras tanto evitó un golpe de espada. Se hizo a un lado e inmediatamente después blandió una elegante estocada que sorprendió a su adversario al alcanzarlo en un costado.

El guardia encajó el golpe y cayó de rodillas, recostado contra la jamba de una puerta. Una mancha de color vino empezó a extenderse en su uniforme, a la altura del pecho.

Pero MacGregor ya había empezado a cruzarse mandobles con el duque. Su fama de espadachín no tenía parangón y, a pesar de que Biron era un elemento peligroso con una espada ropera en la mano, no se dejó amilanar. Las cuchillas chirriaron, al rozarse mutuamente. MacGregor probó los rápidos reflejos del adversario con un par de mandobles, luego se produjo un ataque. El duque paró en primera e inmediatamente después en cuarta, ejecutando una insidiosa estocada en salida.

Pero el capitán de la guardia escocesa estaba demasiado preparado. Muy pronto, Biron tuvo la sensación de encontrarse en constante desventaja, como si MacGregor supiera exactamente dónde y cómo debía atacarlo.

Intentó una finta, pero, al hacerlo, perdió el equilibrio y, en la pretensión ulterior de lanzarse, MacGregor lo detuvo con agilidad y con una calibrada torsión de la muñeca blandió su propia espada hasta desarmarlo. La espada ropera de Biron acabó por el suelo con un estruendo metálico.

El duque la vio detenerse bajo el zapato del rey. Enrique metió el pie debajo de la hoja y, levantándola con gran energía, hizo volar la espada, agarrándola luego por la empuñadura en un instante.

Entretanto, MacGregor apuntaba con su cuchilla a la garganta del duque de Biron.

—Deteneos, capitán —dijo el rey—, no quiero todavía la muerte de mi enemigo. Deseo, más bien, que lo juzguen por cuanto ha cometido basándose en las pruebas que se producirán. Mientras, mi querido duque —dijo volviéndose hacia Biron—, os encerraremos en la Bastilla, donde por fin podréis reflexionar sobre la elección de vuestra conducta.

—Os arrepentiréis, majestad —susurró Biron.

—En absoluto, amigo mío. Me arrepiento de haberos otorgado, hasta hoy, una confianza que habéis demostrado no merecer. —Luego, dirigiéndose a MacGregor añadió—: Lleváoslo fuera de aquí.

14

La Bastilla

Había transcurrido poco más de una semana desde aquellos hechos y la situación se había precipitado. Biron, encadenado, había sido arrojado a la celda de la Bastilla, y suerte similar había corrido dos días más tarde el conde de Auvergne.

En cuanto supo lo que había ocurrido, María acudió junto al rey implorándole que tuviera piedad hacia esos hombres.

Pero Enrique no quiso atender a razones.

Angustiada por su decisión, pese a comprender y aprobar los motivos, María había decidido jugar una última carta a la desesperada. Su objetivo era proteger al rey de sí mismo y de su impulsividad, que ya en otras ocasiones lo había llevado a cometer graves errores de apreciación. En primer lugar, la promesa de matrimonio a Henriette d'Entragues.

Y la muerte por decapitación del duque de Biron sería otro error, estaba segura de ello.

Por eso aquella mañana de junio, al alba, cuando aún el aire era fresco y el cielo límpido en su color perla, subió a la carroza y, con la única compañía de Mathieu Laforge, se dirigió sin más demora a la Bastilla.

Una locura, cierto. Pero amparada por las mejores intenciones.

Laforge había preparado a toda prisa las falsas órdenes escritas por el rey. María conocía muy bien aquella firma y las dotes de falsario del espía la habían dejado traspuesta.

Así que partió junto con él, y al cabo de una hora la carroza había recorrido el puente levadizo y había entrado en la Bastilla.

La reina sabía que intentaba una misión extrema. Pretendía encontrarse con el duque de Biron e implorarle que confesara sus culpas. Estaba convencida de que una condena a muerte no ayudaría a nadie. Es más, el final del duque de Biron no hubiera hecho más que desencadenar el odio de la nobleza contra el rey.

Para la ocasión, Laforge llevaba los colores de la guardia escocesa: el jubón de color dorado atravesado por una banda, de la cual, a la altura de la cintura, colgaba una espada. Los calzones hasta la rodilla de un intenso color carmesí hacían juego con la capucha. Botas de piel oscura completaban su disfraz.

María sabía que se arriesgaba demasiado con aquel encuentro, pero quería evitar que cualquier obstáculo le impidiera acceder y se fiaba de las cualidades de Laforge para obviar eventuales problemas burocráticos.

Ciertamente, su visita no iba a pasar inadvertida, pero la verdad era que esperaba superar cualquier tropiezo gracias precisamente a la ostentación.

Como si el destino le hubiera leído el pensamiento, los problemas se manifestaron de inmediato. Cuando llegaron a la primera puerta interior, un centinela detuvo la carroza, pero, directamente desde la ventanilla, Laforge tuvo el buen tino de mostrar las órdenes escritas autorizando la visita. El centinela le echó un vistazo al hombre que vestía los colores de la guardia escocesa e hizo señas para que pasaran.

Superadas dos puertas más sin mayores contratiempos, la reina descendió de la carroza, acompañada por Laforge. Este último ordenó al sargento de guardia que los condujera a la celda del duque de Biron, prisionero en la Bastilla. Mostró, a mayor abundamiento, la falsa orden escrita y firmada por el rey.

Al mirar a Laforge, el soldado formuló la pregunta más obvia.

—Capitán, las órdenes son claras y conforme a ley. Sin embargo, debo preguntaros quién es la mujer que os acompaña.

—Señor, vuestro nombre y rango, por favor.

—Sargento Fouquet, capitán.

—Muy bien, sargento. Entonces, ¿no creéis que si hubiera sido necesario comunicaros la identidad de la persona que está aquí conmigo ya lo habría hecho? Y si tal cosa no se ha producido... ¿no intuís que la razón es que ella pretende mantener con reserva esta visita?

El sargento Fouquet, que era un hombre simple, y que, a esa hora de la mañana estaba claro que no quería complicaciones, dio por satisfactoria aquella respuesta. Laforge había imprimido a su voz autoridad suficiente como para disipar, al menos, parte de las dudas. Después de todo, aquel oficial de la guardia escocesa llevaba órdenes firmadas por el rey. Por ello, ¿de qué servía insistir?

Por lo tanto, decidió no pedir más explicaciones y abrirles paso.

María se encontró subiendo la inquietante escalera de una torre de la Bastilla. A medida que avanzaban, un escalón tras otro, oía gritos terribles que producían un eco a lo largo de aquella espiral que, envolviéndose a sí misma, parecía conservar todas las formas del dolor. Eran, aquellos lamentos, el aullido de hombres desesperados y de alma destrozada, a los que dejaban pudrirse en aquel sitio olvidado de Dios.

La reina no fue capaz de contener los escalofríos, pero se calló para no evidenciar su identidad. Cuando llegaron al último piso, el sargento Fouquet metió una enorme llave en una cerradura de una ancha puerta doble de madera recubierta de hierro.

En cuanto oyó que las bisagras graznaban y que se abría la puerta, Laforge avanzó, obligando al sargento a recular. María miró al hombre que la había acompañado hasta allí.

—Capitán —dijo—, si veis esta puerta cerrada, esperad hasta que quiera salir. Me oiréis golpear desde dentro dos veces. —Y según lo decía, entró en la celda y la puerta quedó entreabierta a sus espaldas.

Laforge y Fouquet se quedaron fuera.

En cuanto entró, la reina se percató del terrible calor que oprimía esa estancia. Construida realmente bajo el techo de la fortaleza, la celda parecía amplificar el calor de aquel junio infernal y el aire era tan húmedo y denso que cortaba la respiración. En el lado opuesto a la puerta, una ventana con barrotes en el centro y dos ventanucos con las rejas en cruz dejaban entrar la luz, pero hacían imposible la sola idea de querer fugarse.

La ventana era ancha por dentro, pero estrecha como una hendidura en el exterior, de modo que el sol penetraba como una delgada hoja para luego extenderse en una malla más amplia.

Los únicos elementos decorativos lo constituían un cubo de hierro para defecar y una rejilla en la que reposaba un sucio colchón. Y, encima del colchón, la reina vio por fin a Carlos de Gontaut, duque de Biron.

Y no había nada más aterrador que la visión de este último, ya que estaba reducido a un estado que definir como miserable era decir poco: su ropa estaba hecha jirones; su camisa, desgarrada, cubierta de sangre y empapada de sudor; los calzones, rasgados. El rostro del duque era una máscara de terror: el pelo desaliñado, los ojos brillantes, devorados por la locura; las mejillas ya hundidas por el hambre y la fiebre que parecía consumirlo hasta lo más recóndito de su alma.

Al verlo reducido a ese estado, María no logró contener las lágrimas. Se las secó de inmediato con el dorso de la mano. ¿Cómo podía mostrarse débil a los ojos de un hombre que había atentado contra la vida de su marido?

Cuando se quitó el capuchón que escondía su hermoso semblante y reveló quién era en realidad, el duque, incluso con una débil voz, no fue capaz de ocultar su sorpresa.

—¿Vos? —preguntó con incredulidad.

María asintió. Se acercó a la puerta de la celda y la cerró. No quería que el sargento Fouquet pudiera escuchar algo de lo que estaba a punto de decir.

Luego se volvió y miró fijamente a Carlos de Gontaut.

—Cuánto dolor veo en vuestros ojos, duque. Y los dos sabemos la razón de la desgracia que se ha cernido sobre vos de manera tan repentina.

El duque sacudió la cabeza. El pelo pegajoso de sudor le caía por la cara como si fuese cuerdas mojadas.

—Reina mía —respondió—, vos sabéis como yo que he sido desde siempre buen amigo de vuestro marido. Y si es verdad que en el pasado ha tenido que recriminar mi comportamiento, pues bien, en esta ocasión se equivoca. Soy inocente respecto a las acusaciones que se hacen en mi contra, debéis creerme.

Pero aquellas palabras, por más que pronunciadas con la voz quebrada, no convencieron a María.

—Monsieur, no lo entendéis. He venido aquí, a esta sórdida celda, arriesgando lo que me es más querido, con el único objetivo de salvaros la vida. Pero si queréis de verdad salir vivo de la Bastilla, lo único que podéis hacer es confesar. Hacedlo y no os tendréis que arrepentir. Conozco al rey y, lo creáis o no, es un hombre de buen corazón. Y estaría dispuesto a retirar los cargos en vuestra contra si vos os dignarais a admitir vuestra culpabilidad. Si lo hacéis, os alejarán de la corte, os confiscarán bienes, propiedades y títulos, pero al menos habréis salvado la vida, y luego, quién sabe si, con el tiempo, su majestad os podrá rehabilitar parcialmente. Si demostráis ser digno del perdón que os ha concedido.

María se detuvo mirando a aquel hombre destruido que, a pesar de todo, se obstinaba en negar la evidencia. Sin embargo, las pruebas contra él eran abrumadoras. Y, aun así, Enrique había mostrado su voluntad de perdonarle la vida a condición de que admitiera su trama criminal. Aquello era condición necesaria.

El duque de Biron suspiró.

—Mi reina, me alegraría poder confesar un crimen de ese tipo, pero no puedo admitir lo que no he cometido nunca. Las afirmaciones de Lafin son falsas, y encuentro vergonzoso que se ponga en duda mi palabra, puesto que he servido a nuestro buen rey Enrique durante muchos años.

No había esperanza para aquel hombre. María no salía de su incredulidad.

—Pero, entonces, ¿qué decís de las cartas, tan abundantes, todas ellas con vuestro sello y letra? Son ellas las que os acusan, ya que vos, justamente, con vuestras propias palabras, pedisteis a Lafin que quemara todas las pruebas de vuestra culpabilidad. ¿Qué respondéis a eso?

—No son más que documentos falsos. Alguien los ha escrito en mi lugar.

—Pero aun admitiendo que eso sea verdad, ¿quién podría haber cometido tamaña bellaquería?

—El propio Lafin, al que el rey parece conceder un gran crédito. Quizá porque, a diferencia de vuestra evidente buena fe, el rey intenta liberarse de mí. Pero si habéis venido hasta aquí, rogándome que confiese, entonces resulta claro que al menos para vos este acto está mal y solo soy una víctima de una conspiración perpetrada para perjudicarme.

En ese momento María comprendió que no había modo de salvar al duque de Biron, puesto que la mala fe estaba tan arraigada en él que resultaba inextirpable. Le disgustó haber corrido tantos riesgos para solo escuchar cómo insultaban a su marido y ver liquidada su propuesta como si fuera la fantasía de una demente. Suspiró, derrotada, porque su misericordia chocaba contra la prepotencia arrogante de aquel hombre que creía que podía estar por encima de la ley de la corona.

Y a pesar de que estaba desgarrado y herido, María empezó a dejar de sentir piedad por él.

—Carlos de Gontaut, duque de Biron —dijo—, os lo pido por última vez: ¿estáis dispuesto a confesar vuestra participación en una conspiración contra la corona francesa que también implica al conde de Auvergne y al duque de Bouillon junto con España y Saboya?

María clavó sus ojos en los de Carlos de Gontaut. Esperó, en vano.

—De acuerdo. Que sepáis, pues, que os estáis condenando vos mismo y que yo no haré nada para ayudaros. Que Dios tenga piedad de vos.

Sin añadir ni una palabra más, María le dio la espalda y llamó dos veces a la puerta.

Cuando le abrieron y salió de la celda, abandonando aquel aire pesado y viciado, le pareció que volvía a nacer.

15

Plaza de Grève

El aire parecía empapado de fuego líquido. Estaba pesado, húmedo y parecía arder en las llamaradas de julio. Abrazaba, con su respiración mortífera, aquel escenario apocalíptico en que se había convertido la plaza de Grève.

Sobre las horcas graznaban, vulgares e indiferentes, cuervos de brillantes plumas y de picos tan grandes que recordaban arcos de acero negro. Estaban allí encaramados en espera de ver cómo llevaban al duque de Biron al patíbulo, el hombre que había osado desafiar al rey. Se había negado a confesar el delito, según él jamás cometido, hasta el punto de que, a pesar de las pruebas reunidas durante el juicio, buena parte de la población de París lo llamaba mártir y víctima.

Pero Enrique IV se había cuidado mucho de admitir en la ejecución a aquella gente rebelde que, concentrada en su mayoría entre los nobles, habría gritado contra una condena así. El rey había actuado de modo que su guardia concediera la asistencia a la decapitación solo a los que elogiaban la muerte del duque.

Y, entre ellos, vestido con el mejor satén de Sangallo, se hallaba también Mathieu Laforge.

Él sabía mejor que ningún otro lo que se había esforzado María de Médici para tratar de impedir aquel desastre, ya que era un hecho que, como la italiana había previsto, una parte importante de la nobleza francesa consideraba aquella condena injusta y cruel, y se habían puesto del lado del duque de Biron, que muchos tenían por el más grande soldado francés que jamás hubiera existido.

La conducta del rey aparecía aún más contradictoria en aquellos días, dado que se sentía inclinado a conceder el perdón al conde de Auvergne y a su hermana Henriette d'Entragues por la única razón de que esta última había sido hasta hacía poco su favorita. Al actuar así debilitaba su propia credibilidad, agravando más todavía las posibles consecuencias de aquella ejecución.

Es verdad que iba a quitar de en medio a un enemigo declarado de la corona francesa, un conspirador y un hombre devorado por la ambición de poder, pero mostraría toda su debilidad al tratar de manera diferente a hombres que estaban manchados por el mismo delito.

No era realmente un buen ejemplo, pensaba Laforge mientras se desabrochaba el cuello con la vana esperanza de sobrevivir a aquel calor infernal.

Cuando vio comparecer encima de un carro a aquello que quedaba del duque de Biron, el espía tuvo una confirmación de sus propias convicciones. Con las manos atadas, sujetas por los grilletes, de pie sobre ese vehículo destartalado, arrastrado por un par de mulas flacas, el hombre que había sido un conspirador aparecía como el más inocente de los culpables: el cabello sucio, la ropa andrajosa, la piel moteada de sangre coagulada y hematomas. Era el vivo retrato del martirio. Y a pesar de que entre la multitud no faltó quien le arrojó fruta podrida y escupitajos, era evidente que el tiempo había convertido a ese hombre en una víctima sacrificial, independientemente de la lealtad al rey de aquellos súbditos que en ese momento tupían la plaza.

Y mientras veía consumarse el principio de la futura ruina del Borbón, Laforge leyó en los ojos de la reina una sombra de miedo. Conocía a María como una mujer valiente, y en verdad lo era, pero ante ese cuadro inquietante, que se volvía más feroz por culpa de aquel sol que incendiaba el cielo, tiñéndolo todo del mismo color que la sangre, María aparecía pálida como Laforge no recordaba haberla visto jamás.

No era para él difícil leer más allá de lo superficial, ya que era en lo que se había entrenado toda su vida y había conocido lo suficiente a María para comprender cuánto tormento escondía aquella expresión aparentemente glacial y estatuaria a pesar del calor sofocante del día.

La reina estaba junto al rey en una tarima elevada.

Laforge sacudió la cabeza. Aquel error perseguiría a Enrique, estaba seguro. Y si a semejante desastre se sumaban la codicia y el ansia de poder que consumían la mirada de Leonora Galigai, sentada algo distante de la reina, en un palco bajo y modesto, pero presente de todos modos, cualquiera hubiera comprendido rápidamente que el trono de Francia estaba destinado a cambiar, más pronto o más tarde, de propietario.

Laforge no sabía cómo iba a suceder, pero le resultaba evidente que Leonora Galigai y su marido, Concino Concini, tenían la única intención de arramblar todo lo que pudieran de las riquezas del reino.

Eran exactamente como esos cuervos atontados y crueles que entonaban letanías desdeñosas desde su oscuro graznido sobre la horca.

Entretanto, el duque de Biron fue conducido a los pies de la tarima. Los guardias lo golpeaban con púas, como si se negara a subir la escalera que llevaba al patíbulo. Pero la verdad era que casi no se tenía en pie, tanto que el efecto era el de una marioneta movida por sus propios carceleros. Como quiera que sea, logró, a duras penas, arrastrarse por los escalones del palco mientras los grilletes en las piernas tintineaban de manera siniestra. Aquel ruido escalofriante parecía multiplicarse en la intensidad del silencio en el que se había sumido la plaza de Grève, puesto que era un hecho que en el momento en que se le vio subir a la horca el pueblo de París había enmudecido.

Enrique IV parecía cansado. Decepcionado. Incluso contrariado por tener que hacer lo que estaba haciendo. Es más, cuanto más se acercaba el momento supremo, menos entendía por qué Biron lo había traicionado. Y aquel desconocimiento se transparentaba en aquella mirada suya, aburrida y melancólica al mismo tiempo. Como si se hubiera rendido a la evidencia y hubiera elegido el único final posible y luego, por coherencia, no hubiera querido modificar ya su propia decisión.

¿No era acaso el rey?

Tal vez por esa razón no tenía ganas de volver a derramar más sangre.

En cualquier caso, el verdugo recibió la entrega del prisionero.

Lo obligó, con una patada, a doblar las rodillas y a poner la cabeza en el bloque de madera. Ya fuera noble o no lo fuera, aquel hombre era un traidor y no merecía piedad de ningún tipo.

Desde detrás de su capucha negra, el verdugo lanzó una mirada dura como el hierro. Asintió, complacido por su propia inflexibilidad y, como para subrayar su propia determinación, escupió al suelo. El tocón, denso y suave como una ostra pelada, cayó verticalmente sobre la mejilla del duque de Biron. El efecto de aquel gesto, tan instintivo, tan teatral, acabó por enardecer a la muchedumbre, que rugió en un aullido de aprobación, explotando en gritos de júbilo y de aliento.

Ahora la plaza de Grève se había transformado en un caldero humeante de resentimiento y hastío. El pueblo parisino había aceptado aquel gesto despectivo como la demostración de que, frente a la ley, nobles y plebeyos eran iguales. Y aquella consciencia les daba esperanza de volver a ser tenidos en cuenta algún día.

La nobleza era vulnerable: eso es lo que decía la ejecución. Laforge lo percibió claramente en aquella vibración animal que parecía propagarse entre la multitud como una marea indómita bajo el cielo de julio.

Carlos de Gontaut tenía la cabeza apoyada en el trozo de madera. El verdugo había agarrado el largo mango del hacha. La cuchilla relucía bajo los rayos amarillos de un sol que cegaba la vista.

Enrique, desde lo alto del palco, asintió.

El verdugo, que era un hombre enorme, levantó aquella hacha colosal como si fuera una ramita. La colocó más arriba de su cabeza. Luego descerrajó el golpe con un control sorprendente, dosificando las fuerzas y la precisión, de modo que el efecto fuera el que todos esperaban.

La muchedumbre contuvo el aliento.

Cuando la llama mordió la carne, rasgándola, la cabeza se separó del cuerpo y, mientras un río de sangre se desparramaba alrededor, cayó sobre las tablas de madera con un sonido resbaladizo y repugnante.

Un instante después, el verdugo agarró aquel macabro trofeo por los pelos. Lo levantó, mostrándolo primero al rey, y luego a la multitud que gritaba.

Carlos de Gontaut miraba al público con una lengua violácea que le colgaba entre los labios y los ojos en blanco por la palidez mortal de la esclerótica.

María de Médici hizo la señal de la cruz.

Delante de ella, el Sena se deslizaba como una cinta de plata brillante y sus aguas suaves y cambiantes parecían sugerir, una vez más, la mudanza del destino.

Laforge entornó los ojos.

Leonora Galigai sonrió.

Concino Concini aplaudió.

Y Enrique IV entendió que, a partir de ese momento, nada sería como antes.

JUNIO DE 1606

16

La barcaza

María se sentía abatida y exhausta. Por el largo viaje, evidentemente, pero también por algo más sutil e insinuante. Un gusano que la había estado corroyendo por dentro desde hacía meses y que la había perseguido en esos últimos tiempos.

Volvió con la mente a unos años atrás, al momento en el que había visto la cabeza del duque de Biron caer en los tablones de madera del patíbulo de la plaza de Grève. Cuando el verdugo había levantado por los pelos la cabeza decapitada de Carlos de Gontaut, ella había dirigido su mirada a las aguas claras del Sena.

Y ahora, nuevamente, estaba mirando la superficie líquida y mutante. Dejaba que los ojos se perdieran, mientras el chasquido de la barcaza que el rey y su séquito habían elegido para atravesar el río le hechizaba los oídos. Esa especie de balsa la habían empujado desde la orilla los barqueros con largas pértigas de madera.

Apoyada en la ventanilla de la carroza real, María continuaba mirando el agua.

Había esperado que Enrique cambiara, pero tan solo había empeorado. Sus estúpidos enamoramientos de otras mujeres habían continuado. Y, a pesar de que ella sabía que la llevaba en la palma de la mano, empezaba a no bastarle. ¿Era demasiado pedirle ser la única mujer de su vida?

El rey se había vuelto viejo y débil, la sombra del hombre que había sido. Solo unos meses antes, a causa de unos dolores en el pie, casi se le había ido la vida. Sin embargo, apenas se sintió recuperado del achaque, había vuelto a las andadas, e incluso recrudecido.

Era indiscutible que, junto con Carlos de Gontaut, también el conde de Auvergne y su hermana Henriette habían tramado contra el rey, pero eso no parecía tener significado alguno para Enrique. Era verdad que los dos habían caído en desgracia, pero ese hecho no había impedido al soberano frecuentar a su favorita.

Y que la situación era cuando menos peligrosa lo confirmaba la más reciente insurrección al mando de otro de los conspiradores de hacía unos años, es decir, el duque de Bouillon, que, justo desde entonces, no había vuelto a la corte.

Y desde luego no había perdido el tiempo. Príncipe de Sedan y con muchas tierras en el bajo Limousin, se había convertido con los años en el cabecilla de los hugonotes, que cada vez más desafiaban al rey abiertamente por culpa de la abjuración que lo había llevado a abrazar la fe católica.

Y no solo eso. Poco a poco, con la rapidez de la hormiga, años tras año, aquel maldito príncipe menor había ido estableciendo relaciones, enfrentando de manera gradual a todos los reinos protestantes contra el rey, acusando abiertamente a Enrique de no haber respetado la libertad de conciencia de sus propios súbditos hugonotes.

Luego había armado a sus castillos, en una demostración de fuerza que parecía la antesala perfecta de una nueva guerra religiosa.

Por ello, Enrique había reunido a dieciséis mil hombres y se encontraba desfilando con su ejército hacia Limousin.

Y también en aquella ocasión, María lo había seguido.

Porque incluso a ella le tocaba hacer esos viajes extenuantes: Enrique deseaba que lo acompañara como consejera y confidente. No hubiera admitido que lo rechazara. A María no le disgustaba su papel, naturalmente, agradecida como se sentía hacia la estima y atenciones de su marido. Pero aquellos viajes le imponían enormes esfuerzos y fatigas. Y su cama hacía tiempo que se enfriaba, ya que las visitas de Enrique se habían espaciado poco a poco y el sexo, que en tiempos había sido ardiente y salvaje, había quedado reducido a una práctica fría y rutinaria que había que atender.

No lo odiaba por sus debilidades, pero le hubiera gustado mucho pasar más tiempo con él.

El viaje contra los rebeldes de Limousin resultó ser demoledor, como otros e incluso más, aunque hubiera concluido de la manera más rápida posible.

Enrique ocupó los feudos del duque e hizo que sus capitanes le entregaran todas las fortalezas armadas. Luego promovió la institución de una comisión parlamentaria en las tierras de Bouillon. Los magistrados se habían puesto a trabajar y, tras una rápida investigación y un aún más veloz juicio, habían considerado culpables a seis capitanes del duque, decretándose la condena a muerte por decapitación.

Después de esos hechos, el duque de Bouillon se había retirado a Sedan y al final había capitulado, e incluso llegó a firmar la paz.

Como era lógico, una victoria tan rápida había reforzado la posición de Enrique; había logrado cercenar en su nacimiento aquella suerte de enclave hugonote en el interior del reino y lo había hecho con el menor derramamiento de sangre posible. Estar acompañado por la reina le había permitido destacar una vez más el prestigio y esplendor de la monarquía. Los aplausos y el afecto del pueblo en el campo y en las ciudades del reino habían llenado de entusiasmo a María.

Pese a todo, se sentía infinitamente cansada y, además, tampoco la gloria y la popularidad le devolverían a su marido.

Miró la bóveda azul plateada. El mes había comenzado de una manera como si no hallara la voluntad de convertirse en estival, persistiendo aún en el gris casi frío de una primavera caprichosa.

La reina reflexionaba mientras el agua del río fluía plácidamente y, no obstante, preparada para encresparse y formar círculos que iban a parar a pequeños remolinos allí donde la corriente se hacía más intensa. No era, desde luego, un gran río, pero su lecho era lo suficientemente ancho y profundo como para tener que vadearse con barcaza. La carroza estaba parada. Los caballos esperaban la llegada de la embarcación mientras los mozos y los criados hacían todo lo posible para mantenerlos tranquilos.

El embarque había transcurrido bien y, en cuanto la barcaza se alejó de la orilla, María sintió su corazón en paz. Pronto llegaría a casa y, entonces, después de reposar un poco, se enfrentaría a Enrique con la mente lúcida y fresca.

Se abandonó, por lo tanto, contra el respaldo acolchado de cojines de terciopelo azules con lirios dorados, proyectando su propio pensamiento en ese último tramo del camino que les quedaba después del vado.

Deliberadamente mantuvo la mirada sobre el agua del río para no cruzarse con la de su marido.

Mathieu comprendió de inmediato que había algo que no iba bien. Los caballos estaban demasiado nerviosos. No entendía bien el motivo, pero habría jurado que algo los irritaba. Lo que más le molestaba era comprobar lo inconscientes que eran de ello los mozos y los criados. Sacudió la cabeza, suspirando.

Se encontraba más bien detrás de la carroza y precisamente por ello espoleó a su caballo para aproximarse lo más posible. Por supuesto que se arriesgaba a llamar la atención, pero no podía actuar de otro modo. Estaba seguro de que iba a ocurrir algo y no tenía intención de dejarlo estar. Si le hubieran preguntado quién era se habría inventado cualquier cosa.

Fue justo en el momento en que clavó las espuelas en los costados de su caballo cuando se desencadenó todo aquello que había presagiado.

Vio a los caballos de la carroza alzar las patas. Una tempestad de relinchos rasgó el aire mientras la barcaza zozobraba peligrosamente bajo aquel repentino estallido animal. El cochero trató de contenerlos en un último esfuerzo desesperado. Las riendas se tensaron.

Lo que ocurrió después dejó a Laforge sin aliento. Y a todo el cortejo del rey.

Los caballos echaron a correr, y luego a dar coces. Uno de ellos dribló hacia un lado. El cielo se llenó de gritos y, antes de que soldados, nobles y damas comprendieran lo que estaba ocurriendo, la carroza real se hundió directamente en las aguas del río.

17

La valentía de monsieur Laforge

María vio que el agua se le acercaba.

Se encontró, sin saber cómo, disparada hacia el medio del río.

El agua le entró en la boca, en la nariz, en las orejas. Algo le golpeó la sien. Por un momento sintió que se desvanecía. Aturdida y aterrorizada luchó con todas sus fuerzas para no perder el sentido. Las dimensiones del espacio y del tiempo perdieron todo el significado y ella tan solo percibía la caricia helada del agua entrando por la carroza descubierta.

Sintió que se ahogaba: los sonidos apagados, sordos; los movimientos infinitamente lentos, imposibilitados por la vestimenta y la presión líquida; el pánico que iba abriéndose paso como la lengua afilada de un reptil. Las estelas de espuma dibujaban túneles blancos en la oscura bóveda del agua.

Suspendida en la dimensión líquida, se sintió morir. Estaba atrapada en la carroza. Algo se le había enganchado en el vestido y no lograba zafarse. Más allá veía a los caballos haciendo remolinos con las patas. Relinchaban aterrorizados, consiguiendo flotar en la superficie en medio de una tormenta que ella únicamente podía ver.

Y, mientras, la carroza bajaba inexorablemente para ir a depositarse en el fondo del río.

No vio a Enrique a su lado. Con el impacto debía de haber salido expulsado hacia quién sabía dónde. María ya no podía verlo. Fue entonces cuando comprendió lo importante que era para ella, pese a todo. La certeza de que no estaba junto a ella la aterrorizó. Esperaba que hubiera conseguido ponerse a salvo.

La conciencia de poder morir la aniquilaba. Más que el agua que le llenaba la boca y le cortaba la respiración. Sabía que no tenía esperanza alguna de salvarse. Fue en ese momento cuando pensó rendirse, dejarse ir, abandonarse al agua, morir en ella.

Pero justamente mientras el halago mortal del río parecía abrumarla y aquel ataúd líquido se cernía sobre ella, algo la sujetó por los hombros; algo fuerte como un hierro.

María había perdido casi el sentido, pero tuvo la suficiente lucidez para reconocer el rostro de Mathieu Laforge. Después, todo se volvió negro y no fue capaz de comprender dónde se encontraba.

Laforge sabía actuar con rapidez. La reina estaba a punto de morir. Cortó el vestido con el filo de su cuchillo en el punto exacto en que se había enredado.

Luego, con firmeza, la cogió por un brazo, poniéndoselo alrededor del cuello. La sujetó por la parte superior de su cuerpo contra su propio hombro izquierdo y empujó con las piernas para alcanzar la superficie lo más rápidamente posible.

Sabía que no tenía que ceder al pánico, y agitaba con furia los pies. Intentaba, sobre todo, dentro de lo posible, movimientos fluidos, pensados para aprovechar la energía que le quedaba.

El río en ese punto era bastante profundo, pero no hasta el punto de impedirle volver a reflotar: trece, quince brazadas como máximo. Desde debajo del agua veía la luz pálida del sol y la bóveda azul del cielo.

Nadó tan rápido como pudo y pronto alcanzó la superficie. En cuanto salió a flote, respiró a pleno pulmón. Luego, mientras algunos de los guardias del cortejo real lo asistían acercándole pértigas, y otros soldados se zambullían para rescatarlo, aliviando su peso y ayudándolo a sostener el cuerpo desvanecido de la reina, logró finalmente llegar a la orilla.

Allí, de rodillas sobre su majestad, sin más dilación y con el debido respeto a las convenciones y a las obligaciones impuestas por la decencia, puso sus labios en los de María. Con los dedos temblorosos le apretó las fosas nasales e insufló aire en la boca.

Esperaba que no fuera demasiado tarde. No se lo habría perdonado nunca.

El semblante de María, por lo general tan hermoso, estaba pálido. Es más, térreo. Y, a pesar de tanto esfuerzo, Laforge no veía que a ella regresara ningún signo de vida.

Alrededor de Mathieu se había formado un grupo de nobles y damas que se quedaron mirando. Tenían los ojos vidriosos, conscientes de la gravedad de la situación y de cuán culpables eran ellos de lo que había sucedido. Entre esos rostros despuntaba el semblante preocupado de su majestad Enrique IV. Él, que, de milagro, había logrado ponerse a salvo, ¿acaso no había sido capaz de impedir que su mujer sucumbiera en las frías aguas del río?

Pero Laforge tenía otras cosas en que pensar.

Lo único de lo que estaba seguro era de que no se iba a dar por vencido. Jamás. Y mientras redoblaba sus esfuerzos para devolver la vida a la reina, su determinación se vio premiada. María escupió agua una vez. Y luego otra. Y otra más. Al ver aquel resultado, Laforge multiplicó las energías.

Todo el cortejo abrió de par en par los ojos. Se elevaron gritos de esperanza. María tosió y dejó salir más agua. Hasta que volvió a abrir los ojos.

Era una mujer fuerte, de gran temperamento. En cuanto se recuperó, preguntó por su marido.

—¿Enrique? —preguntó con un hilo de voz—. ¿Dónde está mi marido?

—Estoy aquí, amor mío —respondió el rey, cogiéndola entre sus brazos.

Laforge se puso a un lado, mientras nobles y caballeros se cerraban en un círculo entorno a los soberanos.

Mathieu aprovechó la oportunidad para escabullirse. Sin esperar más, aprovechando que en ese momento toda la atención se centraba en los reyes, se alejó. En cuanto estuvo lo suficientemente lejos del grupo que se había formado alrededor de la reina, tuvo el buen criterio de dirigirse hacia la linde del bosque vecino. Un par de soldados iba en su dirección. Pero podía disfrutar de la sombra de los pinos y los abetos. Sabía que tenía que abandonar a su caballo, pero era una pérdida menor en comparación con no tener que dar explicaciones sobre su persona.

Se deslizó entre las hojas de los árboles.

Los soldados gritaron en su dirección, pero en ese punto desaparecer entre la maleza, alejándose del camino, era cuestión de un segundo. Antes de que los dos guardias que querían hablar con él lo alcanzaran o que los caballeros del séquito del rey lo percibieran, ya se había convertido en un fantasma.

Entretanto, la reina volvía a la realidad con gran esfuerzo.

—Entonces..., ¿sigo viva? —murmuró. Al principio no creía lo que había pasado.

—Sí, María, querida —asintió, feliz, el rey.

—¿Sois vos quien me habéis ayudado, Enrique? En el río os buscaba desesperadamente, pero no fui capaz de encontraros. ¿Qué os ha pasado, amor mío? ¿Estáis seguro de estar bien?

Enrique le acarició las mejillas y le besó la frente.

—He intentado buscaros en el agua, pero no lograba ver nada. Pero este noble soldado... —Y mientras pronunciaba esas palabras, Enrique se quedó pasmado, porque aquel hombre ya no se hallaba donde él creía. Alzó la vista: había desaparecido—. *Ventre-saint-gris!* Pero... ¿dónde diablos se ha metido?

Paseó su mirada un poco más, inspeccionando el espacio circundante. Obligó a los hombres de su séquito a apartarse. Buscó con sus ojos a lo largo de la orilla, pero no vio a nadie.

María lo miró con sorpresa, apoyándose sobre los codos. Sintió el olor de la hierba.

—¿De quién estáis hablando? —preguntó.

—¡Pues del joven que os ha salvado! ¿Qué más puedo decir? Parece que haya desaparecido, literalmente. ¿Nadie de vosotros, queridos amigos, lo ha visto? —preguntó el rey volviéndose a sus nobles.

Pero no recibió ninguna respuesta.

—Es increíble —prosiguió el monarca.

—¿Y cómo era ese joven? —preguntó María, que ya había comprendido de quién podría tratarse.

—Buena pregunta —respondió Enrique—. No era muy alto, eso es verdad. Pero tampoco bajo. Llevaba el pelo largo, aunque no demasiado. Un rostro... regular. Delgado, seco. Se ha arrojado al río para salvaros. Como si hubiera comprendido antes que todos nosotros lo que pasaría. —El rey estalló en carcajadas, rindiéndose a la evidencia de los hechos—. ¡Me siento tan tonto! No sé ni a quién tengo a mi servicio.

—Y como si quisiera subrayar ese hecho, levantó los brazos al cielo—. Dejando a un lado que le debo toda mi gratitud a ese hombre, ni siquiera sé cómo se llama...

María dirigió los ojos al cielo y en un destello silencioso pronunció mentalmente el agradecimiento más afectuoso a su salvador: el espía Mathieu Laforge, que, como un ángel custodio, velaba por ella.

No se iba a olvidar de ello y, a su debido tiempo, le reconocería la debida recompensa.

Ahora se sentía a salvo. Había tenido mucho miedo de morir. De perder a Enrique para siempre. Ahora que lo tenía al lado podía volver a vivir.

18

Hablando de pintura

Después del accidente de la barcaza, María se encerró en sus aposentos del Louvre para cuidarse y cuidar a su marido. Ella y Enrique pasaron bastante tiempo en la cama y las caricias del rey y su efusividad la habían tranquilizado en parte.

Pero aquella paz aparente parecía apoyarse en un equilibrio frágil. La fortuna quiso que hubiera llegado a París la hermana de la reina, para el bautismo del pequeño Luis. Iba a ser la madrina y ya eso solo llenaba de alegría el corazón de María. Por un tiempo ese asunto le permitió vivir libre de preocupaciones.

Hacía un día caluroso, pero no lo suficiente para arruinar un paseo por el jardín de las Tullerías. A María le entusiasmaba. Se quedaba siempre embelesada mirando las fantasías policromadas de las flores, las copas de los árboles brillando con el verde más intenso, las magníficas geometrías de los huertos y viñedos. Le encantaba perderse entre los mil senderos que atravesaban aquel paraíso terrenal que había deseado Catalina de Médici y que ejecutó para ella Bernardo Carnesecchi siguiendo el modelo de los jardines toscanos.

María llevaba de la mano a Eleonora, admirándola en los frescos tonos melocotón de su vestido elegante y ligero, como un soplo de Empíreo sobre su piel clara y perfumada.

—Entonces, hermana, habladme de Mantua, de vuestra espléndida corte y de la boda de Margarita con Enrique de Lorena. ¡Abrumadme con habladurías y chismes! ¡No sabéis cuánto lo necesito!

Eleonora sonrió. Era hermoso ver a María, y más aún saberla tan llena de vida. Intuía que detrás de toda aquella energía se ocultaba un esfuerzo debido a su propio papel y a las responsabilidades que llevaba aparejadas. Era, por lo demás, una carga que conocía desde hacía mucho tiempo, en calidad de duquesa de Mantua y de Monferrato. Es verdad que su peso era infinitamente menor y leve en comparación con el de María. Por ello no se hizo de rogar.

—Mi querida hermana, Mantua es una delicia. Definitivamente tendréis que ver, antes o después, el esplendor del Palacio Te: su gran logia, el laberinto, los arcos y las columnas que se reflejan en los estanques de agua clara. Y, además, los salones con sus frescos y decoraciones, los techos, todo es tan maravilloso que no dudo en definirlo como la gran obra maestra de aquel genio que fue Giulio Romano.

—Cuánto os envidio, Eleonora —admitió María—. Confieso que hice un gran esfuerzo, al comienzo, en aceptar las salas oscuras y anónimas del Louvre. Estoy poniendo todo de mi parte para embellecerlas y arreglarlas de manera adecuada, pero ese palacio es y será una fortaleza. Tengo en mente un proyecto de una gran residencia que finalmente me represente. ¡Mirad a vuestro alrededor, hermana! —dijo la reina—. ¿No respiráis acaso toda la magnificencia y esplendor de nuestras raíces? —Y, al decirlo, María alargaba los brazos, girando por un momento sobre sí misma, como una niña—. ¿Veis las flores, los árboles, las quincuncias? Y bien sabéis quién ha concebido semejantes maravillas, ¿no es cierto?

Eleonora lo sabía bien.

—Catalina de Médici, mi querida hermana. Ella es la artífice de todo esto y nadie más. Y, al igual que ella, vos sois hoy la reina de Francia.

—Sí, pero no quiero hablar de eso. Habladme, os lo ruego, de vuestra corte en Mantua, de los artistas que habéis conocido.

—De acuerdo, de acuerdo... Entonces, si de lo que queréis hablar es de artistas, os diré que he conocido a un hombre, María, un pintor que es un auténtico genio y que, ya conocido en Flandes, sabrá ganarse la gloria en Europa, tal es su talento y la fuerza y energía que caracterizan su estilo.

—¿En serio?

—Realmente sí.

—¿Y su nombre?

—Pedro Pablo Rubens.

—No guardo ningún recuerdo particular de él. Sé que estuvo en mi boda —dijo María—, pero a juzgar por vuestros ojos me parece que lo conocéis mucho mejor que yo, y, para seros sincera, me parecéis entusiasmada.

—Pronto tendréis noticias suyas, porque dará que hablar —admitió Eleonora.

—¿Lo creéis así?

—¡Por descontado que sí! Nunca he visto lienzos como los suyos.

—Contadme. Siento mucha curiosidad por escucharos después de todo lo que habéis dicho.

—Rubens ha llegado a Mantua invitado por Vincenzo. Después de estudiar en Venecia las composiciones de Tiziano y los colores del Veronese, se ha quedado con nosotros como pintor de corte. Son muchas las tareas que le encomendó el duque:

primero en Roma, luego en España, y él ha demostrado siempre una extraordinaria curiosidad y gratitud. Pero lo que nos ha emocionado de verdad, María, ha sido el esplendor que en cinco años ha sabido crear en Mantua. En concreto ha realizado un retablo para el altar de la iglesia de los jesuitas, con el título: *La trinidad adorada por la familia Gonzaga...*

—Un retablo de altar... ¿cómo...? —la interrumpió María, cada vez con más curiosidad.

—¡Es algo increíble! Imaginaos a Vincenzo, e incluso a mí, en el acto de adorar a la Santísima Trinidad, en el centro de una pintura de tal potencia y fuerza que deja a uno en éxtasis. Unos escenarios grandiosos, representados por imponentes columnas en espiral, quedan a nuestras espaldas. El Padre, el Hijo y el Espíritu Santo se manifiestan como en un tapiz transportado al vuelo por unos ángeles. Todo el fondo de esta tela suntuosa, magnífica, está recubierto de pan de oro para amplificar el efecto escénico...

—¡Fantástico!

—Sí, es así. Y eso no es todo.

—¿Acaso hay algo más grandioso que eso?

—Por supuesto. También ha retratado a Guillermo Gonzaga y a Eleonora de Austria, así como a nuestros hijos y a algunos de nuestros alabarderos, entre los cuales se infiltró él mismo. Y ha sumergido toda esa escena increíble en un carrusel de colores que quitan el aliento: el blanco crema de las nubes, el azul claro de la bóveda, el rojo vivo y encendido de la gran tela. Y, además, las proporciones, las magníficas formas de los cuerpos, el equilibrio entre la autoridad absoluta y la representación del poder terrenal: todo corta la respiración. Por no mencionar los dos retablos laterales que completan la obra: la *Trasfiguración* y el *Bautismo de Cristo*.

—Parece de verdad estupendo. Pero imagino que será un

hombre insoportable y soberbio, como la mayoría de los artistas.

Eleonora se echó a reír.

—¡En absoluto! ¡Al contrario! Es más, es incluso hermoso.

—¿Lo decís en serio?

—Es un hombre alto, elegante. Majestuoso y de alma noble, exquisito en sus modales. Refinado siempre en el vestir, cabalga como un auténtico caballero. Tiene un temperamento que intriga y una larga corona de rizos castaños. Os gustaría, creedme...

—Se ve como un hombre tan fascinante...

—Y lo es. Os lo puedo asegurar.

María sonrió.

—Os creo, hermana mía. Y os agradezco que me hayáis regalado estos momentos de dispersión. No sabéis cuán difícil es tener aquí en París buenos pintores y escultores. Mi marido no sueña más que con cazar y hacer la guerra.

—Pues tendréis que hacerle cambiar de opinión.

—No es tan simple.

—Lo imagino.

—No, no podríais, ni aunque quisierais —dijo María con un brillo en los ojos—, pero no quiero angustiaros con mis comentarios. Por el contrario, ¿os apetece degustar una crema helada?

—¿Con este calor? ¡Sería una buena idea!

—Pues entonces no tenéis más que seguirme. Catalina nos dejó aquí unas cuantas recetas y al menos tratamos de preservarlas.

Y, según lo decía, María tomó de la mano a su hermana y se dirigió a la salida de los jardines, hacia la carroza real.

Los guardias las seguían a distancia, con vigilante discreción.

19

La negra enfermedad

Los días se habían alargado. El sol era más intenso. Y además, el bochorno había extendido por la ciudad una capa de color plomo que cortaba el aliento y arrebataba la luz. En ese ambiente grave y denso de presagio, un velo de inquietud y mal augurio comenzó a envolver París. Algunos decían que el fin del mundo estaba cerca. Otros afirmaban que aquella era una recompensa justa por los crímenes y los delitos perpetrados por los nobles en detrimento del pueblo.

Pero si tales rumores eran o no ciertos importaba poco, puesto que se enraizaron en el aire como la gramínea y se convirtieron en mensajeros de una danza macabra que parecía abrumar a todos y a todo.

Desde detrás de los ventanales del palacio, María creyó que no había oído bien lo que Leonora le acababa de confesar.

Y, sin embargo, estaba segura de haber atendido bien.

—Leonora... ¿estáis segura? —preguntó la reina.

—Tan segura como de que os estoy viendo, mi señora.

—Entonces estamos perdidos.

—Si nos quedamos aquí, sin duda. Ya estallaron los primeros brotes y la muerte negra se propaga por la ciudad. La peste, mi reina.

María se llevó la mano a la boca.

—Mis hijos... —fue todo lo que logró decir.

—Ciertamente no podréis celebrar el bautismo del pequeño Luis en una ciudad consumida por la epidemia —le instó Leonora.

Tal vez no era necesario, pero la florentina solía tomarse las tragedias muy en serio. Su temperamento fuerte y apasionado se inflamaba en los momentos de máximo peligro y así Leonora daba voz a la inquietud sin ponerle filtros de ningún tipo.

No obstante, estaba preparada para brindar soluciones.

—Fontainebleau —dijo— es el único lugar en el que se puede bautizar al delfín. Allí estaremos a salvo. Queda lejos de París y encontraremos la paz que necesitamos en momentos como este.

—Tenéis razón, Leonora, como siempre —respondió María—. El rey se resistirá, querrá minimizarlo todo, pero...

—No creo realmente que pueda continuar haciéndolo. Solo hoy, mientras volvía de la iglesia de Saint-Germain-l'Auxerrois, he visto a un hombre devorado por la enfermedad. Tenía la piel recubierta de bubones oscuros, grandes como puños. La mano era un puro muñón de carne...

—Leonora, os ruego... —la interrumpió la reina.

—¡No callaré! —prosiguió Leonora con la voz inyectada de rabia. No era capaz de contenerse—. La muerte desciende sobre París y llegará pronto al Louvre. No os pediría trasladaros a la corte de Fontainebleau si no fuera porque temo por vuestra vida y la de vuestros hijos. Por lo que respecta al rey, si él considera que no se ha llegado a un nivel de alarma, pues bien, lo obligaré a dar una vuelta a caballo por las calles de la ciudad.

Los ojos de Leonora lanzaban llamas, como si estuvieran consumidos por una fiebre repentina y desconocida. María no tenía miedo de decir lo que pensaba. Solo que no creía que la situación se hubiera precipitado de esa manera. Enrique tenía en mente una serie de proyectos de reestructuración y fortificación de París y esperaba conseguir llevarlos a cabo en esos meses. Y ella misma había hecho venir a la corte a su hermana Eleonora para que fuera la madrina de su hijo.

Pero si lo que Leonora decía era cierto, y no tenía razones para ponerlo en duda, entonces no había tiempo que perder.

—Hablaré con Enrique —dijo—, y lo convenceré de que traslademos la corte a Fontainebleau.

—Y haréis bien.

—¡Pero no oséis decir nada de lo que me acabáis de confesar! Sé muy buen que seríais capaz, así como sé que lo haríais por mi bien. Pero no necesito que nadie hable en mi nombre con mi marido. No todavía, al menos. ¡Sabe Dios cuántas otras bocas le toca escuchar!

—¿Sully? —preguntó Leonora, aludiendo al ministro de Finanzas.

—¡Él, claro! ¡Y sus amantes! ¡Y Villeroy!

Leonora asintió.

—Seré yo la que hable. ¿He sido suficientemente clara?

—Mi reina, ni por un instante se me ha ocurrido actuar de otro modo. Lo que he dicho os lo he dicho con la única intención de haceros comprender lo desesperado de la situación. Por no mencionar que esta repentina ola de calor es el aliento del infierno ideal para la peste. La propagación de la enfermedad es aún más rápida en tales condiciones. Muy pronto todo París será devorado. Exactamente como el hombre que he visto hoy.

Al escuchar aquellas palabras y la manera en que Leonora las pronunciaba, María no pudo contener un escalofrío de sincero terror. Algo había cambiado en aquella mujer. Había un aura de fatalidad y horror inquieto que la rodeaba. Leonora vestía siempre de oscuro, como de luto. Los ojos negros como pozos de muerte, las largas pestañas del mismo color, el cabello suelto, en una tempestad de tinta, la hacían asemejarse más a una sibila o a una bruja que a una *dame d'atours*.

Habían pasado los años desde que habían llegado juntas a París. Leonora se había vuelto cada vez más fuerte en la corte y su poder iba en aumento gracias a María, que le hacía concesiones y favores cada vez más generosos. La reina la quería porque sabía que todo lo que hacía era por lealtad y amor hacia ella. Pero eran muchos en la corte los que se quejaban de su infinita influencia y del aumento de un prestigio peligroso e inquietante. Por no hablar de que su marido, Concino, estaba a cargo de misiones de gran importancia y que aquel ascenso no parecía tener visos de parar.

María los apreciaba a ambos, pero de vez en cuando se preguntaba si no era demasiado condescendiente con ellos.

Leonora siempre le había servido bien, pero en los últimos tiempos la sensación de que ella trataba de condicionar las decisiones se le hacía más nítida.

Quizá por esa razón salió de la estancia y cerró de golpe la puerta.

SEPTIEMBRE DE 1606

20
Margot

María había ordenado preparar el salón de baile, en Fontainebleau, con todo el esplendor y la magnificencia que habían caracterizado el Salone dei Cinquecento, en Florencia, con ocasión del banquete nupcial. Le había rogado a su marido que le permitiera hacer una réplica, al menos en parte, de la gloria de aquel matrimonio celebrado seis años atrás, ese en el que Enrique no había participado, delegando en Roger de Bellegarde en su ausencia.

Así, la reina había podido recrear gigantescas estatuas de azúcar, al estilo de aquellas que unos años antes había preparado para ella Jean de Boulogne, y no faltaban tampoco las esculturas de madera de la mesa real e incrustaciones de oro y plata enviadas ex profeso por el florentino Jacopo Ligozzi al castillo de Fontainebleau.

Se trataba del triunfo del arte italiano y, por lo demás, los adornos de Rosso Fiorentino y Primaticcio, que hacían que Fontainebleau fuera lo que era, encontraban un complemento ideal en aquellas coreografías audaces y magníficas.

Pero, a pesar del esplendor del banquete, los treinta y seis diferentes platos, el derroche de colores y aromas, las infinitas arquitecturas de pasteles y pastas rellenas, de pinchos y carne de caza, por no hablar de los dulces y de los quesos, había sido ciertamente otra la sorpresa que había asombrado a todos y dejado a toda la corte estupefacta.

Cuando la vio, María no daba crédito a lo que veían sus ojos. Había oído hablar de ella largamente, incluso se habían encontrado una vez, pero por lo demás le complacía la espera. Las leyendas surgieron de ahí. Pero la mujer que tenía ante sí era simplemente la criatura más extraña que hubiera visto jamás.

Además, había en su mirada tanta inteligencia que ni siquiera el observador más despistado la hubiera podido ignorar.

La *reine* Margot se había convertido en una mujer imponente. Más aún: colosal. Era tan enorme que a duras penas pasaba por la puerta. Para disimular la calvicie que estaba terminando con su cabellera llevaba una ridícula peluca de pelo largo y rubio. Y, mirándolo bien, su ser extraño estaba ligado al hecho de que parecían de una suavidad y brillo tales que hacían creer que había algo de verdad en la leyenda que se murmuraba en la corte, o sea, que las pelucas estaban hechas con el pelo arrancado a sus amantes.

Como quiera que sea, Margot vestía de negro, como si pretendiera observar el luto florentino, y ese contraste entre los falsos cabellos claros tan pálidos como la luna y el color nocturno de su vestido enfatizaba la complejidad anómala de su aspecto, puesto que le confería un aura de falsedad, como si fuera una muñeca gigantesca de un artesano demente que hubiera querido representar una monstruosa criatura de sexo femenino. Y esa sensación era tan real que todos, sin excepción, se apartaban a su paso. No solo por su tamaño, o por ser la exesposa del rey, sino más bien por el sentimiento de horror que arrastraba consigo, puesto que, no satisfecha con aquel rostro pálido, maquillado de manera obscena, con la opulencia exhibida en forma de joyas que reflejaban destellos de luz coloreada sobre sus manos gruesas y cubiertas de arrugas y pliegues, con aquellas lorzas de carne flácida y vieja que rellenaban el vestido hasta casi hacerlo estallar, además había pensado en llevar consigo a un joven amante.

Lo llevaba con una correa, como a un perro, para obligarlo a arrodillarse, con la lengua fuera, cada vez que se detenía a coger algo de las bandejas de plata llenas de golosinas, o a intercambiar alguna que otra palabra con algún noble de la corte, que, reacio y de mala gana, se encontraba teniendo que rendirle honores por comprensibles razones de etiqueta. A pesar de los labios pintados de un rojo carmín encendido, a pesar de sus mejillas caídas y una sonrisa lasciva que le desfiguraba la cara, había en sus ojos negros, aún hermosísimos, todo el antiguo esplendor de un ingenio que no había desaparecido y que relucía con viveza en la mirada, pese a que la carne y la grasa trataran de apagarlo.

Así, mientras intendentes, cortadores y escanciadores del servicio de mesa, que María había llevado desde Florencia, orquestaban el banquete en honor al bautismo de Luis, ella se acercó a la vieja reina, ya abandonada por todos excepto por la plétora de jóvenes amantes, a saludarla.

María llevaba de la mano al pequeño Luis. El niño iba completamente vestido de raso blanco y parecía un paladín en miniatura. Tenía una mirada viva y traviesa que revelaba un carácter indómito.

En cuanto la vio, fue Margot la que se adelantó al saludo, abriendo la boca en una sonrisa vulgar y afectuosa al mismo tiempo.

—Reina mía, estáis radiante hoy. Y tenéis todos los motivos del mundo para ello —dijo—. Veo que vuestro hijo ha crecido sano y fuerte y, a juzgar por sus ojos vivos y azules, me da la impresión de que nutren una voluntad de hierro. —Y mientras así hablaba, lo señaló con el mentón—. ¿No es verdad, mi joven delfín?

Luis la miró, con curiosidad, sin rastro de miedo o culpa en su mirada. Luego observó detenidamente al joven favorito que Margot llevaba atado con la correa, obligado a exhibir la lengua violácea y la respiración entrecortada. Lo señaló.

—Y él, señora mía, ¿quién es?

A María le pareció grosera la pregunta e intentó cortar de raíz la conversación, pero justo cuando estaba a punto de pronunciar la primera palabra, Margot abrió los ojos de par en par y estalló en una carcajada desmadejada y tan teatral que hizo que muchos de los presentes levantaran la vista.

—Eso sí que es hablar claro, muchacho mío —exclamó, y mientras lo decía acarició la mejilla infantil de Luis, sonriendo con benevolencia—. Pues bien, este joven pavo real que veis atado a mi correa es uno de los tantos caballeros que me acompañan en el transcurso de mis visitas a la corte del rey y de la reina.

—¿Tiene nombre? —prosiguió Luis, para nada turbado o incómodo por aquella situación absurda.

—El que vos, excelencia, elijáis hoy para él. —No satisfecha con sus palabras, Margot le entregó al niño la correa. Luis sonrió y por un momento una luz singular le iluminó los ojos. En aquel gesto había algo malévolo, pero quedó de inmediato oculto por su rápida sonrisa, tan dulce como desarmante.

—Entonces elegiré para él el nombre de Zevaco. —Y sin más dilaciones, cogió la correa y tiró del infeliz favorito, que se puso en pie casi asfixiado—. ¡Ánimo, Zevaco! —insistía el niño con voz imperiosa—. ¡Me vais a seguir por el jardín y me traeréis cualquier objeto que os lance!

María se horrorizó con esa escena. Y corrió a ponerle remedio antes de que fuera demasiado tarde.

—Luis, os lo ruego, esta no es manera de mostrar vuestra

majestad. —Le arrebató de la mano la correa y se la devolvió a Margot.

La vieja reina no se lo tomó a mal.

—Querida mía, tenéis razón al educar a vuestro hijo en la rectitud y en la misericordia, ya que son las cualidades más preciosas en un soberano, en tanto que le permitirán ser amado por el pueblo. Sin embargo, dejadme que os diga que vos misma tendríais que prestar más atención a los rumores que circulan por la corte. —Margot no añadió nada más, pero dejó esas palabras suspendidas en el aire, subrayándolas con una mirada cargada de significado.

María no sabía por dónde iban los tiros y quería conocer más.

—Madame *la reine*, no creo entender adónde queréis llegar.

—Querida mía, no soy la reina desde hace ya un tiempo. Ese honor, ahora, lo tenéis vos...

—Bien lo sé, lo que no quita que lo hayáis sido antes que yo.

—En eso tenéis toda la razón.

—¿Seríais tan amable de explicarme a qué aluden vuestras palabras?

—No aquí.

—Y, entonces, ¿dónde?

—Dadme un tiempo para liberarme de este plasta —dijo Margot, señalando con la mirada al favorito que había llevado con correa hasta ese momento—. En cuanto a vos, haríais bien en dejar aparte a vuestro hijo un momento.

Luis oyó perfectamente esas palabras y, pese a su edad, se entrometió.

—No tengo la intención de dejaros a solas con mi madre.

Pero Margot no se inmutó. Acercó su rostro al del delfín.

—Vuestra alteza podrá comprender muy bien que ciertos temas femeninos son tan aburridos para un hombrecito como vos, que, aunque joven, no podríais hacer otra cosa que bostezar. ¿No seríais más feliz viendo el caballo que os he regalado?

—¿Habláis en serio, madame? —dijo el pequeño, abriendo de par en par sus grandes ojos azules.

—¡Por supuesto! ¿Con quién creéis que estáis hablando? —espetó Margot sonriendo. Luego acarició su cabello dorado. Llamó con un gesto de la mano a un hombre de su séquito—. Monsieur de Fronsac, os lo ruego, acercaos. —Cuando el hombre de anchas espaldas y elegante jubón de terciopelo se aproximó, Margot le confió a su propio favorito, como si fuera un objeto inanimado—. Liberad a monsieur Arnould de su correa. Luego, si vuestra majestad lo consiente —dijo, volviéndose hacia María—, conducid al delfín a los establos y le mostráis mi regalo para su fiesta de bautismo.

La reina asintió.

De Fronsac hizo lo mismo. Miró con condescendencia a Luis, que sonreía alegremente.

—Te lo ruego, hijo mío, muestra tu gratitud con todos los que con tanta amabilidad se comportan contigo.

A Luis no hizo falta que se lo repitieran.

—Gracias infinitas, madame *la reine*.

—Venga, no seáis tan melifluo, Luis. No procede. Como ya dije, no soy ya la reina desde hace tiempo. Y ahora, querida, encontremos un sitio donde yo pueda hablaros libremente.

María la miró de reojo. En sus palabras percibió, netamente, un velo de inquietud.

21

Las preocupaciones de la reina Margot

—Os escucho —dijo María.

El aire de la tarde rizaba las aguas tranquilas y verdes del estanque de las Carpas. Una multitud de pajes y lacayos se afanaba para introducir a Margot en una barca y asegurarla en un trono de madera para llevarla hasta el pabellón del centro del estanque. Al llegar al pabellón se tumbó en un sofá forrado de seda y ahora miraba con sus ojos profundos a la reina de Francia.

—Majestad, sé que me juzgaréis impertinente por lo que estoy a punto de deciros. Y ciertamente no puedo culparos. Por no mencionar que soy la persona menos indicada de vuestro entorno para hablar de ciertas cosas...

—No lo creo, en absoluto —la cortó María—. Además, sois una de las pocas mujeres, quizá la única, que conoce realmente a Enrique.

—Siempre he pensado que sois una mujer inteligente. Y aquí tengo la confirmación.

—Os lo ruego, ahora decidme lo que consideréis oportuno —prosiguió la reina.

—María... ¿puedo llamaros así?

—Solamente si me permitís que os llame Margot.

—Os lo ruego. Pues bien... he aquí lo que pienso. Os lo diré con franqueza: los franceses, María, son los peores súbditos que pueda tener una reina italiana. Son arrogantes, codiciosos y violentos. Y sospechan de todo y de todos. De modo particular, de los florentinos. Ciertamente, en lo que respecta a esto último, no siempre están errados, teniendo en cuenta lo que vuestra prima ha hecho hasta hace pocos años. Aunque, debe reconocerse, Catalina de Médici ha gobernado con puño de hierro cuando otros no habrían podido hacerlo. Pero, como bien podréis comprender, existe un odio atávico hacia la reina maldita y, por lo tanto, hacia todos sus parientes y a todos los florentinos.

—¿Leonora? —preguntó María, que ya había comprendido por dónde iba la conversación.

—Naturalmente. Y con ella, Concino. Prestad atención a lo que os digo. Los habéis elegido y convertido en primer lugar en *dame d'atours* y *gentilhomme de la chambre du roi* con total desprecio hacia cualquier norma de etiqueta y costumbre.

—¡No podía fiarme de nadie más! —protestó María.

—Puedo entender perfectamente por qué lo habéis hecho —replicó Margot, asintiendo—, pero tenéis que comprender que tales cargos permiten que uno meta mano a rentas y prebendas de primer orden, y los Concini, a los que vos misma habéis desposado procurándoles una dote monumental, son codiciosos como el que más de los franceses. Por no mencionar que, no satisfecha con lo que ya le habíais reconocido previamente, el año pasado ungisteis a Concino con el título de *premier maître d'hôtel*, ignorando una vez más a los nobles de la corte... —Margot sacudió la cabeza—. Majestad, debo decíroslo, vuestra actitud os está llevando demasiado lejos.

Y ojo, que os lo dice una mujer que ha pagado con el exilio su propia altanería. Por ello, ahora, vos, no cometáis el mismo error que yo.

En la penumbra del anochecer, María miró a Margot. En sus ojos vio la amargura de la derrota. Y, en cierto sentido, le pareció leer en ellos, como si fuera un reflejo, la sombra de su propio fracaso futuro. Luego se recompuso. Parpadeó. Pero ¿cómo? Su marido la quería pese a todo, y tenía buenos amigos y formidables espías. Se lo contó a Margot, puesto que no creía que lo que le había pasado a ella fuera su propio destino.

—Margot, entiendo vuestras preocupaciones y os agradezco que me pongáis en guardia; pero, creedme, no hay nada malo en mi vida. No podría sentirme más agradecida a Enrique y a sus súbditos.

Margot estalló en carcajadas. Al oír de nuevo aquella risa basta, María sintió que se le helaba la sangre.

—¡Por favor, majestad! —le dijo Margot con voz ahogada—. A todos sí, pero no a mí: no pretendáis colarme esas endebles mentiras esperando que yo me las trague. Hace ya tiempo estuve en la misma posición que vos y creedme si os digo que conozco las amarguras del trono. Por cierto, os advierto que tenéis que estar preparada para afrontar todo tipo de bellaquerías, traiciones y maldades. Porque a las que son como nosotras, es decir, las mujeres que tienen la valentía de actuar por sí mismas, nunca las perdonarán en este reino. Yo también fui hermosa, en tiempos, y he pagado mi atractivo a un precio muy caro. Por ello, hoy, lo creáis o no, no me pesa mi pelo largo, el real, y la frescura de las formas. Y si bien a vuestros ojos y a los de todos los súbditos de Francia puedo aparecer monstruosa y deforme, pues bien, os juro que no me arrepiento de los días de mi juventud. Ya que hoy, en la locura en que se ha convertido mi vida, al menos se me considera una loca y una mujer sin esperanza. Una paria, por supuesto. Pero, al actuar así, me despojé de toda responsabilidad. Enrique me pasa una renta anual de primer orden y ello me basta.

—¿Qué tendría que hacer, según vos? —le preguntó María, que sentía cuánta verdad había en aquellas palabras. Miró a Margot. De repente, los ojos de la *reine* se habían vuelto líquidos, velados de lágrimas que se esforzaban por no salir. Sin embargo, María sentía en ella una gran conmoción, sin que pudiera, ni siquiera por un segundo, ser tomada por autocompasión.

Al contrario, Margot era orgullosa y lúcida. Y lo que era peor: tenía razón. A pesar de ello, María quería que le dijera a la cara todo lo que aún le quedaba por oír de aquella crítica tan áspera como sincera.

—Decídmelo todo —insistió—, es inútil esperar.

—Lo haré, podéis creerme, ya que, en contra de las apariencias, os aprecio mucho. Identifico en vos la belleza que en un tiempo fue la mía. Pero vos amáis a Enrique y eso os convierte en una mujer mejor que yo. —Margot dudó un momento, como si frente a esa afirmación fuera ella misma la primera sorprendida. Dejó que los ojos profundos se demoraran una vez más en la plácida superficie del estanque, después habló—. Todos los acabados en plata de vuestro lecho, las alfombras orientales tan suaves y de hermosa factura, los retratos de vuestros antepasados traídos de Florencia, la excesiva pasión por la joyería, los preciosos adornos que decoran los muebles de vuestros aposentos, además de tapices, colchas y magníficas cortinas... María, tenéis razón en querer celebrar la belleza, pero los nobles no os lo perdonarán nunca. Ostentáis demasiado el amor desenfrenado por la gracia y la magnificencia. ¡Confiad en lo que os digo! Os lo dice la persona que más ha pagado por errores similares. Esto, unido al ascenso de Concini, podría incluso costaros la cabeza, ¿os dais cuenta de ello?

—Hay hombres de confianza que me protegen, hombres que no me traicionarán nunca.

—En ese particular permitidme que disienta. Todo hombre puede ser corrompido. Basta pagar el precio adecuado. Y dejadme que añada una cosa. Luis...

—¿Qué queréis decirme de mi hijo? Os he escuchado en silencio, convencida de que todo lo que habéis volcado sobre mis espaldas era por mi bien. Pero no toquéis a mi hijo o por más que seáis mi amiga... y, Dios es testigo, no responderé de mis acciones...

—Ordenad, entonces, que me troceen, arrancadme el corazón si queréis, pero no servirá de nada, puesto que es un hecho que ese niño tiene un carácter demasiado voluble e inclinado al vicio. ¿Habéis visto lo que ha sucedido cuando le entregué la correa?

—¿Debo recordaros quién ha sido la mujer que ha conducido al centro del salón a un hombre atado con un collar, obligándolo a jadear como un perro sarnoso?

—Todavía no soy tan vieja y estúpida como para olvidarlo. Pero lo mío era una provocación, como lo ha sido ofrecerle la correa a vuestro hijo. Y cuando lo he hecho, él no ha vacilado un segundo: me la ha quitado literalmente de las manos. Cuidado con ese carácter e intentad contener su soberbia ahora que aún estáis a tiempo. Y hacedlo sin remilgos. Siempre: sin dudar. Es un muchachito adorable, pero podría echarse a perder fácilmente. Forjad con disciplina su temperamento. O lo perderéis para siempre.

—Pero... ¡qué cosas decís, vos, que ni siquiera tenéis hijos!

—Tenéis razón. No hay día en que me arrepienta de haber renunciado a un regalo así. Pero quiero a los vuestros con toda el alma. Esto, al menos, me lo tendréis que conceder. Y veo en Luis lo que yo fui. ¡Y mirad dónde me han llevado mis caprichos! ¿Queréis que se convierta en un ser deforme y odiado por todos? No temáis, ni por un momento me atrevería a lamentarme de lo que he tenido; de lo que he desperdiciado soy la única culpable. Pero ¿no sería un crimen, ahora, no reconocer los errores cometidos y, al no hacerlo, permitir a Luis incurrir en las mismas debilidades?

—Habláis como si yo no existiera.

—No es verdad. Sabéis que os quiero bien. Pero vos juzgáis a Luis con la indulgencia de una madre amorosa y dulce, y es natural. Pero yo, que no soy madre, como bien habéis dicho vos misma, dispongo de la distancia necesaria para ver, más allá de las muchas cualidades del niño, también sus carencias. No quiero criticar lo que habéis hecho. Pero precisamente porque os quiero bien pretendo deciros que aún hay otro tanto por hacer. Perdonad si os he ofendido, no era mi intención. Lo que afirmo es simplemente fruto de mi gran deseo de que seáis feliz. Hoy lo sois. Y os creo. Pero... ¿mañana? ¿Dentro de un año? ¿Dentro de cinco? ¿Hasta cuándo soportaréis estoicamente las amantes de Enrique? ¿Hasta cuándo las bravatas de Luis serán únicamente caprichos de niño? ¡Un día será rey! Tenéis que prepararlo para esa misión.

María casi no oía ese torrente de preguntas, ya que en el fondo de su alma había comprendido cuánta razón tenía Margot. Y estaba aturdida. Apreciaba mucho a aquella mujer extravagante, loca y odiada por todos, y, ahora que tenía la oportunidad de escucharla, estaba profundamente conmovida por la severidad y el afecto amargo, pero a su manera también justo y sincero, que Margot le mostraba.

Suspiró.

—Lo tendré en cuenta —dijo—, os lo juro.

Luego se calló.

Y, sin añadir nada más, las dos reinas se quedaron mirando las luces doradas del castillo bajo el fresco aire nocturno.

Cada una de ellas sabía, en el fondo, que aquella conversación había sellado un cambio de testigo.

Margot era vieja y estaba enferma y, probablemente, no le quedaba mucha vida por delante. Con aquella confesión, la *reine* se había quitado un peso y, al mismo tiempo, había querido preparar a María para lo que habría de venir.

22

Padre e hijo

Enrique no se sentía ciertamente feliz con lo que estaba a punto de hacer. Pero no tenía elección. Luis había llegado demasiado lejos. Había algo en ese niño, algo malo. Y tenía que enderezarlo antes de que fuera demasiado tarde.

Lo que había hecho era imperdonable. Solamente unos momentos antes había pretendido que los guardias fusilaran a un criado por haberle faltado al respeto. Y habían sido tantos y tan intensos los gritos y también las injurias y las amenazas del delfín que los hombres, aterrorizados, se habían encontrado disparando salvas contra aquel infeliz. Y todo para hacerle creer al joven príncipe que el hombre había muerto.

Era inconcebible.

Enrique estaba furioso.

El sol incendiaba los jardines de Fontainebleau. El rey se dirigía hacia las cuadras. Entre las manos portaba una vara de cuero. Sentía que la amargura le subía a la garganta. La saliva en los labios, la náusea que lo abrumaba. Amaba a su hijo, y el solo pensamiento de tener que darle unos latigazos lo destrozaba. Pero no lo iba a dejar pasar. Esta vez no. Él y María habían esperado demasiado. Y por lo demás, ¿no era él mismo un hombre preso de los antojos y los deseos? ¿Y qué ejemplo tenía Luis, cada día, ante sus ojos? Una madre dispuesta a gastar infinitas cantidades de dinero en las baratijas de su vanidad y un padre que no renunciaba a los placeres de alcoba, tampoco ahora que los años habían pasado y se había arriesgado en varias ocasiones a entregar el alma a Dios.

Negó con la cabeza.

Luis no hacía sino reflejar su fracaso como padre. Sin embargo, entre sus muchos defectos no se contaba, por cierto, el de haber estado ausente. Todo lo contrario. Amaba a sus hijos, y de manera especial a su primogénito. Y trataba de pasar el máximo tiempo con él. A pesar de que la gota lo devoraba, día tras día, no renunciaba a ningún juego o broma, e incluso en más de una ocasión se había dejado convencer por el pequeño Luis para ponerse de rodillas y cargarlo a sus espaldas fingiendo, despreocupadamente, ser su caballo real, con gran regocijo del niño, entusiasmado.

Luis adoraba a su padre.

Pero ahora la situación había llegado a ser insostenible. Ya se encargaría él, gruñó murmurando entre dientes. ¿Y quién, si no?

Entró en los establos hecho una furia.

Encontró a Luis dirigiéndose en tono insolente a un mozo de cuadra. Eso lo sacó aún más de sus casillas.

—Danceny, dejadnos solos —dijo, volviéndose hacia el hombre, que obedeció de inmediato, desapareciendo entre el heno y el forraje y alcanzando en un momento la salida del establo.

—Vos, hijo mío, habéis cometido una imprudencia. ¿Cómo se os ha pasado por la cabeza pretender fusilar a un siervo, aun admitiendo, y está por ver, que os haya faltado al respeto?

Al oír esas palabras los ojos cerúleos del pequeño se hicieron largos como heridas de cuchillo. El niño miró a su padre con petulante arrogancia.

—Hago lo que quiero. Soy el hijo del rey.

Enrique suspiró.

—Naturalmente, Luis. Nadie lo discute. Tampoco yo. Pero muy pronto vais a aprender que una de las mejores cualidades de un soberano reside en valorar a sus propios hombres y reconocer las recompensas y los castigos con un mínimo de equidad. Además, explicadme de qué modo ese siervo os ha faltado al respeto, hasta el punto de merecer la muerte...

—Padre —dijo—, ese lacayo iba mal vestido, con el cuello de la librea arrugado, su persona revelaba una vulgaridad intolerable. Me sentí ofendido por su aspecto y ordené que lo mataran.

Enrique miró a su hijo. No podía creer lo que estaba escuchando. Había en su hijo, al que tanto quería, un tal desprecio por la servidumbre y una consideración tan exigua por la vida humana que realmente daba miedo.

—¿Y no se os pasó por la cabeza que, quizás, habría bastado con castigar a ese hombre por sus descuidos sin llegar por ello a dar la orden de matarlo? ¿No os parece, Luis, que la muerte puede ser una pena desproporcionada por el delito de ir vestido de manera descuidada?

—¡En absoluto! —continuó su hijo, con un brillo en los ojos—. Ese hombre merecía toda la severidad necesaria por un descuido tan grave. Quería que lo mataran para dar ejemplo, como vos decís.

—¿Yo? —Y la voz del rey no dejó de expresar toda su amarga incredulidad—. ¿Cómo podéis desvariar así, Luis?

—¡Es verdad! —prosiguió el niño—. ¿Acaso no es verdad, papá, que, por orden vuestra, decenas de hombres han perdido la cabeza en la plaza de Grève?

Enrique lo miró en estado de *shock*. No podía creer lo que estaba oyendo.

—Es verdad. Pero esas personas habían atentado contra mi vida. Eran conspiradores. Enemigos de Francia. ¿Qué estáis diciendo? ¿Os parece que un siervo mal vestido merece ser tratado como un conspirador o un asesino?

—Si es necesario, sí. Soy el delfín. El hijo del rey. Los mataré a todos.

Enrique no fue capaz de aguantar tanta arrogancia y le dio un bofetón. La cabeza del niño quedó vuelta hacia un lado.

—Quitaos el jubón y la camisa. ¡Ya! —gritó el rey.

—Padre... —Luis sintió las lágrimas en los ojos. La mejilla inflamada le quemaba de un modo que recordaría siempre.

—¡Ya me habéis oído! ¡No pienso esperar más!

Al ver la ira envolver de un velo frío los ojos del padre, y conociendo bien aquella mirada, Luis hizo lo que se le ordenó. Muy pronto su ropa iba a estar sobre la paja y él se quedaría con el torso desnudo: el pecho menudo de piel clara, los hombros aún estrechos, como si fueran las alas de un pajarillo.

Sin embargo, Enrique se obligó a sí mismo a que eso no le influyera. La insolencia y la arrogancia de Luis requerían castigo.

El rey agarraba la vara entre las manos.

—Daos la vuelta —dijo.

En cuanto vio a su hijo con la espalda encorvada hacia delante, se sintió desvanecer. Pero tenía que hacerlo. Por su bien. Para impedir que se convirtiera, un día, en un hombre despreciable.

Tan pronto como la correa restalló en su piel, Enrique pensó que no podría continuar. Luis, sin embargo, no dejó escapar ni un grito. Su padre acomodó bien los pies en el fango de la cuadra. Volvió a azotar esa espalda blanca. Y luego otra vez, y otra más. Al quinto golpe se detuvo.

Experimentaba un sentimiento de vergüenza y disgusto hacia sí mismo. Nunca hubiera querido tener que levantar la mano a su hijo. Y, no obstante, tenía que poner remedio para salvarlo de su propia peligrosa arrogancia. Esperaba que la disciplina y el rigor doblegaran al menos un poco la insolencia de Luis.

—Y ahora —dijo con un hilo de voz—, recordadlo: si vuelvo a saber que os comportáis otra vez de una manera tan vergonzosa... os van a caer otros azotes. ¿Me he explicado bien?

El niño asintió. Continuó de espaldas, como si tuviera miedo de darse la vuelta.

—¡Cubríos! ¡Y luego volveos hacia mí! —le apremió el rey.

Lo vio recuperar su camisa, con la espalda menuda señalada por cinco marcas rojas que le inflamaban la clara piel. Luis se vistió lo mejor que pudo. Su pequeña figura, curvada hacia delante por efecto de los azotes, no dejó traslucir ni una vacilación. Cuando logró ponerse la camisa, sujetando el jubón en el brazo, alzó la mirada hacia su padre.

Tenía los ojos anegados de lágrimas. Dos estelas húmedas nacían de los grandes iris azules y le surcaban las mejillas. Pero Luis no emitió ni un sonido. Apretaba los dientes para aguantar el dolor y no quejarse.

Enrique se sintió orgulloso de él.

—Espero no tener que volver a hacerlo —exclamó el rey—. ¿Hay algo que queráis decirme?

Luis dijo que no con la cabeza.

—Pues ahora idos. Y reflexionad sobre vuestros errores, hijo mío.

En silencio, incapaz de enderezarse a causa del dolor infernal que sentía, y con la cabeza gacha por la humillación sufrida, Luis se encaminó hacia el jardín de Fontainebleau.

Mientras lo miraba alejarse, Enrique se llevó una mano a la boca para contener un sollozo. Deseó con todas sus fuerzas no tener que recurrir nunca más a semejantes castigos.

JUNIO DE 1609

23

Cartas de amor

En aquella fresca mañana de junio, María se había despertado con las primeras luces del alba. De inmediato, como si hubiera intuido sus intenciones, Leonora Galigai había entrado en los aposentos. Había abierto los postigos y las cortinas mientras los pálidos rayos de sol aún primaverales entraban en la estancia, amplia y deliciosamente amueblada.

Junto con ella llegaron las otras *femmes de chambre* y, en poco tiempo, María estaba despierta y atenta a escuchar las propuestas que le hacían para la jornada.

Algunas de aquellas damiselas le sugerían el mejor lino de Venecia para un vestido ligero que permitiera a su piel de terciopelo permanecer fresca y suave, otras le aconsejaban blusas de seda adornadas con oro y plata, y otras más proponían magníficas medias en colores pastel. Y luego, de nuevo, aquella cháchara infinita incluía recordar los zapatos de los mejores zapateros de París o los guantes perfumados de ámbar, jazmín o lavanda.

Era un impresionante abanico de propuestas lo que llenaba el aire y María elegía siempre con criterio y atención lo mejor para el día. Había algo innato en ella, en su gusto por lo bello, incluso por lo magnificente.

Leonora la miraba extasiada.

Y, todavía más incrédula, observaba la maravilla de aquel y de otros aposentos de la reina: las paredes cubiertas de terciopelo carmesí con clavos dorados, los colores suaves y tenues de la madera, en los que se empotraban espejos magníficos; los candelabros de plata; los preciosos tapices; tocadores suntuosos.

Por no mencionar que, para poder arreglar con tales maravillas sus aposentos, María no podía contar con grandes sumas de dinero, ya que, al contrario de lo que sostenían los calumniadores de Francia, Enrique era demasiado parco con aquella esposa suya que más bien había aportado como dote un auténtico patrimonio con el que saldar gran parte de las deudas de la corona.

Por eso, como auténtica Médici que era, María estaba obligada a afanarse para poder rodearse de objetos refinados y elegantes, y, por lo tanto, hacía fundir el oro de muchos objetos de pésimo gusto, empeñaba sus anillos, compraba piezas a través de Leonora, que era la que cerraba personalmente cualquier acuerdo. Enrique, en cambio, era capaz de perder en el juego hasta treinta y siete mil pistolets en una noche y colmar a sus amantes de atenciones y regalos.

Mientras María elegía la ropa del día, había que prepararse para la misa. Sin perder más tiempo, Leonora la ayudó a sentarse ante el tocador, después de haberle rociado la cara, su blanquísimo cuello y las manos con agua clara y fresca, usando para ello un jarro profusamente decorado y una jofaina de oro y plata.

Cuando por fin María estuvo preparada, se puso la ropa interior y el vestido que había elegido. Una vez que sus largos cabellos estuvieron perfectamente peinados y recogidos, de modo que se ajustara al modelo de majestuosidad real que siempre intentaba conseguir, fue conducida al jardín interior.

Detrás de ella, solamente Leonora, en calidad de *dame d'atours*, algunas damas de honor, un caballero, dos escuderos, cuatro lacayos ataviados con librea, un secretario, un administrador y un confesor.

Una vez en la carroza se dirigió a la parroquia real de Saint-Germain-l'Auxerrois para acudir a misa como cada mañana. Los lacayos intentaban extender alfombras a su paso, mientras el secretario personal llevaba consigo el libro de misa.

Enrique, entretanto, había seguido la función matutina en la iglesia del convento de los Fulienses.

María lo recibió para el desayuno. Como casi todas las mañanas prefería comer en su propia antecámara.

Enrique la miró cansado y desconsolado: la idea de que los nobles estuvieran presentes como espectadores en cada desayuno de su vida lo sacaba de quicio. Hubiera querido que fuese fuera, pero, aunque molesto, el ceremonial se respetaba. Siempre había sido así. ¿Y quién era él para cambiar semejante rito? Además, María se lo habría tomado a mal y no pretendía desafiarla en ese terreno.

Especialmente porque esa mañana tenía mucho que hacerse perdonar. Sobre todo a la luz de lo que había hecho en los últimos meses. No era misterio alguno que había tenido el enésimo desliz con una muchachita: la pequeña Charlotte di Montmorency, que el mismísimo Enrique había querido ofrecer como esposa al príncipe de Condé, joven disoluto y sodomita.

María intentaba no dejar entrever su propio enfado y Enrique quería tranquilizarla, ya que, de hecho, estaba perdidamente enamorado de su mujer. Y, sin embargo, no era capaz, tampoco, de renunciar a sus enamoramientos pasajeros, que lo ayudaban a seguir vivo. La edad le había minado el cuerpo y el espíritu, y poder gozar de las atenciones de una joven hermosa era la mejor medicina que conocía.

Mientras los cocineros, el servicio de mesa y los vivanderos se afanaban en servir tortilla y pasteles fríos, Enrique inició una conversación al azar.

—Amada mía, ¿cómo ha transcurrido vuestra mañana?

—Majestad, como de costumbre, he ido a la misa oficiada en la parroquia real de Saint-Germain-l'Auxerrois. Junio todavía es suave, aunque confieso que el clero católico me parece que ha alcanzado un punto de ebullición.

El rey enarcó una ceja.

—¿Cómo decís?

—No podría actuar de otro modo.

—Sed más explícita, amor mío.

—Lo seré. Esta misma mañana, durante su sermón, el padre Gauntier no ha ahorrado palabras contra los hugonotes, tachándolos de «gusanos» y «canallas», y ha solicitado indirectamente a vuestra majestad que se abata sobre ellos el castigo real. Si no recuerdo mal, sus palabras fueron: «Señor, extirpad esta raza de vuestra corte, os lo ruego, exiliad a esos hombres y mujeres, que, escondiéndose detrás de la lealtad, os convencen con trucos y consejos que nos condenan a todos.» Entonces, para acabar, ha elevado una plegaria a vuestra majestad: «Señor, el miedo nos pone a vuestros pies, temblorosos y temerosos, y, sin embargo, llenos de esperanza y con la certeza de que sabréis hallar el camino correcto para erradicar esta enfermedad maldita.» Pues eso es: creo haber transcrito de manera fiel sus palabras —concluyó María.

Fue un jarro de agua fría para Enrique, que, con toda seguridad, no se esperaba semejante discurso. Esas palabras debieron hacer su efecto porque, en torno a la mesa real, nobles y damas que asistían al desayuno se descolgaron con repetidos murmullos.

—*Ventre-saint-gris!* Hemos llegado a ese punto, entonces...

—Me temo que una cierta indulgencia hacia los hugonotes se ha interpretado como debilidad.

—Decidme un nombre.

—¿Realmente lo queréis?

—Por supuesto.

—Sully —dijo María sin apenas pensárselo.

—¿Mi ministro de Finanzas?

—Exactamente.

Un coro atenuado, pero lleno de asombro, se hizo eco de esa última afirmación.

—¿He sido indulgente con él?

—Hasta demasiado.

—Único bien mío, dadme un ejemplo de esa indulgencia excesiva por mi parte.

—Puesto que me lo pedís —continuó María sin vacilar siquiera un instante—, ¿recordáis el año pasado? ¿Cuando el padre Cotton, jesuita, fue a ver a vuestro ministro hugonote pidiéndole que pagara cien mil francos que vos habíais concedido para la capilla La Flèche? ¿Recordáis lo que ocurrió?

—¡Es verdad, maldita sea!

—Sully rechazó pagar aquella suma respondiendo de manera ruda y grosera que él no cumpliría la promesa y que su rey hacía demasiadas concesiones a sus amigos católicos.

—¡Recuerdo perfectamente lo que dijo Sully! Por otro lado, recuerdo de manera igualmente nítida lo que hice. ¡Avergonzar a Sully reprendiéndole públicamente! *Pardieu!* ¡Y lo obligué a efectuar aquel maldito pago!

—¡Por descontado! —le secundó María—. Pero, entretanto, al menos en primera instancia, Sully cuestionó la orden de la concesión de la suma. Y no haberlo retirado del cargo fue una maniobra equivocada.

Enrique no logró encajar esa última afirmación con la elegancia demostrada hasta ese momento. Se daba perfectamente cuenta de que María trataba de hacérselas pagar por su última infidelidad con Charlotte de Montmorency. Quizás ella tenía razón. Pero estaba seguro de una cosa: la filípica a la que lo había sometido no era la respuesta a sus problemas.

Se puso en pie y, con un rápido movimiento del brazo, barrió copas, tazas y platos de la mesa, en medio de un gran estrépito de vajilla, que quedó hecha pedazos en el suelo.

—¡María, permitidme que os lo diga! —explotó—. A veces ponéis a prueba mi paciencia. —Luego se volvió hacia el grupo de personas enmudecidas y atónitas que servían el desayuno, y agregó—: En lo que respecta a vosotros, puñado de sanguijuelas e ingratos, me mataréis más tarde o más temprano. ¡Moriré en esta maldita ciudad!

Sin más dilación, se fue de la sala. Sus palabras se quedaron flotando en el aire como la más negra de las profecías.

Y María comprendió que esa última fractura tendría difícil remedio.

24

El códice

En su *cabinet*, María derramaba lágrimas amargas. Había sido dura con Enrique. Pero ¿qué otra cosa podía hacer? ¿Tenía que ser siempre ella la que comprendiera sus reiteradas infidelidades, sus enamoramientos permanentes, su constante pasión por la caza y el juego? ¿Y ahora tenía que soportar ese último golpe, su enamoramiento por una muchachita, Charlotte de Montmorency, entregada en matrimonio al príncipe de Condé con el único objetivo de recoger los frutos? ¡No realmente! No estaba dispuesta a sufrir también aquello. Más bien no lograba entender cómo Enrique, a la edad provecta de cincuenta y seis años, aún podía cultivar ciertas pasiones.

Sin embargo, ella siempre había estado a su lado. Lo había acompañado en largos viajes por el país para reforzar su imagen y su prestigio. Le había aconsejado siempre con honestidad, amor y franqueza. Lo había amado y le había dado todo el placer posible, a veces complaciéndolo en manías que se asemejaban mucho a las perversiones. Le había dado seis hijos en nueve años. Siempre le había sido fiel. ¿Qué se le podía echar en cara?

Sollozó en silencio.

No era justo, pensaba. Siempre había intentado posponer, dejarlo correr, diciéndose que, a fin de cuentas, Enrique la quería solo a ella. Pero ¿era eso verdad? Llegada a ese punto ya no estaba tan segura. Había mostrado una pasión por aquella maldita chiquilla, por decir lo menos, abrumadora. ¡Y pensar que era ella la que alentaba inconscientemente semejante locura! Primero con el *Il balletto delle Ninfe di Diana*, que tanto había gustado a nobles y embajadores, y durante el cual Enrique le había puesto los ojos encima a Charlotte, y después acogiendo con alegría la idea de unir a la joven con el príncipe de Condé.

Evidentemente había subestimado la melancolía en la que se había sumido Enrique. María había aceptado de buen grado, incluso en ciertos aspectos hasta con gratitud y alivio, los achaques que lo obligaban a renunciar a las consuetudinarias cacerías y fugas nocturnas en busca de amantes, obligándolo más bien a quedarse junto a ella o, como mucho, a jugar, apostando dinero, partidas de frontón, con viejos amigos como Bellegarde y algunos de los cortesanos más íntimos.

Así, en el último año su mutuo entendimiento se había reforzado y María había acariciado la esperanza de tener una relación cada vez más fuerte, consolidada con largas recuperaciones en las casas de campo o con el embellecimiento de la ciudad, del que ella era responsable, pero siempre, al menos en ese último período, junto a su amado Enrique.

Y, sin embargo, ciertamente había subestimado la aparición de la gota, y luego ese progresivo encorvamiento y estar limitado por tener que caminar apoyado en un bastón. El rey, que, desde siempre, había sido un adalid de la masculinidad, veía derrumbarse esa imagen casi heroica de sí mismo que había sabido forjar. Por ello se sumía en la melancolía y se irritaba también mucho al ver a Bellegarde, amigo de hacía tiempo, endemoniadamente apuesto, convertido en un viejo con gota en la nariz, ya que, en definitiva, aquella imagen reflejaba su propia decadencia física. María había sido una estúpida al no comprender lo profunda que debía de ser la frustración del rey por el despiadado paso del tiempo, y no percatarse de que ese último amorío loco no era más que el acto desesperado y extremo de rebelión de un hombre que se oponía con todas sus fuerzas al inevitable transcurso de los años.

Tampoco ella era una niña. Su piel de porcelana ya conocía arrugas, sus curvas suaves estaban perdiendo esplendor y tono, la mirada era menos viva; los labios, menos brillantes; sin embargo, se la seguía considerando, con razón, bella, seductora y majestuosa.

¡Quién sabe cómo iba a afrontar un día el desvanecimiento de su propia belleza!, puesto que era un hecho que, antes o después, también le llegaría a ella el momento de entendérselas con la madurez, con la que Enrique ya batallaba.

Pero en ese momento no podía permitirse tales reflexiones, pensaba. Tenía que reaccionar. Y tenía que saber. Para ello llamó a Mathieu Laforge, su propio espía, el único hombre de toda la corte por el que sentía una estima absoluta.

Intentó, por lo tanto, enjugarse las lágrimas lo mejor que pudo. No quería que la vieran con los ojos enrojecidos.

Cuando entró en el *entreciel* —el *petit cabinet* que la reina llamaba así porque desde allí se divisaba el Sena y más allá, hasta un punto en que se podía admirar a lo lejos el campo y contemplar los pueblos de Issy y Vaugirard—, Mathieu Laforge vio a su reina hermosa como nunca.

Tal vez hubieran pasado los años, pero María mantenía intacto su encanto estatuario. Alta, con rotundos senos, majestuosa con su vestido adornado de diamantes, con aquel rostro aún bello, a pesar de alguna arruga; el cuello magnífico engalanado con un collar doble de perlas del tamaño de una avellana. Se quedó hechizado, deteniéndose en los detalles: el cabello espléndidamente recogido, las mejillas con un ligero colorete, la boca perfecta y seductora, mientras la mirada lánguida y sensual hacía presagiar una experiencia en materia de vida, como mínimo, refinada. María era todavía una auténtica belleza.

Por esa misma razón, Laforge estaba disgustado al pensar en las noticias que llevaba, que no eran buenas en absoluto y, de hecho, probablemente angustiarían bastante a María de Médici. En cualquier caso, lo que había descubierto no le había impedido cumplir con su deber. Llevaba consigo un intercambio epistolar entre madame de Montmorency y su majestad el rey. Lo había conseguido de una manera, por decirlo suavemente, rocambolesca, corrompiendo y amenazando, pero al final se había hecho con ello. Pero aquella era tan solo la primera parte de su trabajo, ya que luego tenía que desvelar el contenido, descubriendo códigos que impedían descifrarlo.

Como si le hubiera leído el pensamiento, María le preguntó si había salido airoso en su misión.

—Monsieur —preguntó con aquella voz suave e irresistible—, ¿habéis podido haceros con la correspondencia y revelar el contenido?

Laforge asintió.

—Naturalmente, reina mía. Siempre a vuestras órdenes.

Por un momento, María sonrió.

—Al menos vos, Laforge, no me decepcionáis. Tampoco cuando caigo al agua y corro el peligro de ahogarme.

El espía dejó traslucir un brillo de sorpresa en los ojos.

—Entonces..., ¿vos lo sabíais? ¿Y habéis callado todo este tiempo?

—¿Creéis que soy tonta? —María enarcó una ceja. Esa expresión inquisitiva la hacía, si era posible, aún más hermosa.

—Nunca lo he pensado, majestad. ¡Ni por un segundo!

—¡Alabado sea Dios, al menos vos...! Por tal razón, si la correspondencia que me traéis está bien traducida, ya os anuncio que vuestra recompensa será de dos mil pistolets en lugar de cien.

Laforge tragó saliva, conteniendo la respiración.

—Y son pocos de todos modos, por lo que veo. Pero por el momento serán suficientes. No puedo daros más. Mis propiedades, gracias a la avaricia de nuestro común soberano, son las que son.

Laforge se inclinó.

—Corresponderé a vuestra munificencia con mi fidelidad, señora mía.

—Cuidaos de prometer aquello que no sabéis si vais a mantener, Laforge. Demasiadas personas en esta corte pronuncian palabras sin ton ni son.

Laforge carraspeó.

—¿Queréis preguntarme algo? —preguntó María.

—De hecho, sí —confesó el espía.

—Pues hacedme la pregunta. No disponemos de toda la tarde.

Laforge se apresuró.

—¿Cómo es que hoy habéis dicho que sabíais quién era vuestro salvador?

—¿Después de cuatro años?

—Exactamente.

—¿No lo comprendéis por vos mismo?

Laforge se calló. Esperaba una explicación.

—Pues bien, porque quería haceros saber que, a diferencia de los demás, sé analizar los hechos, incluso aquellos de los que no soy consciente. Y también para haceros saber que tengo buena memoria.

—Lo tendré en cuenta —dijo Laforge.

—Y haréis bien —confirmó la reina, tras lo cual lo despidió haciendo un gesto con la mano.

Tras inclinarse de nuevo, el espía salió. María se quedó sola con el epistolario entre las manos.

Se acercó a un escritorio y desdobló los pliegos de papel. Encontró dos breves cartas entre Enrique y Charlotte, junto con el código para descifrar los textos en una hoja aparte.

> Cel adorado, en toda mi humildad, con toda la adoración de mi corazón, obra y pensamiento, pronto sabréis que Lamb intentará reunirse a toda costa con La Moutonne y, con ello, destruirla para siempre, con gran alegría de Dulcinea. Rezo todos los días para que los Oplites intervengan para liberar a La Moutonne, pero tal día parece no llegar nunca; sin embargo, estoy segura de que Cel tiene un gran corazón y no vacilaría en atacar a los Cíclopes. Espero, pues, que Cel decida si dejarse consumir en la espera o más bien pretende castigar a los Cíclopes, aunque ello pudiera determinar el resentimiento de Cerberus, amigo del Minotauro, y una disputa entre Güelfos y Gibelinos.
>
> LA MOUTONNE

La carta, tal como estaba, no era ciertamente de fácil comprensión. Y la respuesta, evidentemente de su marido, parecía aún más absurda y delirante.

> La Moutonne debería saber que Cel no puede más que amarla como ella desea y que sus penas, ante el pensamiento de lo que pueda llevar a cabo Lamb, son infini-

tas, y Cel las ofrece como prenda indigna de su devoción. Pero Cel no teme ni al Minotauro, ni mucho menos a Cerberus, y pronto atacará a los Cíclopes. Espera tan solo que Fi confirme el compromiso de mudarse a la Procelosa Tebas.

Hasta entonces, ruega para que La Moutonne sepa rechazar a Lamb, seguro de poder verla pronto a costa de movilizar El Aguijón.

CEL

Aunque María lograba entender en ocasiones el sentido de algunas frases, no era capaz de comprender el significado completo de la correspondencia. ¿Quiénes eran los Oplites? ¿Y Cerberus? ¿Y El Aguijón?

—Veamos el código —dijo para sí—. Todo estará más claro.

CEL:	ENRIQUE
LA MOUTONNE:	CHARLOTTE DE MONTMORENCY
LAMB:	EL PRÍNCIPE DE CONDÉ
DULCINEA:	MARÍA DE MÉDICI
EL AGUIJÓN:	EL EJÉRCITO FRANCÉS
LA PROCELOSA TEBAS:	BRUSELAS
LOS OPLITES:	LOS FRANCESES
LOS CÍCLOPES:	LOS HOLANDESES
CERBERUS:	EL GOBERNADOR DE LOS PAÍSES BAJOS
MINOTAURO:	EL EMPERADOR RODOLFO II DE AUSTRIA
FI:	EL PAPA

Leído el código y procediendo a las traducciones oportunas, el intercambio epistolar sonaba mucho más comprensible. E inquietante.

Enrique al que adoro, en toda mi humildad, con toda la adoración, obra y pensamiento, pronto sabrá que el príncipe de Condé pretende reunirse a toda costa con Charlotte de Montmorency, y, con ello, destruirla para siempre, con gran alegría de María de Médici. Rezo cada día para que los franceses intervengan para liberar a Charlotte de Montmorency, pero tal día no parece llegar nunca; sin embargo, sé con certeza que Enrique tiene un corazón grande y que no vacilará en atacar a los holandeses. Espero, pues, que Enrique decida si dejarse consumir en la espera o más bien intentará castigar a los holandeses, aunque tal cosa pueda determinar el resentimiento del gobernador de los Países Bajos, amigo del emperador Rodolfo II de Austria, y determinar una disputa entre católicos y hugonotes.

CHARLOTTE DE MONTMORENCY

Charlotte de Montmorency debería saber que Enrique tan solo puede amarla como ella desea y que sus penas, ante el pensamiento de lo que pueda llevar a cabo el príncipe de Condé, son infinitas, y Enrique las ofrece como prenda indigna de su devoción. Pero Enrique no teme ni al emperador Rodolfo II de Austria ni mucho menos al gobernador de los Países Bajos, y pronto atacará a los holandeses. Espera tan solo que el papa confirme su bendición para moverse hacia Bruselas.

Hasta entonces, ruega para que Charlotte de Montmorency sepa rechazar al príncipe de Condé, seguro de poder verla pronto, a costa de movilizar al ejército francés.

ENRIQUE

Al leer aquellas últimas líneas, María se llevó la mano a la boca, ahogando a duras penas un grito. ¿El rey se había vuelto loco? ¿Pretendía realmente poner en marcha una guerra contra los Países Bajos? ¿Arriesgándose a desencadenar un conflicto religioso contra el emperador de Habsburgo? ¿Y todo en nombre del amor que creía sentir por una chiquilla estúpida?

La reina esperaba vehementemente estar equivocada, pero las cartas hablaban claro, y, desde ese momento, el presagio de una terrible desgracia permaneció en la estancia durante todo el día, estancado como el hálito mismo de la muerte.

MAYO DE 1610

25

La vigilia

El rugido del trueno parecía retumbar en las paredes. Los relámpagos marcaban de plata la oscura bóveda del cielo. Caía una lluvia oscura, densa, maldita. María se llevó la blanca mano al rostro y se secó una gota.

Se miró los dedos y gritó. Estaban manchados de sangre.

Al principio no lograba entender, pero luego todo resultó muy claro: llovía sangre. Una tempestad de desesperación y destrucción mientras los truenos, en ese momento, le parecían los aullidos de los condenados, procedentes de la garganta del infierno. Tembló con un terror ácido y violento. Sentía su cuerpo vibrar, azotado por la lluvia negra y por el viento que ululaba por las calles de la ciudad. El vestido, una túnica áspera y ligera, se le pegaba a la piel, adhiriéndose de manera insoportable, y se iba tiñendo de color escarlata.

París era presa de elementos ultraterrenales. Lo que más le espantaba era la sensación de vacío: llenaba las calles de una angustia tanto más amarga puesto que sugería que hombres y mujeres habían desaparecido, habían sido exterminados por aquella abominación anunciada de manera tan cruel que no se podía ni pensar.

Se encontró delante de Notre Dame. La catedral parecía de repente haber adquirido vida propia. Las gárgolas la miraban con ojos muy abiertos, como si fueran guardianes del Hades. Empezaron a gruñir como perros demoniacos. El espacio frente a la fachada principal de Notre-Dame se había cubierto de sangre. No solo llovía desde el cielo, sino también desde debajo del portón de la catedral, hasta que se abrió ampliamente ante ella, invitándola a entrar.

María se sintió desvanecer. Sin embargo, una curiosidad devoradora la empujó a aceptar aquella invitación. Así, se obligó a avanzar a través del espacio frente a la fachada. A medida que caminaba se dio cuenta de que la sangre le llegaba por encima de las rodillas. Densa, viscosa, ya le impedía avanzar, como si fuera barro.

Contuvo a duras penas las arcadas. La náusea subió hasta llenarle de saliva la boca. Babeó, perdiendo el control de sí misma.

Terminó arrodillada ante el altar y fue allí donde lo vio. Y la voz se le hizo de cristal, rompiéndose en mil pedazos.

Enrique yacía en el altar con un cuchillo clavado en el pecho. Y de aquella herida mortal llovía sangre que se derramaba por el suelo e inundaba los pasillos de las naves.

Alguien le había arrancado el corazón. Extendió la mano en el desesperado intento de tocarlo. Pero no lo consiguió.

Se despertó bañada en sudor. El cabello pegado a las sienes. Con un esfuerzo que le pareció sobrehumano intentó sentarse, apretando las mantas alrededor de las piernas. Le castañeteaban los dientes de miedo. No fue capaz de contener el llanto mientras un grito estrangulado le oprimía la garganta.

Nunca había pasado tanto miedo en su vida. Ni siquiera cuando había caído en el río y había estado realmente a punto de morir. Porque sentía, netamente, la sensación de que algo terrible iba a ocurrir. Enrique se iría pronto a la guerra, y al día siguiente sería coronada regente de Francia.

Un terrible presagio la angustiaba. Estaba segura de que Enrique no volvería de aquella guerra y el solo pensamiento de perderlo la dejaba sin respiración.

Ya no importaba que le hubiera sido infiel o que le hubiera negado unas rentas adecuadas, ya que en el fondo había demostrado que la quería: al confiarle a ella el reino, reconociéndola como capaz de gobernar por todo lo que ella le había demostrado. ¿Había acaso recompensa mejor que aquella? ¿Saber que tu propio esposo te pone a la altura de una misión tan compleja?

Solo el día anterior, Enrique le había sugerido los seis principios a los que nunca debería sustraerse en el gobierno del Estado. Había sido muy dulce con ella, mientras la tranquilizaba y le acariciaba las mejillas.

Intentó que la mente no olvidara que su voz aún fuerte y profunda la había recordado. Le parecía caminar en busca de espíritus; sin embargo, estaba segura de que, al hacerlo, se calmaría. ¿Qué le había dicho su marido? Que nunca reemplazara ministros, a menos que estuvieran manchados por alguna culpa concreta. Y que nunca confiara funciones a los extranjeros para no perder el apoyo de los súbditos y del pueblo. Después, Enrique la había mirado de reojo y, sonriendo, le había advertido que evitara de cualquier modo que las conversaciones de los ciudadanos sugirieran siquiera algo respecto a los secretos del gobierno del Estado. Un rey y una reina tenían que poder tomar decisiones en poco tiempo las más de las veces, y no podían ciertamente someter las cuestiones más difíciles a las habladurías de los ciudadanos.

Finalmente, Enrique había subrayado la importancia de tratar bien a los jesuitas, de no alentar demasiado a los Grandes del Estado, que, por su propia naturaleza, ya eran codiciosos y traicioneros, y de no oponerse abiertamente a los hugonotes.

Enrique había sido bueno con ella. Le había prometido que la ceremonia de la coronación sería magnífica, y que, a pesar de sus rarezas y quebraderos de cabeza, la amaba con locura. Después la había abrazado y habían hecho el amor. Y en ese pensamiento, María parecía encontrar, al menos por un momento, la paz.

—Os digo que ha vuelto en sí y que esta es la mejor decisión que haya tomado en los últimos dos años —susurró Leonora a Concino—. Y, que lo creáis o no, esta será nuestra suerte.

—Sería preciso que muriera —la secundó su marido— y, por lo demás, con lo que queda de él ahora, Enrique de Borbón ya no le sirve a nadie.

Al decirlo, Concino, que era hombre de temperamento incendiario, tiró el gran sombrero de fieltro en una esquina. Los largos cabellos cayeron hacia delante. Se quitó los guantes y se alisó el mostacho.

—Venga, Concino mío. Calmaos —dijo Leonora—. Pronto María será regente y el buen Enrique, que Dios lo bendiga, se irá a la guerra contra los Países Bajos y, posiblemente, contra el propio emperador Rodolfo II de Habsburgo. Por ello me parece claro que vuestro deseo se puede hacer realidad con toda probabilidad —subrayó Leonora con un amago de perfidia—. Lo que cuenta es que María será siempre benevolente con nosotros, si sabemos comportarnos.

—¿Qué pretendéis decir?

—Que no tenemos que dar la impresión de ser demasiado codiciosos.

—Respecto a ese punto será difícil, visto lo poco que ganamos.

—Bueno —espetó Leonora—, eso sí que es una buena mentira. De todas formas, intentad estar presentable mañana. María será coronada e investida para la regencia. Enrique la ha juzgado merecedora de asumir responsabilidades y de ejercer en su lugar, vista su inminente partida.

—¡Puaj! —prosiguió Concino—. Si pienso que ha decidido declarar la guerra al imperio tan solo para liberar a esa pequeña zorra, me entran arcadas. Por lo menos vos tenéis razón: la reina madre parece haber mantenido el equilibrio. Eso sin contar que, con toda probabilidad, reformará el Consejo del rey.

—Mientras el rey esté vivo, lo consideraría prematuro.

—Sí, pero seguro que formará un Consejo de regencia y, cuando menos, la figura de ese maldito Sully quedará minimizada. Y quizá las bolsas, tarde o temprano, se abran para nosotros también. En cierto sentido, pensándolo bien, casi cabe esperar que esa pequeña víbora de Charlotte de Montmorency haya causado con su imprudencia una de esas guerras que puedan durar mucho tiempo, capaces de mantener al rey alejado de Francia una temporada.

—Ya veremos —exclamó Leonora.

—Sí —la secundó Concino—. Y ahora creo que saldré a dar una vuelta por los pasillos del Louvre, para hacerme una idea de los estados de ánimo y las impresiones —concluyó con una sonrisa cruel.

—Tened cuidado de no perderos demasiado.

—No temáis, Leonora, me sabré comportar.

Y al decirlo, Concino besó los hermosos labios de su mujer, y después, tras haber recuperado el sombrero de fieltro que poco antes había arrojado a un rincón de la habitación, se encaminó hacia la puerta.

26

La consagración

El cortejo avanzaba solemnemente por las calles hasta la abadía de Saint-Denis. El aire suave y el ambiente festivo atenuaban la escena junto a los innumerables colores de los arcos de triunfo con los que se había engalanado la ciudad. María había insistido en esa costumbre típicamente italiana, como si pretendiera reiterar su orgullo de pertenecer a una dinastía que hacía casi doscientos años que gobernaba Florencia. Pero aquellas arquitecturas extrañas, redundantes y ciertamente algo artificiales no molestaban a los franceses, que de hecho, abarrotaban el recorrido y le lanzaban flores a la reina madre.

El cortejo transcurría ordenadamente, encabezado por cien guardias suizos en sus llamativos uniformes en rojo y azul. Las alabardas relucían bajo los rayos del sol. Detrás de los *cent-suisses de la garde ordinaire du corps du roi* venían dos compañías, cada una de ellas con doscientos caballeros. Seguían los *gentilhommes de la chambre* y los caballeros de la Orden del Espíritu Santo, con sus insignias: las cruces de cuatro brazos y ocho puntas con botones de oro, flanqueados por los lirios de Francia, que transportaban una paloma blanca con las alas desplegadas y cabeza abajo. Detrás de ellos iban los trompeteros y los ujieres; luego, los príncipes y, finalmente, el delfín.

Luis llevaba un magnífico atuendo de seda de color plateado. Sobre sus angulosas y estrechas espaldas lucía una capa adornada de diamantes y piedras preciosas. Su rostro, afilado y serio, expresaba todo el sosiego y la seriedad necesarios para la ocasión; pero no había ni rastro de caricatura en él puesto que ese obstinado muchacho, y muchas veces dispuesto a dar órdenes atrabiliarias y violentas, se tomaba incluso demasiado en serio su propio papel.

María de Médici sonreía con su vestido de tafetán azul, tachonado con más de treinta mil perlas y no menos de tres mil diamantes, que capturaban los rayos de sol, convirtiéndolos en brillantes reflejos a la vista. La pesadilla del día anterior parecía disiparse en el esplendor de la primavera y en aquel magnífico cortejo en el cual ella era el centro y la estrella de grandeza. En el cuello le colgaba un magnífico collar de oro incrustado de diamantes y piedras preciosas, con un colgante de rubí en forma de gota, grande como el puño de un niño. Llevaba el pelo rizado recogido y elegantemente adornado con hilos de perlas, y embellecido con una corona de oro y diamantes.

La capa real de terciopelo con los lirios de Francia, decorada con gemas y piedras preciosas, y forrada de piel de armiño, culminaba en una larga cola, sostenida por cuatro princesas y otros tantos caballeros vestidos de seda dorada y plateada.

Después iban la reina Margot y la princesa Isabel, hija mayor de la reina madre, con capas ornamentadas con los lirios dorados de Francia; luego era el turno de las duquesas, vestidas de finísima seda y con peinados tan audaces como exquisitos. También ellas lucían capas y largas colas que unos caballeros sujetaban.

Cerraba el cortejo un escuadrón completo de la Guardia del Louvre de la Casa Real.

El pueblo francés permanecía mirando extasiado aquella deslumbrante y solemne manifestación de poder: las mujeres arrebatadas por la belleza suntuosa de los atuendos de la reina y de las princesas, y por la elegancia marcial de los caballeros del Espíritu Santo y los muchachos de uniforme de la guardia suiza.

La gente gritaba «Viva la reina», y seguía con los ojos hechizados el paso del cortejo hasta llegar a la puerta de la abadía.

Fue a partir de ese momento cuando María empezó a fruncir el ceño. Advertía la presencia inquietante de las sombras y de los recuerdos lúgubres de la noche anterior; sin embargo, a medida que la ceremonia se encaminaba hacia su punto culminante, intentó por todos los medios sonreír y ocultar su ansiedad con el único objetivo de tranquilizar a sus súbditos como le había enseñado Enrique.

También a él, por lo demás, se le veía turbado. A pesar de las sonrisas y las bromas que había hecho al verla fulgurante con su vestido tachonado de perlas y diamantes, no había podido dejar de traslucir una preocupación inexplicable, incluso funesta.

—Esta ceremonia me hace pensar en el día del juicio final —le había dicho, para luego añadir con amarga melancolía—: No me sorprendería si en algún momento viéramos aparecer al juez.

Después, sin embargo, le había tomado la mano. Se la había apretado como si nadie pudiera separarlos nunca más. En ese gesto, María se perdió, percibió todo el sincero afecto, incluso amor, que Enrique lograba transmitir como si él también albergase un fuego rojo y vivo.

El cardenal de Joyeuse, flanqueado por dos obispos, se le acercó y la ungió con el santo aceite en la frente y el pecho. Los clérigos mecían los incensarios cargados de incienso del que se elevaban nubes de humo azulado. Una corriente de aromas ásperos y fragancias saturó el aire. Los vitrales de la abadía parecían mirar a la reina. La iglesia, abarrotada con la presencia de caballeros y damas del reino, relucía con los brillos de las gemas que cubrían ropa y alhajas.

Sentados en las tribunas que llenaban los pasillos, incluyendo los palcos, apoyados en las columnas y colocados en orden, tan numerosos que casi llegaban a las bóvedas, los súbditos permanecieron encantados al ver a su reina recibir del cardenal el cetro y la *main de justice*, símbolo del poder que se le confería, entre muchos otros, y que coincidía con la administración de la justicia.

El cardenal pronunció las fórmulas del rito, y al final el delfín y su hermana Isabel colocaron en la cabeza de María una corona más pequeña que la que había llevado durante la procesión hasta la abadía. La reina sonrió como si aquella corona irradiara luz y, por un instante, la hiciera sentir diferente de lo que era: una mujer a punto de separarse de su marido, preparado para declarar la guerra; una mujer que, al recibir la mano de la justicia y la corona de rubíes, se convertía en regente, asumiendo la autoridad absoluta de Francia y, al hacerlo, recogía todos los honores que tal posición comportaba. Eran compromisos de gran responsabilidad.

María rogaba estar a la altura.

27

Calle de la Ferronnerie

Aquella mañana, Enrique se había despertado con un triste presagio en el alma. No hubiera sabido explicarlo, pero algo lo atormentaba. Un presentimiento, una oscura anticipación, la idea de que estaba a punto de suceder algo que no se podría impedir de ninguna manera. Eran días en que se arrastraba cansinamente por los pasillos del Louvre. Solo había una cosa que lo había consolado: ver a María prepararse para la consagración de la regencia. Cuando, el día antes, la reina había sido investida, se había sentido aliviado, como si hubiera conseguido librarse de un fardo que le pesaba demasiado en las espaldas.

También aquella guerra que estaba a punto de emprender era una locura, ahora se daba cuenta. Charlotte era una muchacha de una belleza sublime y él la había deseado profundamente; pero cuando entonces Enrique II de Condé, al que él mismo la había dado en matrimonio, se había opuesto a la idea de desempeñar el papel de comparsa en favor del rey, el asunto se había complicado hasta el extremo de que se le había ido completamente de las manos.

Y ahora, más allá de las mil justificaciones que un rey como él podía encontrar a aquel conflicto que se preparaba a desencadenar contra Austria, España y los Países Bajos, pues bien, no solo no le veía utilidad alguna, sino ni siquiera sentido.

Se había visto con María esa mañana, y la había cubierto de besos, confesándole sus inquietudes. La reina le rogó que no se fuera, que se quedara con ella, entre las paredes del Louvre. A salvo. Pero Enrique se sentía enterrado en vida. Además, aunque ya no era joven, María tenía de todos modos veinte años menos que él. Enrique, en cambio, sabía que ya tenía un pie en la tumba, como delataba el bastón en el que se apoyaba para dar cualquier paseo.

Esa locura a la que se había encomendado en el último año, alimentada por un deseo de ser joven que no convencía a nadie, y mucho menos a sí mismo, le devolvía una imagen de hombre débil y cansado, incapaz de aceptar el paso del tiempo, muy lejos de aquella dignidad que todos habrían esperado de él.

Pero la dignidad había terminado con todas aquellas cartas cifradas, con las amenazas al príncipe de Condé, con las ridículas confesiones y promesas que se obstinaba en hacer como si aún fuera un joven lleno de esperanza.

Y toda aquella melancolía, aquella tristeza, lo había cariacontecido, y ahora, espantado y arrepentido, vagaba por los salones del Louvre como el fantasma del hombre que había sido.

Aquel día tenía que ir a ver a Sully por asuntos de Estado que simplemente no admitían prórroga. Y no se sentía con ganas. Peor aún, temía que pudiera sucederle algo terrible.

Volvió donde María por la tarde porque, a pesar de los razonamientos y las explicaciones que intentaba darse a sí mismo, no lograba separarse de ella.

Así, al llegar al *petit cabinet*, llamó y entró.

Vio a María tan bella y dulce que casi se conmovió. La reina intuyó de inmediato lo que se le pasaba por la mente e intentó detenerlo. Una vez más.

—Enrique, os lo ruego —le dijo con un hilo de voz—, temo haber comprendido lo que pretendéis hacer, pero dejadlo correr, os lo suplico. Con solo miraros, esta mañana, he comprendido de golpe que algo os angustiaba. Oscuros presentimientos que os habitan, pero, si tales temores tuvieran que ver, aunque fuera remotamente conmigo, pues bien, sabed que yo no siento ningún rencor hacia vos. Solo un amor infinito, ilimitado. Por ello, quedaos aquí, a mi lado. Posponed vuestro encuentro con Sully para mañana o incluso pasado mañana. Posponed, asimismo, la guerra...

—No puedo, amor mío —la interrumpió él—, los asuntos que tengo que tratar con Sully son demasiado urgentes y no admiten más esperas. —Luego le tomó las manos entre las suyas—. Qué hermosa sois, y qué estúpido he sido al perderme vuestro rostro para acabar viendo a mujeres que quizá no merecían una mínima parte de vuestra atención.

—Enrique, cualquier error que hayáis podido cometer conmigo, creedme que está perdonado. No penséis en el pasado, concentrémonos en nuestro futuro.

El rey enarcó una ceja y el labio se le torció en una sonrisa amarga.

—¿El futuro, decís? —Y la voz se volvió sorda, como si un diablo se la hubiera arrancado de repente—. No me pertenece, amor mío, pero sí a vos. Siento que mi tiempo está a punto de acabarse.

—Enrique... ¿qué decís? No habléis de ese modo, que me dais miedo. ¿Por qué tendría que acabar vuestro tiempo? Yo, en cambio, prefiero confiar en que os queden aún bastantes años por delante. Escuchad, quedaos aquí. A mi lado. Todo pasará.

—No puedo —continuó el rey—, bien mío, debo irme.

Pero ella lo detuvo.

—Os lo ruego, amor mío. Un beso, al menos... ¿o tampoco eso me lo queréis conceder?

El rey, visiblemente emocionado, volvió sobre sus pasos.

—Perdonadme —susurró, y, sin añadir más, la estrechó en un abrazo y la besó largamente en los labios de una manera tan intensa y apasionada que María tuvo la sensación de caer presa de un desmayo.

Cuando al final sintió que estaba a punto de irse no lo entretuvo. Es más, fue ella la primera en deshacerse de aquel abrazo. Pero quiso arrancarle cuando menos una promesa.

—Os espero esta noche en mis aposentos... ¿Juráis que vendréis? —Y su semblante era tan hermoso y serio que Enrique no hubiera podido rechazar una invitación semejante.

—Vendré, amor mío. Esperadme. Os lo juro.

Y, sin más dilaciones, Enrique le depositó un último beso en aquellos labios rojos y plenos, y al final salió, de mala gana, de las habitaciones de María. Tras atravesar una serie de salones y recorrer dos amplias secuencias de escaleras de mármol, se halló en el jardín del palacio. Allí vio al capitán de la guardia escocesa, Ian MacGregor.

—Señor —dijo este último, que ya había sido informado por uno de sus hombres de las intenciones del rey—. Estamos preparados.

Pero el rey, con gesto casi desdeñoso, lo zanjó.

—MacGregor, no os preocupéis por mí, mejor tratad de defender el Louvre. Estos son días desgraciados y quiera Dios que bandidos y asesinos no accedan al palacio.

—Tal cosa nunca sucederá, majestad —respondió MacGregor haciendo una inclinación, y añadió—: Tengo que insistir respecto a la escolta: permitidme decir que no me parece prudente vuestra salida sin las medidas de seguridad adecuadas...

—¡Por el amor de Dios, capitán! —le cortó tajante Enrique—. Os dispenso de toda obligación. Las calles de París son ya bastante estrechas, imaginaos para la carroza real. ¡Imaginaos con la escolta! ¡No, no! Me limitaré a llevar conmigo dos caballeros como D'Épernon y Montbazon, ¿qué decís vosotros, amigos míos? —preguntó el rey a los dos duques, que estaban departiendo en ese momento animadamente en el jardín.

D'Épernon y Montbazon se acercaron de inmediato al soberano.

—Será un honor para nosotros, señor —dijo el primero de ellos con una inclinación.

—Nada me procurará mayor alegría —le secundó el otro, casi postrándose ante el rey.

—Pues entonces muy bien —confirmó Enrique—. Cogeremos la carroza. Renunciaré a la escolta, porque así, como mínimo, nos moveremos más rápidamente.

Subió, entonces, el escalón y entró en la carroza real, seguido de inmediato por D'Épernon y Montbazon. Sentado en el interior, el cochero azuzó a los caballos y la carroza empezó a moverse hacia la puerta del Louvre.

Era un día magnífico. Mientras se dirigían hacia la calle de la Bourdonnais, el duque de Épernon le entregó al rey una carta para leer. Recostado sobre los almohadones de terciopelo azul, adornados con los lirios dorados de Francia, disfrutando de la luz del sol que entraba por las ventanillas, Enrique parecía perder la conciencia de lo real y se quedó completamente absorto en la lectura.

Pronto apareció ante sus ojos la calle de la Ferronnerie, pero allí la carroza se detuvo.

—¿Qué sucede? —preguntó el rey, volviendo en sí de repente de aquella especie de extrañamiento en el que se había sumido leyendo la carta.

D'Épernon y Montbazon callaron, pues no tenían ni idea de lo que estaba pasando.

—Dos carros están bloqueando la calle, majestad —fue la respuesta del cochero.

—*Ventre-saint-gris!* ¡Haced que se muevan! ¿Acaso no soy el rey?

Pero Montbazon tuvo un terrible presentimiento.

—¡Vuestra majestad! —gritó.

Pero lo que vio a continuación le quebró la voz.

28

Ravaillac

Ese falso rey sería asesinado. Se había preparado para esa misión una vida entera. Ahora lo sabía, ¡estaba seguro! Lo odiaba con un odio negro y profundo. Había cultivado dentro de sí ese sentimiento como una mala hierba, dejando que lo devorara poco a poco, transformándolo en su esclavo. Estaba agradecido a las personas que le habían enseñado a ser lo que era: sus tíos canónigos Julien y Nicolas Dubreuil, sobre todo.

Odiaba a los hugonotes, por eso detestaba a su rey. ¿Por qué no los había combatido como hubiera debido, sino que más bien les permitió, encima, que prosperaran, se enriquecieran, se volvieran arrogantes, como esa sanguijuela de Sully, el maldito ministro de Finanzas y consejero del rey?

¿Y qué decir del rey? Un hombre que se había convertido tres veces y que al final había abrazado la fe católica con el único objetivo de conseguir el trono. ¿Existía acaso algo más abyecto, repugnante y feo?

François Ravaillac habría hecho pedazos a un hombre

como ese. No era él quien lo demandaba, sino Dios, más bien, el que lo exigía. Dios, al que se había ofendido con obstinada arrogancia. ¿Cómo había osado el rey acogerse a la fe católica como si se tratara de una vieja prostituta?

Sin embargo, en su infinita bondad, inspirado por Dios, naturalmente, él había intentado ya otras veces convencer al rey de que convirtiera a los hugonotes al catolicismo. Había tenido una visión hacía un tiempo y todo le había aparecido claro. Y para dar una última posibilidad de redención a su rey, había viajado tres veces de Angoulême hasta París en el desesperado intento de encontrarlo y hablarle para exponerle su plan.

Pero ciertamente no había nada que hacer. A pesar de todos los esfuerzos por su parte, nadie le había permitido mantener una conversación con el soberano.

Por ello... ¿qué otra cosa podía hacer? Entonces, mientras reflexionaba sobre la imposibilidad de sustraerse a la misión para la que había sido llamado, había descubierto esa última locura de Enrique IV, una decisión que lo había dejado sin palabras: una guerra contra los Habsburgo. Los más católicos entre los católicos. Y todo en nombre del amor por una desvergonzada como Charlotte de Montmorency, mujer de Enrique II de Condé, faltando al respeto una vez más a esa santa mujer que era la reina María.

¡Fornicador! ¡Renegado! ¡Traidor!

¿Y ese era el rey de Francia? ¡Dios no lo hubiera aceptado! De solo pensarlo le entraban ganas de vomitar.

Así las cosas, esa mañana se había decidido. Se había puesto medias, pantalones, unos viejos zapatos cómodos, había escondido un largo cuchillo bajo el jubón y había puesto rumbo al Louvre esperando tener suerte. El hecho de estar en el séquito del duque de Épernon había sido un auténtico golpe de fortuna. Al llegar al Louvre, la mañana le había reservado un par de misiones, pero después, cuando el rey había salido en la carroza con su señor junto a Montbazon y otro par de caballeros que formaba su reducidísima escolta, se había lanzado tras ellos a pie, corriendo a buen paso.

Al divisar finalmente la calle de la Ferronnerie, justamente en la esquina con la calle Jean Tison, en el barrio de Les Halles, se había dado de bruces con otra situación favorable: un par de carros bloqueaban el pasaje. Uno transportaba heno, el otro iba cargado de barriles de vino.

De este modo, la carroza real se vio obligada a detenerse. La calle era particularmente estrecha y liberarla no sería asunto que se resolviera en breve.

Por ello, Ravaillac tuvo todo el tiempo del mundo para aproximarse, sin ser visto, a la carroza. Era un hombre grande e imponente, pero sabía ser silencioso, y mucho más en ese momento en que entre el estrépito de los carreteros, el cochero real, que aullaba que cedieran el paso, los caballos inquietos... nadie reparaba en él.

Era una ocasión irrepetible. Y la disfrutó a conciencia.

Se acercó al estribo de la carroza. Había reconocido a Enrique IV en cuanto había llegado a la calle de la Ferronnerie, puesto que se había asomado a la ventanilla para gritar al cochero que obligara a despejar la calle.

Saltó sobre el escalón y sacó el puñal de debajo del jubón, blandió con él a ciegas tres puñaladas terribles. La hoja relampagueó blanca y alcanzó la carne.

Enrique sintió un dolor lancinante en el pecho.

Una vez.

Dos veces.

Extendió los brazos viendo los ojos diabólicos de un hombre gigantesco que parecía devorarlo con la mirada.

—¡Ayuda! —gritó el duque de Épernon.

Montbazon se tiró hacia delante para proteger al rey. Vio la hoja brillar y bajar por tercera vez. Consiguió, en el último momento, desviar la trayectoria, tanto que el cuchillo se deslizó a lo largo de la manga de su doblete, hiriéndolo.

Entonces, antes de que el agresor fuera capaz de comprender lo que estaba ocurriendo, logró aferrarlo por la muñeca y, golpeándolo contra la puerta de la carroza, estuvo en condiciones de hacerle soltar el cuchillo, desarmándolo.

—¡Perro! ¡Traidor! —gritaba entretanto, completamente fuera de sí, el duque de Épernon.

No satisfecho con lo que había hecho, Montbazon abrió la puerta de la carroza y se lanzó contra el asesino. Se percató de que era un hombre enorme, pero era tal la rabia que le hervía en el pecho que se le abalanzó encima, golpeándolo a la vez en el rostro con toda la fuerza de su puño.

Los dos terminaron tendidos en el suelo.

Mientras, alertada por los gritos del duque de Épernon, una multitud se iba reuniendo en torno a la carroza. Eran campesinos, estudiantes, comerciantes, prostitutas y mendigos, embusteros y maleantes. Eran la gente de Les Halles, el barrio del mercado.

Alguien gritó:

—¡Han matado al rey!

Una mujer de dientes cariados y enormes pechos hizo la señal de la cruz. Alguno que otro cogió un bastón entre las manos.

—¡Quieto! —gritó uno de los caballeros que había acompañado a caballo la carroza del rey.

En todo aquel caos, aquel bullir de gritos, de charlas endiabladas, de ofensas e injurias que migraban de boca en boca, los ánimos se iban caldeando. Mientras Montbazon reducía a la impotencia al agresor, atándole las manos detrás de la espalda y confiándolo a otro de los caballeros que habían escoltado la carroza, D'Épernon intentaba socorrer al rey, que lo miraba ya con la muerte en los ojos.

—Majestad —susurró—. ¡Resistid!

Entretanto, los dos carros habían pasado, dejando libre la vía.

—¡Al Louvre! —gritó Montbazon al cochero—. ¡Ya! ¡Antes de que sea demasiado tarde!

Uno de los caballeros había colocado en su propio caballo al agresor y había montado a su vez.

—Llevémoslo con nosotros; si no, no volveremos a dar con él —prosiguió Montbazon, aludiendo con una mirada a la multitud que se estaba juntando al fondo de la calle de la Ferronnerie y que amenazaba con linchar al hombre que había atentado contra la vida del rey, antes incluso de poder comprender quién era y por qué lo había hecho.

Los dos caballeros partieron al galope, mientras la carroza se volvía a poner en movimiento.

Justo a tiempo.

La multitud, rugiente, se estaba lanzando en su persecución y Montbazon se apresuró a subir en marcha al estribo del carruaje, agarrándose del marco de la ventanilla. Luego, con una torsión del pecho, se asomó al interior y abrió la portezuela, deslizándose dentro de la carroza como una anguila.

Pero entre los almohadones de terciopelo azul y con los lirios dorados de Francia lo esperaba la peor de las verdades.

29

El final de una época

Lo habían dado por muerto. El jubón salpicado de rojo, manchado de sangre, la camisa que había sido blanca se había vuelto escarlata, como si un pintor demente le hubiera vertido pintura al temple por encima. Enrique yacía sobre una mesa de madera. Los médicos y los cirujanos no pudieron más que constatar su muerte. De nada había servido la desesperada carrera del duque de Épernon y de Montbazon hasta el Louvre.

El rey había fallecido en el carroza, durante el trayecto, al no superar las dos cuchilladas que le habían perforado el corazón.

María iba vestida de blanco. Pero en ese momento su vestido estaba manchado de sangre de su marido. Y a pesar de que Leonora la miraba con los ojos abiertos de par en par, aquellas manchas la complacían como si se tratara de gigantescos rubíes. Los tocaba con los dedos y después se llevaba las manos a la cara.

Sostenía la mano de su esposo y no podía alejarse de él.

Sentía el cuerpo sacudido por violentos sollozos, el pecho quebrado por un grito que no alcanzaba a salir, como si al mantenerlo dentro de sí la ayudara a conservar al menos algo de su gran amor asesinado.

Era el final de una época: de todo aquello que había sido y que no volvería más. Aquella pesadilla tan viva, dura, terrible se había hecho realidad, y María sentía que se hundía en un pozo del cual, tal vez, no conseguiría salir jamás.

Sin Enrique, nada tenía sentido. Sin aquel hombre que la había amado y que le había dado el regalo más grande: le había concedido la máxima confianza, otorgándole la regencia de Francia. Tal hecho había redefinido su existencia entera. No importaba lo que sería capaz de hacer. No importaba cuánto tiempo le llevaría, no importaba si desde ese día en adelante la atacarían o intimidarían; lo que realmente contaba era que no decepcionaría a Enrique, su Enrique.

Ese pensamiento se le quedó grabado en la mente con tal fuerza que se aferró a él como si fuera un salvavidas.

Tendría tiempo de sobra para descubrir quién había sido el despiadado asesino que había matado a su amor. Lo dejaría pudrirse en la Bastilla y después lo castigaría de manera ejemplar. Pero sabía que ni siquiera el desmembramiento y la tortura le devolverían nunca a su marido. Y no hallaba paz. Se quedaba mirando aquel cuerpo ya vacío, pálido, marcado por las heridas y empapado de sangre. Y, no obstante, en aquellas formas devastadas era capaz de reconocer todavía a Enrique: la fuerte mandíbula, la hermosa barba blanca que parecía de escayola, los grandes ojos detrás de los párpados cerrados.

Pero había algo que, sin embargo, podía ir mucho más allá de la muerte, y María comprendía que ese algo era la memoria. Y, por lo tanto, era realmente importante no decepcionar sus esperanzas y la confianza que Enrique había depositado en ella. Si no lo lograse, sería como traicionarlo. Y no se lo podía permitir.

Miró una vez más a Leonora, vestida de negro, como siempre. Se contempló a sí misma por primera vez y vio su vestido blanco, de tafetán, en ese momento escarlata debido a la sangre de Enrique.

Se pondría el color violeta a modo de luto, se dijo.

Y se dedicaría en cuerpo y alma a poner en práctica aquellos principios que el rey le había señalado como fundamentales.

Iba a ser la mejor reina de Francia. Y lo haría por él. Para no fallar a ese propósito firme que ahora la envolvía como una llama invisible y le confería fe y esperanza.

Por Enrique. Con Enrique. Para siempre.

Ian MacGregor no lograba entender lo que había sucedido. Peor aún: se sentía culpable, terriblemente culpable. Si hubiera insistido al rey en procurarle una verdadera escolta, pasando por alto su voluntad de viajar acompañado solamente de D'Épernon y Montbazon, en esos momentos Enrique IV estaría todavía vivo.

Y en cambio, por culpa de su impericia, el hombre que tenía ante sí lo había asesinado. Lo que no entendía era por qué lo había hecho. Ravaillac estaba encadenado: un enorme cuerpo que parecía que a duras penas podían contener unas argollas de hierro. Llevaba una alrededor del cuello y otra en las dos muñecas. De cada una de ellas salía una cadena que terminaba en una argolla idéntica clavada en la fría pared de la celda. Portaba unos grilletes en las piernas y, por lo tanto, estaba completamente inmovilizado. Y, sin embargo, continuaba tirando de las cadenas como si, al hacerlo, tuviera alguna posibilidad de liberarse. La estridencia del acero se había convertido en una especie de quejumbrosa letanía que amenazaba con enloquecerlo. MacGregor no podía descansar. Tenía que saber qué era lo que lo había empujado a asesinar al rey.

Ravaillac sonrió. Una sonrisa cruel se dibujó en su rostro, luego respondió. Hablaba lentamente debido al collar de hierro.

—Me preguntáis por qué he asesinado al rey. Pues porque era un traidor, un apóstata y un miserable.

Al escuchar semejantes injurias, el capitán de la guardia escocesa no fue capaz de contenerse. Con el puño derecho golpeó a Ravaillac en la barbilla. La cabeza del asesino salió impulsada hacia atrás, tal había sido la fuerza que el capitán había imprimido a su propio bofetón. Ravaillac gritó. La nuca fue a dar contra el collar de hierro y el dolor por el golpe se hizo más intenso.

—¿Por qué, maldito bastardo, por qué? ¿Quién demonios eres? —lo increpaba el capitán, loco de dolor y vergüenza por lo que había ocurrido, salpicándolo de saliva mientras lo cosía a preguntas.

Pero Ravaillac no parecía impresionado. En cuanto enderezó la cabeza lo miró con aún mayor desdén y arrogancia. Empezó a lamerse el labio partido y la sangre que brotaba abundantemente del corte profundo que le había infligido.

—¿Queréis saber quién soy? ¿Y por qué hice lo que hice? Pues bien, os lo diré. Soy un hijo de Dios que lleva la fe en el corazón, la fe que los hombres como vos y el rey de Francia han olvidado por completo. ¿No es acaso cierto que Enrique IV se preparaba para declarar la guerra al papa? ¿No es acaso cierto que su confidente y ministro, el duque de Sully, es un miserable hugonote? ¿Y acaso no es asimismo cierto que solamente el año pasado algunos hugonotes, en la vigilia de Navidad, dieron muerte a inocentes católicos sin haber sido condenados por ello? ¿Y cómo pensáis que un hombre temeroso de Dios como yo no sienta disgusto y vergüenza al ser súbdito de un rey semejante?

MacGregor se quedó atónito al ver la transformación que se apoderaba del rostro de Ravaillac. El cabello rojo, los ojos malignos, la máscara de odio que reflejaba su semblante. Aquel hombre era una bestia sedienta de sangre. Además de un loco y un fanático.

—Pero vos, señor, que os declaráis católico... primero fuisteis expulsado del convento de los fulienses y luego del de los jesuitas... Entonces, ¿cómo os podéis definir en serio como tal?

—¡Puaj! —Ravaillac escupió una bocanada de sangre—. Vos no sabéis nada. Es verdad que me aparté, pero tanto los fulienses como los jesuitas estaban bajo el ala protectora del rey y habían perdido una visión clara de la fe, que más bien estaba corrompida por la vanidad y los intereses terrenales. ¡Pero fue cuando me expulsaron cuando tuve las primeras visiones! ¡En ellas Dios me ordenaba matar al rey!

—¿Y esa es entonces vuestra última palabra? —preguntó exasperado el capitán MacGregor.

Sin inmutarse, Ravaillac asintió.

—Bueno, pues sea —concluyó MacGregor—, dejaré que sea el tribunal quien os juzgue, pero, como que hay Dios, el trance que os espera será el que vos habéis elegido.

Y, al decirlo, el capitán de la guardia escocesa le dio la espalda y se dirigió hacia la puerta de hierro de la celda. Antes de salir, sin volverse, lanzó al asesino una última advertencia:

—Os cortaremos esa maldita mano, tenéis mi palabra, y después os desmembraremos en la plaza de Grève, hasta que la gente se dispute los trozos de vuestra carne para dársela de comer a los cerdos.

FEBRERO DE 1615

30

El discurso del secretario de Estado

Aquel obispo de Luçon era un maldito diablo, sin lugar a dudas. Hasta el interlocutor más distraído habría pensado que un hombre así era siempre mejor tenerlo de parte de uno. Y jamás en contra.

Sobre ello estaba reflexionando la reina mientras su mirada abarcaba la Asamblea de los Estados Generales, ansiada por tanto tiempo por los nobles y el príncipe de Condé en primer lugar, con el único objetivo de deslegitimarla como regente.

Habían sido años oscuros los que habían seguido a la muerte de Enrique. También la *reine* Margot había muerto, dejando a María aún más sola. Sin saber de quién fiarse, la reina no había podido hacer otra cosa que refugiarse en amistades, tanto que Leonora Galigai y Concino Concini se habían visto enormemente beneficiados, acumulando cargos, títulos y poder.

Aquel hecho había contrariado, evidentemente, a los nobles, hasta el punto de llevarlos a abandonar el Consejo del rey y la corte misma, amenazando con una revuelta. Con idéntica rabia y resentimiento, los Grandes de Francia habían juzgado con malos ojos los desposorios de los hijos de la reina que iban a celebrarse de ahí en unos meses: los del delfín con Ana de Austria y la de su hermana Isabel con Felipe de España.

Condé consideraba que aquel era el paso previo a una alianza peligrosa con fuerzas que desde siempre habían sido hostiles para Francia; María, en cambio, había intuido de repente que, dada la situación en la que se encontraba, no podía esperar superar a sus enemigos únicamente con la regencia. Debía, más bien, acercarse a ellos lo más posible, si es que no convertirlos en aliados. Y los matrimonios habían sido la maniobra perfecta. Las negociaciones habían sido extenuantes, pero el fruto que había surgido de ellas hacía que valieran la pena.

De todas formas, más allá de las amenazas y de las exigencias, Condé se había manifestado como un pusilánime y un bastardo traicionero, por ello en cinco años toda su arrogancia se había derretido como la nieve al sol y había resuelto, junto con los otros Grandes del reino, aceptar aquel encuentro en el intento de sacar algún beneficio propio, y nada más que eso.

María volvió la mirada hacia el obispo de Luçon, que estaba a punto de tomar la palabra. No podía dejar de percibir, una vez más, que aquel joven eclesiástico, cuyo nombre era Armand-Jean du Plessis de Richelieu, estaba dotado de una rara inteligencia. Desde el principio de la Asamblea había dado pruebas de una refinada elocuencia y de una cultura infinita. Y no solo eso, sino que de manera prudente, pero pragmática, había calmado los ánimos más belicosos, buscando siempre el entendimiento.

María esperaba poder hacer de él un aliado y, con la mente puesta en ese pensamiento, se dispuso a escuchar.

—Majestad, vuestra excelencia, señores de la Asamblea —exhortó el obispo de Luçon—, perdonad mi brutal franqueza, pero en cuestiones políticas creo que es oportuno proceder según los principios de la teoría de Occan, que, con toda seguridad, todos conoceréis: «*Entia non sunt multiplicanda praeter necessitatem.*» Y, por lo tanto, mantendré el orden y la mesura. En primer lugar, sabemos cuáles y cuán numerosas fueron las dificultades en Francia derivadas de la muerte repentina de nuestro amado rey Enrique IV, que temía hasta tal punto semejante hipótesis como para haber concedido la regencia, tan solo unos días antes de su muerte, a nuestra soberana María de Médici, en espera de que el delfín alcanzara la mayoría de edad. Y ella ha demostrado sobradamente bien su valor. Ha elegido una línea de equilibrio, destinada a resarcir las relaciones con Inglaterra y otros países protestantes con el objetivo de no convertirlos abiertamente en enemigos. Al mismo tiempo ha actuado de manera que se asegurara las relaciones con una potencia de primer orden como es España, precisamente a través de inminentes desposorios, criticados por muchos, pero que en cambio se revelarán como una excelente maniobra política, ya que así se consolidará el compromiso con aquel reino europeo que lleva más en el corazón la causa católica. Cautela y estrategia, por lo tanto, no podría ser de otro modo, al menos hasta que el delfín pueda ser rey. ¿No os parece? —Y con esa afirmación el obispo hizo una breve pausa, como si tuviera que elegir con atención las palabras que tendría que pronunciar de ahí en adelante. Es más, dejó que sus ojos inteligentes interrogaran o, mejor, desafiaran a todos los allí reunidos.

María sonrió. Le parecía, por fin, que había encontrado un nuevo aliado.

El obispo retomó el discurso donde lo había interrumpido.

—Y, sin embargo, en esta línea de equilibrio, fijaos bien,

la única posible debido a la ausencia de rey, algunos de los Grandes de Francia han pensado en reprochar cierta agresividad política. Pero no ha sido así, y como prueba contundente de ello subrayo el hecho de que en cuanto el príncipe de Condé y los duques de Bouillon y Nevers han pedido convocar a los Estados Generales con el fin de evaluar la conveniencia de los matrimonios españoles, y los excesos de poder por parte de la regente, pues bien, ella no ha vacilado ni por un momento y ha trasladado la petición a toda la Asamblea, confirmando una vez más, si fuera necesario, que ella jamás se colocó por encima de las leyes de este reino, sino más bien las habría asumido para garantizar el buen gobierno. Todavía diré más: el 2 de octubre pasado, la reina dejó la regencia en manos del rey, renunciando a ella con un acto específico ante el Parlamento. Recordaréis perfectamente lo que sucedió... —En ese punto, el obispo de Luçon hizo una pausa para apreciar el efecto, y luego prosiguió—: Pues bien, Luis XIII, el delfín, que entretanto ha alcanzado la mayoría de edad, ha acogido de buen grado la decisión de su madre. Le suplicó, sin embargo, con gran inteligencia y sentido de la responsabilidad, que aceptara el nombramiento como jefe del Consejo, con el fin de apoyarle mejor en las decisiones más complejas y difíciles, con esa sabiduría que ella ha mostrado en los años de la regencia. Por ello, majestad, mi reina, señores diputados, me apresto a concluir con estas palabras: feliz el rey a quien Dios concede una madre llena de amor por la figura de su hijo, llena de celo por su reino y llena de experiencia en el manejo de sus asuntos.

Tras la clausura, el obispo quedó en silencio. La Asamblea aplaudió intensamente su intervención. Todos los diputados, los ciento treinta y dos de la nobleza, los ciento treinta y nueve del clero, y los ciento noventa y dos del tercer Estado se pusieron en pie y ovacionaron.

Armand-Jean du Plessis de Richelieu se sentó. Mientras estrechaba la mano a un diputado del clero que lo felicitaba por la lucidez y la eficacia de la intervención, no se le escapó una mirada rápida pero muy elocuente de la reina.

Armand-Jean du Plessis di Richelieu era demasiado inteligente, demasiado brillante para no saber lo que significaba.

31

El mariscal de Ancre

Aquella mañana, Concino Concini acababa de llegar al Louvre. El día era frío y, además del abrigo de paño, los elegantes pantalones bombachos y las altas botas de piel, llevaba una capa. De una bandolera de piel taraceada colgaba una espada a la italiana de elaborada empuñadura a cesta. Metido en el cinturón, un puñal. El sombrero negro, de fieltro, de ala ancha, le confería aquel aspecto marcial que se esperaba del mariscal de Ancre. En esos últimos años, Concino se había abierto camino... ¡Incluso hasta el exceso! El hecho mismo de poder entrar en el Louvre a discreción a lomos de su caballo era un privilegio personal, desde el momento en que a casi todos los nobles les estaba vedado ese acceso.

A Concino se le permitía la entrada en calidad de primer caballero del rey, un título que se había sumado al de lugarteniente general de Picardía y gobernador de Amiens.

Y, sin embargo, aquella mañana, al verlo así de glorioso a lomos de un caballo magnífico que luego confió a los mozos de cuadra, sucedió que el conde de Clermont, que odiaba al mariscal como el resto de los nobles e incluso más que ellos, por haberse convertido en quien era, se le paró delante sin muchos miramientos mientras Concino atravesaba el jardín de entrada y le escupió.

El mariscal se detuvo y, mirando directamente al conde a los ojos, le dijo:

—Monsieur, yo no sé quién sois ni con qué derecho os encontráis en este lugar, pero ciertamente la ofensa que me habéis infligido tendrá que limpiarse con sangre, a menos que intentéis reparar vuestra bellaquería pidiéndome excusas y reconociéndome la cantidad de cincuenta luises a modo de resarcimiento.

Por toda respuesta el otro se puso a reír. Los guardias suizos, que patrullaban por el jardín, abrieron los ojos como platos al ver una escena como aquella. Y así, el capitán Steinhofer se precipitó hacia el mariscal para comprender lo que estaba pasando.

—Capitán, haceos a un lado, os lo ruego —le conminó Concino—. Este hombre me ha insultado y, a menos que intente poner remedio a la ofensa, cosa que me parece lejos de querer hacer, va a probar el filo de mi espada.

Steinhofer se aventuró a responder, pero Concino le cortó en seco.

—Espero haberme explicado bien. —Después, al ver que su adversario se cuidaba mucho de pedir excusas, desenvainó la espada y el puñal.

—*En garde!* —exclamó, poniéndose en guardia.

El acero del conde rasgó la funda y terminó por brillar también bajo los pálidos rayos del sol frío de febrero.

A Concino pronto le quedó constancia de la rapidez del adversario con un primer mandoble que el otro detuvo con buenos reflejos. A modo de respuesta, el conde de Clermont intentó un ataque para que el mariscal de Ancre perdiera el equilibrio, con la esperanza de sorprenderlo con la guardia baja, pero comprobó cómo le arruinaban la estocada con una facilidad sorprendente.

Las hojas soltaban chispas. El choque del acero llenó, siniestro y mortal, el aire frío del jardín.

Concino sabía que tenía a un hábil espadachín frente a él. Decidió, entonces, ahorrar fuerzas y dejarle a él la iniciativa, de modo que pudiera pillarlo en falta lo antes posible. No fue complicado, por lo demás, puesto que el otro se puso a atacar como un poseso. Pero Concino lo paraba: de tercera, de cuarta, con la guardia alta y baja. Hacía gala de una elegancia poco común, mientras el conde, decididamente más corpulento y musculoso que él, tenía un estilo más tosco.

Al cabo de un rato, sin que ninguno diera muestras de ceder, los dos se encontraban respirando afanosamente.

Nubes de vapor blanco salían de sus bocas y los ataques se caracterizaban ya por su menor precisión, convirtiéndose así en cada vez más previsibles. Fue entonces cuando Concino, que parecía resistir mejor que su adversario, detuvo con el puñal el largo filo del conde, bloqueándole por un momento la espada en posición de guardia.

Zafándose de repente de la situación, Concino giró sobre sí mismo y en ese movimiento concluyente llegó a atacar justo por debajo de los hombros del conde de Clermont, atravesándolo de lado a lado. Después, salió de inmediato de la guardia del adversario.

El conde extendió los brazos, emitiendo un lamento, mientras trataba de contener espasmos de dolor. Espada y puñal cayeron al suelo con un tintineo siniestro. Al final, Clermont cayó de rodillas sosteniendo el hombro, que entonces ya sangraba copiosamente.

—Capitán —dijo el mariscal de Ancre, volviéndose hacia

Steinhofer—, llevad a este hombre a la enfermería antes de que muera desangrado.

Sin añadir nada más, continuó su camino hasta llegar a la puerta que se abría en el jardín frente a él.

—Os digo que tengo miedo por él, mi reina —dijo Leonora Galigai. María la miraba: tenía el rostro anegado de lágrimas.

—¿Por qué, amiga mía?

—Porque somos invisibles en la corte. Pagamos el precio de ser florentinos. A Concino lo envidian todos los Grandes de Francia por todo lo que ha obtenido gracias a su lealtad e inteligencia. Temo que lo quieran matar. Por ello debemos reforzar nuestra posición.

—Sobre ese asunto no soy capaz de culparos, pero no podemos hacerlo en este momento. Tendremos que ver cuáles son los resultados de la Asamblea de los Estados Generales.

—Por mi parte, ya tengo en mente quién podría hacer algo por nosotros —sugirió Leonora. Subrayó esa convicción con una de sus miradas penetrantes, con los ojos negros que relucían de determinación, que se habían vuelto aún más brillantes por las lágrimas que acababan de verter.

—¿Quién? —preguntó la reina.

—Hay un diputado que, más que ningún otro, ha sabido inflamar la Asamblea con sus palabras, y que, por otra parte, ha laudado en gran medida la labor de vuestra majestad.

María captó perfectamente adónde quería llegar.

—¿El obispo de Luçon?

—¿Y quién, si no? —Los labios de Leonora se curvaron en una sonrisa.

—Ciertamente. Es realmente muy inteligente y culto. Hasta el punto de que, como sabéis, lo he nombrado secretario de Estado en su momento. Pero me parece demasiado ambicioso. Hay algo en él que me produce espanto. No querría alentar a un hombre que a lo mejor un día no sabremos cómo manejar.

—Es un hombre de la Iglesia, un católico. Eso pondrá a los nobles de nuestra parte. Condé, Bouillon, Nevers. Pero es lo suficientemente inteligente para comprender que, al menos por un tiempo, hay que complacer a los hugonotes o por lo menos no asediarlos demasiado.

María asintió.

—Su intervención en la Asamblea de los Estados Generales ha sido, por decir lo menos, brillante. Creo que ha sabido poner de nuestra parte a no pocos diputados. ¿Qué sabemos de él?

—He hablado con nuestro común amigo.

—¿Laforge?

—Naturalmente.

—¿Qué dice?

—Ha hecho averiguaciones. Obviamente a su manera...

María la presionó para saber más.

—¿Y entonces?

—Pues bien, Armand-Jean du Plessis de Richelieu es hijo de François du Plessis, que fue ya *Grand prévôt de France* y señor de Richelieu. Cuarto de cinco hijos y huérfano con tan solo cinco años. Para él su padre había previsto una carrera militar; pero, visto el rechazo del hermano mayor, Alfonso, ha optado por la eclesiástica. A los veinte años comenzó los estudios de teología, y a los veintiuno ya se había convertido en obispo de Luçon. Dada su joven edad, para ostentar tal cargo obtuvo una dispensa especial de Su Santidad el papa Pablo V.

—Y recientemente se ha convertido en secretario de Estado con mi nombramiento —completó María—. Una carrera fulminante, no cabe duda. Pero ¿se mantendrá fiel al menos a mi línea política?

—Mi sugerencia es colocarlo cerca de Concino, que podrá ejercer sobre él el control necesario y, al mismo tiempo, contendrá sus maneras florentinas, excesivamente resueltas.

—Sería también un escudo formidable contra las continuas provocaciones de Enrique II de Condé.

—Maldito sodomita, ¡lo odio! —Y al decir esas palabras, Leonora casi rechinaba los dientes, tanto era lo que detestaba a Condé.

—Lo sé. Pero tenemos que evitar una guerra. Pronto tendremos que encaminarnos hacia la frontera para celebrar los matrimonios de Luis e Isabel. Para entonces tendremos que estar preparadas. Con seguridad, Condé aprovechará nuestro alejamiento de París para jugarnos una mala pasada de las suyas.

—Concino se lo impedirá.

—De verdad lo espero, Leonora, ya que supondría volver a partir Francia en dos una vez más, y no creo que pueda soportar una nueva guerra.

Al pronunciar tales palabras, María suspiró. La situación era muy complicada. El matrimonio de sus amados hijos; las continuas provocaciones de los Grandes de Francia, dispuestos a poner en cuestión su autoridad; los hugonotes, que presionaban para que se les reconocieran sus derechos; las conspiraciones permanentes: parecía que la mismísima Francia se alimentara de odio y que solo de él pudiera sobrevivir.

Habría querido descansar, pero no podía permitírselo, no tenía tiempo. Se sentó frente a un gran espejo veneciano con marco dorado. Detrás de ella, Leonora la miraba con ojos inyectados en sangre.

—Nos hemos quedado solas, amiga mía —dijo la reina—. En un reino hostil que sueña tan solo con saltar en pedazos.

A veces me pregunto si no sería mejor volver a Florencia. Concino, vos y yo. Pero luego pienso que no quiero darme por vencida. No después de que hayan matado a mi marido. No con un hijo que me necesita. Y entonces aprieto los dientes, como estoy haciendo ahora justamente, e intento insuflarme el coraje y la fuerza para seguir adelante. —La reina miró a Leonora a través del espejo. Después sonrió amargamente—. Hasta el final, amiga mía.

—Hasta el final —repitió Leonora.

32

Condé

—Majestad, ¡no es posible! ¡No hace ni dos días que al conde de Clermont casi lo mata este hombre a sangre fría! —El príncipe de Condé estaba furioso. Señalaba con los ojos inyectados en sangre al mariscal de Ancre.

Sentado en su trono, elegantemente vestido de satén damasquinado con piedras preciosas, Luis volvió la mirada hacia Concino Concini. Experimentaba cierta desconfianza hacia el pequeño toscano, exactamente como los demás. Por otro lado, especialmente en un caso como aquel, no quería culparlo. Comprendía muy bien lo que un caballero se preocupaba por su buen nombre.

—Vuestra majestad... —Concino hizo amago de intervenir.

—Mariscal —dijo el joven rey con gravedad—. Voy a hablar yo. Lo que decís es verdad, Enrique. Pero también resulta innegable que Clermont había escupido al mariscal, insultándolo, para luego injuriarlo con las peores ofensas. Lo que ha hecho Concini es del todo justificable. Es más, aun añadiré: es sagrado. Yo mismo no habría actuado de otro modo.

El mariscal de Ancre asintió imperceptiblemente, pero el rostro dejaba traslucir toda su satisfacción.

—Majestad, sabéis que vuestra palabra es ley, pero...

—El capitán de la guardia suiza, Nicholas von Steinhofer, puede confirmar mis palabras, pero es evidente que cuanto digo no necesita más pruebas. ¿Digo bien, mariscal?

—No habéis podido ser más claro, majestad.

—Vuestra majestad —volvió a atacar Condé—, vos subestimáis la situación. Este hombre ha escalado por todos los órdenes y grados de cualquier jerarquía, hasta el punto de que se siente por encima de la ley: para él no existen clases o títulos o funciones, porque los cubre todos. Os ruego que comprendáis cómo un hecho semejante no solo lo hace impopular entre vuestros nobles, sino incluso mal visto por el pueblo, que lo considera, inevitablemente, un arribista y un comerciante codicioso.

—Agradecería que se me miraba a los ojos cuando se habla conmigo —tronó Concini.

—Si fuerais un caballero hablaría con vos. ¡Pero yo estoy hablando de vos! —exclamó Condé con desdén.

María había permanecido en silencio hasta ese momento, pero no podía tolerar más aquella afrenta. Había querido dejar hablar al rey, que demostraba saber afrontar con gran madurez una situación como aquella, pero no podía ciertamente permitir que Condé continuase con su desvarío.

—Majestad, disculpad la intrusión, pero soy yo la que, en el transcurso de la regencia, he reconocido al mariscal de Ancre algunos de sus títulos, por ello me veo obligada a tomar parte de esta ridícula disputa, que, en verdad, esconde otras implicaciones muy distintas.

—Madre, os lo ruego, os escucho —dijo el rey con gran cortesía, pero dejando entrever cierta impaciencia, como si se hubiera visto interrumpido y disminuido en su papel.

—Me dejáis maravillada, Enrique. —María llamaba de ese modo a Condé porque sabía que el príncipe se irritaría y era eso precisamente lo que buscaba—. Sobre todo porque son notorios para todos nosotros los motivos de vuestro descontento.

—¿En serio, vuestra alteza? ¿Y cuáles son?

—Los mismos que os han inducido a convocar a los Estados Generales, opción que, quede claro, me cuido muy mucho de criticar, porque ha contribuido a aclarar cosas, pero que, en vuestra mente, tenía la intención de deslegitimar mi figura. De todos modos, no tendréis que esperar mucho. En los próximos días conoceremos las decisiones que adopte la Asamblea, si serán a vuestro favor o si, como confío, se restablecerá la verdad. Vos odiáis al mariscal de Ancre porque ha obtenido reconocimientos y misiones. Pues bien, no me avergüenza decir que cuando un hombre demuestra la fidelidad y la honestidad que en estos años me ha demostrado Concino Concini, intento recompensarlo. Es verdad que no puedo hacer lo mismo con quien se conjura contra mí, azuzando a los nobles, amenazando con revueltas, desatando los vientos malditos de la guerra de religión. Vuestro comportamiento en estos años ha sido aún más irresponsable, ya que únicamente ha estado orientado a dividir un reino que nunca como en este momento necesita tanta unidad. Pero vos, Condé, estáis tan prisionero de vuestra ansia de poder que lo único que os mueve es vuestro beneficio personal. —María era un río desbordado. Hasta Concino se quedó estupefacto al escuchar con qué ardor atacaba a Condé, que la escuchaba rojo de rabia—. Os diré más —continuó la reina—. Estoy perfectamente al corriente del hecho de que en varias ocasiones habéis movido vuestras piezas en un intento de ver reconocida la corona sobre la base de vuestro supuesto linaje. Esa misma corona que ahora descansa en la cabeza de mi hijo. No es culpa mía que no seáis rey. Ni lo son Luis, o Concini. Resignaos. Y dejad ya de tramar a la sombra. En lugar de preguntaros siempre y únicamente qué puede hacer Francia por vos, preguntaos mejor qué podéis hacer vos por Francia.

Cuando la reina se calló, nadie, ni siquiera el rey, osó pronunciar palabra. Era evidente que las relaciones entre María y Condé estaban al límite y estaba aún más claro que María se había cansado de tener que mantener una apariencia de cortesía hacia ese hombre. A Luis, sin embargo, aquel desahogo no le gustó demasiado. No dijo nada, pero su semblante lo decía todo.

Concini permanecía silencioso. Solo faltaba que se pusiera a hablar.

En lo que respecta a Condé, si hubiera podido, probablemente habría estrangulado a la reina con sus propias manos en ese mismo momento. Lo quemaba la ira. Apretó la mandíbula hasta el punto de hacer rechinar los dientes.

—Si eso es lo que pensáis de mí, vuestra alteza...

—Eso es exactamente lo que pienso de vos —concluyó María, y su mirada parecía querer fulminar a Condé.

—Pues bien —atajó Enrique—. Creo que me retiraré. Creo también que esta manera vuestra de hablar explica sin más añadidos el modo en que ejercéis vuestro poder. Confío en que la Asamblea de los Estados Generales sabrá elegir lo mejor, redimensionando vuestro papel. Pero si, por ventura, no fuera así y si los matrimonios que vos tanto esperáis se ratificaran, pues entonces... no esperéis nada más de mí.

Y al decirlo, Enrique II, príncipe de Condé, se inclinó ante el rey y se despidió.

DICIEMBRE DE 1615

33

Invierno

El aire gélido traía consigo blancos copos danzantes.

El príncipe de Condé no recordaba un invierno más frío que aquel. La calle estaba cubierta de nieve. Sus hombres morían como moscas, arrasados por la escarcha y el hambre. No se podía hacer nada. Ocurría ya hacía días. Y aquel goteo no hacía más que recordarle que era él mismo quien había promovido aquella revuelta. Y ahora se daba cuenta de lo delirante que había resultado su plan.

Estaba convencido de que lograría frenar a la reina en su viaje de retorno a Burdeos, después de que los dos matrimonios entre Luis y la infanta Ana de Austria y de Isabel con Felipe de España se hubieran celebrado, a pesar de todos sus esfuerzos. Y, al contrario, no solo había acontecido, sino que era bastante probable que su idea de hacer estallar una guerra no tuviera ninguna posibilidad de salir adelante.

Por otra parte, después de que incluso la Asamblea de los Estados Generales hubiera apoyado los proyectos disparatados de María de Médici, había resuelto oponerse, no únicamente con palabras, sino por las armas.

Y, en ese momento, a modo de confirmación de la seriedad de su misión, estaba experimentando todas las privaciones y miserias del conflicto y, puesto que los víveres escaseaban desde hacía tiempo, sus hombres se habían visto obligados a saquear las aldeas, transformando la campiña francesa en una tierra desnuda y desolada.

Se sacudió esos pensamientos. Miró el pueblo que tenía frente a él. Hundido en la niebla y en la nieve. Dio la orden con un gesto cansado de la mano.

Arcabuceros, piqueros y otros gentilhombres de su ejército se lanzaron sobre la aldea, como si fueran una plaga de langostas. Corrieron sobre la nieve blanca como adefesios negros y hambrientos. Derribaron puertas, cogieron por los pelos a las mujeres mientras sus niños lloraban entre humo y proyectiles.

Condé vio a los padres de esos pequeños inocentes, pobres campesinos con ninguna experiencia de guerra, acabar masacrados.

De repente, mientras permanecía como testigo mudo de aquella matanza y la sangre escarlata empapaba la nieve alba hasta transformar el pueblo en un matadero negro y humeante, un niño corría a su encuentro. Empuñando una hoz, intentaba abrirse paso. Inició un mandoble describiendo un arco brillante, con la idea de atacar al príncipe, pero el caballo de Condé se encabritó y, al caer sobre sus patas delanteras, sacudió a su amo de la silla de montar.

Enrique terminó boca abajo en la nieve. No tuvo tiempo de recuperarse y agarrar la pistola de rueda, que quién sabe dónde había ido a parar. Vio la muerte en los ojos mientras el pobre huérfano con el pelo despeinado y el rostro manchado de sangre y hollín avanzaba hacia él para arrancarle el alma.

Ya estaba a pocos pasos de distancia cuando un disparo rasgó el aire invernal.

Un momento después, Condé vio al niño desplomarse en la nieve. Tenía un cerco oscuro y grande en medio de la frente.

El aire nocturno cubría el castillo de Chambord. Solo la nieve blanca relucía en las ramas negras de los árboles desnudos. Las torres se reflejaban en la placa de hielo del río Cosson, que les confería brillos dorados.

En el interior, María permanecía en sus aposentos, acurrucada en un rincón, bajo las mantas. Por fin, la chimenea emanaba un agradable calor en toda la habitación. Había creído que se iba a congelar durante aquel viaje terrible que la debía conducir a casa. De regreso de Burdeos, donde finalmente se había celebrado el matrimonio de Luis, se había enfrentado durante días y días al rigor del invierno. Ahora había decidido pararse a descansar antes de retomar el camino. Especialmente porque ese villano de Condé había rebasado el Loira con sus tropas y la esperaba, probablemente para declararle la guerra. Por ello, el mariscal de Ancre había salido a su encuentro con el ejército real: para acabar con él.

Leonora se afanaba reavivando el fuego de la chimenea, de modo que aquel calor tan intenso no disminuyera. Vestía de luto, como siempre. Hacía tiempo que se murmuraba que era una bruja. Se trataba de comentarios de cortesanos envidiosos, aunque con aquellos largos cabellos negros y la vestimenta siempre oscura era difícil convencerlos de lo contrario.

—He soñado con Florencia esta noche —dijo la reina con voz rota por la emoción—. Y he soñado con Francesco, mi padre, y Bianca, mi madrastra, en el pueblo de Poggio a Caiano, cuando vieron al cardenal Ferdinando, mi tío, y justo al final de aquel día los atacó una enfermedad desconocida que los confinó en el lecho entre grandes tormentos y dolor.

—Aquello fue un asesinato —murmuró sombríamente Leonora.

—Sí, tenéis razón. Estuve mirando sus cuerpos consumidos por la enfermedad. La enfermedad se llevó a mi padre en pocos días. Volví a escuchar la voz de mi tío, que aconsejaba no acercarse a nadie en el pueblo, para impedir cualquier forma de contagio. Pero en realidad quería matarlos, al negarles todo tipo de ayuda. Lo logró. He escuchado la voz de Bianca, que se quebraba de dolor en sus últimas sacudidas. Fue un asesinato, Leonora. Yo también lo creo, pero nunca he tenido pruebas.

—Y, sin embargo, el papa Sixto V dudaba de una posible intoxicación, hasta el punto de que hizo convocar hasta al mismísimo cardenal de la Inquisición para investigar —continuó Leonora en su lugar.

María suspiró.

—Así fue exactamente. Deberían haber podido aclarar esas muertes tan terribles y repentinas, ya que hasta para él la presencia de mi tío era demasiado siniestra y sospechosa, a la luz de cuanto sucedió más tarde. Mi padre, gran duque de Toscana, lo odiaba. Él había dicho que quería reparar el desgarro que se había producido entre ellos, pero en realidad solamente deseaba matarlo. Recuerdo las preguntas de aquellos días: me devoraban la mente y el alma, y tuve que quedarme a solas con mis propios demonios, ya que las acusaciones no demostradas son tan solo fantasías.

—¿Por qué me decís esto, mi señora? —preguntó Leonora mirando por la ventana mientras la nieve caía espesa sobre los jardines muertos de Chambord.

—Porque esta noche ha vuelto a hacerme una visita el cadáver de Bianca Cappello, pálido y cubierto de manchas negras, sepultado en un osario de la plebe y abandonado allí, pudriéndose. Y porque en esa Florencia reducida a pasto crudo y bestial de mi tío vuelvo a ver la decadencia de mi familia: aquellos Médici que dominaron tanto tiempo Florencia y que luego se destrozaron a causa del poder. Y entonces vuelvo a ver Francia, destruida por el odio alimentado por Condé y expandido como una peste por el reino. Tan solo espero que Concino logre vencerlo.

—Ese hombre no es más que un débil y un cobarde.

—Sí, pero desde siempre son los más débiles y cobardes los que triunfan, ya que es a ellos a quienes pertenece este mundo. Yo lucharé contra ellos, Leonora, exactamente como hizo Catalina antes que yo.

—Fue una gran reina.

—Siempre se opusieron a ella.

—Justamente como están haciendo con vos.

—No era francesa. Era florentina. Y ese hecho no se lo perdonaron nunca. ¿Por qué conmigo iba a ser distinto?

Y mientras así hablaba, María se abandonó entre los almohadones. Volvió a pensar en aquellos orígenes suyos tan importantes y en cuánto echaba de menos a Enrique. Y no lograba arrancárselo de la mente. Sus súbditos, en cambio, tenían una memoria corta. La gloria, el honor, la fidelidad... eran monedas fuera de circulación. Ya no interesaban a nadie.

Le parecía vivir en un mundo donde habían sido desterrados no solo los valores, sino incluso las reglas de la simple convivencia. Le vinieron a la mente algunos lienzos de Paolo Uccello: la *Batalla de San Romano* y *San Jorge y el dragón*. Eran tan lúgubres y despiadados...

Y así era el mundo en el que ella vivía: lúgubre y despiadado.

34
Escaramuza

Estaba amaneciendo.

Laforge sabía lo que Concino quería hacer: expulsar lejos a los rebeldes de las casas de Meung-sur-Loire para asegurarse su huida y así despejar el camino para la llegada del cortejo real alojado en Chambord.

No tenía alternativas.

La nieve caía en pesados copos. Con solo mirar a la calle que llevaba a las puertas del pueblo ya era para preocuparse. Era una especie de embudo al final del cual las torres de la garita y las murallas hacían que la defensa fuera especialmente ventajosa, y el asalto, difícil. Las columnas de humo que se alzaban desde el interior hacían intuir que aquel demente de Condé no había escatimado ni violencia ni horror a los habitantes.

El meollo principal era que Meung-sur-Loire se encontraba justamente en la ruta hacia París. Laforge, sin embargo, había identificado un punto de defensa más débil que los demás. Y en ese momento lo estaba hablando con el mariscal de Ancre. Concino había querido que estuviera al mando de los espías por un tiempo, ya que Laforge era un hombre de confianza, capaz y suficientemente cauto. Sabía que respondía en primera instancia a su reina, pero a Concino no lo perturbaba de ningún modo, dada la relación fraternal que lo unía a María de Médici.

Había quien decía que era su amante, pero se trataba de simples habladurías de corte. Concino amaba a su mujer y por María sentía, en cambio, afecto y gratitud.

—¿Y vos estáis seguro de poder atravesar esos muros? —preguntó a Laforge.

—Excelencia, la certeza desgraciadamente no es de este mundo, y, sin embargo, estoy convencido de tener una buena jugada. Mis espías consideran que el bastión oriental está defendido por pocos hombres escasamente armados y exhaustos a causa del hambre.

—¿Qué proponéis?

—Una incursión.

—¿Cuántos hombres os hacen falta?

—No más de veinte. Los míos serán suficientes.

—Os lo concedo. Entretanto, yo puedo atacar Meung-sur-Loire abriendo fuego con los cañones.

—Eso nos permitiría entrar más fácilmente. Si concentráis el fuego en un punto lejano del bastión oriental, desplegando las tropas de manera visible, la defensa podría desequilibrarse, haciendo que nuestra misión resultara más simple.

—Lo haré —confirmó el mariscal de Ancre, alisándose el bigote—. Ahora recoged a vuestros espías y tratemos de destruir ese nido de rebeldes.

Sin más dilación, Concino se despidió.

Laforge se encaminó hacia las tiendas de campaña.

En el campamento reinaba el caos más absoluto. Los hombres temblaban de frío. Corrillos de arcabuceros y piqueros, cubiertos con pesadas capas de paño, tosían alrededor del fuego. Estaban degustando un magro almuerzo, mientras unas bocanadas de humo se elevaban desde las ollas. Eran hombres cansados por las largas marchas y debilitados por las heladas. Un viento sibilante barría las tiendas, llenando el ambiente de copos helados y punzantes.

Laforge llegó a su alojamiento.

—¡Biscarrat! —llamó.

Un hombre de unos cuarenta años, de frente amplia y ojos vivaces, respondió casi de inmediato a la llamada. Llevaba un pesado jubón y calzones de paño y largas botas de cuero. La pluma del amplio sombrero de ala ancha parecía ya una espiga helada y rígida, cristalizada por la escarcha. Lucía una perilla bien arreglada y un rostro de rasgos sutiles.

—Aquí estoy —dijo sin demasiados rodeos.

—Decid a los hombres que comiencen a prepararse. Al atardecer haremos una salida al campo.

Biscarrat enarcó una ceja, pero no tuvo tiempo de abrir la boca porque Laforge continuó:

—Quiero arcabuces y pólvora para disparar, además de mechas... En suma, todo lo necesario para preparar una descarga. ¿Me he explicado?

—Naturalmente, capitán.

Laforge sonrió. Ser capitán de los espías le producía ese efecto. A decir verdad, entre los suyos no había jerarquía alguna. Pero aquel era el modo en que sus hombres lo llamaban, reconociéndole el mando de aquella extraña banda de asesinos que él y Concino habían creado juntos en los últimos años. Y si eso les iba bien a sus hombres, también le iba bien a él.

Los cañones estaban atacando las murallas desde primera hora de la mañana. Condé lo sabía y no tenía idea de qué hacer. Se había metido él solo en aquella trampa y ahora no sabía cómo salir de ella. Entrar en Meung-sur-Loire había sido fácil, pero ahora corría el riesgo de que se convirtiera en una tumba.

Al principio sus hombres habían encontrado vino, víveres y mujeres, y tras haberlas violado y quemado se habían lanzado como lobos hambrientos sobre las reservas invernales poniendo los pichones a cocinarse al fuego, abriendo botellas de un magnífico Borgoña y engullendo como cerdos pan fresco, queso y embutidos. Había sido un festín al menos hasta hacía dos noches, cuando había resultado evidente para todos que el ejército real había llegado a las puertas del pueblo. En ese punto, despertando de la orgía y del abuso, sus soldados habían entendido que estaban perdidos. Durante meses las filas se habían reducido, y en ese momento Condé podía contar como máximo con trescientos hombres.

Es verdad, la moral estaba alta: a pesar del frío glaciar, el calor de las hogueras y el sabor de la carne asada habían caldeado los ánimos. Pero fuera de allí, al mando del mariscal de Ancre, había por lo menos tres mil hombres. Con un enemigo tan superior numéricamente era en realidad difícil siquiera imaginar poder luchar.

Y desde que la situación se le había ido por completo de las manos, una sola idea le rondaba la cabeza de manera obsesiva a Condé: escapar.

Antes de que fuera demasiado tarde.

Así, mientras los cañones asaltaban Meung-sur-Loire, Condé estaba urdiendo una fuga por la puerta septentrional de la ciudad. Una barca lo esperaba en el río. Esperaba la oscuridad para poder deslizarse fuera con sus hombres más fieles, dejando al resto de los suyos muriéndose en ese embudo helado.

Laforge miró el cielo. Se estaba tiñendo con el rosa del poniente. Los filos centelleantes del crepúsculo moteaban la bóveda azul. Había llegado el momento. Dejó a los hombres escondidos detrás de un puñado de abetos y se acercó, junto con Biscarrat, a los pies del bastión. Se movieron con cautela, aprovechando la luz que se desvanecía, haciéndolos menos detectables a los ojos de los guardias.

Habían llegado cerca de la puerta oriental del pueblo sin demasiados contratiempos. Una parte del bastión se había derrumbado como efecto de los cañonazos de los días anteriores, hasta el punto de asemejarse a un diente roto. El portón había sufrido daños, no hasta el punto de quebrarse, pero ese podría ser el resultado si un explosivo como el que Laforge y su compadre estaban preparando se colocara oportunamente y se hiciera explotar. Fue Biscarrat el que puso la pólvora para la carga. Los otros espías no perdían de vista el bastión, preparados para abrir fuego si cualquiera de los guardias hubiera tratado de detener la incursión.

Pero no se oía ni se veía alma viviente alguna.

Laforge extrajo un pedernal del bolsillo. La piedra golpeó el acerco, encendiendo la yesca. La acercó a la mecha, que, en pocos segundos, se incendió. Chisporroteando, una estela roja empezó a subir por la larga mecha que Biscarrat había colocado.

—¡Fuera! ¡Ya! —dijo con voz ahogada Laforge.

Y los dos se lanzaron a la carrera hacia una mata de arbustos.

A aquella huida furtiva pronto la siguió una fuerte deflagración. Una llama roja rasgó el aire de la noche, seguida por una sonora detonación. En cuanto la nube de niebla negra se despejó, Laforge y Biscarrat controlaron el bastión. La puerta, reventada por la explosión, dejó entrever una abertura que permitía a un hombre entrar con facilidad en el interior de la aldea. Mientras Laforge desenvainaba su espada ropera, Biscarrat agarró y encendió una antorcha, agitándola en la oscuridad de la noche estrellada. Los compañeros, que esperaban detrás de los árboles, se arrastraron hacia ellos en silencio, como animales nocturnos. Cada uno de ellos llevaba una antorcha en una mano y la espada o la pistola en la otra.

Entraron fácilmente por la hendidura abierta y desde allí recorrieron un callejón saturado de barro seco y hielo, entre casas con listones de madera. No encontraron a nadie hasta que no llegaron a la plaza de la ciudad.

Fue allí cuando les sorprendió una salva de proyectiles. Los destellos de los disparos, el balanceo de las luces, parecían ser miles de ojos diabólicos que atravesaban la oscuridad como alfileres luminosos.

Los espías de Laforge se dispersaron.

Biscarrat y algún otro de entre todos ellos respondieron al fuego, pero la sucesión de proyectiles llovía sobre el callejón. Los hombres echaron abajo las puertas y las ventanas de las casas que daban a la plaza y se pusieron a cubierto.

No encontraron a nadie vivo.

Porque Condé había ordenado que los mataran a todos.

En el silencio de aquel macabro descubrimiento, mirando el suelo inundado de sangre, mientras el olor acre de la muerte les golpeaba las fosas nasales, Laforge llamó a un par de sus hombres.

—Volved atrás —dijo—, y mostrad a Concino la vía que hemos abierto. Cuando entréis, haced un giro largo y tratad de ajustar la posición. Tomaremos a los rebeldes desde dos frentes y los exterminaremos.

Los suyos asintieron y, sin añadir más, volvieron por donde habían venido.

35

Rebeldes

Las balas del arcabuz silbaban a su alrededor.

Recuperando muebles y mesas de las casas abandonadas, Laforge y Biscarrat habían preparado una tosca barricada detrás de la cual parapetarse. Habían hechos pedazos las ventanas y ahora gozaban de una posición bastante ventajosa. Cada uno de ellos llevaba su propio arcabuz apuntando hacia el objetivo enemigo. Los hombres de Condé se habían organizado en un cuadrilátero en el centro de la plaza. No debían de ser demasiado numerosos, pero armaban mucho jaleo.

Laforge esperó que Concino apareciera lo antes posible. Pensar en poder atacar a los rebeldes, en aquella situación y con los pocos hombres que tenía, era del todo impensable.

Ya había pasado un tiempo desde que había dado órdenes a sus hombres. Sin embargo, la situación no cambiaba. Aquella inquietud lo consumió un poco más. Se preguntaba si a sus compañeros los habrían capturado o, peor incluso, matado. En ese caso estaría metido en una buena trampa: obligado a esperar refuerzos que nunca llegarían.

Así las cosas, apoyó la espalda contra la pared e intentó mantener la calma.

Había acabado por adormecerse cuando el cielo había adquirido un tinte color perla y la luz pálida de la mañana empezaba a clarear la escena. Fue en ese momento cuando Biscarrat lo había despertado de esa suerte de sopor en el que se había sumergido, diciéndole:

—¡Mirad!

Y, siguiendo el consejo del compañero, Laforge se encontró escudriñando un centenar de hombres cubiertos de trapos helados que defendían los cuatro costados de la plaza.

Pero justamente mientras miraba a aquellos infelices que intentaban mantener la posición, se percató de que, desde el lado opuesto al que se hallaban ellos, una serie de destellos perforaba los colores grisáceos del alba. El rugido de los arcabuces tronó sordo y amenazante, y los rebeldes comenzaron a levantar las manos al cielo mientras caían segados como espigas de trigo por las balas de plomo.

No tuvieron ni tiempo de reaccionar cuando también por el lado sur y por el occidental estaba ocurriendo lo mismo.

Evidentemente, durante la noche que acababa de transcurrir, Concino no solamente había conseguido penetrar en la aldea, a través de la hendidura abierta en el bastión oriental, sino que había tenido tiempo para preparar a sus arcabuceros, de modo que pudieran cercar la plaza y atacarla desde los tres lados restantes.

Y ahora, alentado por aquella lluvia de golpes que estaba ya mermando las filas de los adversarios, los hombres de Laforge empezaron a disparar contra los rebeldes.

Tras aquella serie de descargas de arcabuz eran pocos los supervivientes, pero finalmente acabaron exterminados por los soldados de Concino, que se desparramaron como un río de metal y plomo por la plaza de Meung-sur-Loire.

Laforge vio las espadas brillar, las pistolas descargar destellos rojizos. Los hombres de Condé cayeron sobre el pavimento. Alguno se llevó las manos al abdomen mientras se le cubría el jubón de sangre; algún que otro las levantó al cielo, terminando por caer al suelo boca abajo.

Gritos de desesperación, lamentos, jadeos de muerte.

Fue una masacre, puesto que Concino no estaba dispuesto a apiadarse de los que se habían atrevido a desafiar al rey.

Laforge salió, mirando la matanza que se consumaba ante sus ojos. Los hombres caían uno tras otro mientras la nieve sucia se teñía de rojo. Sacudió la cabeza porque, para sí, sabía que el hombre que había provocado aquel inútil exterminio ya hacía mucho que se había ido, como si aquella batalla no tuviera nada que ver con él.

Odiaba a Condé. Con todo su ser.

Enrique II de Condé se había ido en cuanto hubo anochecido. Había salido por la puerta de Meung-sur-Loire que daba directamente al Loira y, mientras subía a la barca que lo esperaba, había oído la formidable explosión que procedía del bastión oriental.

Una sensación de alivio le había hecho esbozar una sonrisa. Había mirado las aguas oscuras del Loira pensando, inmediatamente después, en lo insostenible que se había vuelto la situación: el rey estaba todavía bajo la influencia de la reina madre y esta última había constituido en los últimos años un centro de poder tal, alimentado por la codicia de Leonora Galigai y Concino Concini, que resultaba no solo invencible sino ofensivo. Francia estaba en manos de aquella estirpe bastarda florentina y él no lo podía consentir.

Él, que, muy al contrario, tenía derecho al trono de Francia y que, en cambio, se lo había arrebatado antes aquel rey sin Dios que incluso había intentado meterse en su cama para violar a su mujer, y después por un muchacho estúpido, infame y violento.

Y sin embargo tenía que haber una manera de tenerlo de su parte, poniéndolo en contra de su madre.

Antes que nada tenía que idear la manera de liberarse de Concino y de aquella bruja de la Galigai. Ellos eran la causa de todo. Una vez eliminados, ocuparse de la reina sería infinitamente más fácil.

Sí, pero... ¿cómo hacerlo? Desde hacía un tiempo una idea empezaba a coger forma en su mente. Tenía que aliarse con el duque de Bouillon, es verdad, también él decepcionado con el comportamiento de la reina, y con el de Nevers, exactamente por las mismas razones. También Guisa odiaba a Concini y, a pesar de que siempre había sido fiel a María de Médici, probablemente acogería de buen grado la oportunidad de quitarla del medio.

Pero en ese momento lo importante era volver a París. Obligar a la reina a firmar un tratado de paz y urdir junto a los demás un plan para matar al marsical de Ancre. Una vez eliminado, se podía proceder de igual modo con la Galigai y, después, por fin, destituir a la reina madre, alejándola definitivamente del gobierno de Francia. Sería un juego de niños. Conspiraría, cerraría acuerdos, y luego, al final, abrazaría el papel que le aguardaba en la corte.

Y así, seguro de que aquella era la línea de conducta a seguir, decidió descender bajo cubierta para cobijarse de las gélidas ráfagas de viento. Estaba tan absorto en sus pensamientos que ni siquiera se percató de que había permanecido apoyado en la barandilla todo el tiempo. Lejos, en la oscuridad de la noche, le pareció oír disparos una vez más y gritos que guerra que ascendían por el cielo negro de Meung-sur-Loire.

AGOSTO DE 1616

36

La conspiración

Concino estaba inquieto.

Había regresado a París no hacía ni un día, y, sin embargo, advertía una hostilidad creciente hacia su persona. Era como una baba de caracol que llenaba las calles y envolvía el Louvre, la corte y a los nobles en una comedia viscosa, tan sórdida, tan vulgar, que casi no podía ser verdad. Pero Concino sabía que, en esas turbias alusiones, en las injurias murmuradas en voz baja y en las sonrisas falsas y untuosas, se ocultaba un veneno mortal.

Miró a su mujer. Leonora era todavía muy hermosa: la larga cabellera negra que parecía serpientes marinas; aquel rostro imperfecto, irregular, iluminado por unos ojos brillantes y oscuros; el perfil griego, que le confería una extraña y salvaje sensualidad.

Intuyó sus curvas poderosas bajo el camisón. La deseaba. Y ella no eludía sus atenciones.

La desnudó lentamente, acariciando primero la tela suave y después su piel clara, llenándose los ojos de su belleza, a la luz de las velas y el resplandor dorado de las lámparas. Ella lo miraba en silencio, hasta que su mano, áspera y fuerte, se abrió paso entre sus muslos rollizos, penetrándola con los dedos en su dulce y goteante tesoro.

Ella no contuvo un ronco gemido de placer que parecía sacudirla hasta en los lugares más recónditos de su alma. Sintió un escalofrío y dejó que aquel gritito subyugado llenara la boca de su marido. Lo besó con arrobo salvaje.

Concino sintió que el pene se le ponía duro. Pero esperó. Primero quería escucharla gritar e implorarle que la poseyera. Toda la noche. Como si fuera una recompensa prohibida, el placer largamente esperado y, precisamente por ello, más deseado y excitante.

Tenía los dedos húmedos. Volvió a subir por los muslos, mojándolos de dulces fluidos, alcanzó el vientre, su pecho grande y rotundo, recorrió la garganta, tan irresistible, y al final le humedeció los labios, metiéndole los dos dedos en la boca.

Leonora los chupó ávida e impaciente.

—Os lo ruego —le dijo en un susurro, un murmullo lleno de espinas y cálido como rosal ardiente—. Penetradme ya, no aguanto más.

Lo miró con los ojos entornados, felinos, como si fuera una gata viciosa, corrompida, alimentada en el pecado y la lujuria.

Como si le hubiera leído el pensamiento, Leonora hizo descender su mano hasta encontrarle el miembro. Luego le abrió la bragueta, mientras Concino sentía la carne palpitarle entre las piernas de manera insoportable. Estaba duro y le dolía, pero aquel dolor era la esperanza misma de un placer que no experimentaba desde hacía mucho tiempo.

Lo necesitaba. Ahora, en ese momento. Un placer que no se podía postergar. Un placer al que sucumbir, para vaciar la mente y olvidar por un instante las miserias de la política y de la comedia humana.

Allí estaban todos los Grandes: Bouillon, Guisa, Nevers y los demás. Se habían dado cita en el Palacio de los Tour d'Auvergne, duques de Bouillon.

El príncipe de Condé los miró a los ojos. Se encontraban en un salón magnífico, con elegantes tapices y un alto techo artesonado. Muebles delicadamente labrados y candelabros de oro y plata hacían de aquel espacio un lugar acogedor y espléndido al mismo tiempo. El duque había mandado abrir las ventanas, ya que hacía un calor extenuante. Él y sus invitados hablaban en voz baja para asegurarse de que de ningún modo sus palabras de conspiradores llegaran a oídos equivocados.

El duque de Bouillon, en calidad de dueño de la casa, dirigía la conversación. Vestido magníficamente, con un delicioso jubón adornado en oro y tachonado de perlas, calzones abombados y medias de seda, Enrique estaba intentando por todos los medios instigar a sus invitados contra la reina, como primera responsable de la merma de sus honores y privilegios. Aunque ya no era un niño, Bouillon era delgado y nervudo, con una perilla blanca tan puntiaguda que hacía que su semblante, ya de por sí afilado, se viera recto y largo como el pico de un pájaro.

—Amigos, sé lo que estáis pensando —les dijo con aire paternalista, y tenía buenas razones para ello, desde el momento en que era el más anciano de todos—. Y creedme que no lo haría si la situación no estuviera a punto de precipitarse, pero así sea. Todos habéis visto lo delicada que es nuestra posición. Después de que los Estados Generales no llegaran a obtener nada de la reina, sino la ratificación de su buen gobierno, después de que Armand-Jean du Plessis de Richelieu, su nuevo pupilo, haya conseguido el Ministerio de Política Exterior y de Guerra, después de que Leonora Galigai y Concino Concini hayan logrado amasar tantos títulos y cargos que no soy capaz siquiera de contarlos, pues bien... aquí nos hallamos de nuevo, expulsados del Consejo del rey y considerados a la altura de parásitos y rebeldes. Humillados en la batalla del mariscal de Ancre, como si fuéramos una banda de alborotadores y bandidos. No, *sacrebleu*, ¡ni siquiera el último de los lacayos ha sido tratado de manera similar!

Guisa lo miró de reojo. Había participado en aquella reunión porque también él, como todos los demás, odiaba a Concini, pero no albergaba el mismo tipo de sentimientos hacia la reina madre; es más, lo unía a ella un sentimiento de lealtad y reconocimiento y, por ello, si bien estaba dispuesto a concebir un oscuro plan contra el mariscal de Ancre, no tenía intención alguna de hacer lo mismo en perjuicio de la reina. Tanteó el terreno.

—¿Qué proponéis? —preguntó cautelosamente.

—En primer lugar, sugiero matar a los Concini: su presencia es tan nefasta para este reino que no sabría siquiera por dónde empezar. Leonora Galigai tiene un poder de influencia extraordinario sobre la reina. No excluyo, de hecho, que esté detrás del propio nombramiento de Du Plessis como ministro. Por no hablar de que ella tramó, de acuerdo con la reina, llamar a hombres como sus fieles De Vair, Barbin, Mangot y el mismo Richelieu. Por lo que respecta a Concino, cada vez es más codicioso y arrogante, está convencido de poder obtener todo lo que quiere. Si queremos recuperar nuestro lugar tenemos que eliminarlos a él y a su mujer. Entonces le llegará el turno a la reina. Solo de ese modo podremos al fin poner en el trono a un verdadero príncipe de sangre, que sea descendiente legítimo de san Luis —concluyó con un cierto énfasis el duque de Bouillon, señalando con la cabeza al príncipe de Condé.

Pero, antes incluso de que este último pudiera continuar tras las palabras de Enrique de la Tour d'Auvergne, Guisa rebatió con ardor.

—Si creéis que por el solo hecho de dar rienda suelta a vuestro discurso voy a secundar vuestras delirantes divagaciones, amigo mío, habéis echado mal las cuentas. Una cosa es decidir eliminar a los Concini, que son unos arribistas, arrogantes, unos agraciados que tienen en la avaricia su único faro; y otra muy distinta es tan solo insinuar la idea de eliminar a la reina y, por lo que me parece entender, reemplazar al rey. Pues bien, Bouillon, no se os escapará el hecho de que ya tenemos un soberano y que María de Médici ha demostrado muy bien su propio valor, además confirmado, como decíais, tras los resultados inequívocos de la Asamblea de los Estados Generales. Si esta reunión secreta tiene como objetivo eliminar a la reina, entonces me iré a partir de ahora, ya que no tengo intención alguna de mancharme con un crimen cuya víctima será una mujer honesta, justa y a quien este reino le importa más que a vos.

Y, según lo decía, Guisa se puso en pie. Estaba tan enojado que volcó una copa de cristal. La copa cayó al suelo y se rompió. Sin añadir nada más, el duque se dio la vuelta y se dirigió hacia la puerta, abandonando a ese grupo de conspiradores y dejando boquiabiertos a Bouillon, Condé, Nevers y todos los demás.

37

Las reflexiones del obispo de Luçon

—Reina mía, el descubrimiento de Mathieu Laforge es simplemente inquietante —observó Armand-Jean du Plessis de Richelieu.

El obispo de Luçon se hallaba, junto con el cabecilla de los espías, en el Entreciel, el *petit cabinet* de María de Médici. También ese día ella estaba radiante, fresca, deseable. A pesar de que los años transcurridos le habían dejado algunas marcas, el joven ministro podía comprender perfectamente por qué habían sido muchos los que habían perdido la cabeza por ella, en primer lugar, el más grande: Enrique de Navarra.

María miró al obispo de Luçon. Había en su mirada viva un alma líquida, insondable, como si incubara dentro de sí una fiebre, una ambición obsesiva, que la reina no era capaz de comprender en toda su magnitud, pero que intuía desmesurada. Aquella luz inquieta que brillaba en sus ojos grises de joven obispo la espantaba y fascinaba al mismo tiempo.

Estaba subyugada por ese hombre.

Como queriendo comportarse, María rehuyó la mirada

de Richelieu y miró a los ojos a Laforge. No estaba segura de poder afirmar que Mathieu en esos días se estaba alejando de ella, pero tenía la certeza de que algo estaba a punto de romperse entre ellos, no en el sentido de una inminente falta de fidelidad, sino más bien en el final de una complicidad que en el pasado había sido profunda y, aparentemente, inquebrantable. En ese momento, sin embargo, con la llegada de Richeliu, aquellas geometrías de relaciones parecían mutar, aunque ella no pudiera atribuir nada específico a Laforge, que, por lo demás, seguía en sus misiones intachable como siempre. Por ello no podía más que tener la sensación, sin ser capaz de darle forma o un asomo de verdad.

—Vuestra majestad —dijo este último, llamando de nuevo la atención de la reina sobre el tema introducido por Richelieu—, como decía su señoría, el obispo de Luçon, he logrado hacer un descubrimiento de cierta utilidad en estos días.

—Muy bien. Os escucho, señor —lo alentó María.

—Pues bien —empezó Laforge—, como seguramente sabréis, desde el día en que el mariscal de Ancre y yo sometimos a fuego y hierro Meung-sur-Loire, enseguida me puse tras la pista de Condé para tener pleno conocimiento de sus movimientos tras la derrota sufrida. En realidad, de ningún modo preocupado por las posibles consecuencias de su conducta, y confiando, con razón, en la clemencia y en la moderación de vuestra majestad, volvió a París para azuzar a los nobles que quedaron fuera del Consejo del rey. Y a tal propósito comenzó a encontrarse, con especial solicitud y frecuencia, con Enrique de la Tour d'Auvergne, duque de Bouillon, en su palacio. Y no solo eso. Aquellos encuentros se convirtieron en verdaderas reuniones secretas, en las que participaban también el duque de Nevers e incluso el de Guisa.

—¿También Guisa? —María no creía que incluso hasta él se hubiera implicado en la conspiración.

Laforge asintió con gravedad.

—¿Adivináis lo que he podido averiguar recientemente?

María puso fin a la pregunta con un gesto de la mano y una orden:

—Proceded, Laforge —dijo con frialdad.

—Bien. Pues esos señores pretenden recuperar su lugar perdido en el Consejo del rey, llevándose por delante a Leonora Galigai y a Concino Concini, culpables, según ellos, de haber mitigado el papel de los nobles y de haber acaparado todos los cargos y títulos que, en tiempos, les habían pertenecido a ellos. —Al llegar a ese punto, Laforge pareció titubear.

—No os detengáis precisamente ahora, monsieur —le exhortó Richelieu—. La reina debe ser informada de todo aquello que hayáis descubierto, por muy vil y dramática que pueda parecer la conspiración concebida por esos malditos rebeldes.

María daba indicios de no querer creer esas palabras.

—¿Hay todavía más, Laforge? Porque lo que habéis dicho ya me parece increíblemente grave.

El cabecilla de los espías dudó un instante, pero luego prosiguió:

—Vuestra majestad —continuó—, el duque de Bouillon, instigado por Condé, pretende preparar un plan para... mataros también a vos.

Al escuchar aquella revelación, María se calló. O sea, ¿habían llegado tan lejos? ¿Su codicia los empujaba incluso a querer atentar contra la vida de su reina? ¿Y para qué? ¿Por títulos y cargos? ¿Tan solo por beneficio personal? Era horrible. No, incluso era peor, era vil. Pero no lo toleraría. No en esa ocasión. Estaba cansada, disgustada. La Asamblea de los Estados Generales, los tratados de paz, las concesiones: nada de todo ello parecía servir. ¡Se enfrentaría a ellos a cara descubierta!

—Al oír aquellas palabras —continuó Laforge, mientras la reina se perdía en negros pensamientos—, el duque de Guisa se puso en pie, declarando que una cosa era quitar de en medio a los Concini, y otra muy distinta pensar siquiera en atentar contra la vida de la reina de Francia. Y que por dicha razón no tenía intención de formar parte de aquel fatídico proyecto y que rechazaba desde ese momento cualquier posible implicación.

—Bien por él —dijo María—. Se salvará.

Entonces la reina exhibió una mirada cortante, fría como el hielo, una mirada que Richelieu no recordaba haber visto nunca antes de aquel momento. Pero lo que leyó en ella era una furia fría, controlada, mantenida bajo freno de una manera que le heló la sangre en las venas. Entendió que de aquella ira había que tener miedo y que convenía tenerlo en cuenta.

—Armand —dijo María con un tono de voz que no admitía réplicas—, quisiera arrojar a ese miserable conspirador de Condé a la prisión de Chatelet. Lo dejaré allá por el resto de sus días o, por lo menos, hasta que me plazca. Estoy cansada de sus permanentes conspiraciones, de sus medias verdades, de las mentiras y de las injurias. He soportado sus caprichos para no condenar al reino a una laceración que ciertamente no merecía. Pero ahora basta. El hecho de que haya aguantado todo tipo de provocaciones por el bien de Francia no significa que esté dispuesta a transformar lo razonable en debilidad. —María se detuvo un instante. Luego miró directamente a los ojos a Armand-Jean du Plessis de Richelieu—. Me olvidaba: también meteréis a Bouillon, y perdonaréis la vida a Guisa y a Nevers.

—Vuestra majestad...

—¿Me habéis oído?

—Naturalmente.

—Esos malditos rebeldes van a conocer la ira de una reina

de Francia y de una Médici. Ahora podéis iros —concluyó, y sin decir nada más volvió la mirada hacia las ventanas inundadas de sol.

Richelieu y Laforge se inclinaron ante ella. Después se dirigieron hacia la puerta.

38

El rey y su favorito

En aquellos días, el rey de Francia estaba pasando unas placenteras vacaciones en los jardines de la hermosa finca del marqués de Albert. Aquel agosto sofocante cortaba la respiración. Había vuelto hacía poco de una cacería que le hacía más ligera la melancolía de la vida. Realmente se sentía muy cansado y aburrido. Para empezar, con su mujer, esa muchacha tonta que no pensaba más que en el amor y otras estúpidas zarandajas, y que esperaba que le recitara poesías, la invitara a bailar y convocara en su honor recepciones y fiestas.

Era una mujer frívola y alocada, hablaba solamente en español sin haber aprendido siquiera una sola palabra de francés, y, lo que era peor, confiaba en que él visitara su lecho al menos una vez a la semana.

Pero a él tales bajezas no le importaban en absoluto. Educado en la disciplina más rígida y férrea, había alimentado una aversión total hacia todo aquello que fuera divertido o placentero. Con la excepción de la caza, se entiende. Y la caza no era, ciertamente, un pasatiempo para mujeres.

Por lo demás, todo en él era melancolía e indolencia. También ese día, a pesar del bochorno, iba vestido de negro, y con ese color exaltaba, queriéndolo o no, su propia palidez, y exhibía, al mismo tiempo, la carga negativa que emanaba de su persona. Y no hubo manera, con los años, de sustraerlo de su propia oscuridad. Es más, pese a que su madre había tratado repetidamente de facilitarle la compañía de damas cariñosas y fascinantes, él había puesto buen cuidado en manifestar siquiera remotamente alguna forma de aprecio.

Sabía que, desde varios lugares de la corte, se especulaba con hipótesis respecto a ciertos gustos suyos especiales, incluso próximos a la sodomía, pero él no se preocupaba en exceso, ya que, en verdad, le parecía que los hombres eran la mejor compañía, sin que, no obstante, ello derivara en algún comportamiento inconveniente.

Simplemente, descubría en algunos de ellos aquella comprensión y afecto que necesitaba desesperadamente. Y la persona que mejor le comprendía era el propio Carlos d'Albert. Sabía cómo hablarle y qué proponerle, era afable, discreto, amable, brillante. Luis no era capaz de encontrarle un defecto y admiraba su fascinación y su elegancia. Era como si supiera, antes incluso de escuchar sus palabras, lo que realmente deseaba.

Incluso en ese momento, mientras estaban sentados en un pabellón disfrutando de la frescura a la sombra de las cortinas, que a ratos la brisa levantaba, Carlos d'Albert, señor de Luynes, había mandado prepararle una maravillosa bebida helada, tan dulce como refrescante. Luis ya iba por la tercera copa y no hubiera querido parar nunca.

—¿Qué os parece, majestad? ¿Os gusta el sabor redondo de esta mezcla?

—Amigo mío, me parece sencillamente sensacional. No hay nada mejor, podéis creerme.

—Sí, especialmente después de una cacería como la de esta mañana. Habéis matado un jabalí tan grande como un minotauro.

—Mi querido Luynes, sois demasiado bondadoso.

—En absoluto, majestad, en absoluto. Aquella bestia era realmente enorme.

—Venga, Luynes, estaba ya debilitado por los perros y los disparos de otros cazadores. Yo, después de todo, me limité a darle la estocada final.

—¡Sí! ¡Pero ha sido el disparo concluyente! ¡El que lo derribó!

—Muy bien, amigo mío. Seguid adulándome, que no me lo voy a tomar a mal —dijo Luis con una sonrisa.

—Qué agradable es veros de buen humor, señor, ocurre muy rara vez —observó con sincero afecto Luynes.

—Tenéis razón, pero encuentro muy pocos motivos de interés en las cuestiones de la corte, creedme, me gustaría vivir aquí con vos el resto de mis días.

—Vuestra cortesía me honra, majestad.

—No es cortesía —subrayó Luis—. Simplemente sinceridad.

—¡Sea! —se rindió Luynes—. Pero ¿qué os angustia en especial?

El rey parecía reflexionar.

—Los nobles, supongo. —Luego añadió—: Y las mujeres.

—¿Las mujeres? —preguntó Luynes con incredulidad—. ¿Lo decís en serio? ¿No os parecen encantadoras y elegantes... y magníficas?

—Quizá. Pero también terriblemente aburridas.

—Tal vez no habéis conocido aún a las más adecuadas —insistió Luynes.

—Oh, amigo mío. Las he conocido de todo tipo y temperamento. Y podría tenerlas todas si quisiera, pero, creedme, encuentro más consuelo y placer en un día con vos que en una noche con diez mujeres en mi cama.

—Bien. Es una afirmación importante. No cabe duda. Me permito considerarla como un cumplido, majestad.

—Lo es.

—Y permitidme otra pregunta —aventuró Luynes.

—Os escucho —respondió el rey.

—Bueno... hablabais de los nobles.

—Exactamente.

—Me preguntaba de qué modo os producen angustia.

—Bien. Pensad en el asunto de Concini.

—¿El asunto de Concini?

—¡Pues claro! —espetó el rey—. Odian al mariscal de Ancre por su rápida carrera y por las riquezas, posesiones y títulos que ha acumulado.

—¿Y os sentís con ánimo de culparlos? —preguntó casi en voz baja Luynes. Había en su tono una especie de caricia, infinitamente envolvente e irresistible.

Luis se dejó arrullar.

—Bueno. El mariscal ha sido siempre fiel. Lo que ha obtenido es la contrapartida a los servicios prestados.

—¿Habéis sido vos, majestad, el que le habéis otorgado cargos y títulos y otros tantos honores al mariscal?

—A decir verdad, ha sido mi madre.

—¿La reina?

—¿Y quién, si no? —preguntó con voz aburrida Luis. No lograba comprender adónde lo llevaba aquella conversación, pero se dejaba llevar dócilmente, como un animal manso. Y aquella brisa vespertina que ahora se hacía más intensa, unida a la bebida fresca a base de bayas, ejercía sobre él el efecto de hacer el objetivo del diálogo aún más misterioso.

—Pero entonces, majestad —espetó Luynes—, tal vez los nobles no estén completamente equivocados. —Al llegar a ese punto carraspeó como para amortiguar lo que estaba a punto de decir—. A fin de cuentas, no habéis sido vos, el rey, el que ha establecido tales honores, y el rey sois vos. Y añadid el hecho de que Concino Concini es un extranjero, un florentino para más señas, un hombre que pertenece a una estirpe de comerciantes y que, si bien digno de consideración, no ha nacido en Francia y no puede conocer bien este reino como, en cambio, lo conoce vuestra majestad. A fin de cuentas, la reina es florentina. No es una falta, ciertamente, es más es una mujer extraordinaria, pero... ¿no veis que tal vez ha llegado el momento de tomar aquello a lo que tenéis derecho? Después de todo no creo que vuestra madre salga perjudicada. Ya una vez os propuso poner en vuestras manos todo el poder de decisión, y vos, con buen criterio, la apoyasteis a ella y a la lucidez de su raciocinio.

—Me acuerdo muy bien. Y le estoy agradecido por lo que ha hecho.

—Todos se lo reconocemos. Pero, hoy, me permito decir que podría haber llegado vuestro tiempo, el de tomar las riendas de Francia y llevarla hacia el lugar que merece en el mundo. ¿No os parece? Quiero decir, a través de vuestra visión, vuestro proyecto. De esa manera, quizá, vuestra vida sería más plena y menos aburrida. Y tal vez también esos nobles que hoy se lamentan y que hoy veis como parásitos podrían, en cambio, manifestar cualidades y convertirse en instrumentos útiles en manos de un rey para mayor gloria y beneficio de Francia.

Luis parecía sopesar atentamente aquella última afirmación. Era sin duda una perspectiva seductora. Y, a fin de cuentas, había esperado suficiente. Ya tenía quince años. A esa edad su padre ya había vivido las matanzas de San Bartolomeo y había abjurado de su propia fe hugonota para abrazar la católica. Sí, Luynes tenía razón. ¿Por qué esperar? Debía tomar lo que le era debido.

—Pero necesitaría alguien en quien confiar. Un hombre con experiencia, que quiera mi bien y el de Francia. ¿Dónde podría encontrar a un hombre así? —Después, como si hubiera tenido una revelación repentina, pareció descubrir la solución a todos sus problemas—. ¿Podríais ser vos ese hombre, Carlos?

Fingiendo caer de las nubes, como si aquella petición fuera del todo sorprendente e inesperada, el señor de Luynes miró con incredulidad a su rey.

—¿Vos qué creéis, majestad?

—No veo mejor solución. Aceptad, Carlos.

—Pero...

—No hay peros. Os lo ordeno.

Luynes inclinó la cabeza con infinita deferencia.

—Si esa es la voluntad de vuestra majestad...

—Lo es, mi buen amigo.

—Entonces os agradezco infinitamente el honor que me hacéis, señor.

—Muy bien —concluyó Luis—. ¡Esto ya está hecho! Ahora vamos a cenar para festejar esta magnífica decisión. —Y, al decirlo, se puso en pie.

Luynes lo imitó, se inclinó ante él y le dijo:

—Creo, asimismo, que la cena será de vuestro agrado.

—No me cabe duda, amigo mío. Con vos a mi lado siento que no le temo a nada, ni siquiera a las trampas del trono.

39

Formas y colores

Condé había terminado en Chatelet, exactamente como la reina había ordenado. El complot había fracasado, al menos por el momento.

María estaba cansada, pero por lo menos ahora tenía unos días de tranquilidad por delante. Luis se había ido a visitar a un noble al que tenía gran estima, Carlos d'Albert. Compartían un enorme entusiasmo por la caza. Le complacía que su propio hijo experimentara pasión por alguna cosa. Muchas veces había tenido la sensación de que se aburría y que en el aburrimiento cultivaba un resentimiento que habría podido resultar fatal.

Ahora, en Fontainebleau, María podía finalmente liberarse de aquellas continuas preocupaciones y prodigarse cuidados a sí misma. Sucedía tan raramente que no recordaba ya cuándo había sido la última vez que había podido charlar alegremente de las cosas más fútiles o de las que más le apasionaban.

Y así había decidido alejarse del Louvre por unos días.

Odiaba aquel maldito castillo. Y quería un palacio solo para ella, construido conforme a sus propios deseos y órdenes. Tendría que evocar al Palacio Pitti, pensaba, de modo que pudiera alejarse de aquellos obscenos palacios franceses, tan oscuros y espartanos que parecían castillos o fortalezas. Sin embargo, no deseaba que se asemejara a ciertas residencias, demasiado cursis en su arquitectura y carentes de sobria elegancia, de las que Francisco I de Francia había cubierto la campiña en su tiempo.

Por el contrario, Fontainebleau, que debía mucho a Catalina de Médici, se alejaba de ciertas frivolidades.

Como prueba de ello, mientras así reflexionaba en el pabellón en el centro del estanque de las Carpas, María se quedó contemplando la fachada oriental del ala de la Antigua Comedia. Primaticcio había realizado algo asombroso: las proporciones, la simetría, el uso de los pilares dóricos, el sillar, las largas cornisas salientes...; toda la estructura era un homenaje fantástico al estilo florentino.

Precisamente de ello había hablado en esos días con Salomon de Brosse, un arquitecto que le recomendaron vehementemente. Había comprado un terreno en la periferia de París, que parecía hecho a posta para albergar un palacio magnífico con aquel refinamiento austero que había hecho eternas las residencias de las grandes familias florentinas.

A María le encantaban las líneas limpias de la piedra y también aquel color granate que daba a las fachadas de los palacios una personalidad inconfundible. Había hablado sobre ese punto con De Brosse largamente, se había explicado con claridad. Así, al año siguiente empezarían los trabajos de ese palacio.

En ese momento, mientras fantaseaba de tal forma, admirando el agua de color verde esmeralda del estanque de las Carpas, pensaba en una serie de lienzos que le gustaría que tuvieran su lugar en el palacio que ella había concebido. Esa idea le rondaba la cabeza hacía ya un tiempo. Se preguntaba desde hacía mucho quién podría ser el pintor adecuado para realizar una serie de cuadros que conmemoraran hechos de su vida. Tendría que ser algo único e irrepetible. Sonreía al pensar en tanta celebración de su persona, pero había aprendido, con el tiempo, que era justamente eso lo que el pueblo esperaba de sus soberanos. La magnificencia y la majestad no eran fórmulas vacías o simples cláusulas de estilo, sino más bien cánones precisos de la soberanía, del hecho de ser rey o reina. No debían subestimarse, sino más bien al contrario: oportunamente alimentados, amplificados, celebrados en un culto a la persona y al esplendor como para recordar, siempre y en todo lugar, lo inalcanzable y notable que era el papel desempeñado en la guía temporal del reino.

Por esa, y no por otra razón, jamás había dudado —a pesar de las magras remesas que le había concedido Enrique— en elegir los atuendos más increíbles, las joyas más grandes, las perlas más relucientes, los peinados más suntuosos. Había invertido todos sus fondos para garantizar el carácter regio necesario. Todo en ella tenía que ser la expresión misma del esplendor radiante del poder, ya que era exactamente eso lo que buscaban y querían de la reina: nobles, burócratas, gente, pueblo llano, sin excepción de nadie. Tal vez no lo admitirían nunca, pero eso no significaba que, en lo más profundo de su alma, no les encantara admirarlo.

Y por eso María procuraba a sus súbditos lo que querían: los dominaba, manipulaba sus inseguridades por medio de su indiscutible elegancia, por medio de la fábula de la autoridad, que era, por lo que se veía, la historia más antigua del mundo.

Y entonces pensó a quién podría confiar esos lienzos. ¿Quién sería capaz de presentar la historia de su vida de manera tan heroica, estimulante, suntuosa y opulenta?

Poco a poco, mientras se perdía en el verde líquido del estanque, suspirando por culpa del calor de aquella tarde de agosto, sintiendo un poco de aire fresco solamente gracias a un abanico, he aquí que empezó a emerger la solución que, pensándolo bien, siempre había estado a tiro de piedra pero que quizá, debido a las mil preocupaciones de esos últimos años, nunca la había tenido en cuenta.

Y la solución tenía un nombre: Rubens.

¿Quién, si no él, sería capaz de comprender, interpretar y plasmar en lienzo lo que María tenía en mente? ¿No había sido él, después de todo, el que había homenajeado a la familia de su hermana Eleonora de la manera más hermosa?

¿Y quién mejor para confiar, si no en su propia hermana? ¡Cuánto le hubiera gustado que estuviera allí en aquel momento para hablar con ella! En cambio, aparte de algunas *dames de chambre* y un par de ayudantes de cámara, no había nadie y, de todos modos, era como estar sola. Ni siquiera Leonora la había acompañado en esos días, al preferir quedarse junto a su marido en la casa de París.

Sin embargo, podía escribir una carta, hablar de ello con Richelieu, buscar a un escribano que redactara una misiva que contuviera las líneas generales expresadas por ella en su escrito y entregársela a Rubens, exponiéndole esa posibilidad. Ahora no era todavía el momento, pero cuando el palacio estuviera listo, él sin duda aceptaría el encargo. Después de lo que le había contado su hermana hacía diez años, había empezado a sentir una infinita curiosidad por ese hombre, y si luego ese interés había decaído, la razón residía única y exclusivamente en las infinitas tragedias que había sufrido. Diez años, se dijo. ¿Había pasado de verdad tanto tiempo?

No pudo evitar estremecerse ante esa idea. Con mayor razón, entonces, no iba a perder el tiempo.

En la pequeña mesa frente a ella había papel, tinta y pluma. Sin más dilaciones se puso a escribir.

Mi querido Rubens:

¿Era correcto dirigirse a él de ese modo? No. En absoluto, pero ya lo pensaría el escribano. De todas formas, no quería escribir algo que no la convenciese, por ello volvió a comenzar.

Maestro:

Hace mucho tiempo que había querido escribiros esta carta, pero los mil problemas que asedian a este desgraciado reino mío me han impedido disponer de mis días de la manera en que hubiera querido. Y, sin embargo, por fin, he encontrado el momento para mí y para mis reflexiones, y por lo tanto me dirijo a vos con esta carta con la esperanza de que la propuesta que estoy a punto de haceros pueda suscitar vuestra curiosidad.

Me refiero a la posibilidad de encargaros una serie de pinturas que tengan como tema mi propia vida, los hechos más importantes quiero decir, que deberían representarse como alegorías, como si fueran los capítulos de un libro. La razón de tal petición reside sobre todo en el hecho de que, llegada a mi edad, quisiera tener recuerdos tangibles de todo cuanto me ha acontecido.

He pensado en vos especialmente por varias razones. En primer lugar, porque estabais presente en mi matrimonio con Enrique IV, rey de Francia, celebrado por poderes en Florencia, por lo que contáis con la ventaja de vuestra presencia física y, por lo tanto, el testimonio directo de los hechos. En segundo lugar, pero no menos importante, porque mi hermana Eleonora, que se ha casado con el duque de Mantua, ha hablado maravillas repetidamente de vuestro trabajo. Por último, porque hasta donde me consta, nadie conoce mejor que vos la pintura italiana, ya que la habéis estudiado de manera atenta y precisa, y porque sois el único, por lo que sé, que podría ejecutar en una visión grandiosa todo lo que tengo en mente, respetando los tiempos que os proporcionaré si aceptáis el encargo.

Y los tiempos dependen de la construcción de un palacio que he encargado recientemente al arquitecto Salomon de Brosse. Por ello volveré sobre ese asunto próximamente.

Os aseguro que a partir de ahora sabré recompensar adecuadamente vuestro talento y vuestro tiempo. Sobre todo ello, espero vuestra respuesta. Confío en poder daros a conocer en el futuro plazos y modos para una eventual ejecución de la obra.

Hasta entonces, recibid mis saludos más sinceros,

MARÍA DE MÉDICI, reina de Francia

Releyó la carta. Contenía toda la información necesaria y las razones que la empujaban a formular esa propuesta. ¡Bien! Ahora podría entregársela a Richelieu, pidiéndole que buscara un escribano capaz de redactar ese contenido con forma y estilo impecables, con el fin de asegurarse la respuesta de Rubens.

Satisfecha de la idea y de cómo había preparado el trabajo, posó la pluma dejando que la tinta negra vertida sobre el papel se secara.

Y —de ello estaba segura— Richelieu no la defraudaría.

ABRIL - MAYO DE 1617

40

Luynes

La guerra volvía a devastar Francia una vez más. Desvelado el complot contra la reina y los Concini, Richelieu no lo había dudado siquiera un momento y había enviado a la prisión de Chatelet al príncipe de Condé. Al mismo tiempo, el duque de Bouillon había logrado ponerse a salvo y declarar la guerra contra la corona, creando una alianza con los príncipes protestantes.

Sin embargo, Holanda e Inglaterra, en contra de lo esperado, se habían apresurado a confirmar su apoyo a María.

La guerra de religión había regresado con toda su violencia inquietante y los rebeldes no habían vacilado, una vez más, en despertar a las facciones hugonotas contra la fe católica y el rey.

El mariscal de Ancre se dejó caer en el campo con un ejército compuesto por tres ejércitos, operativos en varias zonas de Francia: el primero al mando del duque de Guisa, el segundo a las órdenes del mariscal de Montigny, el tercero bajo la guía del conde de Auvergne.

Richelieu, nombrado ministro de Guerra, había elegido articular de ese modo la defensa del reino y aquella estrategia estaba dando resultados importantes gracias a las preeminentes fuerzas reales, cada vez más consolidadas por el aislamiento en que se había sumido a los rebeldes tras el rechazo de los países protestantes a darles apoyo.

Y, sin embargo, era en el Louvre y en París donde se estaba urdiendo un plan criminal, tanto más odioso al consumarse en las sombras, en el silencio del palacio y de las estancias. Al mismo tiempo no dejaban de multiplicarse los ecos de difamadores e intrigantes que en la ciudad iban diseminando la propaganda que los Grandes continuaban efectuando contra los Concini.

Haciendo suyas esas amenazas y presentándolas agudizadas y más notables gracias a su propia influencia sobre el rey, Luynes aprovechaba la situación de caos en la que se había sumido la corte para afilar el resentimiento de Luis contra los mariscales y su madre la reina. La ausencia de Concino del Louvre, mientras intentaba dirigir la guerra, había demostrado ser aún más propicia, porque liberaba a Luynes de cualquier contradicción y él actuaba sin tapujos, agudizando el resentimiento del rey. Sin embargo, la noticia del retorno del mariscal de Ancre a París, justamente en esos días, lo había obligado a ajustar los tiempos, tratando de convencer al rey de hacer lo indescriptible.

En ese momento bajaba la escalera interna que comunicaba su propia estancia con los aposentos del rey. Luis, de hecho, lo había nombrado capitán del Louvre y ese cargo ahora le permitía dormir en el interior del palacio. Esa mañana había encontrado a su majestad en el amplio salón que hacía las veces de antecámara. Estaba en el hueco de una ventana. Una luz pálida, enfermiza, se filtraba débilmente, un filo de sol que envolvía la escena como si fuese fiebre.

Luis parecía aburrido, melancólico, cansado. Como siempre. Se hallaban con él otros tres íntimos, como Déageant, secretario ordinario de la reina madre; el jurista Trouson y el barón de Vitry, capitán del cuerpo de guardia.

—Tenéis que escucharme, majestad —estaba diciendo Déageant—, esos malditos políticos serán vuestra ruina. No solo los odian los nobles, sino todo el pueblo, si es que es verdad que su casa fue asaltada hace unos meses por gente de París.

Cuando Luynes entró, el rey lo saludó haciendo un gesto con la cabeza y una sonrisa, como si el hecho de verlo fuera para él motivo de consuelo. Este último no dejó escapar la ocasión para unirse al discurso de Déageant, reforzando así la demonización de los Concini y obteniendo el resultado que se había fijado alcanzar hacia el final de esa mañana. No se podía permitir perder más tiempo.

Así es como habló, aprovechando la última frase pronunciada por Déageant:

—Y para compensar los daños sufridos en la vivienda, la reina no ha dudado en reconocer a Concino Concini y a Leonora Galigai, a modo de indemnización, la escalofriante cantidad de cuatrocientas cincuenta mil libras. Y eso por ceñirnos únicamente al capítulo de la vivienda, ya que, señor, tendréis ciertamente presente en qué proporción el mariscal está saqueando el tesoro de vuestra majestad... con el único propósito de contratar mercenarios para luchar en una guerra contra un pequeño grupo de nobles empobrecidos a los que podría fácilmente derrotar con el enorme ejército ya reclutado y perfectamente organizado por Armand-Jean du Plessis de Richelieu. Por no hablar de que es el momento, señor, de que vos toméis el mando de este reino, arrebatándoselo a las manos de vuestra madre, exactamente como se dijo hace tiempo.

En ese punto, Luynes se calló, dejando que esa última frase llenase el espacio entre ellos, como si al dejarla flotar por un tiempo esta pudiera volverse física, palpable, concreta.

Y esa triquiñuela debió de funcionar, ya que, después de una eternidad, el rey asintió y preguntó:

—¿Qué sugerís, Carlos?

Luynes suspiró, como si la afirmación que estaba a punto de hacer fuera dolorosa, pero inevitable. Era un actor consumado y sabía muy bien cómo jugar sus cartas. Tenía ojos verdes y luminosos, que expresaban un encanto fascinante e hipnótico, capaz de seducir a cualquiera, y al rey en primer lugar.

—Mirad, majestad —comenzó con la voz casi apagada—, hay una sola manera que os permitirá gobernar sin tener que rendir cuentas a vuestra madre, a Leonora Galigai o a quien sea: matar al mariscal de Ancre.

Al escuchar semejantes palabras ninguno de los presentes se atrevió a hablar. Solamente el rey se opuso con un tímido rechazo.

—Eso no lo puedo permitir, Carlos —lo dijo como excusándose, como si aquella afirmación fuera un disparate.

—Pero ¿y si Concino se presentara aquí, en el Louvre, fortalecido por su propia arrogancia y los robos perpetrados en perjuicio vuestro y rechazara la propuesta de dar un paso atrás? ¿Si se resistiera a vuestra voluntad? ¿Si pretendiera mantener todos sus cargos y poder acumulados, a pesar de vuestra petición de que renuncie a ellos?

Fue una cascada de preguntas. Déageant puso los ojos en blanco, incrédulo. Trouson se quedó con la boca abierta, y Vitry mantuvo sus ojos en el rey.

—Solo y únicamente en un caso así... —susurró Luis.

—De acuerdo, majestad —prosiguió Luynes—. El barón de Vitry procederá al arresto del mariscal de Ancre y de su mujer, y los remitirá al Parlamento. Además, señor, me permito sugeriros que alejéis por un tiempo a vuestra madre de la corte. Como ya dije en el pasado, María de Médici necesita un período de descanso. Ella misma os propuso dejar el gobierno del Estado en vuestras manos. Vos no aceptasteis y fue una sabia decisión, pero ahora convendréis conmigo que es más necesario que nunca.

Por segunda vez, Luis asintió.

La suerte estaba echada. Luynes había salido con éxito en el intento. Se concedió una sonrisa. Déageant se percató de las implicaciones. Luis continuó mirando por la ventana, con una expresión inexpresiva, vacía, como vacío debía de estar su corazón, consagrado únicamente a complacer a Carlos d'Albert de Luynes.

41

Tragedia en el Louvre

Concini había corrido hacia el Louvre con su propia escolta. Acababa de volver del frente, donde ya había derrotado a los nobles rebeldes. En el fondo hubiera querido que ese suceso hubiera por fin devuelto la paz a aquella Francia desgarrada por envidias y egoísmos. Pero no tenía demasiadas esperanzas. Él era el primero que no se había contenido a la hora de conquistar un prestigio personal fuera de lo común. Por otro lado, había obtenido aquellos éxitos gracias a la fidelidad a la reina. ¿Tenía que haber sido acaso un cobarde y alguien de doble filo como aquellos malditos Grandes, incapaces de comprender conceptos como honor, sinceridad y fe?

No, realmente.

Y así fue como, con cierta audacia, se aprestaba a cruzar el puente levadizo del Palacio del Louvre.

Habían partido a primera hora de la mañana desde su palacio en Faubourg Saint-Germain. Al llegar a la calle de La Harpe habían continuado hasta el Pont Saint-Michel, alcanzando la Île de la Cité para pasar de largo la hermosa iglesia de Saint-Berthélemy y llegar al gran Pont au Change. Allí,

Concino había saludado con un movimiento de cabeza al jefe de los guardias que protegían el puente. Se había llevado una mano al sombrero. Ese punto de la ciudad siempre lograba sorprenderlo, ya que, incluso atravesando el Sena, no era posible ver el río, tantas eran las tiendas de orfebres, joyeros y cambistas que se amontonaban las unas sobre las otras. Se asomaban a los dos lados del puente como colmenas gigantescas. Y también en un día como ese eran muchos los clientes, parroquianos y comerciantes que tupían el espacio.

Desde allí, después de la calle Sainte-Catherine, habían recorrido la calle Saint-Honoré hasta llegar al puente levadizo del Louvre. Los guardias los dejaron pasar, como siempre. Pero tan pronto como atravesó la puerta exterior del puente levadizo, se dio cuenta de que algo no iba bien. Al llegar a la mitad del puente, tuvo perfectamente claro que los soldados se estaban afanando en cerrar la puerta externa, dejando fuera a su séquito.

Fue entonces cuando entendió cuáles eran las verdaderas intenciones del rey y de sus favoritos. Lo comprendió mejor cuando vio que el capitán de la guardia, Vitry, avanzaba hacia él. Lucía una sonrisa extraña en el semblante.

—Monsieur —le dijo el capitán—, ¡bajad del caballo!

El mariscal de Ancre no acababa de comprender que aquel perillán le pudiera dar una orden semejante, pero fue precisamente en ese momento cuando vio con claridad que estaba perdido. A pesar de ello, no fue capaz de aceptar que alguien le formulara una orden como aquella.

—¿Me lo decís a mí? —preguntó con sincero estupor, mientras el caballo pataleaba, golpeando con sus cascos las tablas de madera del puente.

Vitry no esperó ni un instante más. Aquella era la excusa que estaba esperando. Pondría fin a esa comedia. Con un gesto de la mano llamó a sus hombres para que apuntaran sus armas.

Aparecieron pistolas y arcabuces por todas partes. Los

hombres en posición de disparar. Cuando Vitry dio la orden, una triple descarga resonó sordamente sobre el puente mientras las balas de plomo se hundían en el pecho y en el cuello del mariscal de Ancre.

Una fuente de color carmesí estalló en la garganta de Concino. El florentino se llevó las manos a la cara. Gritó en un gorgoteo ahogado y sanguinolento. Entonces cayó del caballo con un ruido retumbante, con los ojos abiertos de par en par y la garganta destrozada, sacudida por jadeos que ya nada tenían de humanos. Expiró en ese momento mientras una poza de sangre oscura se extendía debajo de él.

María oyó el tronar de los disparos. No tenía idea del motivo, pero mucho se temía haberlo ya intuido. Al comienzo estaba contenta con la amistad entre Luynes y su hijo. Desde hacía algún tiempo, sin embargo, era testigo mudo de la influencia negativa que Carlos había empezado a ejercer sobre su hijo y, lejos de ser capaz de disuadirlo de tales compañías, se había rendido a la evidencia, aceptando sus consecuencias.

Ahora algo le desgarraba el estómago, como si un gusano monstruoso y carnívoro estuviera afilando sus garras en las paredes de las vísceras. Se sentía sangrar. La saliva le subía a los labios, el corazón empezó a martillearle en el pecho, como si le fuese a saltar fuera de un momento a otro. Finalmente, oyó unos pasos retumbando oscuros en los pasillos vacíos hasta detenerse frente a la puerta de su antecámara.

Su primer escudero pidió a una de las damas si podía darle audiencia, pero, sin siquiera perder el tiempo en cursar esa autorización, María había aparecido en la antecámara: pálida, tensa, con los ojos desorbitados a causa de un terror congelado en una máscara de intachable realeza.

El hombre no era capaz de mirarla a los ojos.

—Vu... vuestra majestad... —tartamudeó de miedo, y no logró completar la frase.

—¡Hablad! —le ordenó ella sin admitir más titubeos.

El saloncito parecía hundirse en el hielo. Las palabras del primer escudero atravesaron el aire frío como la hoja de un cuchillo.

—El mariscal de Ancre ha muerto —dijo con un hilo de voz.

—¿Cómo? ¿Cómo ha sido? —María no podía dar crédito a esa noticia. A pesar de todo, a pesar de que en lo más profundo de su ser pensaba que aquellas palabras eran irremediablemente ciertas, su boca se obstinaba en pronunciar preguntas que pudieran alejar esa confirmación, aunque fuera por un instante.

—Pa... parece que el mariscal había desobedecido una orden precisa del rey —continuó, inseguro, el primer escudero—. Y que el capitán de la guardia, Vitry, lo hizo abatir en el puente levadizo del Louvre con una triple descarga de pistolas y arcabuces. —El hombre recitó esa información en un solo chorro de palabras, como si se quisiera liberar lo más pronto posible.

Estaba aterrorizado.

Las *dames d'atours* de la reina se llevaron la mano a la boca, ahogando un grito de horror. La antecámara parecía dar vueltas alrededor de María en un carrusel demencial. Pero no podía permitirse perder la cabeza. No en un momento como aquel. Es más, justamente entonces tenía que ser más reina que nunca.

Dedicó una mirada helada al primer escudero.

—Monsieur —le conminó—. Ahora iréis a los aposentos del rey y le diréis que quiero hablar con él.

—Sí... sí, majestad. —Y al pronunciar esas palabras, el primer escudero se agachó mecánicamente con una inclinación lúgubre.

—Idos —dijo María—. Y comunicadme lo antes posible la respuesta del rey.

42

La respuesta del rey

Pero la respuesta del rey no llegó nunca. Luis no tenía nada que decir.

María estaba conmocionada. No solamente por la muerte de Concino y por la desesperación en que había caído Leonora, sino por aquella indiferencia tan cruel e inesperada por parte de su hijo. Se había encerrado en sus aposentos junto a ese monstruo de Luynes, Déageant y sus otros amigos más íntimos. ¡Amigos! Ya resultaba muy claro que había algo más morboso, inquietante y negro que una simple amistad entre Luis y ese grupo de gente joven. Eran hermosos, es verdad, lo eran incluso en exceso. Y ella había subestimado aquella amenaza. No había comprendido qué pérfida influencia, y cuánta, aquel puñado de cortesanos afeminados ejercía sobre él. Y en ese momento pagaba el precio de su propia superficialidad. Se descubrió no comprendiendo ya a su hijo. Le pareció que había criado a un extraño, un joven sin corazón. Y, sin embargo, ya había dado muestras de esa intolerancia. Su marido había intuido antes que nadie lo peligrosa que podía ser la arrogancia del hijo y había intentado enderezarla de la única manera posible: con el látigo. Pero ya era demasiado tarde. Luis había crecido, lo suficiente para convertirse en rey. Y con Luynes a su lado aquel silencio se parecía bastante a una usurpación del trono.

En eso pensaba la reina mientras miraba, enmudecida, los ojos llenos de lágrimas de Leonora.

¿Qué cabía esperar a partir de ese momento?

Tenían los minutos contados, era verdad. Y no sabía a quién pedir ayuda.

Había llamado a Laforge, pero no lo encontraba. Y de Richelieu no había ni rastro. Habían desaparecido todos.

Las habían dejado solas. Como dos corderos ante el matarife. Leonora lloraba. Las mejillas, por lo general tan pálidas, estaban enrojecidas, en llamas, empapadas de lágrimas que parecían no conocer final. Mientras permanecían así, abandonadas por todos y desesperadas, compareció madame de Guercheville. María le había pedido que solicitara audiencia al rey. Esperaba un momento de tregua, pero lo que vio en el rostro de la mujer no la tranquilizó.

Madame de Guercheville estaba conmocionada. Su mirada parecía rota.

—Vuestra majestad —dijo tratando de mantenerse fuerte—. He hablado con vuestro hijo el rey. Le imploré que os concediera audiencia. Me arrojé a sus pies de rodillas, mi reina...

—¿Y bien? —María temblaba de impaciencia. Todo dependía de la posibilidad de hablar con su hijo.

Pero madame de Guercheville sacudió la cabeza. A duras penas contuvo el llanto.

—Lo he intentado, majestad, lo he intentado de todas las maneras. —Y en ese punto la voz de la vieja dama se quebró en un sollozo—. Pero he fracasado..., incluso... incluso cuando lo que habría querido es ser capaz de culminar con éxito mi misión. El rey me ha alzado la barbilla con gran cortesía y dulzura, y me ha dicho que a pesar de que vos no lo habéis tratado como a un hijo, él no cometería el mismo error y siempre os consideraría su madre. Y, no obstante, ha añadido que por el momento no tiene planes de dialogar con vos.

—Estamos perdidas —murmuró Leonora.

—¡Luynes! —gruñó María—. Él es quien ha envenenado el corazón de mi hijo volviéndolo ciego, mudo y sordo a mis ruegos.

—No sabía qué más hacer, majestad —murmuró madame de Guercheville, acercándose a su reina, a la que unía un profundo afecto y una estima que no había disminuido en todos aquellos años.

María la abrazó porque percibía toda la desesperación y el pesar de aquella mujer buena y amable.

Leonora la miraba absorta. Cuánta fuerza había en ella. Cuánta dignidad. Era ella la que les daba ánimo: María, que ahora arriesgaba tal vez su propia vida.

Le habían arrebatado a Concino. El hombre que la había querido y le había dado dos hijos. Y con él se había ido su alma. No sabía si habría alguna posibilidad de salir de aquella trampa, pero ya estaba cansada. Enrique, el gran rey, estaba muerto. Asesinado. Concino, que la había amado desde la primera vez que la vio, había caído destrozado a manos de ese fantoche de Luis XIII. La reina, a la que ella idolatraba, estaba confinada en sus propios aposentos. ¿De qué serviría sobrevivir en un mundo como aquel? A Leonora no le interesaba. Le daba lo mismo morir.

Justamente mientras estaba absorta en esos oscuros pensamientos, apareció el barón de Vitry, a la cabeza de la guardia del rey.

—Vuestra majestad —dijo con evidente incomodidad—.

Tengo órdenes de llevarme a vuestra *dame d'atours* a la Bastilla.

María no daba crédito a sus oídos.

—¿Qué decís?

Vitry repitió las consignas.

—¿Y si me opusiera?

—No lo haréis. Son órdenes del rey. Si me impidierais obedecerlo, estaría obligado a usar la fuerza, y, creedme, es lo último que desearía.

—No será necesario, majestad —dijo Leonora—. Sabía que más tarde o más temprano llegaría este momento. —Se puso en pie y se dirigió hacia María. Le cogió las manos y la miró directamente a los ojos—. Hemos llegado al final —continuó—. Depende de nosotros, ahora, mostrar al enemigo que no le tememos y que, a pesar de todo lo que nos harán, no tendremos miedo. Y yo no tengo miedo, majestad. He tenido todo lo que cabía esperar de la vida, incluso mucho más. He tenido a Concino, he tenido un gran rey, Enrique, y sobre todo os he tenido a vos... María. Haber estado a vuestro lado me da la fuerza para afrontar también este último camino que me separa de la tumba, ya que lo sé: de la Bastilla no se vuelve. Pero no tengo miedo. Porque, adondequiera que vaya, sabré que vos estáis conmigo. Y eso me basta: desde siempre me ha bastado, siempre me bastará.

María miró a su amiga en silencio. Sintió sus manos cálidas, dulces, suaves. Estaba al borde de la emoción, pero se contuvo. No había nada de lo que arrepentirse, se dijo a sí misma. Y, como decía Leonora, habían sido capaces de mantenerse firmes frente a sus enemigos y los enemigos de Francia durante casi veinte años. No era poca cosa. Habían pasado malos momentos, pero también habían vivido otros muy hermosos.

Leonora pareció intuir sus pensamientos. Asintió, como

si ya no hubiera siquiera necesidad de palabras, como si las voces pudieran contaminar de imperfección ese momento que ahora, en el silencio irreal de la estancia, adquiría un significado profundo. Las damas de la reina las miraban en silencio, testigos de la grandeza de aquel momento, de una amistad que había sido amor, afecto, estima sincera, compartir valores y visiones, principios y convicciones. Hasta el barón de Vitry tenía, ante sí, la demostración más preclara.

Y, por respeto a tanto esplendor, se quedó esperando.

Cuando se sintió preparada, Leonora soltó las manos de la reina. Se llevó sus manos al cuello, se desabrochó el collar que siempre llevaba y se lo dio a María.

—No me olvidéis, majestad. Esto es lo más hermoso que tengo.

Luego se volvió, dándole la espalda, y se acercó al barón de Vitry.

—Capitán, ¿podemos irnos? —dijo con voz firme.

Sin añadir nada más, salió del salón mientras los guardias observaban la escena embelesados, subyugados al ver tanta dignidad y valentía.

Luego, Vitry la siguió y lo mismo hicieron sus hombres.

María la vio desaparecer y fue entonces cuando una parte suya murió con ella. Las lágrimas comenzaron a caer, y esta vez la reina no hizo nada por detenerlas.

43
Soledad

En los días que siguieron la situación no mejoró en absoluto. Al contrario, más bien empeoró.

Las otras damas fueron invitadas a abandonar los aposentos de la reina.

María se quedó completamente sola. Y en aquella soledad languidecía. Miró los ojos vidriosos de los guardias que vigilaban dos de las tres puertas de sus aposentos. Órdenes del rey, le dijeron, y ella no replicó, porque, desde que se habían llevado a Leonora, había renunciado a tener una conversación con su hijo.

El barón de Vitry le llevaba algo de comer para el almuerzo y la cena.

Era una prisionera. La única persona que se acordó de ella fue Armand-Jean de Richelieu.

El obispo de Luçon había ido a hacerle una visita también esa mañana. María se aferró a sus palabras con todas sus fuerzas. Richelieu era lo único que le quedaba y al que ella parecía importarle.

También él daba muestras de haberse resentido en esos

días. Estaba más delgado de lo habitual, si tal cosa era posible; los ojos vivos y brillantes relucían en aquella cara consumida, afilada por los ayunos y el trabajo incesante.

—Majestad, me doy cuenta de lo dolorosa que debe de resultaros vuestra condición. Lo que querría deciros en este momento es que pronto estaréis a salvo, aunque no puedo afirmarlo aún. Estoy tratando todas las condiciones para vuestro traslado.

María suspiró.

—Entonces... ¿no hay todavía ninguna posibilidad de ver a mi hijo? ¿Ni siquiera después de todo lo que ese bastardo de Luynes me ha hecho?

Richelieu la miró intensamente. Sus ojos eran de lo más elocuentes.

—Perdonad mi rabia, Armand —dijo la reina—, y contadme lo que os han dicho.

—Majestad, sentaos —dijo Richelieu, y ayudó a la reina a acomodarse en un sillón de terciopelo azul. Por un instante le acarició las manos, traicionando así un gesto de afecto al que no se vio capaz de renunciar. Ese simple roce hizo enrojecer a la reina.

—Muy bien —dijo el obispo de Luçon—, mucho mejor así. Entonces —prosiguió— así están las cosas. Tenéis razón: Luis está completamente subyugado por Luynes, hasta el punto de que el verdadero motivo por el que ha pospuesto hasta ahora la conversación se debe únicamente al hecho de que no sabe cómo afrontaros. Se lo leo en la cara, está dolido por lo que ha pasado. Y, sin embargo, no creáis ni por un momento que va a retroceder, ya que, antes que a nadie, que a vos, que a mí, que al mismísimo Dios, creo que él obedece a Luynes. Y es mayormente este último quien os teme y está preparando al detalle el momento en que, finalmente, vos y Luis os encontraréis.

Richelieu soltó un profundo suspiro. Aquella primera confesión llevaba consigo una gran amargura, y ahora que había conseguido pronunciarla se sentía aliviado. María lo miraba con ojos implorantes y, entonces, sin más dilación, procedió a contárselo todo.

—Antes que nada, el asunto más importante: salvaréis la vida, pero tendréis que retiraros en el castillo de Blois. Allí tendréis autoridad plena y la seguridad de que vuestras rentas van a quedar intactas. No podréis llevaros a vuestras hijas, Cristina y Enriqueta, pero podréis al menos tener una última conversación con Luis, el día de vuestra partida. En Blois podréis ver a quien queráis. Estaréis, de algún modo, bajo mi tutela. Me excuso por tal definición, majestad, pero soy el aval ante el rey, con el fin de convencer a ese demonio de Luynes. Comprenderéis que todo cuanto estoy haciendo lo hago única y exclusivamente por vuestro bien.

—Armand —dijo María—, no solo lo entiendo sino que lo aprecio infinitamente. En un tiempo en que nadie ya es amigo, vos habéis permanecido fiel de manera encomiable. ¿Cómo os lo podré agradecer?

—Majestad, ni lo insinuéis siquiera. No hubiera podido proceder de otro modo. El reconocimiento que me une a vos es sincero y profundo. Sin vos no habría podido nunca llegar a donde llegué y siento por vos una estima y un afecto que nadie podrá extirpar. Y mucho menos el excéntrico favorito de un rey niño.

—¿Sabéis algo de Leonora? —le preguntó María.

—Por desgracia, majestad, las noticias no son de lo mejor. Sé con certeza que se halla en una de las celdas de la Bastilla. La están interrogando y buscarán el modo de condenarla. Su vida está marcada desde que salió de esta estancia. Lo siento mucho, podéis creerme.

La reina asintió. Por más terribles que fueran aquellas noticias, estaba feliz de poder todavía saber algo de Leonora. Pero antes de que pudiera siquiera engañarse a sí misma, Richelieu le arrancó ese alivio momentáneo.

—Majestad, os ruego que consideréis nuestra posición en lo que realmente es: extrema. El odio hacia vuestra persona y hacia todos los que han sido amigos vuestros se ha acrecentado en estos días, fomentado por Luynes.

—¿Por qué me decís eso?

—Porque no creo que tengáis claro lo importante que será para vos cerrar esa dolorosa negociación y huir lo antes posible. El resto no cuenta. Mathieu Laforge...

—Ah, o sea que ese tránsfuga está vivo...

—¿Por qué decís eso, majestad?

—Porque no lo veo desde hace días.

—Entiendo vuestras sospechas, pero dejadme que os diga que no hay nadie más valioso que ese hombre. Mathieu está verificando cuál puede ser el camino más seguro para salir de París. Está eligiendo personalmente a los hombres.

—¿Estáis realmente convencido de que podemos fiarnos todavía de ese hombre? ¿Y estáis seguro de que la situación es tan extrema? ¿Ya no me reconocerán tampoco como reina?

—Vuestra majestad... es justamente eso lo que estoy tratando de deciros. Tenéis que confiar. París os odia. Como la peste. Luynes ha instigado ingeniosamente a calumniadores e intrigantes. Ha insuflado como un veneno la envidia y los celos que muchos sienten por los Concini y ahora la única solución es huir. Huir y olvidar, majestad. El exilio es el único camino para escapar...

—De la muerte —completó María.

—Es exactamente así, reina mía —concluyó Richelieu.

Mathieu se había quedado sin palabras. Había visto a hombres y mujeres de toda clase y condición introducirse en la iglesia de Saint-Germaine-l'Auxerrois. Se había unido a ellos. Desde hacía unos días se había filtrado la noticia del golpe de Estado. Y ahora, a la vista del ya inminente exilio de la reina, estudiaba la situación en la ciudad, intentando tomar el pulso a los ánimos. Para mezclarse mejor con el populacho, llevaba una capa oscura con capucha. Vestía ropa gastada. No se lavaba desde hacía por lo menos tres días y tenía los dientes negros. Nadie lo hubiera tomado por el cabecilla de los espías al servicio de Richelieu.

Había cambiado de jefe, ya que la muerte de Concini no le había dejado otra opción, y era evidente que la herencia política del mariscal de Ancre había quedado en manos de su pupilo, el obispo de Luçon. Ahora, Laforge era el alma maldita de Richelieu, para gran satisfacción de este último.

Precisamente a Concino se le había dado sepultura la noche anterior en Saint-Germaine-l'Auxerrois y en ese momento Laforge imaginaba con horror lo que pasaría: una multitud de gente expoliaría sus restos mortales. Él, que había triunfado sobre los rebeldes y fue capaz de derrotar a los Grandes, cuyo único propósito era hacer pasar hambre a la capital con sus absurdas pretensiones de privilegios y rentas.

Mathieu vio a un gigante de anchas espaldas y cabello largo castaño. Llevaba un jubón de terciopelo marrón quemado y medias de paño, calzaba largas botas y en la cintura portaba una afilada daga: estaba removiendo lápidas y la tierra fresca, justo en el momento en que enterraban a Concino.

Una vez localizada la tumba, el hombre echó su cuerpo a tierra, aseguró cuatro picos en las asas del ataúd y emitió un aullido terrible, que se asemejaba vagamente a una orden.

Al oír la señal, una horda enfurecida gruñó de satisfacción y cuatro hombres se pusieron a tirar hasta extraer de la tierra la caja del muerto. El hombre que se había introducido en el sepulcro emergió de la fosa como un poseso. Tenía el pelo con churretones de tierra y la sonrisa de un bandido. De una patada abrió el ataúd.

Y en ese momento los habitantes de París cubrieron de escupitajos lo que quedaba del pobre mariscal. Después, muchos de ellos desenfundaron hoces, cuchillos, dagas, puñales y se abalanzaron como una plaga de langostas hambrientas sobre el cadáver, entre blasfemias e injurias.

Laforge estaba aturdido.

Al ver lo que ocurría, otros parisinos se lanzaron sobre los restos del mariscal. Con ímpetu y aspereza, la gente, ciega de rabia, se puso a desmembrar el cadáver de Concino Concini.

Sus ojos no mostraban piedad, sus manos torcidas y rapaces, los filos ávidos de carne, y no cesaban los gritos ahora potentes y unidos en la locura del tumulto en un coro obsceno, las voces excitadas a la vista de la presa inerme, muerta, y que se despedazaba bajo sus golpes como el cadáver de un animal. París desbordaba odio, y aquel cuerpo, abandonado por tan solo una noche a la caricia oscura de la tierra, fue profanado y privado de su última dignidad.

Mathieu vio a un comerciante que exhibía una mano cortada y goteando sangre, como si fuera un trofeo. Era delgado como un sudario, blanco como una mortaja, y se regocijaba sin límites ante ese horror. Una mujer cortaba una pulpa roja. Laforge no logró saber de qué se trataba, pero ya era demasiado. Apartó la mirada y fue entonces cuando vio a aquel hombre colosal, que había emergido de la tierra, sujetando por los pelos, teñidos de rojo, la cabeza decapitada del mariscal de Ancre.

Al llegar a ese punto, y de un modo que le parecía imposible, Laforge lloró. No era justo, pensaba. Pero ¿qué podía hacer él allí solo? Además, para asegurar el éxito de aquel acto abominable, el rey había garantizado a la multitud la protección, disponiendo cincuenta guardias que controlaban que aquel horror no se detuviera.

Uno de aquellos soldados se alejó, buscando un rincón remoto, un nicho. Laforge estuvo seguro de distinguir las arcadas mientras vomitaba.

Lo que estaba sucediendo era indescriptible, aterrador.

Por primera vez en mucho tiempo, Laforge se encontró contra el muro de la iglesia murmurando una plegaria.

Nunca había visto consumarse algo parecido. Testigo mudo de aquella carnicería, vio a aquellas mismas personas que habían cortado, tronchado, desmembrado... arrojar los brazos y las piernas del mariscal Concino Concini, y sus órganos y vísceras, a un carro. Sentado al montante, un botarate con más cicatrices que dedos, agitó la fusta y golpeó con ella los lomos de dos caballos que se pusieron a trotar. Al carro se subieron nobles y putas, carniceros y damas, y después cantamañanas y renegados, mesoneros y campesinos, y todos, unidos en la fiesta del horror, se pusieron en marcha rumbo a la plaza de Grève.

Iban a colgar sus horripilantes trofeos en la horca.

Como memento.

Para recordar a todos el fin que les aguardaba si se posicionaban a favor de María de Médici.

44

Hacia el exilio

—Si no habláis y no admitís vuestras culpas no os podré garantizar un final rápido y misericordioso, madame. —La voz sutil y burlona pertenecía al barón de Vitry, capitán de la guardia. Odiaba a aquella mujer. La respetaba, es verdad, pero, por fin, en ese momento la tenía en sus manos.

Tomó el rostro menudo de Leonora y lo apretó entre sus dedos, que eran duros como el hierro. Sintió las mejillas suaves, pequeñas y redondas, como si fueran dos manzanas. Percibió cómo las mandíbulas crujían por la presión.

Sonrió ante su propia crueldad.

—¡Hablad! —la urgió, soltándole de repente la cabeza, empujándola hacia atrás. Unos hilos de baba salpicaron desde la boca del capitán. Era un perro rabioso: los ojos abiertos como platos, dilatados por el placer de poder infligir dolor, con el único objetivo de arrancar una confesión.

Leonora no opuso resistencia. Ya había comprendido que para ella todo había terminado. Dejó que su cabeza se balanceara en el vacío. Se sentía ya muerta, y el aturdimiento que derivaba de abandonarse a aquel macabro carrusel le procuraba un sentimiento de alivio. ¿Por qué resistirse a las acusaciones? ¿Qué hubiera podido decir? Ella solo conocía la verdad; lo que había hecho a lo largo de los años. Y lo que había llevado a cabo era la expresión de su propia fidelidad a María de Médici. Y no se avergonzaba.

—¿Qué queréis que declare? ¿Que soy una bruja? —dijo. Y había tal fondo de cansancio en sus palabras que parecían irracionales. Estaba muy cansada. Aquellos a quienes quería estaban muertos. Había perdido a la única amiga que había tenido, aquella mujer con la que había compartido tanto, todo. Aquella reina que la había querido como su *dame d'atours* personal, que se había ocupado de su dote para la boda, que la había protegido a ella y a su marido cuando todos los demás les habían dado la espalda. Se habían confabulado juntas, habían reído, escrito, jurado, prometido, habían obtenido el poder, habían sido seducidas, abandonadas, deseadas, salvadas. Pero ahora toda esa vida, todo ese fuego, esa alegría y ese dolor los había eliminado el capricho de un rey niño, dominado por la codicia de un puñado de favoritos sin escrúpulos. Daba lo mismo morir.

Sería una liberación.

Pero, a pesar de ese deseo profundo de que todo acabara, entendió que sufriría. Más aún. Y largamente. Vitry parecía querer tomarse todo el tiempo que hiciera falta.

Se acercó de nuevo: su rostro frente al de Leonora. Gritó. No más preguntas, solo acusaciones a las que ella no sabría responder.

—Sé con seguridad que no hace más de tres meses vos y vuestro marido llamasteis a dos monjes milaneses a vuestra residencia. Los vieron suministrándoos extraños brebajes y esparciendo por los jardines de vuestro palacio aromas y esencias prohibidas. Un siervo, madame, un siervo vuestro, os acusa: recuerda perfectamente cómo los dos monjes en cuestión agitaban un incensario entre las plantas. ¡Se elevaban humos azules en una noche más negra que el ébano! Y, después, aún peor, os han visto, a continuación, acercaros a la casa de los canónigos de Petit Saint-Antoine y asistir al sacrificio de un gallo en el altar. El animal acabó despedazado y sus despojos yacían en un charco de sangre. Y vos adorabais al diablo, ofrecida como una esposa lujuriosa en aquella carnicería. ¿No es acaso eso cierto? —Y al repetir esas palabras, Vitry, lleno de ira y sugestionado por lo que acababa de decir, soltó un puñetazo.

Golpeó a Leonora en la mejilla. Los nudillos se hendieron en la carne suave. La cabeza salió despedida hacia atrás una vez más mientras el labio se partía y un arco sanguinolento y líquido se dibujaba en la atmósfera negra y fétida de la celda.

Cuando, por enésima vez, Leonora recuperó las fuerzas para volver a levantar la cabeza, decidió abandonarse a la furia de ese hombre y dejó caer la cabeza hacia delante. El pelo, reducido a un nido oscuro, marcaba en su desorden el rostro con largos mechones que recordaban el plumaje de un cuervo.

Leonora mantuvo baja la mirada. Ya no tenía nada que decir.

Había perdido todo lo que había sido y ya no volvería a ser.

La sangre brotaba de la herida en el labio. Los dientes estaban manchados de rojo oscuro. Y, sin embargo, a pesar de los golpes, encontró la fuerza para sonreír mientras, viéndola en aquel estado, Vitry sentía que se le helaba la sangre.

¿Y si fuera de verdad una bruja?

Luis se presentó finalmente. Parecía más pálido que de costumbre y tenía la mirada de un niño perdido. Por un instante, María estuvo a punto de conmoverse, pero luego, al ver que aquel monstruo de Luynes lo llevaba de la mano, sintió que se le subía la sangre a la cabeza. Se obligó a mantener la calma. Junto con el rey y su favorito iban algunos caballeros de su séquito: Bassompierre, el príncipe de Joinville y el señor de Chevreuse.

La reina los había esperado en su propia antecámara. Aquel día helado y lleno de dolor, estaba, pese a todo, más hermosa que nunca. Sus largos cabellos lucían recogidos en un peinado refinado: los rizos magníficos, de color chocolate, sostenidos firmemente por hilos de perlas y diamantes grandes como avellanas; los ojos, aún más penetrantes, brillaban como piedras preciosas en el óvalo perfecto del rostro. Había elegido un vestido de tafetán de espléndido color azul claro, tachonado de rubíes. María estaba regia y magnífica, como lo había estado siempre en todos esos años. Su figura escultural parecía dominar por encima de aquellos hombres pequeños que se afanaban en romperle el corazón.

Su hijo se le acercó hasta casi tocarle las manos, pero no se atrevió a llegar a tanto. Aunque parecía estar tranquilo, María sabía que no lo estaba.

Vestido de blanco raso, Luis pronunció las palabras como si se tratara de un discurso preparado por otra persona.

Y esa otra persona era Luynes.

—Señora —comenzó a decir Luis—, vengo a deciros adiós y a garantizaros que os cuidaré como un hijo ha de cuidar a su madre. He considerado oportuno relevaros de las molestias que os tomabais en mis asuntos: ha llegado el momento de que podáis reposar, dejándome a mí tales tareas. Mi decisión, por tanto, es la siguiente: que nadie gobierne en mi reino excepto yo. De ahora en adelante yo seré aquello que vengo llamado a ser: el rey. Ya he dado órdenes precisas con el fin de que se os proporcione todo lo necesario para vuestro viaje. Iréis a Blois y allí os quedaréis. Adiós, señora, amadme y veréis que seré un buen hijo para vos.

Al escuchar aquellas palabras tan frías, distantes, carentes no solo de dulzura, sino incluso de humanidad, María se sintió a punto de llorar. Pero se obligó a tragarse las lágrimas, clavándose los dientes en el labio hasta casi hacerlo sangrar y escondiendo el llanto detrás del abanico. Richelieu le había aconsejado mantener el máximo desapego posible, limitando todo lo que pudiera las palabras, pero María sentía que en ese momento quería dar rienda suelta a todo el sufrimiento que había experimentado y, al mismo tiempo, mostrarle su justa conciencia de que nada se le podía reprochar.

—El afecto con que os he criado, los pesares que he afrontado para conservaros este reino del que ahora os proclamáis único soberano, las dificultades y el sufrimiento que he tenido que soportar y que habría podido ahorrarme con toda facilidad, aunque solo fuera para disminuir vuestra autoridad, demostrarán siempre ante los hombres y ante Dios que ningún otro interés ha determinado mis acciones que no fuese vuestro propio bienestar. Ya en el pasado os había rogado que asumierais las riendas del reino, y ese gesto mío se vio malogrado ya que queríais mi apoyo y, por esta razón, rechazo ahora vuestra actitud que me parece injusta y cruel. Fuisteis vos el que creyó de buena fe que mis servicios os podían ser de alguna utilidad, poniendo de vuelta en mis manos aquel poder que yo os estaba ofreciendo. Os he obedecido por el respeto que os debo como rey y porque hubiera sido la más vil de las madres si os hubiera abandonado en el momento de peligro y dificultades. Soy perfectamente consciente de cómo mis enemigos han tergiversado mi conducta y mi comportamiento de madre devota y atenta, pero eso no cambia la esencia de los hechos.

Al decir esas palabras, María se detuvo un momento, ya que la frustración de hacía unos momentos se había transmutado en ira y no quería dejar solamente la rabia en los oídos de su hijo, en la que tal vez sería la última ocasión que lo vería. Pero luego, una vez más, tuvo en cuenta la injusticia de aquel exilio y de aquel castigo al que ella y todos sus seres queridos estaban sometidos, tan monstruosa y despiadada que no permitía hacer concesiones, ni siquiera a Luis.

—Quiera Dios que después de haber abusado de vuestra juventud para decretar de manera consciente mi ruina, vuestros consejeros no saquen provecho de mi lejanía para propiciar la vuestra. Digamos que el conocimiento de que no os harán daño será para mí suficiente para olvidar de buena voluntad el trato que me habéis dispensado.

Luis la miró, imperturbable. Ni siquiera aquellas palabras parecían derretir el hielo que anidaba en su corazón. Los nobles y las damas que se encontraban cerca de la antecámara y que, más o menos ocultos, escuchaban la conversación, se quedaron atónitos.

—Como no tenéis nada que decirme —prosiguió María—, os ruego que me dejéis llevar conmigo a mis dos hijas, vuestras hermanas Cristina y Enriqueta. No os pido nada más, solo poder tenerlas conmigo en los días de mi exilio. Son el único afecto que me queda, después de que me lo hayáis quitado todo.

Pero ante aquella petición, Luis guardó silencio. A nadie se le escapó, sin embargo, que el rey esperaba un beso de despedida de la reina madre, porque, bajo esa fría máscara de indiferencia, una grieta se extendía y se iba haciendo cada vez más profunda. Pero María, que también tenía el corazón roto, no se lo concedió. Le hizo daño tener que negárselo, estaba segura de que se le iba el alma y aquel trozo de corazón que había sobrevivido al dolor infinito de días de horror, pero se impuso negarle cualquier forma de afecto.

Así, cuando él ofreció su mejilla, ella volvió la mirada.

Fue aterrador. María sintió que iba contra la propia naturaleza, contra el amor más grande que Dios le había dado. Pero aquel amor había sido apuñalado, asesinado, hecho pedazos.

Y ahora lo dejaría como estaba.

Muerto para siempre.

45

Fuera de París

Se sentía rota. Lo que había ocurrido la había postrado hasta el punto de que ya no le permitía levantarse. Hubiera querido dormir para siempre. No obstante, se conocía y sabía que, más tarde o más temprano, recobraría las fuerzas. Pero en ese momento experimentaba un extravío absoluto. Le parecía que volvía a ser una niña y percibía ese dolor que la había atenazado cuando murió su madre.

Los almohadones de la carroza eran suaves. Se acomodó. La esencia de lavanda le cosquilleaba en la nariz y parecía lavar al menos algo aquel reino sucio en el que había vivido los últimos años. María había exigido que corrieran las cortinas. No quería ver la ciudad mientras la abandonaba, quizá para siempre.

Imaginó el Sena, las aguas que se teñían del negro de la noche, ya que era de noche cuando se estaba yendo de París, exactamente como si fuera una traidora a la corona.

¡Era tan injusto! Se dijo que emplearía los años venideros para reconstruir su propia imagen: confiaría en aquellos que le habían permanecido leales. Richelieu, sobre todo, que había sorteado tantos problemas por ella, y el duque de Épernon, desde siempre devoto y de su parte. Y la mente, una vez más, inevitablemente, volaba hacia la persona que siempre, más que nadie, había estado con ella.

Leonora... ¿dónde estaba en ese momento? En una celda de la Bastilla, con cepos en las piernas, probablemente torturada por sus carceleros: había pagado muy cara la fidelidad absoluta que le había mostrado. Por su culpa, aquella mujer justa e inteligente moriría entre atroces tormentos.

Al pensar en tanta cruel iniquidad, María lloró. Sintió las lágrimas caer y, en la soledad de aquel viaje, derramó todas las que tenía para su infeliz y desgraciada amiga. Había sido una ingenua al creer que la nobleza había perdonado a Leonora ser florentina. No se lo habían perdonado a ella, que era la reina, ¿cómo podía siquiera pensar que se iba a salvar la mujer protegida por el aura intocable de la corona?

Habían creído que eran invencibles, como lo hubieran creído dos niñas. Había sido Leonora la que le sugirió el nombre de Mathieu Laforge, aquel hombre misterioso y extraordinario que la había ayudado de mil maneras en el transcurso de aquellos años, y que, sin embargo, ya sentía lejano, en parte seducido por las insinuaciones de Richelieu. Estaba segura. El obispo de Luçon era un maestro en poner a hombres de su parte. Y a pesar de que siempre se había proclamado paladín suyo, sabía que en el futuro tendría que cuidarse de él.

Por el momento, al menos, confiaba en que permanecería a su lado, pero estaba claro que tenía que haberse percatado de que había elegido la parte perdedora. Aquel hombre no estaba en condiciones de resignarse a no ganar.

No debía permitir que Luynes se lo quitara todo. Y, sobre todo, no podía consentir que la imagen de Leonora quedara empañada por las miserias de la vida.

Se llevó la mano al pecho. Encontró la esmeralda. La tocó, sintiéndola quemar, como si estuviera viva. De vez en cuando algún tenue destello de las antorchas se filtraba entre las cortinas de muselina y la piedra lo atrapaba. Parecía nutrirse de luz y tener hambre de ella. Era una joya realmente singular, y María estaba feliz de poder hacerla girar entre los dedos, apretarla como si fuera el corazón de Leonora.

Para siempre con ella.

Ese pensamiento le dio una fuerza repentina. No sabía de dónde le venía, pero advirtió que gradualmente una energía desconocida fluía en ella.

¡Era una Médici! ¡Tenía que reaccionar! ¡Tenía que resurgir! Muchas veces sus enemigos, seguros de haberla derrotado, habían cantado victoria, para luego descubrir que la que había ganado era ella. Justamente era lo que había pasado en los resultados de la Asamblea de los Estados Generales.

Escribiría de nuevo a Rubens, pensaba. Le pediría que la visitara para encargarle aquella serie de grandes obras que tenía en mente desde hacía tantos años. Aquella conversación con su hermana, en los jardines de las Tullerías, había encendido en ella una curiosidad tal que ya Rubens se había convertido en un talismán, una promesa que no podía no cumplir.

Hacía algún tiempo había encargado al arquitecto Salomon de Brosse la realización del palacio en el cual pretendía reposar y gozar de la belleza del arte y de la cultura, esas hermanas divinas que parecían importar tan poco a Luis y a su ridículo círculo de favoritos, y que en cambio tanto había venerado Enrique. En unos años más se refugiaría allí. Siguiendo sus instrucciones, De Brosse lo estaba ejecutando fuera de París, en una zona silenciosa y quieta. María había querido que estuviera lo más lejos posible del horrible Louvre, que tan solo le había procurado amarguras y dolor.

Había pedido que se construyera siguiendo las líneas

florentinas, con la mente siempre puesta en el Palacio Pitti. El Palacio de Luxemburgo —ese era el nombre que había elegido provisionalmente— sería sobrio y elegante al mismo tiempo, con el sillar exterior, típico de los edificios florentinos. Tendría un gran pórtico central y dos alas inmensas, donde se establecerían los aposentos para la familia real. Un parque magnífico lo rodearía, tal y como habría sido en su verde Toscana. El jardín se construiría siguiendo el modelo de Boboli.

¡Cuánto echaba de menos su tierra! ¡Cuánto le faltaban sus raíces! Aquella Italia que amaba incondicionalmente: Florencia, Venecia, Roma, Nápoles... ¿Había acaso algo más bello en el mundo que ciudades como aquellas? Joyas construidas por los hombres, piedras preciosas que resistían a las guerras, al vicio, a la corrupción del tiempo.

Abandonándose a tales sentimientos, a esa sensación de consuelo que el arte sabía proporcionarle, María se durmió, mientras la carroza salía de la ciudad.

46

Fantasía macabra

Cuando la ataron al carro, de pie para que todos la vieran a lo largo del trayecto que desde la Bastilla conducía hasta la plaza de Grève, Leonora parecía aquello en lo que París había querido convertirla: una bruja. Los largos cabellos oscuros, sucios y llenos de nudos, el rostro hundido por el hambre, los labios agrietados, la vestimenta rasgada y oscura, los ojos negros y profundos como carbón: a primera vista todo parecía sugerir en ella una naturaleza demoníaca.

Sin embargo, con que únicamente un observador se hubiera tomado la molestia de mirar a fondo a esa mujer destruida, deteriorada por la locura y las privaciones sufridas durante los días de cautiverio, habría visto en ella la paz y la serenidad de una santa, de aquellos que afrontan el patíbulo y la condena más injusta que la historia pueda recordar con la resignación virtuosa de una mujer temerosa de Dios y, precisamente por ello, capaz de perdonar a sus verdugos y opresores.

Con los brazos atados a una cruz, de pie sobre el carro

desvencijado, cubierta de escupitajos y del deprecio del populacho que pagaba con ella todas las frustraciones y miserias en las que el rey los había sumido, Leonora no hacía más que pensar en María.

Se trataba de su único consuelo, ya que no le quedaba más. Había comprendido perfectamente que para ella no habría piedad ni misericordia, y aceptaba el amargo cáliz con toda la dignidad de una criatura que, ya desde hacía tiempo, se había liberado de sus propias preocupaciones terrenales para abrazar las recompensas celestiales que se manifestaban ante sus ojos gracias al recuerdo y la memoria.

Ni siquiera los latigazos y los puñetazos sufridos en las infernales mazmorras de la Bastilla habían logrado arrebatarle aquel tesoro.

Y, por tanto, mientras el carro renqueante y raquítico zozobraba incierto sobre sus ruedas hasta la plaza de Grève, ofreciéndola como fetiche al odio y al resentimiento del pueblo, a Leonora no le importaba ya nada, y cuantas más injurias y gestos obscenos, gritos y frutas podridas, arrojadas como proyectiles, se empeñaban en cubrirla de una pátina de vergüenza y traición, tanto más su serena rendición sorprendía a sus agresores.

De tal modo, cuando llegaron a la plaza, donde ya estaban preparadas las horcas y todavía custodiaban los cadáveres de los hugonotes recientemente ajusticiados y que aún colgaban como pedazos de carne en una brutal carnicería, aquella amargura y aquella rabia, al principio perfectamente orquestadas por Luynes, fueron desvaneciéndose gradualmente hasta precipitar a la multitud, y luego a los nobles y al clero, sentados en palcos de madera, hacia un silencio incómodo, ya que Leonora no respondía de ningún modo a los que la increpaban e incluso sonreía con benevolencia. Quería mantener la dignidad y el honor, valores del todo incomprensibles para esa multitud de hombrecillos que le había arrebatado el poder con engaño y traición, con el único propósito de llenarse los bolsillos y sin tener presente para nada al reino.

Qué diferencia, pensaba Leonora, con lo que ella y María habían hecho al cabo de los años, cuando cada acción estaba destinada a mantener el orden y el control en situaciones que hubieran podido estar cargadas de trágicas consecuencias para Francia. Le volvió a la mente la misión de Laforge para evitar el escándalo y el chantaje al que podría exponerse el rey a beneficio de aquella desvergonzada arribista de Henriette d'Entragues, y más tarde la conspiración proyectada por el duque de Biron y frustrada por los pelos. Y, además, la muerte del rey y la Asamblea de los Estados Generales con el único objetivo de impedir el colapso de la monarquía, y después los matrimonios españoles para protegerse de los ataques por parte de un enemigo mucho más potente como era España.

Todo lo que había llevado a cabo con María había sido para mayor gloria de Francia, y, sin embargo, aquel pueblo de ingratos y badulaques se lanzaba contra ella, acusándola de ser una bruja, esposa de Satanás, una zorra.

Y en el tumulto de las voces que se elevaban al cielo, en las hileras de manos y brazos que se alzaban, señalándola como si fuera el anticristo, Leonora percibía todas las debilidades de un pueblo listo para dividirse una vez más y quebrarse en la inminente tragedia de la guerra de religiones, dado que todos los esfuerzos invertidos en evitar el enfrentamiento con reinos protestantes como Inglaterra estaban ahora fallando debido a la completa ausencia de juicio y a la locura de aquel joven rey y de sus ridículos favoritos: un puñado de pobres incapaces. Estaban en condiciones de conspirar en los jardines de la corte francesa, pero no tenían ni idea de los delicados equilibrios del tablero de ajedrez europeo.

Y sin María, sin Richelieu, sin ella, pronto comprenderían lo complejo y difícil que era mantener unidos los pedazos de una Francia expuesta a los enemigos como un cordero frente a una manada de lobos.

Cuando, liberada de la cruz, subió la escalera de madera del patíbulo, el verdugo, vestido de negro, la agarró por el pelo. Detrás de la máscara de piel oscura sus ojos parecían brillar de pura perfidia; pero Leonora no se dejó intimidar. Vio los braseros llameantes y la enorme horca, alta, de la cual los ahorcados colgaban como marionetas. Se balanceaban en el aire saturado de fluidos y hedor de heces y carne muerta. En el centro, Leonora contempló el tocón de madera de abeto en el que el verdugo iba a colocar su cabeza.

Antes de que la arrodillaran, Luis XIII se puso en pie desde su asiento.

—¿De qué armas os habéis servido para ganaros el alma de mi madre, la reina de Francia? —le preguntó a quemarropa, pero con voz trémula y fatigosa.

El rey esperaba, recitando las palabras sugeridas por Luynes, obtener la confesión de aquella brujería tan buscada como nunca probada. Aun así, era perfectamente consciente del mal injusto que estaba a punto de causar, ya que el mismo Parlamento había dudado, en más de una ocasión, si pedirles a él y a sus cortesanos más íntimos que se pusieran al frente de aquella ejecución capital tan absurda como carente de fundamento.

Tampoco entonces Leonora cedió.

Hubiera sido de cobardes. Y ella no lo era, para nada.

—Yo tuve el honor de ser querida por la reina en virtud de una amistad que me unía a ella desde su juventud, y he conseguido su benevolencia sirviéndola, mostrándome lo más diligente posible en la satisfacción de sus deseos y en cumplir lo que quería. Si esa es mi culpa, entonces estoy preparada para recibir castigo. Haced lo que debáis hacer. Yo os perdono —concluyó en un tono de manifiesto desprecio.

Al escuchar esas palabras, muchos de entre aquellos que habían intervenido en la ejecución no pudieron contener las lágrimas, comprendiendo muy bien lo atroz y vergonzante que era aquella condena.

Como si quisiera evitar que ese sentimiento de piedad difuso fuera extendiéndose entre la multitud, el rey dio la señal al verdugo. Sin vacilación alguna, el hombre la obligó a ponerse de rodillas, lanzándola contra el suelo con violencia. En cuanto vio a la mujer caer boca abajo y golpear la cabeza contra el tocón, levantó la enorme hacha. El filo resplandeció en un arco perfecto, hasta clavarse, tremenda, en el delgado cuello de Leonora. Un instante después, la cabeza rodaba con un ruido sordo sobre los ejes de la horca. Una fuente escarlata inundaba la tarima.

El verdugo agarró la cabeza por el largo pelo negro como si se tratara de la cabeza de Medusa y la exhibió a la muchedumbre. Hombres y mujeres enmudecieron en un silencio lleno de presagios. Luego, el verdugo arrojó la cabeza de Leonora a un gran brasero.

Una nube roja de chispas se elevó. Las llamas se alargaron hacia el cielo negro mientras, con un grito, una mujer, sacudida por aquella última visión, se desplomó en los brazos de su esposo.

Ese final dejó entre los asistentes la inquietante sensación de estar todos condenados al infierno.

FEBRERO DE 1619

47

Blois

La noche era fría. Un viento gélido barría las torres de la mansión. Grandes copos llenaban el aire de nieve blanca.

Había llegado por fin a la terraza que sobresalía de la fachada noroccidental de la residencia. Tenía la impresión de que no iba a llegar nunca. Había dispuesto la gran canasta reforzada que serviría, junto con las cuerdas, para bajar a la reina hasta el pie del foso. Entonces, aprovechó para tomarse un respiro. Había fijado un extremo de la segunda escalera de cuerda a una manija de hierro.

Laforge sopesó con atención el doble pináculo. Se inclinó hacia fuera haciéndola balancearse en el aire. Luego, con una calibrada torsión, escaló la escalera de cuerda y volteó hacia arriba.

El cabo de la cuerda describió un arco ascendente en el aire oscuro, y acabó chocando con un saliente de la ventana. Un sirviente de la reina tuvo reflejos precisos al aferrar la punta del gancho que reptaba a lo largo del antepecho, encontrando un saliente al que agarrarse. En ese punto el hombre se apresuró a fijar la escalera de cuerda de manera que pudiera garantizar un ascenso rápido, en la medida de lo posible.

En la terraza, los guardias del duque de Épernon que se habían puesto a disposición para llevar a cabo la empresa y que lo habían seguido en el transcurso de la subida, estaban verificando el estado de la escalera.

Mathieu Laforge sentía que el hielo le penetraba los huesos. Se había detenido un momento. No tenía ni idea de cómo lo iba a hacer, pero al mismo tiempo no veía el momento de llegar al final de la escalada. Sonrió al sentir cristales helados en el bigote. Luego continuó subiendo. Tenía los brazos doloridos por el esfuerzo prolongado, el aliento condensaba nubes de vapor blancas.

Por un momento se quedó inmóvil, mientras la escalera de cuerda se balanceaba en el vacío. Miró por encima de él. Vio que la ventana de los aposentos de la reina madre no estaba tan lejos. Continuó subiendo. Confiaba en que la idea de la canasta atada a las cuerdas pudiera funcionar. Ya había utilizado alguna vez esa estratagema en el pasado. Pero nunca viéndoselas con una tormenta de nieve. Esperaba no haberse equivocado. De todas formas, no era ese el momento de empezar a hacerse preguntas de ese tipo.

«Un problema cada vez», se dijo.

Prosiguió el ascenso.

Se sentía cansado. Y todavía tenía que subir más. De repente perdió el control sobre un tramo de cuerda y se tambaleó sobre el lado izquierdo, quedando colgado tan solo de la mano. Se balanceó temeroso mientras el viento ululaba amenazador y le inflaba la capa como si fueran las alas desplegadas de un ave nocturna.

Laforge se obligó a calmarse. Lentamente, pero con determinación, llevó la otra mano al peldaño de cuerda. Cuando se sintió de nuevo seguro, volvió a subir, hasta quedar a la altura de la gran ventana que en ese momento un lacayo de la reina había abierto para que entrara. Unas manos y unos brazos fuertes lo agarraron por las axilas, haciéndolo penetrar en el interior de la habitación de María de Médici.

La calidez de la estancia, alimentada con las altas llamaradas rojizas de la chimenea, envolvió a Laforge, que apreció esa caricia caliente como la más grata de las bienvenidas.

Frente a él se hallaba la reina madre.

Tenía una mirada firme y determinada, como siempre en ocasiones semejantes. María era una mujer valiente y, a pesar de la edad, Laforge no tenía duda de que se saldría con la suya aquella noche. Un robusto arnés de cuerda ya le vendaba el torso y le embridaba las axilas.

Como mínimo, asegurada de esa manera su descenso sería más seguro, al menos hasta la terraza de abajo.

Volvió a tomar aliento.

—Así que nos vemos una vez más, monsieur —dijo la reina—. Desgraciadamente, muchas de las personas que eran amigas mías ya no se encuentran ahora aquí. Honremos su recuerdo, comportándonos en consecuencia —concluyó.

Al escuchar esas palabras, Laforge asintió. Aquella mujer tenía plata pura en las venas. Mejor así.

—Vuestra majestad —confirmó Mathieu—, tenéis toda la razón, y me honra estar aquí hoy. Os veo en perfecta forma, por ello, si no tenéis nada en contra, os voy a anteceder en el descenso para ayudaros donde sea necesario.

—¿Estáis seguro de poder reanudar de inmediato?

—No tenemos otra elección. El tiempo es tirano —concluyó Laforge, y, al decirlo, dirigió la mirada hacia la ventana.

—Entonces vayamos —secundó María.

Laforge asintió. El lacayo abrió las contraventanas y el jefe de los espías ya volvía a estar fuera. Mientras bajaba desde la ventana al primer peldaño de cuerda, notó aliviado que los hombres que se encontraban en la terraza hacían todo lo posible para estabilizar la escalera. El viento parecía haberse calmado como por ensalmo, y el descenso prometía ser más llevadero que la subida.

Sin perder más tiempo, Laforge empezó a descender. Por encima de él, poco después, vio la forma imponente de la reina madre. Se quedó, por lo demás, gratamente sorprendido de lo segura que aquella mujer se sentía en sus apoyos y en el ritmo. Procedía con lentitud, es cierto, pero no dejaba entrever vacilación alguna y ponía mucho cuidado en no mirar hacia abajo.

Confortado ante tanta pericia, Laforge continuó su propio descenso. Muy pronto sintió las voces apagadas de los guardias del duque de Épernon que esperaban debajo de él. Unas manos lo agarraron y en un santiamén sus botas se encontraron golpeando el suelo de la terraza.

Soltó un suspiro de alivio. Empezaba a sentirse realmente cansado.

Casi por instinto, miró hacia arriba: entre remolinos de nieve sibilante estaba llegando María.

En cuanto la reina madre puso el pie en tierra, los guardias del duque de Épernon la liberaron rápidamente de las bridas de seguridad, soltando nudos y cuerdas, e intentaron que María entrara en calor de la mejor manera con mantas que habían llevado con tal propósito. La envolvieron en una cálida y pesada cubierta de paño.

Debido a la complicidad del frío y la nieve, que continuaba cayendo en grandes copos sobre las torres y a lo largo de las almenas del castillo, que hacía más difícil la visión de los guardias de ronda, nadie había notado todavía su presencia. Resplandores de luces se balanceaban en los pasajes: eran las linternas y las antorchas que llevaban los guardias para alumbrar el camino.

Laforge y sus hombres habían aprovechado hasta ese momento el tímido fulgor de la luna. Se habían movido en la oscuridad, precisamente para asegurarse, a riesgo de desnucarse, la más completa invisibilidad. Ahora, sin embargo, llegaba la parte más difícil de la misión. Laforge miró a María. El descenso no había resquebrajado lo más mínimo su determinación. Sus ojos oscuros brillaban de una voluntad férrea en la negrura: no podía distinguirlos perfectamente; pero, bajo el pálido reflejo de la luna en el cielo, intuyó en ellos con certeza un centelleo encendido.

Sonrió. María lo sorprendía. Era como si todo el dolor acumulado en esos años, la espera de volver libre después de que su hijo la hubiera mandado al exilio como si fuera la peor de las traidoras, haciéndola vigilar en aquel castillo-prisión, la habían hecho infinitamente más fuerte.

Y lo que se decía débil, María no lo había sido nunca.

Por eso Laforge compadecía al que la tuviera enfrente. Pero antes de cantar victoria tenían que llegar sanos y salvos al fondo del foso, que se encontraba por lo menos cien pies más abajo con respecto al punto en el que se hallaban en ese momento.

Sin embargo, mientras así reflexionaba, María ya se había metido en la canasta.

—Acostaos en el fondo, majestad, utilizad las mantas para mantener el calor —dijo Laforge.

—Mathieu, ¿aguantarán las cuerdas?

—Reina mía..., confiad en mí —respondió el cabecilla de los espías. ¿Qué otra cosa podía decir? Esperaba tener razón.

Después, una vez seguros de que todas las robustas cuerdas de cáñamo estuvieran firmemente atadas a la canasta, los hombres de D'Épernon la levantaron y, agarrando los cuatro cabos, empezaron a bajar la carga más allá del parapeto.

Actuaron del modo más lento y gradual posible, dosificando las fuerzas. Laforge se mordió el fino labio hasta hacerlo sangrar. El peso no era ciertamente cosa de tomar a la ligera y se sentía exhausto por aquellas escaladas nocturnas. Pero la causa bien lo valía. Tenía una deuda de infinita gratitud con aquella mujer y con la que habían matado en su nombre: Leonora Galigai. Y quizá, pensándolo bien, y aun siendo un hombre dispuesto a cambiar de bando si era preciso, si había una persona por la que estaba cumpliendo esa misión, pues bien, esa era la pobre Leonora, que tan buena y generosa había sido con él.

De repente uno de los hombres soltó de golpe la cuerda, aunque fue por un breve instante. El efecto inmediato fue que la canasta se inclinó peligrosamente. Laforge ahogó un juramento mientras la canasta oscilaba de manera inquietante. Tenían que soltar más cuerda hasta recuperar el equilibrio.

—Soltad, maldita sea —gruñó por lo bajo.

Tratando de coordinarse lo mejor posible, él y los otros dos dejaron ir un buen trozo de cuerda de manera que la canasta volviera a su posición horizontal. Esperaba que todo fuera de la mejor de las maneras.

—Esperad —ordenó.

Mirando por encima del parapeto vio la canasta oscilar en el vacío, y sudó en frío. Unos escalofríos helados le recorrieron la espalda. Instintivamente volvió la mirada a la torre a sus espaldas. La linterna continuaba balanceándose. El guardia no se había dormido, pero al menos no parecía haberse percatado de nada.

—Volvamos a bajar —dijo en voz baja—, pero, ¡ay del que vuelva a hacer otra tontería como esta... o como hay Dios que el responsable se las tendrá que ver conmigo!

No fue necesario añadir nada más. Los hombres del duque de Épernon habían sido informados de las virtudes de espadachín del antiguo cabecilla de los espías. Por ello volvieron a bajar la cuerda.

A Laforge le parecía que ese último tramo duraba una eternidad. Los músculos de los brazos le dolían de forma insoportable, aun intentando de todas las maneras que el esfuerzo recayera sobre las piernas.

De repente, sin embargo, también aquella agonía terminaría: con la última brazada de cuerda se dieron cuenta de que podían sostener la canasta sin ningún esfuerzo. Debía de haber tocado tierra. A modo de confirmación, alguien se puso a sacudir las cuatro cuerdas de cáñamo: aquella era la señal convenida.

Laforge se asomó por el parapeto. Un instante después vio que una antorcha dibujaba un arco rojo sangre en el aire nocturno. Fue un relámpago, una especie de rayo que rasgó las serpentinas blancas de nieve.

Luego se apagó.

—Soltad las cuerdas —dijo Laforge.

—¿Estáis seguro? —le preguntó uno de sus compañeros.

—He visto la luz de la señal acordada.

Nadie se atrevió a replicar.

Dejaron los cuatro cabos de cuerda caer al vacío.

—Bajaré yo antes —dijo, finalmente, Laforge, que no veía el momento de volver a poner el pie en suelo firme.

Y así, mientras los otros aseguraban el extremo de la escalera ya preparada, pasó por encima del parapeto de la terraza por última vez.

48

Bonne Dame

Cuando finalmente se percató de que la cesta se asentaba en el terreno irregular del foso, María experimentó un profundo alivio. Aparte del repentino vuelco lateral que había sucedido de repente, cuando alguno de los caballeros debió de soltar la cuerda, el descenso había sido tranquilo.

El único verdadero problema era que, a causa de aquel imprevisto, un cofrecillo lleno de joyas que llevaba consigo había salido por los aires y había perdido inevitablemente su valioso contenido, dado que, a pesar de las promesas, Luis le había confiscado los bienes, y aquellas joyas le habrían resultado útiles para conquistar para su causa a los soldados necesarios para declarar la guerra. Por supuesto llevaba otro cofre apretado contra su pecho... pero ¿le bastaría con eso?

Vio por un momento un fulgor a su lado. Como si alguien hubiera hecho brillar una antorcha en el aire nocturno para luego apagarla de inmediato. Y después oyó una voz:

—Majestad, soy el duque de Épernon, he venido aquí con mis hombres para liberaros.

—Pues aquí estoy —respondió ella.

Un par de fuertes brazos la ayudaron de inmediato a salir de la canasta. Vio una mecha, protegida probablemente por una capa o una tela, brillando débilmente en el negro de la noche.

—Aquí estoy, majestad —la tranquilizó D'Épernon, del que María no solamente reconocía la voz, sino también los rasgos aristocráticos de su semblante. Al verla, el duque se inclinó ante ella.

—¡Ánimo, D'Épernon! —María lo apremió—. No tenemos tiempo para cumplidos, vayamos más bien hacia la salvación. Temo haber perdido un cofre que, con toda probabilidad, ha ido a parar al fondo del foso en que nos encontramos ahora. Si uno de vuestros hombres de manera discreta y prudente lo pudiera recuperar, sin ser visto, con las primeras luces del alba, pues bien... sería magnífico. No os lo pediría si no contuviera las joyas que necesito para sumar a nuestra causa el mayor número posible de soldados.

—Entiendo perfectamente la magnitud del problema, reina mía, sin embargo —respondió D'Épernon con suficiencia—, ahora os aconsejaría que os alejarais de aquí. Tomad mi brazo, majestad, y el de mi viejo amigo Fronsac. Tenemos que llegar como sea al puente. No muy lejos de allí, en la orilla izquierda del Loira, nos espera una carroza y unos caballos bien descansados.

Así, sin agregar nada más, D'Épernon emprendió la marcha a buen paso, ofreciendo su brazo a la reina. Fronsac hizo lo mismo, y María se vio conducida rápidamente hacia la parte de arriba del foso de Blois. Desde allí se dirigieron al puente, recorriendo un camino rural. Habían andado ya un trecho cuando se encontraron, de repente, cerca del castillo, a una patrulla de soldados de inspección. Habían salido de detrás de un puñado de árboles. Llevaban consigo linternas, carabinas y espadas.

María se puso rígida, pero D'Épernon y Fronsac actuaron como si no sucediera nada extraño. Es más, hasta con un cierto descaro. Ya estaban en el camino principal y con el puente a la vista.

La reina sintió un escalofrío helado recorrerle la espalda.

Sin embargo, a pesar de los instantes de inquietud, lo único que había pasado era que los hombres de la patrulla emitieron en voz baja algunos comentarios obscenos.

—Deben haberme tomado por una *bonne dame* —bromeó la reina después de un rato. Se sentía definitivamente aliviada.

—Yo también lo creo, majestad. —Y sin decir nada más, D'Épernon se dirigió al puente.

Lo recorrieron casi a la carrera, de manera que en poco tiempo se encontraron frente a una carroza con seis caballos. La linterna del cochero iluminaba el vehículo.

D'Épernon abrió la portezuela, dejando subir a la reina. En cuando se acomodó también Fronsac, le hizo un ademán al cochero. En ese momento, él también se subió al vehículo. Mientras la carroza empezaba a moverse, finalmente soltó:

—Bueno, también de esta hemos salido —dijo—. Majestad, habéis ejecutado vuestro movimiento y ha sido un jaque mate.

—¿Estáis seguro, D'Épernon? —María comenzaba a sentirse segura, pero ahora había que manejar la situación.

El duque se tomó un tiempo antes de responder. La campiña francesa desfilaba a través del marco nocturno atrapado en las ventanillas: la nieve había cubierto los árboles, cuyas ramas se doblaban bajo su peso albo. La carroza iba a velocidad moderada, dadas las condiciones desde luego nada óptimas del camino.

—Mi reina —respondió D'Épernon—, hemos culminado vuestra fuga. Proseguiremos con rapidez y, dentro de poco, según el plan previsto, nos encontraremos con el cardenal de La Valette y un contingente de doscientos hombres. A partir de ese punto nos seguirán como escoltas hasta Loches, que queda a no más de quince leguas de aquí. Os quedaréis en mi castillo.

—¿Y Richelieu? —preguntó María, que depositaba en el obispo de Luçon no pocas expectativas—. ¿Estará también él?

—Naturalmente, majestad, es más, debo decir que él ha desempeñado un papel fundamental en la organización de este plan de fuga, desde el momento en que ha sido el propio Richelieu el que ha mantenido buenas relaciones con el rey e incluso con ese infame de Luynes. Pero, al actuar así, ha disipado sospechas, se ha convertido en el garante de vuestra conducta y se ha expuesto por el éxito de la aventura de esta noche. Ni Luis, ni mucho menos su favorito, se esperan una noticia como la que les va a llegar en los próximos días. Y para entonces ya estaremos listos.

—¿En qué sentido?

—Majestad, intento deciros que es oportuno que, apenas hayáis reposado, hagáis llegar a vuestro real hijo y a Luynes una carta con las condiciones de vuestro regreso a París. No deis ninguna señal de debilidad, como por lo demás jamás habéis hecho en el resto de vuestra vida, y dejad entrever que, si no se os reintegran los títulos y las posesiones que os corresponden, no vacilaréis en declarar la guerra.

Mientras escuchaba a D'Épernon, María recuperó su espíritu de lucha.

—¡Ah, mi buen D'Épernon! ¡Mejor lo haré así! Recordaré a Luis y a sus estúpidos cortesanos adónde los han llevado estos dos años de mal gobierno: a enemigos dentro y fuera de Francia, el peligro de una nueva guerra religiosa, el odio por parte de un grupo considerable de los Grandes. Lo voy a aterrorizar, podéis estar seguro de ello. No obstante, intentaré hacerlo reflexionar. Si no lo consiguiera, declararé la guerra. Hasta que volvamos al lugar del que nos expulsaron.

Al escuchar aquellas palabras el duque no pudo reprimir una sonrisa. No esperaba encontrarse a la reina firme, pero no sería él ciertamente quien frenase semejante convicción.

49

Orgullo real

El rey no creía lo que veían sus ojos. No solo la noticia de la fuga de la reina madre había causado escándalo, dejando a la corte estupefacta, sino que ahora había llegado una carta que Luynes, incrédulo, sostenía entre las manos y que casi rechazaba leer.

Estaban de cacería cuando un mensajero, cubierto de barro, había llegado a lomos de un caballo, empapado y exhausto, para entregar los despachos en que se informaba de la rocambolesca fuga de María de Médici del castillo de Blois.

Y no habían pasado ni unas horas cuando otro mensajero se acercó hasta el castillo de Luynes, llevando consigo una carta firmada por la reina madre de su puño y letra.

Y en ese momento, con hastío y rencor, Luynes estaba a punto de leer el contenido.

Por más que Luis tuviera una idea de lo que podía haber escrito, nunca hubiera imaginado tal vehemente reacción por parte de su madre.

Luynes se aclaró la garganta y comenzó a leer.

Mi noble y queridísimo hijo:

Os escribo esta carta, segura de que habréis recibido ya la noticia de mi fuga. Uso ese término, fuga, no de manera inapropiada, sino con plena conciencia del caso, ya que el castillo de Blois hace tiempo que se reveló como lo que era: una prisión. Y de una prisión, de una jaula, no se puede hacer otra cosa que fugarse. Y así he considerado hacerlo, ya que una madre no puede estar a merced del hijo cuando este último atenta contra su libertad. Evidentemente, sé que esto no ha sucedido por vuestra propia voluntad, y que, más bien, es a causa de una compleja situación por lo que he sido condenada al exilio, pero ello no quita que lo que se ha perpetrado contra mi persona no haya sido profundamente injusto, tanto más a la luz de los acuerdos celebrados no hace más de dos años.

Al llegar a ese punto de la carta, Luynes titubeó un momento. María no lo desafiaba abiertamente, sino que, más bien, con sutiles artes diplomáticas trataba de hacer recaer la culpa de lo acaecido sobre una no muy claramente especificada complejidad de la situación.

Percibió que detrás de esa armazón de palabras debía de hallarse, una vez más, la hábil mano de Richelieu.

—¿Por qué os habéis detenido? —La voz de Luis lo instó de inmediato. El rey quería conocer cuanto antes el contenido completo de la carta.

Sin siquiera responder, Luynes retomó la lectura.

Pero el punto, hijo mío adorado, no es esto en absoluto, ya que lo que está más cercano al corazón pronto se dice. Aludo, en concreto, a la mala situación de los asuntos económicos y al peligro en el que el reino está cayendo: ese es el único motivo por el que he sentido que tenía que fugarme. De esto quería, y debo, absolutamente, informaros, y para poderlo hacer de manera eficaz tenía que estar libre. He considerado que en este momento era aún posible implementar remedios honrosos y eficaces para prevenir una posible tragedia.

Os ruego en tal sentido que comprendáis que no hay odio alguno ni resentimiento en mis palabras, sino solo preocupación de veros a resguardo. No he huido, en definitiva, para que se me reconozca una posición en el Consejo real del que estoy tan alejada.

Y, sin embargo, pido la oportunidad de un encuentro para discutir acerca de la situación en la que se sume Francia hoy.

No os habrán pasado inadvertidos, de hecho, los graves acontecimientos ocurridos, hace unos meses, en Praga, y que han significado el estallido de una guerra que amenaza con implicar a toda Europa y que podría durar mucho tiempo. Lanzar por la ventana del castillo de Praga a dos consejeros católicos no es un asunto menor. Y no es casualidad que haya surgido una revuelta de la población protestante contra un soberano católico como Fernando II de Habsburgo, adalid de la Contrarreforma.

Ahora resulta bastante claro que ponerse del lado de un rey católico no es deseable en un momento como este y, por lo demás, y por la misma razón, los príncipes protestantes alemanes y la misma Inglaterra están aconsejando moderación a los rebeldes.

De varias partes llegan rumores de que querríais poneros de parte de Fernando, e incluso comprendiendo la noble razón que os asiste en tal sentido, os aconsejo no hacerlo. Tened presente que, todavía a día de hoy, Francia está dividida entre católicos y hugonotes, y que estos últimos no desean más que tener un motivo, uno solo, para poder alzarse y pedir ayuda a los Estados enemigos de Francia. Dios no quiera que una actitud demasiado arrogante los determine a declarar una guerra interna.

Por lo demás, seguro que no tengo que recordaros que los católicos Habsburgo, de los que desciendo, justamente han ocupado hace poco la Valtellina francesa. Y, por lo tanto no cometáis el error de considerarlos amigos.

Por ello, pues, hijo mío adorado, os pido un encuentro con el único propósito de recomendaros prudencia y sugeriros algunas reflexiones con el fin de poder elegir mejor y con autonomía plena, y con toda la autoridad y autocontrol de los que sois capaz.

Hasta entonces, os envío todo mi afecto de madre devota,

MARÍA

Luynes dejó escapar una sonrisa: tenía que admitir que aquella carta estaba escrita con toda la cautela y la inteligencia posibles, y, sin embargo, advertía de manera nítida, inequívoca, el intento de María de volver a gobernar Francia.

Pero antes incluso de que Luynes pudiera siquiera aventurarse a decir algo, fue el propio rey el que se puso en pie, rojo de ira.

—Entonces..., ¿eso es todo lo que tiene que decirme? ¿Esas advertencias? ¿Y yo tengo que sentir miedo de ese pobre soberano bohemio que no da miedo a nadie? ¡Ya sabré yo muy bien cómo tengo que comportarme sin que nadie venga a darme consejos! ¡Ya no soy un niño al que se le tenga que decir qué debe hacer! ¡Como que hay Dios, Luynes, que me voy a unir a Fernando II de Habsburgo, si eso es lo que considero correcto, y no dudaré en declarar la guerra a quien sea, incluso a mi madre, si esa fuera la solución que imagino definitiva para la situación en que nos encontramos!

Luynes se quedó perplejo ante tal reacción por parte del rey. Le pareció, en verdad, desproporcionada y violenta. Pero, pensándolo bien, se daba cuenta de que era precisamente en momentos como esos, o sea, cuando se dudaba de su real autoridad, cuando Luis experimentaba una ira tal que los dejaba a todos enmudecidos.

De cualquier forma, pensaba, ese hecho no hacía más que simplificar su trabajo. Si Luis meditaba declarar la guerra a los protestantes y a su madre, negándose a reunirse con ella, él no iba a salir perjudicado de ningún modo. Al contrario: por eso, y también para no resultar sospechoso, intentó por un momento fingir oponerse a esa línea de conducta.

—Majestad, perdonad si oso pedíroslo, pero... ¿no os parece que sois excesivamente severo con vuestra madre, que lo único que pide es veros? Y solamente para sugeriros soluciones útiles para la situación indudablemente compleja en la que se encuentra Francia...

—Pero... ¿qué diablos andáis parloteando, Luynes? —respondió Luis. Tenía los ojos inyectados en sangre. Luego, cerró la mandíbula, los dientes tan apretados que podían saltar en pedazos de un momento a otro.

Por fin pareció calmarse. Pero, ciertamente, no cambió de idea.

—Me habéis oído bien —dijo—. Estoy preparado para la guerra.

AGOSTO DE 1620

50

La farsa de Ponts-de-Cé

Y así habían llegado a ese ridículo litigio.

Mirando los dos ríos que estaban debajo, Armand-Jean du Plessis de Richelieu no acababa de entender lo absurdo de esa situación. Dejó su mirada explorar el paisaje.

Tenía el castillo de Angers a sus espaldas y desde la colina dominaba la llanura atravesada por los dos ríos, el Maine y el Loira, que confluían a ni siquiera una legua de allí, entrelazándose como cintas de plata brillante en el horizonte. Frente a él, lejos, pero perfectamente visible, el Ponts-de-Cé.

Encerrada en el castillo, María de Médici esperaba. Luis XIII había ofrecido la paz en condiciones inaceptables, propuestas tan solo para que las rechazara, y la reina ni tan solo las había tomado en consideración. Tenía mucho más carácter que esos nobles que habían decidido apoyarla, pensaba Richelieu. Tenía mucho más carácter que todos, a decir verdad. Desde siempre. Tenía que ser la sangre florentina la que alimentaba aquella voluntad audaz y temeraria. Solo unos meses antes se había fugado bajando por una escalera de cuerda en una noche de nieve y viento.

No todo el mundo valía para eso. Conocía a hombres que hubieran permanecido de buen grado disfrutando del calor de la chimenea, antes que afrontar una aventura similar.

El rey había querido hacer la guerra contra su madre con el único objetivo de demostrar su propia valía. Y había realmente mucho valor en afrontar a un ejército improvisado, y, además, cansado, hambriento. Agotado por el calor. Richelieu sonrió amargamente ante ese pensamiento. Por lo menos era un ejército bastante numeroso, de filas abundantes, pero se trataba, mirándolo bien, de un revoltijo con escasa unidad de propósitos.

No obstante, esa batalla podía revestir un alto valor simbólico en la mesa de negociación. Por lo tanto, pensaba Richelieu, que enviaran a los hombres al matadero. No había habido manera de hacer desistir al rey de aquella loca empresa, y por lo tanto ya daba lo mismo tener que recorrer ese camino hasta el final.

María no había aflojado y había hecho bien. Algunos Grandes de Francia la habían abandonado, pero eso ya no era, por cierto, una novedad. A su lado permanecían, de todos modos, algunos de los más importantes nobles del reino. Al revisar el despliegue, Richelieu reconocía las insignias del duque de Épernon, naturalmente, pero también las de Nemours y Montmorency. También el conde de Soissons y el duque de Longueville, que no habían querido quedar fuera de tal acontecimiento.

¿Se quedarían hasta el final? Aquella era la pregunta, ya que, para ser sinceros, había una cuestión que atormentaba a Richelieu en ese momento: ¿dónde diantres estaban las tropas del duque de Retz?

No sería particularmente alentador, como comienzo, descubrir que mil quinientos hombres no habían acudido a la convocatoria.

El rey disponía de un ejército menos numeroso, pero ciertamente más unido y compacto, aunque Richelieu albergaba esperanzas de que habría una solución rápida de todo ese asunto. Conocía las disparatadas ideas de su majestad Luis XIII, y, en caso de vencer, el resultado no sería tan trágico, porque un triunfo lo volvería magnánimo con su madre. Era verdad también que una derrota lo transformaría en un siervo.

Por lo tanto, mirándolo bien, se podía vencer en ambos casos.

Luis era así; Richelieu lo había comprendido muy bien. Hallaba coraje en la guerra; pero, cuando el conflicto terminaba, volvía a ser lo que era: un muchacho inseguro e ineficaz. Nunca había sabido en realidad aprovechar una ventaja adquirida y sus decisiones eran fácilmente influenciables. Necesitaba liberarse de aquel cataplasma de Luynes: Richelieu sabía que tenía que convertirse él mismo en la persona capaz de dirigir las resoluciones del rey.

Por desgracia, en ese momento estaba bien lejos de lograrlo. No contaba con las simpatías necesarias y, por lo tanto, quedaba todavía mucho por hacer. Lo sabía, vaya si lo sabía. Pero no desesperaba en poder obtener un día su favor, aprovechándose de la confianza y de la estima que la reina madre sentía por él.

Después de todo, aquel drama familiar no era más que una gran comedia.

Bastaba con esperar.

Ciertamente, allí debajo de donde él se hallaba, aquellos pobres soldados no debían de ser de la misma opinión. Rompiendo el hilo de sus razonamientos, llegó hasta él el hombre que más le gustaba. Surgido de la nada, aparecido quién sabe de dónde, a pesar del calor y la árida colina, encima de la cual no crecía más que hierba seca y amarilla, ictérica, devorada por el sol de agosto, había aparecido Mathieu Laforge.

Richelieu sonrió. Sentía simpatía por ese hombre. Y no veía el momento de poder medir sus dotes en cuestiones de mayor importancia. Pero había que dar un paso a la vez.

Laforge bajó del caballo y se tocó el bigote con la mano derecha. Llevaba guantes en la izquierda. Chorreaba sudor: el pelo bajo el sombrero de ala ancha parecía salido del río directamente y rezumaba goterones grandes como monedas sobre su chaqueta.

—Y entonces, Mathieu, ¿qué buenas nuevas me traéis?

—Nada bueno, mi señor —dijo lacónicamente el espía.

—No sé por qué, pero esa noticia no me sorprende lo más mínimo —respondió Richelieu con un deje de pesar en la voz.

—Retz se ha ido, privando así al ejército de la reina de mil quinientos hombres.

—¡Qué cobarde miserable! —dijo en ese momento Richelieu, viendo que se confirmaban sus sospechas.

Llegados a ese punto, y como ulterior prueba de lo que se anunciaba como una potencial derrota, por debajo vio, al pie de las colinas, en la llanura entre el Ponts-de-Cé y el castillo de Angers, la infantería del ejército real lanzarse contra las tropas de María de Médici con una vehemente agresividad. Era una carga capaz de echar abajo cualquier duda respecto al resultado de la batalla.

El ejército de la reina había sido asediado todo el día por unos pocos cañones que Luis había llevado desde París. El resultado de aquel bombardeo no había sido decisivo, pero había logrado debilitar los ánimos.

El calor había nublado los pensamientos y ahora esa carga mortal por parte de la infantería amenazaba con socavar los ejércitos de María de Médici. El impacto fue devastador. Las filas del duque de Vendôme, en el centro de toda la formación, se abrieron bajo aquella cuña de plomo y hierro como un *pain au beurre* al contacto con la hoja de un cuchillo.

Al poco, Richelieu vio a los soldados de Vendôme dispersarse sin ofrecer ningún tipo de resistencia a aquel fuerte impacto. Poco a poco las dos alas del ejército se desviaron mientras los hombres del centro se escurrían por los lados, dándose a la fuga cobardemente.

—Está a punto de terminar, excelencia —constató Laforge con amargura.

—Sí —tuvo que admitir Richelieu—. Vendôme es un inútil y se dice que ya era su intención ceder en el primer asalto, tal era el miedo que sentía.

—No me sorprendería verlo aparecer aquí de un momento a otro pidiendo asilo a su señora.

—¿La reina?

—¿Y quién, si no? Después de todo, ¿no es acaso hijo de Enrique?

—¿Y la reina lo acogerá?

—Por el amor que todavía siente por el hombre que la amó tanto, con todos sus defectos y virtudes, pues me temo que sí.

Richelieu pensaba que, por las proporciones y la magnitud de la derrota, no solamente no sería fácil para María conquistar la paz, sino que, incluso aunque lo lograra, la obtendría bajo condiciones que no prometían nada bueno.

51

Richelieu

Richelieu negó con la cabeza.

—Está fuera de lugar —dijo—. Lo que estáis pidiendo es una hipótesis no viable. Tenéis presente lo que es una negociación, ¿no es cierto? Pues no podéis pretender que la reina acoja vuestras peticiones sin obtener nada a cambio. Después de todo, no pretende volver a formar parte del Consejo del rey, es más, no hay nada que desee menos que eso. E incluso, en caso de ser derrotada, conservaría sus derechos reales.

Mientras Richelieu hablaba, Lyunes y Luis XIII lo miraban. No estaban muy sorprendidos al escucharlo tan firme. Temían que se guardara algún as en la manga.

Se hallaban en la sala de armas del castillo de Ponts-de-Cé. Estaban sentados ante una mesa entre armeros, escudos e insignias. María se había cuidado mucho de no comparecer y había confiado toda la negociación a Richelieu, que recurría a toda su terca obstinación para conseguir condiciones favorables. La reina, por lo demás, aun habiendo perdido la guerra, todavía podía darle algún que otro quebradero de cabeza al rey. Por ello esperaba poder ser reintegrada en su posición y vivir en paz y prosperidad, tras los muchos hostigamientos padecidos en aquellos tres años.

Y Richelieu era un maestro en poner voz a tales peticiones.

—Majestad, espero que comprendáis bien los propósitos que mueven las condiciones que os enunciaré y, asimismo, espero que tengáis en cuenta que, si bien es verdad que la victoria os ha favorecido en menos de medio día, no es menos verdad que muchos de los nobles más representativos de Francia no están de vuestra parte por ese mismo motivo.

—¿Os atrevéis a amenazarme? —preguntó Luis con gesto desdeñoso.

—En absoluto, majestad, me limito a constatar un hecho. Lo que ha pasado hoy podría repetirse y vos y vuestra madre perderíais un tiempo valioso en una serie de escaramuzas y enfrentamientos absurdos que tendrían como única consecuencia desgastar a un reino que está cansado de verse aguijoneado por sus propios ejércitos.

A regañadientes, Luynes se vio obligado a asentir.

—¿Aludís a los saqueos y a los incendios de estos días?

Richelieu asintió, haciendo un grandísimo esfuerzo para mirar a Luynes a los ojos. Le costaba mucho, pero si quería que saliera bien la empresa no podía mostrar su disgusto ante ese hombre.

—¡Por supuesto! No se os habrá escapado el triste espectáculo de la gente que desde el campo y los suburbios se dirigieron con las manos vacías y los semblantes anegados de lágrimas hacia el interior de las murallas de Angers mientras caballeros y soldados arrasaban sus pueblos. Los de una parte y los de la otra, que quede bien claro. Por no añadir que la guerra, majestad, es un lujo que Francia no puede permitirse. No en este momento, al menos. Especialmente desde que el goteo sangriento de conjuras y guerras internas ha llevado los gastos del presupuesto de Francia de los veintisiete millones de libras a más de cincuenta. Ahora ya no hay quien no vea que esta situación debe reajustarse. ¿Estáis de acuerdo?

Luis XIII miró a Richelieu con sorpresa y también con admiración. Por primera vez, la impresión que tuvo Armand-Jean du Plessis fue de tenerlo en sus manos. Después de todo, el rey y su favorito eran maestros en las intrigas, pero completamente ignorantes en materia de política económica y financiera. Decidió ahondar más en el asunto, aprovechando ese momento de desconcierto.

—¿Y dónde encontrar los recursos para cubrir un presupuesto tan impresionante y terrible al mismo tiempo? ¿Imponiendo más impuestos al pueblo? ¿Expropiando tierras y títulos a los nobles que ya están en pie de guerra y que, casualmente, en estos días se han alzado contra vos? ¿Y cómo pensabais obtener su consenso, justamente vos, que portáis el apelativo de «Luis el Justo»? No con las herramientas de las que os acabo de hablar, porque harían que vuestra posición fuera todavía más difícil...

—Yo soy el rey... —balbuceó Luis.

Pero Luynes comprendió muy bien hacia dónde conducían las palabras de Richelieu. Y no podía negar su eficacia, porque no había nada falso ni tendencioso en lo que había dicho.

Era, por desgracia, la pura realidad.

—Entonces... ¿qué es lo que aconsejáis? —preguntó, mirando al rey de manera tranquilizadora, como si le quisiera sugerir que no se preocupara por el giro que estaba tomando la reunión.

Richelieu se alegró en lo más profundo de sí, ya que por primera vez desde que habían comenzado esa conversación eran sus interlocutores los que le pedían hablar. Su rostro, sin embargo, permaneció impasible.

—Como os decía, majestad, la reina no pide nada que no sea razonable. Antes que nada, el primer punto tiene que ver con la posibilidad de verse con vos, libremente y a solas, sin la presencia de terceras personas o intermediarios. Convendréis en que no es una petición tan extravagante por parte de una madre hacia su hijo, especialmente a la luz de su desesperada necesidad de hablaros y contaros los proyectos para su propio futuro, así como para el vuestro. En definitiva, nada que difiera de lo que cualquier relación entre una madre y su hijo demandaría...

Luynes dejó traslucir cierta emoción ante aquella petición. Su rostro, aristocrático y refinado, por un momento sufrió un espasmo. Pero se recompuso de inmediato. Luis se quedó en silencio. Sabía perfectamente que Richelieu no había terminado.

—En segundo lugar —continuó este último—, la corona reconocerá a María de Médici trescientas mil libras en efectivo por los gastos en los que se ha incurrido en los últimos meses, así como una suma adicional de idéntica cantidad para fin de año. Además, no será considerada responsable de los desórdenes y los disturbios recientes, y, del mismo modo, todos los nobles rebeldes serán perdonados y restituidos en sus cargos y títulos. Además —prosiguió Richelieu—, le confirmaréis el derecho a elegir residencia, a mantener el gobierno de Anjou junto con el castillo de Angers, Ponts-de-Cé y Chinon, tal y como está previsto en el anterior tratado de Angoulême.

—Es una buena lista de peticiones, excelencia —dijo Luynes apretando los dientes.

—Majestad —continuó Richelieu, ignorando voluntariamente al favorito—, gran parte de los puntos de esta negociación no hacen sino confirmar lo que ya estaba así dispuesto. Por lo demás, creo, con toda sinceridad, que tener la posibilidad de verse sin terceras personas y obtener la suma de seiscientas mil libras, de aquí a fin de año, no son peticiones imposibles de satisfacer. Después de todo, si estas negociaciones son realmente tales, en algo tendréis que ceder también vos.

Luis asintió. Richelieu tuvo la sensación de que estaba cansado de todo aquel odio y de los infinitos enfrentamientos que siguieron al exilio de su madre. María no había pedido volver a ocuparse de asuntos de Estado. Bien es verdad que Luynes podría ver en aquellas concesiones un posible regreso a la corte, pero era lo bastante inteligente para entender que, en un momento como ese, cuando Francia ya estaba agotada por culpa de esa guerra estúpida y perversa, la paz sería lo mejor para todos.

Como si quisiera cerrar ese acuerdo lo antes posible, Luis disolvió de inmediato sus reservas.

—Concederé todo lo que se me pide. E intentaré reconciliarme lo más pronto que pueda con mi madre. Preparad, por lo tanto, el texto del acuerdo para que podamos firmarlo e implementar las medidas debatidas y aprobadas.

Tras lo cual, por primera vez desde hacía una eternidad, Luis XIII se levantó y se dirigió hacia la puerta sin esperar a su favorito.

Richelieu hizo una inclinación. Luynes se quedó boquiabierto, con los ojos llenos de rabia.

Algo en sus planes comenzaba a hacer aguas. «Por fin», pensó Richelieu.

DICIEMBRE DE 1621- ENERO DE 1622

52

Aburrimiento y rencor

La guerra de religiones, que había comenzado al día siguiente de la paz sellada con su madre, había llevado a Luis a luchar contra todos los focos hugonotes que amenazaban la unidad de Francia.

Lo había hecho con rabia y una determinación sorprendente, como si fuera una cruzada, como si su propia vida dependiera de ello.

A pesar de las palabras de su madre, a pesar de las de Richelieu, a pesar de ser un verano que hacía enloquecer y cortaba el aliento, quemando los campos y reduciéndolos a prados secos y áridos, teatros perfectos para una guerra sucia, maldita, sin fin..., el joven rey se había dejado el alma en el intento de ganarse el título de adalid del catolicismo.

Sin embargo, sucedía que los primeros éxitos los había borrado la dolorosa derrota sufrida de manera humillante en Montauban. Durante dos meses había asediado la ciudad, disparándole cañonazos todos los días, haciendo excavar trincheras, intentando atacar por sorpresa, tratando por activa y por pasiva de hacer caer aquel bastión y escondite de hugonotes. Pero al final todo lo que obtuvo fue la conciencia de que la inutilidad de Luynes, como mariscal de Francia, solo era superada por su arrogancia.

Hacía ya un tiempo que se estaba alejando de su favorito. Lo había cubierto de gloria, títulos, riquezas y honores. ¿Y para qué? ¿Para que acabaran derrotándolo un puñado de protestantes muertos de hambre? ¡Era inconcebible!

Volvió a pensar en su padre. ¿Cómo hubiera podido tolerar unos sucesos semejantes?

Por no hablar de que al final de aquel desgraciado asedio entre las filas de su ejército había estallado la peste, que había mermado las tropas y reducido a sus soldados a un grupúsculo de hombres que gritaban heridos. Luis se había visto obligado a retirarse, a darles la espalda a los hugonotes, dejando Montauban en manos de aquellos «sin Dios».

¿Y ahora?

Ahora estaba atrincherado en el Louvre, en un salón lúgubre y sombrío, como lúgubre y sombría estaba su alma. Había intentado gradualmente reconstruir la relación con su madre, a la que le tenía que reconocer una sabiduría tanto más valiosa por cuanto era desinteresada. ¡Cuánta razón había tenido al haberle sugerido que no fomentara las divisiones religiosas...! ¡Y cuánto sentido común había en aquellas palabras de Richelieu que, cada vez que lo veía, no dejaba de hacerle patente lo vacilante que era el mando de Luynes en calidad de mariscal del ejército francés!

Era un proceso de erosión lento pero constante que iba consumiendo cada día un pedacito de la credibilidad de Luynes. Y, sin embargo, así era. Luis no confiaba todavía en reunirse con su madre en el Palacio de Luxemburgo, donde ella había mandado a Salomon de Brosse que construyera un ala entera de aposentos exclusivamente para él. Era un lugar magnífico que devolvía la sonrisa a los labios endurecidos de la reina. Luis se sentía contento, pero no por ello tranquilo.

Había estado una vida entera intentando emanciparse del control de alguien y, cada vez que trataba de hacerlo, constataba, de manera dramática, su propio fracaso. Y por más agradable que fuera, en ese momento, la idea de volver a los afectos y a los buenos consejos, no lo era lo bastante para hacerle desistir de sus propósitos. Y, por lo tanto, se había cuidado mucho de visitar a su madre en el nuevo Palacio de Luxemburgo.

Así pues, se había quedado en el Louvre, mortificándose, saboreando la amargura de sus fracasos. Aquel sentimiento crecía en él como una mala hierba, infestando su mente. Le devoraba el alma y le agriaba la sangre. Y, no obstante, sin comprender plenamente el motivo, había en ese sentimiento negro y perverso un punto de seducción, algo profundamente verdadero y personal, como si, después de todo, fuese precisamente esa frustración la que lo mantenía vivo. Y entonces la alimentaba, de modo más o menos consciente, bebiendo esa copa hasta apurarla. Al menos no se podía decir que no fuera un hombre íntegro.

Mientras se atormentaba con esas reflexiones, uno de sus guardias apareció y le entregó un mensaje.

Luis cogió la carta y rompió los sellos.

Lo que leyó primero le sorprendió y luego lo dejó indiferente.

A Su Maravillosa Majestad Luis XIII, rey de Francia

Majestad:

Os escribo para informaros de que, a renglón seguido de la enésima campaña militar dirigida a combatir y eliminar a los hugonotes del reino, Carlos d'Albert, duque de Luynes y mariscal del ejército francés, ha contraído una terrible enfermedad. El cirujano militar le ha detectado una fiebre que primero obligó al duque a guardar cama y después, en el margen de pocos días, le ha causado la muerte.

Me puedo imaginar el dolor que os producirá una noticia como esta; sin embargo, conociendo la estima que le profesabais al duque de Luynes, he considerado oportuno informaros con la mayor prontitud.

Al expresar mis condolencias por la muerte de un valeroso soldado y un gran servidor de Francia, os ruego que aceptéis mi más sentido homenaje,

René Leconte,
comandante de la Primera Compañía
de Arcabuceros del rey

Luis no se esperaba para nada la muerte de Luynes, pero, en contra de lo que escribía el propio comandante, no experimentó ningún sentimiento de piedad o de dolor por la muerte de un hombre que, hasta hacía poco tiempo, no habría dudado en definir como su confidente y primer consejero. Es más, la noticia lo dejó del todo indiferente. No era más que la enésima e inútil vida que se apagaba.

Mucho tiempo antes, ese mismo tipo de reacción lo hubiera espantado. No estaba preparado para borrar, al enterarse de la noticia, el recuerdo de una persona. Pero luego, con el paso de los años, había aprendido a aceptar ese aspecto de su carácter. Le era casi verdaderamente imposible mantener lazos afectivos con nadie. Podía dejarse influir, e incluso de una manera intensa. Pero cuando le faltaba esa persona, para él no significaba más que una liberación.

Reconoció, en cambio, cuánto aburrimiento y rencor albergaba su alma.

Y entonces decidió romper la carta y arrojarla al fuego de la chimenea.

Se quedó regodeándose en la eterna indolencia de su vida, preguntándose, una vez más, cómo podría alcanzar en algún momento su verdadera independencia.

53

Rubens en el Palacio de Luxemburgo

El invierno había vuelto. Pero, a pesar del frío y de las primeras nieves, María sentía una melodía en su corazón, ya que, al menos por una vez en mucho tiempo, tenía el privilegio de dedicarse a lo que más le gustaba: el arte.

Había en ella, desde siempre, una pasión absoluta, sin cuartel, por la pintura. Y a pesar de que Frans Pourbus había mostrado dotes extraordinarias como pintor de corte, ese día, finalmente, María podría culminar un sueño que venía de muy lejos y que se había alimentado con una serie de cartas, conversaciones y palabras no dichas.

Suspiró. Se sentía como una joven novia que está a punto de reunirse con el hombre que ama. Era difícil de explicar, pero ese encuentro, esperado tanto tiempo, era la celebración definitiva de mil aspiraciones y esperanzas.

Solamente Rubens era capaz de combinar en su propio estilo la tradición religiosa, la cultura figurativa y las imágenes alegóricas de forma tan perfecta y magnífica. Era el pintor que más podía, en ese momento, celebrar su gloria con un gusto perfecto, porque estaba influido por el arte italiano. Ciertamente, podía parecer un pensamiento arriesgado el suyo, pero no era así en absoluto, ya que el maestro había estudiado y visitado durante largas temporadas las colecciones papales y, provisto de pliegos y lápiz, había reproducido y esbozado estatuas, bustos, gemas y camafeos, había copiado los Profetas y las Sibilas, de Miguel Ángel en la Capilla Sixtina, y había hecho dibujos de las obras de Rafael en las Stanze, en la capilla Chigi, en Santa Maria della Pace y en la Farnesina. En Mantua había conocido la obra de Giulio Romano. Y en Roma había conocido y compartido gustos y experiencias con Caravaggio y Annibale Carracci; estaba tan embebido de arte italiano que nadie lo conocía mejor que él.

Era, por lo tanto, el pintor que buscaba.

Y, además, aquel encuentro tendría lugar en el Palacio de Luxemburgo, así lo había llamado María, por haberlo hecho construir sobre un terreno que había comprado Francisco de Luxemburgo. Finalmente estaba listo, o casi, aquel edificio que la compensaba del dolor y los sufrimientos por los que había pasado aquellos años.

Salomon de Brosse, el arquitecto, se había superado a sí mismo al proyectar y hacer construir una residencia de formas toscanas, adaptadas a las estructuras típicas del palacio francés. Después de cinco años estaba acabando su trabajo, y ahora María respiraba esa atmósfera que tanto le había faltado en el Louvre, ese castillo oscuro que había intentado embellecer y refinar con mil detalles, pero que nunca había sentido realmente suyo.

Esperaba que todo estuviera perfecto en el salón que había hecho preparar para acoger al maestro flamenco. Es cierto que la época no era la más hermosa para admirar, desde los ventanales, los olmos y los macizos de flores que tupían los jardines. Estos últimos habían sido ejecutados de modo que recordaran al máximo los de Boboli en el Palacio Pitti. En los estanques, una capa de hielo había atrapado el agua en varios espejos transparentes. La fuente de los Médici, justo enfrente de sus aposentos, era pese a todo magnífica, y aquellas salpicaduras de nieve blanca le conferían un toque de magia a los senderos ornamentados de estatuas y a la luz invernal que iluminaba un cielo claro y despejado que parecía querer entrar por los amplios ventanales.

En la gran chimenea, adornada con oro y con grandes alas de plata, un fuego vivaz animaba la habitación; espejos y cristales atestaban los muebles de madera delicadamente tallados y relucían multiplicando los rayos dorados del sol de enero. Las copas de jaspe verde claro y rojo sangre, con ornamentos de oro y plata, producían efectos cromáticos impresionantes. La sala era lo más hermoso que María hubiera concebido y tenido nunca. Mientras se abstraía mirando lo que De Brosse y sus colaboradores habían sabido recrear junto con ella, sus *dames d'atours* le anunciaron la llegada de Rubens.

María asintió con una señal indicando que estaba lista para recibirlo. Sintió que el corazón le saltaba en el pecho y permaneció a la espera.

El hombre que entró en la sala la dejó extasiada.

Rubens era de una corpulencia imponente y de una estatura realmente notable. La cascada de rizos pelirrojos que le caía sobre la frente, en cuanto se quitó el sombrero negro colocándolo a la altura del corazón, enmarcaba un rostro pálido en el que relucían dos ojos de un azul tan intenso que parecían arrancados a un collar de zafiros.

Era majestuoso. María estaba entusiasmada. Rubens se acercó, inclinándose ante ella. Cuando se puso en pie, la reina le extendió la mano, que él besó con una devoción y elegancia magníficas.

—Alteza —dijo en un francés perfecto—, vuestra belleza

deja pequeña a la de Venus y Diana. Ahora comprendo la grandeza del desafío que me aguarda.

María se sintió halagada por tales palabras. No se esperaba a un hombre tan galante. Encontró fascinante la simplicidad con la que Rubens las pronunciaba: con una naturalidad que las hacía parecer sinceras, no afectadas ni amaneradas.

—Maestro Rubens, os lo ruego, sois demasiado generoso. Pero ahora acomodaos, tenemos que hablar de muchas cosas. —Y con un ademán con la cabeza, María señaló dos deliciosos sofás de terciopelo azul. En la mesita de mármol y madera se veían algunas delicias dulces que la reina había mandado preparar esa mañana expresamente para la ocasión.

Mientras tomaba asiento, Rubens no le quitaba los ojos de encima. María sintió que se sonrojaba. Le llamó la atención esa audacia que rayaba la mala educación, aunque no hubiera nada reprobable en aquellas miradas, solo un estudio sincero y apasionado, como si el artista quisiera imprimir en su mente los rasgos de aquel rostro, los detalles que pudieran serle útiles.

Intuyendo de inmediato los pensamientos de la reina, Rubens quiso tranquilizarla.

—Me permito contemplaros con tanta intensidad, majestad, porque hacía mucho tiempo que esperaba este momento. Creedme, nada me llena más el alma de alegría que encontrarme finalmente aquí, en París, en este hermoso palacio que sé que vos habéis concebido hasta en el último detalle. Y, creedme, no hay nada más hermoso que ver a una mujer que sabe lo que quiere. Por ello no puedo quitaros los ojos de encima. Apelo a vuestra magnanimidad.

María no pudo evitar sonreír. Para ser un flamenco, Rubens era insólitamente locuaz, aunque bien es cierto que las infinitas peregrinaciones, los viajes, los estudios... lo habían convertido en un hombre de mundo y aquellas amistades italianas habían dejado una influencia manifiesta en sus modales.

—Y ahora —reanudó el pintor—, me permito preguntaros, majestad, de qué manera mi mano puede seros de utilidad.

—Pintaréis, maestro Rubens, pintaréis para mí. Y yo os transformaré en el artista más rico y exitoso de este tiempo. Mirad, desde que hablé con mi hermana Eleonora he comprendido que no podía contar más que con vos para los propósitos que me rondaban. Y esta es la idea y la propuesta: realizar catorce lienzos de grandes dimensiones que cuenten lo que me ha ocurrido en estos años. Con mi consejero personal, monseñor Armand-Jean du Plessis de Richelieu, obispo de Luçon, y también junto con Claude Maugis, tesorero del reino y abad de Saint-Amboise, y el escribano De Peiresc, con quien creo que ya habéis mantenido, y aún podréis mantener, una nutrida correspondencia, hemos valorado cuáles podrían ser cada una de las etapas de este proceso.

—No veo el momento de conocerlas —dijo Rubens.

—Bueno, de algunas puedo ya decir los temas: pienso en mi nacimiento, en el matrimonio en Florencia y luego la llegada a Marsella, la coronación en la abadía de Saint-Denis, la felicidad de la regencia, la fuga del castillo de Blois. Por lo que respecta a otros temas, seréis informado lo antes posible, para que vuestro trabajo se pueda desarrollar de la manera más expedita. Tenéis que comprender, maestro Rubens, que algunos motivos son particularmente delicados desde un punto de vista... diplomático, digámoslo así, ya que es un hecho que mi fuga de Blois no fue en modo alguno un acontecimiento agradable. Aventurero, quizá, peligroso también, pero fue una consecuencia del exilio al que me había confinado mi hijo. Una herida tan profunda que no deseo para ninguna madre.

Perdonad el desahogo, pero coincidiréis conmigo en que os estoy hablando con extrema franqueza...

Rubens asintió imperceptiblemente.

—Y, por otro lado —continuó María—, no tengo intención alguna de negar que tales episodios han acaecido; es más, un lienzo será una manera extraordinaria de conservar esa memoria. Ahora bien, sé perfectamente que en algunos casos habéis presenciado los hechos y en otros no; pero, como os decía, mi escribano, Nicolas-Claude Fabri de Peiresc, estará encantado de proveeros de todos esos detalles que os servirán para la ejecución del lienzo. Encuentro que su prosa es brillante, como confirma su dilatada correspondencia con Galileo Galilei y con Huig de Groot, de modo que os puedo decir que no podríais haber caído en mejores manos.

—No me cabe duda, alteza; os agradezco que me pongáis a disposición un intelectual tan hábil y respetado, que me parece que es, también, si la memoria no me falla, un formidable numismático.

—Exactamente. Y ahora, maestro Rubens, descubriréis lo peligroso que es ser amigo mío, pero veo que tenéis anchas espaldas y la calma de los fuertes. Por ello confío en que sabréis superar eventuales desplantes por parte de algunos nobles de esta corte. Y, en cualquier caso, podréis contar siempre con mi eterna gratitud y protección.

—Eso es todo lo que necesito, majestad.

—Y ahora, si os lo puedo preguntar, ¿cómo pensáis proceder? —preguntó María, que estaba impaciente por ver cuanto antes el trabajo del maestro, los colores vivos y vibrantes de sus lienzos, aquella gracia heroica que lo había hecho famoso en toda Europa.

—Majestad, es mi intención efectuar algunos esbozos a propósito de ciertas ideas que ya tengo en mente. Le pediré a Nicolas-Claude Fabri de Peiresc poder visitar algunos de los edificios en los que podría ambientar las escenas. La memoria es buena, pero los ojos son mejores. Y por lo que respeta a la abadía de Saint-Denis, por ejemplo, debo tener un conocimiento pleno de sus espacios y sus luces.

—Peiresc estará encantado de acompañaros a donde queráis.

—Os lo agradezco. Será fundamental. Después, una vez que tenga listos los bosquejos, los enviaré a mi taller de Amberes, al que luego iré. Creo que podría tener los primeros lienzos completos ya para la primavera del año próximo.

—¿En serio? —preguntó María, con incredulidad—. ¡Sería maravilloso! Os diré que en el fondo de mi alma imaginaba poder colocarlos en su lugar en los espacios entre los ventanales de la galería de mi palacio antes del matrimonio de mi hija Enriqueta.

—Los tendréis —dijo Rubens sin vacilar. Había en él una seguridad tan espontánea que resultaba fascinante.

María lo miró estupefacta y feliz. Sentía que podía tener confianza plena en ese hombre sólido, elegante, concreto.

—Maestro Rubens, si mantenéis vuestra palabra...

—Majestad, disculpad si os interrumpo, pero es que podéis estar segura. Os he dado mi palabra y, creedme, vale más que cualquier cosa.

Maria miró al pintor a los ojos y distinguió, nítidamente, una luz intensa, tan brillante que solamente podía pertenecer a un alma grande.

Sonrió.

MAYO DE 1625

54

Los desposorios entre Francia e Inglaterra

Richelieu estaba admirando las veintiuna pinturas de Pedro Pablo Rubens. Eran realmente magníficas: doce pies de alto y nueve de ancho. Estaba esperando a la reina en la galería y sus ojos no hacían más que perderse en las magníficas formas alegóricas que caracterizaban toda esa serie de cuadros. En concreto estaba observando la llegada de María a Marsella junto a su hermana Eleonora y su tía Cristina, gran duquesa de Toscana.

Desembarcando de un asombroso barco dorado, con el escudo de los Médici, cinco roeles rojos y un sexto en azul, retocado con los lirios de Francia, María era recibida en la ciudad de Marsella, representada por una mujer con la cabeza coronada por unas torres, y Francia, personificada en una guerrera de yelmo con plumas y una capa decorada de lirios. En el agua, las exultantes divinidades marinas: sirenas y tritones cuya piel nacarada contrastaba nítida y sublimemente con el rojo vivo y palpitante, casi carnal, de las telas carmesí colocadas cubriendo la pasarela.

Era un espectáculo grandioso y soberbio. Y ese era tan solo uno de los veintiún lienzos. Richelieu estaba sinceramente admirado.

Detrás de él, el maestro Rubens lo observaba en silencio. Entonces parecía querer disfrutar con tranquilidad de la larga galería, yendo y viniendo, con una placidez de mar de verano, deteniéndose en la vista que se le ofrecía a ambos lados: los ventanales filtraban la luz intensa del sol de mayo y mostraban un panorama que lo dejaba a uno sin aliento, sobre los jardines en plena floración.

El Palacio de Luxemburgo era la octava maravilla del mundo.

María de Médici era una mujer extraordinaria, pensaba. Había concebido un palacio de inigualable belleza. Los cuadros llenaban con perfección los espacios entre ventana y ventana.

Sintió su trabajo plenamente valorado. Había pasado día y noche en su taller de Amberes junto a un nutrido grupo de colaboradores para entregar un trabajo a la altura de su cliente, respetando los tiempos. Y lo había conseguido con gran satisfacción personal.

Consideraba aquel como su ciclo más importante, no solo por la literal realeza de los temas, sino por haber sido capaz, de verdad, de capturar una unidad narrativa de gran coherencia, compacta, a pesar de las notables dimensiones de cada lienzo y su cantidad.

A un éxito así había contribuido, asimismo, Nicolas-Claude Fabri de Peiresc, escribano real, refinado y de vivaz inteligencia, que, junto con Richelieu, había logrado encontrar temas estimulantes que representar, y que no hirieran, aun así, los sentimientos de Luis XIII.

Se trataba de una selección cuidadosa, mesurada, razonada, de las materias en cuestión, concertadas con el rey, que había acogido de buen grado también algunos peligros en nombre de la memoria y de la voluntad de la reina de plasmar los hechos de su vida, incluidos aquellos referidos a los conflictos con el hijo. Evidentemente, Rubens había logrado, gracias al lenguaje alegórico, camuflar muchas de las provocaciones más explícitas, que casaba plenamente con esa línea de conducta que representaba María de Médici como no culpable de los hechos acaecidos, y preservando, en cambio, la figura del rey: la temporal enemistad entre madre e hijo se mostraba en los lienzos como obra de los enemigos de Francia.

Richelieu acababa de contemplar con admiración *La pace della reggenza*.

—Un trabajo extraordinario —exclamó, volviéndose hacia Rubens.

Como cada día, Armand-Jean du Plessis lucía su vestimenta escarlata de cardenal. En esa misma época la reina había ordenado la formación de una compañía de guardias que fueran un cuerpo de élite para la defensa y tutela del cardenal. Representaban la contrapartida ideal a los mosqueteros del rey, que Luis XIII había querido, por encima de todo, que fueran su cuerpo de guardia personal.

Rubens ladeó la cabeza, asintiendo, con gesto de gratitud por aquella apreciación.

—Os lo agradezco. Ambos sabemos lo fundamental que ha sido la aportación de vuestra gracia.

—No se merecen —respondió el cardenal—, no hay nada más hermoso que apreciar unos cuadros como los vuestros, tan intensos, llenos de heroica valentía y belleza tan extraordinaria que resulta casi insoportable para el ojo humano. Y, además, maestro Rubens...

—Los colores —completó justo a tiempo la reina, que había aparecido en ese preciso momento.

A la vista de María, Richeliu se dobló en una genuflexión y lo mismo hizo Rubens, de manera menos discreta y más majestuosa, ayudado por ese físico suyo imponente, ancho y fuerte, exactamente como las figuras masculinas de sus lienzos.

—Los colores son uno de los aspectos sensacionales de este ciclo —prosiguió María—: rojos encendidos, llameantes en las cortinas, las capas y los atuendos cardenalicios, el polvo dorado de las luces, la divina palidez de la piel, los azules cargados e intensos de los cielos procelosos... Maestro Rubens, habéis orquestado una fiesta para nuestros ojos y nunca os estaré lo suficientemente agradecida por lo que habéis hecho. Me habéis hecho feliz, mucho más allá de lo que pueda expresar.

—Majestad, no solo ha sido un placer poder dedicaros mi tiempo y mi trabajo, sino que me parece que ha sido especialmente fácil realizar este ciclo de pintura dada la exquisita personalidad de la protagonista. Realmente me atrevo a decir que sois la mujer más valiente y extraordinaria que haya conocido jamás.

María se contuvo, pero sus mejillas se sonrojaron, confirmando el hecho de que había apreciado mucho ese cumplido.

—Pero, si me lo permitís —observó Richelieu—, el término «fiesta» es el más exacto, puesto que será justamente una fiesta lo que celebraremos en estos días, ¿no es así?

Y como para subrayar ese discurso, el cardenal se llevó la mano a la barbilla, atusando su afilada barba, que le confería un toque de ingenio a lo que ya expresaba su mirada vivaz.

María sonrió.

—Así es —dijo—. Y como bien sabéis, amigos míos, los preparativos están a pleno rendimiento y Enriqueta María se siente en la gloria. Si pienso en lo complicado que ha sido llegar hasta aquí... Pero no quiero aburriros, en estos momentos, con mis lamentaciones. Más bien, maestro Rubens, disculpadme que no pueda entretenerme más rato con vos, pero necesito hablar con el cardenal a propósito de cierto asunto. Ya me perdonaréis la descortesía de que os dejemos solo.

—Majestad, no lo digáis ni en broma. Soy yo quien se despide. No veía la hora de poder admirar los jardines de Luxemburgo completamente floridos en primavera. Si me permitís...

—Naturalmente, maestro Rubens, me despido de vos. Sin embargo, os llamaré pronto, ya que vuestra compañía me resulta muy querida y valiosa, diría que irrenunciable, y cuento con disponer de otros momentos de paz y serenidad para compartir con vos.

El gran pintor flamenco se inclinó y se fue.

Mathieu Laforge llegaba en ese momento al Palacio de Luxemburgo. Después de haber militado mucho tiempo al servicio de Richelieu como cabecilla de sus espías, ahora se había convertido en capitán de la guardia. Por tal razón, en pleno contraste con la ropa discreta, casi humilde, que con anterioridad siempre le había caracterizado, se tuvo que habituar, en cambio, a llevar aquella casaca de color rojo brillante de la guardia, con la cruz blanca en el centro; era tal vez el uniforme más extravagante que jamás hubiera visto.

Debajo de la casaca llevaba unos calzones negros abombados y botas de caña alta. Un estoque y un puñal introducidos en la bandolera que se veía por debajo de la casaca. Un sombrero negro con una gran pluma blanca completaba el atuendo.

Una vez que hubo subido rápidamente la escalinata de acceso, Laforge fue admitido en la entrada. Después de otras tantas escaleras se encontró en un pasillo, y de allí un lacayo de librea lo condujo hasta un saloncito donde la reina madre y el cardenal ya lo estaban esperando. No tuvo ni tiempo de inclinarse ante la reina que Richelieu empezó a interrogarlo.

—Entonces, Laforge..., ¿qué noticias hay? ¿Es verdad lo que se dice por ahí?

—Si vuestra eminencia alude al hecho de que la reina Ana está experimentando cierto enamoramiento por un caballero inglés, pues bien, lo único que puedo hacer es confirmarlo.

María parecía contrariada con aquella noticia. Se temía algo por el estilo, pero recibir una confirmación de sus sospechas era mucho peor que alimentarlas.

—¿Quién? —se limitó a preguntar.

—El duque de Buckingham, majestad.

María se llevó una mano a la boca.

El cardenal dejó entrever su emoción: los labios dibujaron una sonrisa, delgada como la herida de un puñal.

—En verdad, este enamoramiento parece propiciado por Marie de Rohan-Montbazon, duquesa de Chevreuse —continuó Laforge—, que habría animado a la reina desde el día de la boda de Enriqueta en Notre-Dame. Magnificó las cualidades de Buckingham, ensalzando su audacia, su valentía, su temeridad, además, como es natural, de su belleza. De modo que, desde la llegada de este último, precisamente en estos días, la joven reina parece suspirar por él.

—Esa zorra... —A la reina la devoraba una ira creciente—. No solo ha tramado junto a ese infame de su marido, Luynes, hasta su muerte, sino que ahora ha remontado, casándose con el duque de Chevreuse y volviendo a intoxicar la corte con sus vergonzosas intrigas.

—Majestad —intervino Richelieu—, comprendo perfectamente vuestra decepción; pero, creedme, podemos volver a nuestro favor esa debilidad del duque de Buckingham.

—No veo cómo, eminencia. Por el momento lo que oigo

me hace pensar únicamente que Ana, en lugar de honrar a mi hijo, su rey y marido, está tonteando con un protestante inglés enemigo de Francia.

—Evidentemente esa es una manera de ver este asunto, majestad. Y, por otro lado, es asimismo cierto que, de esa desgraciada debilidad, por parte de Buckingham, podremos sacar partido —sugirió Richelieu.

—En serio, cardenal, ¿de qué modo? —María manifestaba sincera sorpresa en su voz.

—Si permitimos que la historia siga su curso es probable que, en nombre de ese posible a la par que inoportuno enamoramiento, Buckingham cometa alguna imprudencia. Él es, hoy por hoy, primer ministro de Inglaterra, no un noble de provincias. Poder conocer, aunque sea en parte, sus movimientos a través de su incauta relación con Ana de Austria, admitiendo que tal hipótesis sea cierta, nos permitirá sacarle ventaja.

—¿Y cómo sería posible? Esa pequeña víbora no hace más que rodearse de damas españolas, casi no habla francés y es incapaz de quedarse embarazada —dijo María con frialdad. Odiaba a Ana, que nunca había movido un dedo para defenderla cuando Luynes y Luis la habían exiliado en Blois.

—Demos tiempo al tiempo, reina mía. Entretanto, dejemos que esos dos pichoncitos crean que no los hemos descubierto. Y entonces el beneficio puede ser variado. Creo que a un hombre enamorado se le puede chantajear. Eso lo convierte en una presa a nuestra disposición. Por otro lado, la inminente partida de Enriqueta para reunirse con Carlos, rey de Inglaterra, exige cautela y prudencia. No obstante, si la reina madre está de acuerdo, os aconsejaría, Mathieu, que no le quitéis ojo a Buckingham. Habéis sido durante mucho tiempo el cabecilla de los espías; por lo tanto, no creo que tenga que explicaros cómo proceder. Vigilémoslos y veamos adónde nos conduce todo esto.

Laforge asintió. María prefirió callarse. Continuaba teniendo la sensación de que al cardenal lo alentaban ambiciones desmedidas, pero mientras estas coincidieran con su política no veía problema en absoluto. Sin embargo, sabía que no podía bajar jamás la guardia.

—Muy bien, eminencia —concluyó María—. Lo haremos así. Ahora convendría dedicarse a los preparativos para el viaje. Después de todo, aun de acuerdo con vuestras líneas de actuación, todavía queda el hecho de que, en los próximos días, Francia e Inglaterra estarán unidas por sangre real. Hasta pronto, señores míos.

Sin añadir más, la reina madre salió del salón, dejando al cardenal y al capitán inclinados en una más que deferente genuflexión. A los dos les quedaba, nítidamente, la sensación de que la reina se sentía contrariada por algún motivo que se les escapaba. Richelieu, sobre todo, advirtió una desagradable impresión de preocupación.

55

Ana de Austria y el duque de Buckingham

El Louvre era ese día un carrusel único de colores y destellos.

El duque de Chevreuse, que iba a casarse con Enriqueta María por poderes, en lugar de Carlos de Inglaterra, estaba radiante, completamente vestido de raso azul. Enriqueta María llevaba un magnífico vestido de tafetán de color melocotón, tachonado de piedras preciosas. Lucía fresca como una rosa de mayo, la piel clara, los ojos grandes y magnéticos. Irradiaba felicidad, sobre todo en ese momento, rodeada de toda la corte.

La reina madre estaba majestuosa y elegantísima, como siempre. Ese día el cardenal tenía los ojos puestos en Ana de Austria.

Aquella joven reina española, completamente ignorada por el rey, su marido, estaba obligada a ver pasar sus días en la lóbrega melancolía del Louvre, intentando desesperadamente quedarse en estado sin lograrlo.

Ana intentaba, asimismo, perseguir sus propios intereses, manipulada y alentada por la duquesa de Chevreuse.

Richelieu sabía que trataba de oponerse a él y a la reina madre. Pero era evidente que sus armas resultaban demasiado obvias como para poder siquiera pensar que pudiera salir airosa.

Gradualmente, de hecho, Luis iba aprendiendo a confiar en él. En ese sentido, pensaba el cardenal, su madre había llevado a cabo una magnífica obra de persuasión y él recogería muy pronto los frutos.

Sin embargo, mientras observaba el salón atestado con lo más granado de la nobleza de Francia, Richelieu no dejaba de observar las tímidas pero reiteradas miradas que la estúpida reina dedicaba al objeto de sus deseos: ese duque de Buckingham que llevaría a la princesa Enriqueta María, más allá del canal de la Mancha, a la corte de Carlos Estuardo, rey de Inglaterra.

A los ojos de Richelieu, el duque era un hombre elegante. Llevaba lazos, cintas y terciopelo, el delgado bigote, la cabellera rubia y dos ojos grises de depredador que ciertamente habrían hecho suspirar a más de una doncella. Vestido de raso oscuro, con una gran gorguera de encaje, se comportaba de esa manera insufrible de los que miran a todos desde su superioridad. Y, además, por el solo hecho de ser inglés.

En definitiva, no le gustaba el tal Buckingham. Pero ese hecho no tenía mayor importancia, ya que eran otras las preocupaciones que le rondaban por la cabeza.

De todas maneras, esperaba poder pillarlos en falta, antes o después, a esos dos jóvenes enamorados, para reducir al máximo las ambiciones de poder de aquella reina española, poco dada a satisfacer a su rey.

Mientras tanto, Luis se había acercado a él, lleno de sospechas y resentimiento, y se lo había llevado aparte.

—Entonces, eminencia, ¿es cierto lo que se dice por ahí?

—le preguntó con el ceño fruncido y los labios torcidos en una mueca de disgusto.

Richelieu fingió sorpresa, e inclinando la cabeza preguntó:

—¿Respecto a qué, majestad?

—Respecto al hecho de que ese estúpido caballero, ese tipejo vestido de fiesta, le ha echado el ojo a la reina, mi mujer.

—¿Y a quién aludís, majestad?

—Al duque de Buckingham —dijo Luis apretando los dientes.

Richelieu suspiró. Los chismes se propagaban más rápidamente que una epidemia. Ese hecho era una bendición, por un lado, ya que reforzaba su posición en la corte en detrimento de la reina Ana; pero, por otro, no podía deslizar filtraciones hasta el punto de comprometer el matrimonio entre Francia e Inglaterra. No en ese momento.

—La reina Ana, majestad, es de una belleza radiante —dijo Richelieu con gracia—, una belleza tal que suscita las miradas de admiradores de todo tipo.

Pero tan solo faltaba eso para poner furioso a Luis.

—Y, entonces, ¿qué es lo que debería hacer, según vos? ¿Tal vez cortar en pedazos a ese puerco inglés y luego colgarlos en los ganchos de un matadero?

—Eso sería una idea terrible, señor mío. ¡Qué escándalo! ¿Y para qué? Mucho mejor, en todo caso, mandarlo de vuelta con su séquito variopinto, asegurándose bien de que llegue a suelo inglés —sugirió con perfidia el cardenal.

—Sí, ojalá antes de que acabe en la cama con la reina de Francia.

Richelieu se llevó una mano a la barba, acariciándose la perilla. Una luz se encendió en sus ojos.

—Como decía, la reina es más radiante que una mañana

de verano, pero su virtud y fidelidad no admiten discusión. Su corazón late solo por vuestra majestad.

—Será así, pero no me siento arder en ese fogoso amor. Haré lo que decís, cardenal: obligaré a ese pavo real a volver por donde ha venido hoy mismo.

—¡Qué escándalo sería, señor mío! Un escándalo tan grande como para crear un incidente diplomático que podría minar la alianza con Inglaterra, que justamente en estos días estamos intentando construir con los desposorios de vuestra hermana. Dadle unos cuantos días más. Me las arreglaré para hacerle entender que pretendéis enviarlo de vuelta antes y que ciertos comportamientos suyos se han mostrado poco indicados con vistas a una alianza que se sostiene sobre un punto de equilibrio tan frágil. Pero le daremos un poco más de tiempo, para no exagerar.

—Confío en vos, cardenal.

—Serviros es siempre el primero de mis objetivos, majestad.

Y mientras así hablaba, Richelieu vio al rey alejarse para reunirse con alguno de sus más íntimos cortesanos.

Y fue así, entonces, como una trama empezó a tomar forma en su mente. Desde los primeros gérmenes, formados por hechos concretos aparentemente sin conexión entre ellos, Richelieu empezó a concebir un plan que lo podría llevar al poder sin tener que compartirlo con nadie más. De la sospecha y de las habladurías, la reina Ana podría salir perjudicada y ver afectado su papel en la corte; pero también el fracaso de la boda de Enriqueta María, en un horizonte temporal más amplio, podría ser beneficioso puesto que aquel matrimonio era lo que había querido la reina madre a cualquier precio. Si por las razones que fueran se pudieran determinar las tensiones entre los dos países, en vez de sufrirlas, Richelieu podría descargar en María toda la responsabilidad y, poco a poco, fortalecido por esa influencia que iba ejerciendo sobre el rey, lograría con toda probabilidad obtener aquello que soñaba desde hacía tiempo: el puesto de primer ministro de su majestad.

Y en ese punto, teniendo en cuenta los vicios y las virtudes de Luis XIII, conseguiría gobernar Francia en su lugar.

56

En los jardines del obispado de Amiens

El día era espléndido. Los rayos de sol cálido y amarillo rasgaban el manto azul del cielo.

Ana había decidido disfrutar de aquella tarde paseando por los jardines del obispado de Amiens. Había emprendido ese viaje a través de Francia, acompañando a Enriqueta María hasta Boulogne, para luego verla poner rumbo a Inglaterra. A lo largo del camino no habían faltado ni las sorpresas ni las aventuras. Tras permanecer sepultada una vida entera entre las sombras del Louvre, a Ana le parecía renacer: los paseos a caballo, las fiestas, las miradas de aquel hombre inteligente, brillante, hermoso, fuerte. Le parecía estar soñando. Al comienzo, cuando la duquesa de Chevreuse, su amiga, le había confesado que el duque de Buckingham estaba desesperadamente enamorado de ella, Ana había sonreído. ¿Cómo era posible? Su vida entera era bastante amarga y gris, con aquel marido aburrido que nunca sabía qué decirle y ni siquiera intentaba divertirla o al menos tratar de complacerla.

Y ahora, en cambio, al descubrir que Buckingham realmente no tenía ojos más que para ella, la hacía sentirse en el séptimo cielo. Al verlo, su corazón latía enloquecido. Una alegría incómoda le atenazaba las entrañas en el momento exacto en que adivinaba los sentimientos que él experimentaba por ella. Durante todo el viaje había alimentado ese sentimiento desconocido, en un juego de miradas, de palabras no dichas o apenas pronunciadas, los gestos casi imperceptibles, los filos de una sonrisa cortando la luz de la tarde.

Era un minueto, un cortejo precioso, dulce e inalcanzable. Y aun sabiendo que podría constituir un escándalo, Ana no tenía intención de dejarlo pasar. Se sentía muy viva después de mucho tiempo... Ni siquiera ella recordaba cuándo había sido la última vez en que había sentido tales emociones. Casi siempre había estado sepultada desde su llegada a Francia. Y tal vez había sido así.

¿Debería comportarse de manera más apropiada? ¿Discreta? Quizá. Pero no era lo que quería hacer, porque en el fondo sentía un fuego en su interior, un deseo que crecía como las llamas de un incendio. Era como si aquel sol que se extendía por el cielo le hubiera explotado dentro. ¿Se habría percatado alguien de ese peligroso juego entre ella y Buckingham? ¡Tanto mejor! Serviría para recordarles a todos que ella existía y que estaba cansada de que la dejaran de lado, marchitándose en las malditas estancias del Louvre.

Y entonces había salido al jardín con el sol ya alto en el cielo, junto con Marie de Rohan-Montbazon, duquesa de Chevreuse, que siempre había sido su amiga, sobre todo en los días más oscuros y difíciles, cuando nadie estaba dispuesto a serlo. Se había encontrado a Buckingham y había iniciado un paseo con él.

A poca distancia, algunas damas. Detrás de ellos, algunos caballeros. Entre ellos, el duque de Holland.

Y, a más distancia aún, un par de guardias del cardenal.

Laforge entendió que había algo que no iba bien. Richelieu le había ordenado que siguiera a Ana en su viaje hasta Boulogne para vigilarla. Ana no tenía que cometer ninguna torpeza, como entregarse a Buckingham, por ejemplo. Y no sería así. Laforge lo impediría. El capitán de la guardia no conocía bien a Buckingham, pero lo que había visto había sido suficiente. Era un político, un guerrero y un mujeriego. Sus ojos no le decían nada bueno. Laforge pensaba que Richelieu odiaba a la reina Ana. A pesar de ello, su eminencia le había ordenado explícitamente que esa escandalosa historia de amor, ya en boca de todos, no acabara por deshonrar a su majestad.

Richelieu había sido claro: con las cariñosas miradas que dedicaba a Buckingham, Ana estaba echando por tierra su propia dignidad. Exasperada por aquella soledad a la que el rey la había condenado, no se iba a ahorrar nada para ponerlo en evidencia. Pero, al actuar así, ponía en un aprieto a toda Francia en vísperas de una alianza con Inglaterra.

Y, por lo tanto, Laforge había llegado a Amiens, donde, en esos días, Ana de Austria había establecido su alojamiento en espera de partir nuevamente hacia Boulogne. Llevaba consigo a un par de hombres. Caminaban entre los árboles en flor y las fuentes, entre setos verdes y estatuas de mármol. Delante de ellos veían a algunos caballeros del séquito de Buckingham y las damas de la reina. De repente se arremolinaron. Como si esa pequeña procesión se hubiera detenido.

Laforge aceleró el paso y con él los otros guardias; los uniformes rojos resaltaban entre el follaje verde y el blanco de la grava. El cielo viraba a un color naranja en el óxido del crepúsculo.

Echaron a correr.

Caballeros y damas se pararon delante de ellos, como si quisieran cerrarles el paso. Holland, quinto conde de Warwick, y Marie de Rohan-Montbazon, duquesa de Chevreuse, parecía que querían impedir que Laforge y sus hombres avanzaran, permitiendo de ese modo que Ana y Buckingham se alejaran entre los árboles. Y, de hecho, a los dos los habían perdido de vista.

Era una trampa, se dijo Laforge. Y él estaba cayendo de pleno en ella.

—¡Hombres, a mí! —gritó—. ¡Seguidme!

Y mientras su parloteo aumentaba de intensidad y la muchedumbre agrupada iba asemejándose cada vez más a una barrera, Laforge se lanzó a la carrera entre ellos, golpeando en el hombro a dos de los caballeros, que acabaron cayendo en la grava y levantando una lluvia de piedrecitas blancas.

—¿Cómo os atrevéis? —gritó Holland.

Pero Laforge puso buen cuidado en no disminuir la velocidad.

Había comprendido lo que estaba a punto de suceder. Y si así fuera, nunca se lo perdonaría. Sintió las hojas de unas armas rasgar sus fundas. Alguien desenvainó una espada. En el tumulto del momento no le prestó atención. Se limitó a ladrar una orden:

—Somos la guardia del cardenal Richelieu. La reina está en peligro, dejadnos pasar.

Como si se confirmaran sus peores sospechas, un grito rasgó el aire. Laforge lo oyó sumido en el estupor y el miedo a un tiempo.

Extrajo su espada y ensayó un par de mandobles. Un caballero a quien no había visto nunca, con el bigote color de estopa y larga cabellera rubia, se le puso delante. Amagó con dos sablazos para hacerle perder el equilibrio, y, al caer hacia atrás ligeramente, Laforge supo que vencer a su adversario iba a llevarle su tiempo. A su alrededor, damas y caballeros se apartaron a un lado. El hombre que tenía ante sí no vaciló y amagó con una estocada. Laforge la detuvo con agilidad, devolviéndosela a su vez, esquivando a su enemigo, que contraatacó. Laforge lo paró dos veces. Hizo un par de piruetas sobre sí mismo, dio un paso al frente y se encontró delante de la guardia del adversario. Momentos después hundía el filo en la espalda de su enemigo. Oyó el grito de ese miserable mientras la herida apenas abierta dibujaba un arco rojo de sangre. La espada acabó en el suelo. La empuñadura tintineó sobre la grava blanca.

Laforge no perdió más tiempo. Se lanzó a una carrera vertiginosa.

No había dejado a María de Médici a merced de las aguas, y ciertamente no iba a permitir que un tipejo inglés abusara de Ana de Austria.

En ese punto, el camino hacía una curva. Se volvió al oír un grito.

Luego, un forcejeo. La grava blanca. Un hombre que huía. No estaba lejos. Laforge no lo veía todavía, pero sabía que era cuestión de actuar con presteza.

Justo detrás de la curva descubrió a Ana.

Estaba sentada en la hierba, entra las flores, con el pelo caído hacia delante. El semblante pálido. Cuando lo vio, balbuceó.

—Majestad —murmuró Laforge—. ¿Todo bien?

Y mientras la reina lo miraba en silencio con los ojos abiertos de par en par, Mathieu vio con el rabillo del ojo al duque de Buckingham alejarse a lo largo del camino. Corría como alma que lleva el diablo.

57

En los aposentos de Ana

María no hubiera creído nunca que pudiera encontrarse delante del duque de Buckingham. Y, además, con el rostro contrito, como si estuviera a punto de romper a llorar.

Resultaba muy diferente de aquel joven de mirada altiva que había hechizado a buena parte de las damas de la corte francesa y a la reina en particular.

Pero lo que había sucedido en los jardines del obispado de Amiens era imperdonable. La noticia había acabado en boca de todos y a ella le había tocado hacer cuanto estaba de su mano para poner freno a las consecuencias. En Boulogne, donde por fin tenían que haber embarcado los ingleses y Enriqueta María con su séquito francés, había estallado una tormenta. Y aquel tonto de Buckingham se había inventado tener que despachar con la reina madre de parte del rey inglés para poder así volver a ver una vez más a Ana. Pero ella no pensaba recibirlo.

María estaba partida en dos: por un lado, sentía hacia él todo el resentimiento de una madre que ve a su propio hijo rechazado por una mujer en favor del hombre que tenía justo enfrente; por otro, tenía que evitar un escándalo de proporciones gigantescas, dada la inminente llegada de su hija a Inglaterra como esposa de aquel rey que se había quedado en la isla y que había aceptado el matrimonio por poderes, exactamente como había hecho Enrique con ella hacía tantos años.

Entonces... ¿qué debía hacer?

Sabía que Ana no quería verlo, pero tenía que salvaguardar las apariencias. Fingir que lo que había ocurrido no era tan grave, para así evitar que se produjera una fractura entre Francia e Inglaterra. Miró a Buckingham, mojado como un pollo por la lluvia. Las puntas del sombrero goteantes, el cabello que se le pegaba en las sienes. Los pómulos estaban más hundidos que de costumbre, como si hubiera ahogado la decepción en la inapetencia. También el color apagado del terciopelo de su atuendo parecía negarle el esplendor de los días pasados. Le dedicó apenas una mirada. Lo había recibido casi más por piedad que por cortesía.

—Entonces —dijo con un deje de fastidio—, ¿vos querríais ver una vez más a Ana después de lo que ha ocurrido? ¿Os dais cuenta de lo que me estáis pidiendo, milord? —María no tenía ninguna intención de poner las cosas fáciles a Buckingham. Evitar un escándalo no significaba, ciertamente, que ese idiota pudiera conseguir todo lo que se proponía. Y sabía con seguridad que Ana rechazaría verlo de todos modos. Y no podía quitarle razón. Pero lo intentaría, por el bien de las relaciones diplomáticas—. Con vuestra frívola imprudencia habéis puesto en peligro dos matrimonios, el del rey de Francia con la reina Ana y el de mi hija Enriqueta María con el rey de Inglaterra. ¿Me habéis escuchado? —Estaba fuera de sí.

—Sé que me he equivocado, majestad. —Mientras hablaba, el duque mantenía baja la mirada, con la esperanza de no toparse con la de María, que echaba fuego.

Es extraño, pensaba; cuando se sentía seguro, el duque miraba por encima de su propio interlocutor; cuando comprendía que había sido pillado en falta, bajaba la mirada. De una u otra manera nunca mantenía los ojos al nivel de la persona con la que estaba hablando.

María odiaba ese modo de proceder. Así que dijo lo que pensaba.

—¡Miradme a los ojos por una vez! Si Ana os quisiera ver os convendría aprender a sostener la mirada, ¿no creéis?

Buckingham obedeció y alzó los ojos hasta los de María, que vio en sus iris una tristeza infinita.

Asintió satisfecha.

—Esperadme aquí —dijo. Y, sin añadir nada más, salió.

—Ana, no es un secreto que entre vosotros dos no hay exactamente amistad. No os culpo de ello, pero tampoco puedo negarme a la evidencia. Sea como fuere, en este momento, lo único que realmente cuenta es evitar un escándalo que sacuda a Francia y a Inglaterra. Un escándalo que, con vuestro comportamiento imprudente, habéis contribuido a crear. Por ello, os guste o no, ahora vais a ver al duque de Buckingham. —María se había sorprendido al pronunciar esas palabras. Había logrado mostrarse mucho más diplomática de lo que había creído. Mejor así, pensó. Después de todo lo único importante en ese momento era el resultado.

—No quiero verlo ni por un segundo —respondió fríamente la joven reina.

—Oh, ¡pero es que lo que queráis aquí no cuenta para nada en este momento! ¡Hay intereses mucho más grandes que deben ser protegidos! —Llegada a ese punto, María había perdido toda la diplomacia que había mostrado antes.

—¿Los vuestros? —preguntó Ana de Austria con desprecio.

—¡En absoluto! —Y la voz de la reina madre sonó llena de rabia—. ¡Los de mi hijo, vuestro marido! ¡Empezando por ahí!

—¿Tenéis idea de cómo me trata vuestro hijo, vos que habláis de protección?

María hubiera cogido aquella carita enojada y le habría arrancado los ojos. Se limitó a darle una respuesta despiadada.

—Os acostumbraréis. Y, si no lo hacéis, entonces podríais pensar en darle un hijo; así podríais recordar a todos que sois una mujer.

—¿Creéis que es tan fácil hacerlo, sin verlo nunca? ¿Quedándome sola en el Louvre, un palacio que parece habitado por fantasmas? Es verdad, es fácil para vos hablar, viviendo en esa maravilla del Palacio de Luxemburgo... —Ana no fue capaz de terminar la frase.

María se le acercó con los ojos inyectados en sangre. Le puso el índice sobre los labios.

—¡Callaos, niña! ¡No tenéis ni idea de lo que he sufrido! ¿Habláis de falta de interés de Luis por vos? ¿Sabíais que Enrique, mi marido, me traicionó con muchas más mujeres de las que jamás podríais imaginar? ¿Que mis mejores amigos resultaron muertos por no ser franceses? ¿Que se me exilió por haberme atrevido a ponerme de su parte? ¿Que se promovió una guerra contra mí porque me había escapado de una prisión? ¿Y qué habéis hecho vos por mí, cuando habéis tenido la oportunidad? ¿Y ahora os consideráis legitimada para decirme lo que es fácil y lo que no? Pero... ¡qué imprudencia! ¡Preocupaos, más bien, de aprender esta maldita lengua que ni siquiera sabéis pronunciar! ¡De honrar a vuestro marido, intentando amarlo aun cuando él parezca rechazaros! ¡Sed una mujer bondadosa y una esposa devota, y una madre, si sois capaz! Y luego, tal vez, podría escuchar vuestras extravagantes estupideces. Y ahora, como que hay Dios, os veréis con ese idiota de Buckingham que vos, vos sola, habéis animado a que os cortejara. ¿Me he explicado bien?

Y, mientras así hablaba, María despuntaba sobre la pequeña Ana, que se abandonó en su lecho, como si aquella discusión la hubiera postrado.

María se volvió a una de sus *dames d'atours.*

—Llamad a Buckingham —dijo—. Su majestad la reina lo recibirá en la cama, ya que no se encuentra demasiado bien. ¿No es así, querida mía?

Y al formular esa pregunta, María soltó una sonrisa gélida. Después, mientras las damas ayudaban a Ana a desvestirse y a meterse bajo las mantas, María enfiló hacia la antecámara esperando que aquel botarate del duque inglés se manifestara.

No tuvo que esperar demasiado, ya que Buckingham temblaba de impaciencia. Así que se presentó ante la reina madre con cierta celeridad, con bastante más prisa de la que hubiera exigido la etiqueta. Pero las reglas de la buena educación parecían haberse esfumado, a la luz de cuanto había sucedido en esos desgraciados días.

Al verlo, María suspiró. Estaba muy cansada de esos dos estúpidos. De haber podido, les hubiera ordenado que se fueran. Pero no era posible.

—Esperad aquí —dijo.

Y entró en la habitación de la reina Ana. Por lo menos lo haría esperar.

Y eso era casi una victoria.

58

Un silencio helador

Efectivamente, Ana estaba en la cama. Tenía los ojos cansados y parecía agotada. Y, aun así, Buckingham la encontraba encantadora: con su cabello recogido y arreglado de manera perfecta, aunque un par de rizos dorados le caían por una frente más blanca que la nieve. Los ojos grandes estaban abiertos de par en par, pero brillaban con una luz fría, indiferente. Fue eso lo que le hizo más daño.

Se acercó a ella. Se arrodilló y le tomó la mano. No lograba contener las lágrimas. La consecuencia de que el rey se hubiera quedado en Fontainebleau le hacía descuidar cualquier prevención; por ello se había entregado a la emoción.

Pero frente a aquellas lágrimas la joven reina de Francia parecía disgustada. Sus ojos se volvieron más fríos.

María miraba al duque con melancolía, quizás incluso hasta con compasión. Buckingham pensaba que en ese momento se estaba humillando, pero no le hubiera importado lo más mínimo si hubiera percibido en la mirada de Ana siquiera la sombra del perdón por lo que había hecho.

—Majestad, os lo ruego —dijo con la voz quebrada—. Hacedme el favor de decirme algo. Lo que sea, os lo imploro.

Pero Ana de Austria parecía haber cerrado su corazón. Era verdad, él había intentado agarrarla en el jardín, pero también lo había hecho porque le había parecido que aquello era lo que ella quería exactamente. ¿Y ahora? ¿Lo había soñado todo?

—Vuestro silencio es un castigo que no creo merecer —dijo, poniendo voz a sus pensamientos.

Pero tampoco de ese modo Buckingham logró obtener una reacción por parte de Ana. Era como si ella se hubiera jurado a sí misma que nada la iba a perturbar o a obligarla a hablar.

Vio que la luz fría se iba volviendo más intensa, como si fuera un fuego gélido, un hielo ardiente que se extendía alrededor y que congelaba todo lo que se encontraba a su paso.

¡Qué hipócrita!, pensaba. Entonces, ¿ese era el tratamiento que le tenía reservado? Solo unos días antes ella le había dejado entrever el paraíso. ¿Y ahora lo denigraba frente a las sirvientas, las damas y esa reina madre que se suponía que iba a asegurar los acuerdos entre Francia e Inglaterra?

¡Pero, oh, qué caro lo pagaría!, se prometió. ¡De qué modo! Y todos los demás, por añadidura. Ya que sabía que el acuerdo entre las dos naciones colgaba de un hilo. Y él lo iba a cortar. Al precio que fuera.

Tendría su venganza, de ello estaba seguro.

Contempló por última vez a Ana, que ni siquiera se dignaba a mirarlo. Luego observó a María y recogió de nuevo indiferencia. También la reina madre le eludía la mirada. Y otro tanto las damas de compañía y los ayudantes de cámara, que se asomaban desde la puerta.

¡Malditos todos!

No debería haberse presentado jamás allí. Había sido un

gravísimo error. Y ahora lo estaba pagando a un alto precio. Pero se lo cobraría a todos ellos con la misma moneda. Era cuestión de esperar. Sabría cómo plantar la semilla de la discordia entre Enriqueta María, reina de Francia, y su rey, Carlos de Inglaterra.

Esa sería su razón de vida: crear una fractura entre los nuevos esposos para atacar Francia y exterminar esa nación de hombres y mujeres arrogantes y jactanciosos.

Entonces se levantó y, sin más preámbulos, se fue, temblando de rabia. María lo miró de reojo y entendió que pronto tendría un problema. Tan grande como la misma Inglaterra.

—¿Y entonces la reina madre estaba intensamente pálida cuando Buckingham se fue? —El cardenal Richelieu podía imaginar hasta qué punto la situación había llegado al límite.

—Eminencia... —vaciló por un momento Laforge—, me parece, a decir verdad, la descripción más adecuada.

—¡Magnífico, magnífico! —repitió, complacido, Richelieu—. ¿Llegáis a comprender adónde nos va a llevar todo esto, amigo mío?

—¿A una guerra?

Richelieu enarcó una ceja. Luego sonrió.

—Exactamente.

—¿Y eso os divierte, eminencia?

—En lo más mínimo, Laforge. Pero desde el momento en que un conflicto aparece como inevitable, porque más allá del odio atávico albergado por Inglaterra frente a nosotros ahora además podemos contar con el rencor de Buckingham, será cosa mía azuzar a nuestro joven rey contra los ingleses, de modo que me gane su favor. Habréis notado ya en el pasado cómo su majestad da lo mejor de sí durante un conflicto. Por lo tanto, con el objetivo de tenerlo finalmente bajo mi área de influencia, me veo obligado a acoger la ira de Buckingham como el revés más providente del destino.

Con su uniforme de capitán de la guardia, Laforge asentía. El cardenal Richelieu parecía conocer perfectamente los movimientos que le aguardarían dentro de poco tiempo, y se sentía admirado y temeroso al mismo tiempo, ya que, si por un lado la estrategia era perfecta y lúcida, por otro, resultaba profundamente inquietante, dado que Richelieu no parecía en absoluto preocupado ante la idea de que Francia terminara al borde del abismo si así él podía asegurarse el gobierno.

Naturalmente se guardó para sí tales reflexiones y se limitó a asentir.

Ese hecho, por lo demás, confirmaba sus impresiones; a saber, que era particularmente importante permanecerle fiel, uniendo su propio destino al de su eminencia.

Al precio de fuera.

OCTUBRE DE 1628

59

La Rochelle

Richelieu esperaba en sus propios aposentos. Encerrado entre las paredes de madera del fortín, se había quitado la coraza y se había quedado con el jubón militar puesto, la capa carmesí y las largas botas por encima de las rodillas, cubiertas de barro.

Aquella guerra contra La Rochelle era la contienda más sucia que jamás hubiera visto: no era más que al asalto a la desesperada a una guarida de hugonotes rebeldes. No obstante, esos malditos se obstinaban en resistir a toda Francia y al propio rey, apoyados por Inglaterra, a pesar de que el duque de Buckingham, principal promotor de aquella locura, hubiera acabado muerto hacía unos meses a manos de un protestante radical que le había clavado un puñal en el pecho.

Richelieu había recibido con alegría aquella noticia. Odiaba al duque, y su partida había sido un auténtico golpe de suerte. Pero, pese a que los hugonotes habían perdido de la manera más absurda y rocambolesca al líder de su facción, se obstinaban de todas formas en resistir al asedio desde hacía más de un año.

Richelieu no hallaba la paz.

Para colmo de desgracias, el rey de Francia, después de haberse puesto personalmente al mando de sus hombres para excavar trincheras en el barro y levantar un dique para impedir que la flota inglesa pudiera atacar, había terminado tan consumido por la extenuación que terminó en cama, al borde de la muerte. Y ese acontecimiento, ciertamente, no había facilitado las relaciones del cardenal con la reina madre, que, preocupada por la salud de su hijo, en ese momento comenzaba sinceramente a llevarlo mal.

Richelieu, que intuía cuánto le fortalecían el ánimo y las intenciones aquellas misiones guerreras a su majestad, lo había dejado volver a París a regañadientes, sabiendo que para Luis el olor de la pólvora y de la sangre era el más poderoso de los bálsamos. Pero no podía correr el riesgo de que el rey muriera en aquel reducto de barro y lluvia negra.

Y así se había asegurado la victoria, después de que Luis le hubiera confiado a él la dirección de la campaña. Y pretendía a toda costa cerrar aquella maldita cuestión para finales del otoño. Era exactamente lo que quería para hacerse merecedor, definitivamente, de ese puesto de primer ministro que se había ganado en el último año y que le permitiría ejercer sobre el rey una influencia tan fuerte que nadie la podría comprometer, ni siquiera la reina madre.

Y María, por lo demás, no navegaba en aguas demasiado plácidas: su tentativa de reunificar Inglaterra y Francia por medio del matrimonio de Enriqueta María y Carlos se había revelado un absoluto desastre. Todavía el año anterior, con el cómplice Buckingham aún vivo, la reina se había alejado de la corte inglesa. Y ahora, aun con la muerte del duque, Inglaterra parecía querer ganar a toda costa aquella disputa en tierras francesas.

Por ese motivo, el cardenal, que había firmado un acuerdo secreto con España, apuntaba ahora a derribar a La Rochelle para convertirse, con un solo movimiento, en el único hombre capaz de gobernar Francia. Pero las balas de cañón que tronaban hacía cuatro horas contra el campo francés y que la flota inglesa disparaba a ritmo constante parecían confirmar que estaba lejos de poder alcanzar esa victoria.

Richelieu oía el rugido estremecedor de las detonaciones y los ruidos ensordecedores de los impactos cuando las balas hacían diana en un bastión o en una barricada. Había visto a hombres terminar con las piernas hechas pedazos, muros de piedra reducidos a montones de escombros, batallones enteros exterminados en un hervidero de violencia y locura.

Y, por lo tanto, ahora el ejército francés aguardaba, encerrado tras las barricadas, enterrado en el fango de las trincheras como un puñado de ratas de alcantarilla, ahogado por la lluvia que había comenzado a caer recubriendo el campo de un océano de agua que amenazaba con ahogar a las compañías de mosqueteros y piqueros de un momento a otro. Richelieu reflexionaba, en sus dependencias, sentado en el catre. Se hubiera arrancado el pelo de desesperación. La fiebre lo consumía como lo habrían podido hacer las fauces de un perro hambriento. Adelgazaba cada día, y los ojos, que habían estado tan vivos y brillantes hacía un tiempo, se asemejaban a dos estrellas fugaces.

Escuchaba el tic-tac de la lluvia, veía las gotas, grandes como monedas de plata, filtrarse a través de las vigas de madera y caer en la punta de sus botas.

Esperaba. No podía hacer nada más.

Al final decidió salir, aunque fuera para mirar a la cara al enemigo.

Se puso en pie, se colocó bien la capa y se dirigió hacia la puerta.

La Rochelle estaba protegida por imponentes bastiones. Por tal razón el ejército francés había decidido aislarla, haciendo un profundo foso alrededor. Los soldados se habían empleado en ello poco más de un mes, bajo la voz cortante del rey, que había caminado con ellos entre el barro y la sangre de los heridos y de los muertos, destrozados por el fuego de los cañones que procedía de la ciudad fortificada.

Una vez que la ciudad estuvo rodeada, las tropas francesas se pusieron a construir defensas y trincheras, y en el lapso de unos meses habían emergido de la tierra y del fango dieciocho torres y once fortines.

Richelieu dejó que la vista se extendiera por el paisaje que se abría frente a él. Nunca había visto el apocalipsis, pero en el fondo de su alma estaba seguro de que se parecía a lo que tenía delante de sus ojos. Y detrás, a sus espaldas.

Girando sobre sí mismo, lograba ver el bloqueo naval y aún mejor el dique gigantesco de cuya ejecución se encargó el arquitecto Clément Métezeau.

En todo ese caos incluso había conseguido hacer construir un muro marino. Había sido complejo, difícil, peligroso y terriblemente costoso, pero al final vio cumplido su objetivo.

Siguiendo sus precisas instrucciones, el arquitecto Métezeau y su maestro Thiriot habían podido levantar en las aguas poco profundas del puerto una formidable línea de soportes de madera. Se trataba de un cinturón de largos troncos, con las puntas afiladas para desafiar el aire como si fueran puntas de lanza o, mejor aún, de pica.

Y no solo eso. El cardenal había dado la orden de hundir embarcaciones cargadas de piedras y cantos rodados. Al hacerlo, poco a poco, el ya bajo fondo del puerto había ido subiendo hacia la superficie. De modo que, con paciencia y toda la lentitud del caso, de los dos lados opuestos de las cabezas de anclaje del puerto se alargaban los dos muelles, que sobresalían, el uno hacia el otro, formando así un inexpugnable muro marino, un dique invencible.

Mientras se ejecutaban los trabajos a ritmo frenético, desde los bastiones de La Rochelle los asediados habían intentado torpedear las operaciones mediante unos cañonazos furibundos. Sin embargo, no lograron impedir la construcción, ya que el muro se había alzado mucho más allá del alcance de las baterías.

Los trabajadores se habían afanado intensamente día y noche. Pieza a pieza. Lejos de dejarse intimidar por los cañonazos, que por otro lado no les podían alcanzar, habían finalizado el trabajo en un tiempo muy rápido para anticiparse a la llegada de la flota inglesa. Y, de hecho, en cuestión de tres meses una larga barrera de más de una milla de longitud atravesaba el puerto, haciendo imposible el acceso.

En el centro, allí donde las aguas se volvían más profundas, se había dejado libre un estrecho pasaje para permitir a las corrientes alternas de las mareas y de las olas encontrar desahogo.

Una vez finalizada la presa, que se había terminado de consolidar con más escombros y hormigón, Richelieu había dispuesto que las baterías de cañones se colocaran en el final de los dos muelles, formando así dos alas de bocas de cañón que lograran torpedear el mar, que estaba enfrente.

Con barcos encadenados, piedras, troncos y empalizadas de madera, el cardenal había conseguido impedir el tránsito a cualquier embarcación.

Cuatro mil hombres habían invertido el sudor de su frente en realizar aquella barrera que cubría casi una milla de largo. La obra había costado una fortuna, pero el resultado saltaba a la vista. Para poder llevar asistencia, víveres y vituallas a los habitantes de La Rochelle, los barcos ingleses tendrían que volar.

Pensando nuevamente en esos días de esfuerzo y astucia, Richelieu sacudió la cabeza. Vio los cascos de los soldados y los cuerpos de los cañones que parpadeaban con los destellos de los disparos. Los franceses respondían a los ataques ingleses, pero nada podían hacer frente al mayor número de bocas de fuego de su majestad Carlos I. Poco más podían hacer que mantener sus posiciones y, así, desgastar las esperanzas de los sitiados.

Pero eso era todo.

La situación parecía destinada a un eterno punto muerto.

Ninguna de las dos fuerzas estaba en condiciones de imponerse a la otra: los ingleses no lograban abastecer a los hugonotes de La Rochelle. Y los sitiadores, a su vez, no eran capaces de imponerse porque la ciudad la defendían con uñas y dientes. Cada vez que la infantería se había vuelto contra los bastiones de La Rochelle, había tenido que volverse atrás, sin siquiera preocuparse por las defensas. Por ello, lo único que hubiera podido determinar el final del conflicto era un golpe de suerte, un imprevisto.

Mientras miraba aquella ciudad maldita ante sí, Richelieu vio un rayo rasgar el cielo negro. Iluminó toda la bóveda celeste y por un instante una lluvia de luz blanca pareció caer sobre el campo de batalla, sobre las torres y las trincheras, sobre los fortines y los bastiones erizados de puntas de La Rochelle.

El trueno que le siguió se asemejó al rugido de una bestia feroz: fue profundo e inquietante, y pareció sacudir el cielo y después la tierra hasta sus vísceras. La lluvia, que ya caía densa y despiadada, redobló su intensidad.

El cardenal se convenció de tener que regresar mientras fuera se desataba un infierno.

60

La tempestad

Laforge se quedó como una rata de alcantarilla, medio ahogado en la trinchera. Los hombres, por decir lo mínimo, estaban exhaustos. Devorados por el hambre, frustrados por no haber logrado conquistar siquiera un palmo de terreno, obligados a pudrirse en aquella zanja que habían excavado hasta el vientre de la tierra para seguir mirando aquella ciudad maldita que continuaba desafiándolos con todo el desdén de que era capaz.

La calma fría en la que parecía haberse sumido el paisaje empezó a romperse como una tela raída que comienza a rasgarse. El cielo pareció ceder a los desgarros del viento: formidables ráfagas que soplaban repentinamente mientras el mar iba engordando olas gigantescas que se desplomaban, atronadoras y terribles. La superficie líquida burbujeaba en un tumulto de remolinos y de espumas claras, de crestas blancas que marcaban el azul, desfigurando el color compacto.

Lejos, frente a él, Laforge vio los barcos de la flota inglesa danzar en un baile extraño, empujados hacia arriba por las olas para luego caer cada vez que estas terminaban estrellándose con gran estrépito contra los arrecifes y el dique, al que se abalanzaron los soldados franceses como náufragos enloquecidos.

Era un espectáculo que producía escalofríos, y Laforge dio gracias a Dios por encontrarse sepultado en aquel intestino de tierra anegada.

El cielo comenzó a volcar torrentes de agua. Masas oscuras que ennegrecieron la bóveda celeste, parecida a un antro infernal. Esa acumulación de nubes, al chocar unas contra otras, explotaban en gigantescas masas líquidas que iban a sumergir todo aquello que tuviera la desgracia de encontrarse justo debajo.

Laforge habría podido volver a sus dependencias, pero sabía que si lo hacía perdería para siempre a sus hombres, ya tan maltratados por aquel maldito asedio. Por lo que decidió mantenerse como centinela, afrontando su turno de guardia como cualquier otro soldado. Sabía que Richelieu contaba con él y comprendía perfectamente lo importante que era lograr mantener lo más alta posible la moral de las tropas, cuando ya perecía que nada podía impedir a los soldados alzarse.

El tesoro del rey estaba en esos momentos agotado por los continuos conflictos, y su majestad se lamentaba inútilmente de que el pueblo no pagaba los suficientes impuestos. La verdad era que Francia vivía arrodillada y que, a pesar de las acrobacias financieras de Richelieu, aquel asedio estaba mostrando ser una lápida para cualquier política.

El odio de los súbditos era palpable y si Luis y su primer ministro permanecían aún en sus puestos se debía al hecho de que nadie, en una situación como aquella, habría sabido hacerlo mejor. Bastaba con recorrer con la memoria los años anteriores.

Laforge se volvió y miró hacia el mar.

Parecía que cielo y agua se hubieran fusionado en una única gigantesca ola marina.

Se preguntaba, de corazón, si el orgullo inglés sabría afrontar la rabia devastadora de la naturaleza.

Nada bueno saldría de eso. Robert Bertie, primer conde de Lindsey, estaba convencido de ello desde su llegada al puerto de La Rochelle. O más bien desde que lo había avistado, ya que lo que se dice de llegar no había ninguna posibilidad. Se detuvo con su goleta, amarrada en alta mar, junto con otros veintisiete buques de guerra, incapaces de atracar debido a un maldito dique en el que los franceses habían dispuesto una batería de cañones con los que hacer volar la porción de mar que se extendía ante ellos. De esa manera habían logrado evitar cualquier maniobra para que atracaran el barco en el puerto.

Sentado en una silla de madera delicadamente tallada, se había refugiado en cubierta para hablar con el segundo de a bordo, Andrew McDougall, un hombre de rasgos poderosos y de mirada penetrante. Y en ese momento lo que le estaba diciendo no le gustaba lo más mínimo. Sin embargo, no tenía idea de qué hacer para contradecirlo.

—Sir Robert, la situación es desesperada. Entiendo las razones que todavía os retienen aquí, pero como bien podréis comprender el temporal nos arrasará si nos empeñamos en quedarnos.

—¿Qué decís? —preguntó Robert Bertie, y al escuchar su propia voz entendió que no estaba siquiera mínimamente convencido de lo que estaba haciendo. ¿Por qué se obstinaba en resistir tan lejos del sentido común? Como para confirmar la gravedad de la situación, el barco empezó a zozobrar de una manera impresionante.

—No soy yo quien lo dice, sir Robert. Es la naturaleza misma la que nos lo impone. Hemos hecho todo lo que hemos podido, pero ahora este huracán nos aniquilará. Y si no es este, será el próximo. Y, por lo demás, ¿qué sentido tiene permanecer aquí? ¿Queremos atacar con los cañones las posiciones francesas? De acuerdo, podemos hacerlo. Pero... ¿con qué objetivo? ¿Con qué propósito? No estamos en condiciones de forzar el bloqueo naval, y mucho menos el maldito dique que ese infame de Richelieu ha hecho construir. Somos incapaces de suministrar nada a La Rochelle y no hay manera de que los franceses levanten el asedio.

—Quizá podremos intentar una vez más forzar el bloqueo naval —replicó sir Robert, sin demasiada convicción.

—¿Y para qué? Ya lo hemos probado y el resultado ha sido la pérdida de un barco. El almirante de la flota francesa, Marino Torre, conoce su oficio y ha cerrado cualquier posibilidad de acceso con sus doce goletas, y el apoyo que recibe de los cañones colocados sobre el dique nos expone de lleno al impacto de los proyectiles. No tenemos ninguna otra posibilidad. Por supuesto, podemos esperar eternamente. Ojalá los franceses se cansen antes que nosotros. Pero lo dudo bastante. La verdad es que esta guerra empezó por la voluntad de un hombre consumido por el ánimo de venganza y que no razonaba con la cabeza fría.

—Buckingham —murmuró sir Robert, y en su voz se entrevió un deje de desesperación.

—Exactamente. —Algo pareció golpear el barco con la fuerza de un mazazo y por un instante las palabras de McDougall dieron la impresión de quebrarse, pero el oficial de segunda continuó—: ¿Lo oís? Este es el mar bajo un temporal. ¿Estáis realmente seguro de querer condenar a todos vuestros hombres a muerte por ahogamiento? ¿Especialmente cuando el creador de esta absurda expedición yace difunto con un puñal en el pecho? Por no mencionar que, cuando aún estaba vivo, tampoco fue capaz de tomar la Île de Ré y él fue el primero obligado a volver a la patria, admitiendo la derrota. ¿Y qué sentido tiene, entonces, que seamos nosotros los que tengamos que salir bien parados incluso de aquello en lo que él fracasó?

Sir Robert sacudió la cabeza. McDougall tenía toda la razón. No cabía ninguna duda al respecto. Si tuvieran la suerte de sobrevivir al temporal que se desataba en esos momentos, cualquier persona en su sano juicio haría lo que sugería el segundo de a bordo. Y, por lo tanto, ¿quién era él para oponerse al destino? No esperaría ni un instante más. En cuanto el mar se calmara, daría la orden de zarpar y abandonar a los hugonotes a su suerte. Con todo el respeto a Inglaterra.

—Está bien, McDougall —dijo—, tenéis toda la razón. Haremos lo que decís, ya que creo que no hay gloria alguna en perder toda una flota. Por no hablar de que tocar tierra es absolutamente imposible por las razones que ya habéis expuesto tan oportunamente. El rey tendrá que rendirse a la evidencia de los hechos: esta vez el destino estaba en nuestra contra. Aguardemos a que termine el temporal, confiando en que la espera no resulte fatal. Y luego levamos anclas. Izaremos velas rumbo a casa. Pasad la orden a partir de ahora. No quiero quedarme a merced de las olas ni un segundo más.

Al escuchar tales palabras, Andrew McDougall asintió con la cabeza. Y sin más dilación salió de la estancia del almirante.

Después de todo, pensaba, todavía había esperanza.

61

Un golpe de suerte

—La flota inglesa ha puesto rumbo de vuelta a casa, eminencia. —Al pronunciar esas palabras, Mathieu Laforge lucía radiante.

—¿En serio? —preguntó el cardenal, que no daba crédito a sus oídos. Ni siquiera en sus sueños más inconfesables hubiera osado esperar que los ingleses se fueran por su propia voluntad. Pero, evidentemente, lo que no había podido el hombre lo había podido la naturaleza.

—La tempestad los ha sometido a una dura prueba. Creo que han tomado la decisión más sabia. Otro huracán como el de esta noche y no hubiera quedado nada de su flota.

Perfecto, pensó Richelieu. Era verdad que aquello representaba un auténtico golpe de suerte. Sin el apoyo de la flota inglesa, por estéril e inútil que fuera, La Rochelle caería muy pronto.

—Imagino que no se os escapan las implicaciones de semejante acontecimiento.

—La Rochelle caerá.

—Es solamente cuestión de tiempo, amigo mío.

—Y esto abrirá paso al gobierno de vuestra eminencia.

—¿Lo creéis así, Laforge?

—¿Y por qué tendría que ser lo contrario?

—Me parece demasiado hermoso para ser cierto. Además, no os olvidéis de María de Médici. No subestiméis nunca a esa mujer, Laforge. Siempre dispone de recursos y nunca se da por vencida. Ya deberíais conocerla mejor que nadie.

—Dudo de que haya comprendido las intenciones de vuestra eminencia.

—Quizá no todavía, amigo mío, pero se trata solo de una cuestión de tiempo. Tendremos que actuar deprisa, en este momento. Que caiga La Rochelle será el primer paso. Luego tendremos que involucrar al joven rey en una serie de campañas militares, de modo que podamos manipular su carácter y subyugar su voluntad. Entonces deberemos proceder como el que nos ha precedido.

—¿Luynes?

—Naturalmente, Laforge. Con la ventaja de sacar beneficio de sus errores.

El capitán de la guardia del cardenal asintió. Empezaba a comprender el plan general.

—Y con la reina madre con su papel cuestionado, ¿no teméis que Ana de Austria pueda dar un golpe por sorpresa con la duquesa de Chevreuse?

El cardenal enarcó una ceja.

—No tienen la autoridad para hacerlo, Laforge. Y mucho menos, medios. A pesar de su astucia, la duquesa ha perdido buena parte de su influencia después del *affaire* Buckingham. Por lo que respecta a la reina Ana, queda completamente excluida de cualquier pretensión de poder o influencia de todo tipo por culpa de su malhadada esterilidad, que hace que no consiga proporcionar un heredero al rey. No representa un problema, pero, por pura precaución, sería inteligente desembarazarse de ella a la par que de María. Es inútil decir que cuento con vos para concretar los detalles de todo este asunto. De todos modos, no debería resultar demasiado complicado.

—¿Cuáles son las órdenes, eminencia?

—Antes que nada, volver a las trincheras. Enfatizaremos la importancia de que la flota inglesa haya abandonado. ¡Difundamos el buen ánimo, Laforge! ¡Mantengamos alta la moral de nuestros hombres! ¡Hagámosles comprender el alcance de un hecho semejante! Por mi parte, enviaré inmediatamente despachos al rey. Es inútil decir que exaltaré nuestro papel sobre la forma en que se ha conseguido esta victoria.

—¿Queréis que ordene un asalto?

—¿Con qué objetivo, Laforge? Los hombres están cansados, exhaustos. Es verdad que también lo estarán esos malditos hugonotes. Pero no, de verdad; salvaguardemos a nuestros valientes soldados. No les pidamos más de lo que pueden dar. Bastante han hecho ya. Más bien le pediré refuerzos y vituallas al rey, aprovechando este excelente resultado. Pronto los hombres tendrán con qué aplacar el hambre y beberán vino de Borgoña. Tenemos que hacerles percibir que la victoria está al caer; pero, creedme, el final del asedio llegará antes de lo que imaginamos. La esperanza era la mejor arma para los hombres de La Rochelle. Pero era la última. Y ahora, ya sin ella, no tardarán en rendirse.

—Y, por lo tanto, por lo que se desprende de vuestras palabras, voy... —empezó a decir Laforge.

—Muy bien, sí, id. Yo me voy a poner a los despachos.

Cuando estaba a punto de salir, Richelieu se dirigió por última vez a su capitán de la guardia.

—¿Laforge?

Él se dio la vuelta.

—Que sepáis que, si el futuro me sonríe, como creo, otro tanto os sonreirá a vos también.

—Os lo agradezco, eminencia.

—No, no me lo agradezcáis. Ser mi amigo no es ninguna fortuna en estos tiempos. Por lo general, atraigo el odio de todos.

—Prefiero ser odiado y conocer a mis enemigos que tener que cuidarme de quien dice ser mi amigo —concluyó Laforge.

—Bien. Eso es realmente una aseveración sabia. Muy bien, pues. Nos rodearemos de enemigos. Pero al menos sabremos que podremos contar el uno con el otro, ya que es un hecho para mí que la fidelidad es el primero de los valores.

Laforge asintió llevándose una mano a la altura del corazón.

El cardenal lo miró una vez más, sonriente.

—Sois un hombre muy valioso, capitán. Acordaos de no hacerme cambiar nunca de idea.

—No os voy a decepcionar, eminencia.

—Cuento con ello. Ahora os podéis ir. Y difundid la buena nueva.

Laforge se entregó a una reverencia. Luego llegó a la salida.

Una vez solo, el cardenal llamó a su escribano. Muy rápidamente, un hombre delgado y bien vestido, con librea y cuello almidonado, apareció con papel, pluma y tinta.

—Buenos días, Moreau —dijo Richelieu.

—Eminencia —se limitó a responder el escribano, que parecía tan parco en palabras como rico debía de ser su arsenal de metáforas y figuras retóricas.

—Tengo en mente escribir al rey acerca de los recientes

acontecimientos que nos acercan a la victoria en esta compleja campaña militar.

—Muy bien, eminencia.

Richelieu sabía que su majestad estaba probablemente aún enfermo, motivo de más para conmoverlo con tonos triunfales y auspiciosos. Quería poner en alza lo que el rey había conseguido en su tiempo sin dejar de subrayar el aporte decisivo que su propia resistencia, inventiva y capacidad de espera habían conferido al resultado de aquel primer escenario de otoño.

Y, por lo tanto, no puso cuidado en mesurar el tono.

[illegible] la experiencia en esta compleja campaña militar.

—Muy bien, cumpliremos.

[illegible]

[illegible]

Y [illegible]

62

Despachos

—¿Y entonces? ¿A qué estáis esperando? Proceded a la lectura de inmediato.

El rey estaba en el lecho, con los ojos hundidos, el semblante pálido y demacrado, como nunca antes; el cuerpo seco, metido en una túnica de raso. Su *gentilhomme de chambre* no vaciló más y dio curso a la lectura de la carta. Acababa de entregarla un mensajero, que, a juzgar por sus ropas cubiertas de barro y sudor, debía de haberse dejado la piel para poder entregarla lo antes posible.

Majestad:

Os escribo para comunicaros una magnífica noticia. ¡Ha caído La Rochelle! ¡Y pensar que estuve a punto de enviaros un despacho en el que me limitaba a comunicaros que la flota inglesa había abandonado el puerto!

Pero vayamos punto por punto.

La mañana del día 26 de octubre, mi capitán de la

guardia, monsieur Mathieu Laforge, me informó de que la flota inglesa del almirante Robert Bertie, primer conde de Lindsey, había abandonado el puerto de La Rochelle, totalmente incapaz de sobrepasar el dique que hicimos construir hace tiempo, los buques acribillados por los ataques de nuestra marina y por las baterías de cañones colocados en los muelles de la bahía. En honor a la verdad, un huracán nocturno de violencia y proporciones desmedidas debió de convencer ulteriormente a milord de que la toma del puerto no era un plato para su paladar. En cuanto tuve conocimiento de la noticia recurrí a mi escribano personal, monsieur Moreau, para redactar unos despachos a vuestra majestad, en los que os anunciaba el abandono de la flota inglesa.

Y, sin embargo, dos días más tarde, La Rochelle se rindió. Por lo tanto, he procedido a informaros de inmediato por medio de una nueva carta que espero que esté en vuestras manos lo más inmediatamente posible. Le pedí al mensajero que fustigara a los caballos hasta hacerlos sangrar para que se dieran prisa, a fin de llevaros la magnífica noticia a vuestra majestad.

Con todo esto hemos logrado juntos, majestad, destruir ese baluarte del calvinismo que responde al nombre de La Rochelle, un germen tanto más peligroso por cuanto se iban mezclando fermentos de rebelión civil y de guerra con otros países. Además, recordaréis que La Rochelle era el último acceso abierto a los ingleses en tierra francesa; por ello, al hacerla finalmente nuestra, hemos cerrado a Inglaterra su última toma a tierra en nuestra amada Francia y hemos concluido, estaréis de acuerdo conmigo, la obra que fue de Juana de Arco.

Esperando haberos transmitido buenas noticias y de haber conseguido aliviar las penas de vuestra enfermedad, y confiando en la más rápida curación, sobre todo después de semejante victoria, me permito despedirme, con la promesa de poderos abrazar pronto y proclamar el triunfo de La Rochelle.

Como siempre vuestro fiel súbdito y servidor,

RICHELIEU

—¡Magnífico! ¡Esta sí que es una noticia, Renoir! ¡La Rochelle ha caído!

—Me alegro, Luis, pero ahora os convendría descansar, considerando los infinitos esfuerzos al que habéis sometido a vuestro físico en los últimos tiempos.

La que hablaba de manera tan perentoria era María de Médici, que justamente acababa de entrar en los aposentos del rey. La reina madre miraba a su hijo con absoluta preocupación, dictada, por lo demás, por las recientes recaídas que había sufrido.

Pero a este último no le debió de gustar la interrupción del torrente de palabras al que se había abandonado para celebrar como corresponde aquella victoria, que, indudablemente, era también la suya. Y que, como tal, merecía otro reconocimiento bien diferente de aquellas cautas, pero también autoritarias, palabras de su madre. Por no hablar del hecho de que él, con toda certeza, no pretendía quedarse en la cama después de una noticia como aquella.

—Renoir, ¡llamad a mis lacayos y *gentilhommes*! ¡Haced que preparen un baño caliente, ahora, puesto que tengo intención de levantarme y dar una bienvenida suntuosa a la llegada del cardenal y festejar mi victoria en La Rochelle! Os ocuparéis de todos los preparativos. No os preocupéis de los gastos, os lo ruego. Quiero una fiesta digna de un triunfo, como nunca se haya visto en los últimos años. Tengo que volver a ponerme en pie de inmediato, ir a caballo, estar en forma para el regreso de Richelieu.

—¡Luis! —María casi le gritó. Consciente del hecho de que su hijo la había ignorado manifiestamente, la reina estaba perdiendo la paciencia.

Renoir, seguro de que se iba a desencadenar una tormenta, decidió eclipsarse rápidamente, dejando a la madre y al hijo en sus propias disputas.

—¿Qué queréis, madre? —Y en aquella pregunta el rey actuó de manera que se transparentara toda la gélida frialdad de la que era capaz.

—¿Me habéis escuchado? Hace tan solo unos días que estuvisteis a punto de morir. ¿Y ahora os queréis levantar? ¿Volver a montar a caballo? ¿Os habéis vuelto loco?

—¿Cómo osáis hablarme de esa forma? ¡Soy el rey! ¡Y no tolero que se me falte al respeto! ¡Ni siquiera si la que lo hace es mi propia madre!

Luis estaba furioso, con su piel clara enrojecida por la rabia, los ojos inyectados en sangre, los rasgos del rostro endurecidos por el desdén y el rencor.

—Escuchadme, os lo ruego —pidió María dulcificando la voz—. ¿No lo entendéis, entonces? ¿No os dais cuenta de que lo único que me preocupa es vuestra salud? ¿Cómo podéis siquiera pensar que os estoy faltando al respeto? ¿Para qué? Yo os quiero, Luis. Desde que nacisteis os quiero con toda el alma. Pero ¿cómo hacéroslo entender, puesto que cada vez que intento decirlo me parece estar equivocada? Y estoy muy muy cansada de ser rechazada precisamente por la persona a la que más quiero...

María pronunció esas últimas palabras como arrancándoselas al corazón, puesto que era verdad: amaba a Luis y hubiera querido verlo finalmente capaz de ser independiente. Y, sin embargo, muy al contrario, una vez más tenía la sensación de que las palabras de un hombre mucho más astuto, ambiguo y experto que él podían extraviarlo, hasta el punto de volverlo cruel y malvado, de la misma manera en que lo había sido hasta hacía poco tiempo. Y, no obstante, su hijo no era así. Ella lo sabía.

—Quizás el error esté en las formas —dijo Luis con la mirada fija—. Quizá no me gusta que me tratéis todavía como si fuera un niño, como si necesitara vuestros consejos y vuestros permisos para llevar a cabo hasta las acciones más fútiles. Hoy he recibido el comunicado de una gran victoria: La Rochelle ha caído. ¡Sentíos, pues, feliz por mí y por el valor militar que he demostrado! ¡Y alegraos de la fiesta que daremos! En cuanto a mi salud, me siento mucho mejor. Y me levantaré —dijo por fin, bajándose de la cama—, ya que esa es mi voluntad.

—El cardenal Richelieu...

—Es el hombre que trabaja por mí mientras descanso, que resuelve las situaciones cuando yo tengo demasiadas cosas en que pensar, que defiende mi honor cuando mi mujer flirtea con el enemigo —soltó, cortante, el rey.

—Luis, os lo ruego, no habléis así.

—¿Cómo, si no? ¿Y por qué tendría que callarme la verdad? ¿Acaso no es cierto que Ana tenía una debilidad hacia Buckingham, que se ha evitado lo irreparable únicamente gracias al celo del capitán de la guardia del cardenal? ¿Que sin la intervención de Laforge quizás hoy yo sería el más grande cornudo real? ¿Os dais cuenta, madre mía? Y entonces yo debería... «no hablar así»? —El rey acababa de esbozar una media sonrisa, pero no había nada divertido en su expresión, sino más bien una gran amargura.

—Luis, tenéis razón. ¿De acuerdo? No cabe duda al respecto, pero dejadme que os diga que esa pobre mujer está mortalmente sola. Y que quizá deberíais hacerle una visita. Su conducta no es excusable en ningún modo, pero sigue en pie el hecho de que el hielo que hay entre vosotros es el mismo que os separaba antes de tales acontecimientos relacionados con Buckingham. Y sabéis perfectamente lo importante que sería tener un heredero para asegurar el futuro de nuestra familia.

—¡Lo que me faltaba! Pero ¿con qué valor me decís una cosa así? ¿Os habéis olvidado de lo que acabo de decir?

María se mordió el labio. Había confiado en que ese hecho no hubiera constituido motivo de discusión, pero era ella misma la que estaba protegiendo imprudentemente a Ana y ahora pagaba el precio de su temeridad.

—En lo más mínimo, aunque lo que ha ocurrido por obra de un puñado de nobles ingleses tampoco es culpa suya. Lo que estoy tratando de deciros es que no podéis ignorar el hecho de que necesitáis un heredero lo más rápidamente posible. Y en cambio vuestro sueño es ir a la guerra con el cardenal Richelieu contra todos los enemigos posibles. Os acabarán matando... ¿Lo entendéis? ¡Es eso de lo que tengo miedo! —Y al decirlo, María rompió a llorar. Estaba al límite, ya no sabía qué hacer. Cada vez que intentaba hablar con Luis, abriendo su corazón, fracasaba. Se lo dijo entre sollozos, porque ocultarle a su hijo lo que sentía había sido un error en el pasado y no quería volver a cometerlo—. No lo entiendo —dijo con el alma destrozada—. Intento por todos los modos deciros que os quiero más que a mi vida, pero parece que no os importa. Sin embargo, todo lo que he hecho siempre ha sido por vuestro bien y esperando ayudaros dándolo todo.

Luis sacudió la cabeza. Cuanto más le hablaba su madre de aquella forma, más sentía que una ira voraz lo consumía. Ya no era un niño indefenso, pero a pesar de todos sus éxitos, no menor el conseguido en La Rochelle, su madre se obstinaba en querer hablarle de todo lo que a él no le interesaba. Se sentía ignorado en sus más elementales aspiraciones.

—Vos no lo entendéis —dijo—, y no lo entenderéis nunca. ¡Cuánto echo de menos a mi padre, ahora me doy cuenta! ¡A mí me apasiona la caza! ¡Y la guerra! Soy un soldado, madre mía, un rey guerrero. Y vos no hacéis más que hablarme de hijos, de mujeres traidoras y de familia. Yo os quiero, pero no puedo continuar discutiendo con vos por cada tontería, tanto más cuanto parecéis sorda y ciega ante mis éxitos, y eso es extraño, estaréis de acuerdo conmigo. Por ello, ahora me disculparéis, pero mi intención es tomar un baño de agua tibia para luego retomar, con más celo si cabe, mis actividades. Francia me necesita. Y, francamente, no creo que tenga ya necesidad de una reina como vos.

Y, sin decir nada más, Luis se fue, dejando a su madre en pleno llanto, en el centro del dormitorio.

NOVIEMBRE DE 1630

63

Paseo nocturno

Laforge paseaba en la noche de París a la luz de una luna grande como una bala de cañón. Relucía en un cielo de una palidez plateada y reverberaba en las calles del Faubourg Saint-Denis, cerca de La Villeneuve, donde las aspas de algunos molinos giraban en el aire nocturno.

Había salido satisfecho de la hospedería de Ecu Noir. Era cierto que no se trataba de un lugar particularmente refinado; es más, se trataba de una antigua taberna en la que el humo del tabaco se mezclaba con el olor de la comida y del esfuerzo; pero, pese a aquella mescolanza, el patrón servía buen vino de Borgoña y el mejor pastel de faisán de la ciudad.

Por ello, saciado y satisfecho con su elección, Laforge no deseaba más que estirar un poco las piernas. Richelieu lo había obligado a tomar un par de días libres debido al exceso de trabajo en aquellos últimos tiempos. Y, al final, el capitán de la guardia había aceptado.

Le gustaba esa zona de la ciudad: quieta, silenciosa, todavía no demasiado concurrida. La mayoría de la gente se mantenía lejos de allí porque estaba demasiado desierta y, por ello, presagiaba encuentros indeseables. Y, sin embargo, ese aspecto a él no lo inquietaba. Tenía intención de llegar a la casa de una señora que conocía y que no le negaría un techo y, con un poco de suerte, tampoco le negaría otras cosas.

Caminaba a buen paso, ya que, a pesar del vino, el aire era lo bastante gélido como para aconsejarle que se apurara. Estaba en medio de un edificio semiderruido, allí donde la calle estaba más sucia de lo habitual, incrustada de barro helado y estiércol, cuando oyó un silbido.

Y, al sentirlo, entendió que no se trataría de una sorpresa agradable.

Guillame Orthez estaba cansado. Había recibido aquel encargo, muy bien pagado, directamente de un noble español del séquito de Ana de Austria. La orden procedía de ella, de hecho, de la reina que, en tiempos como aquellos, recurría a los mosqueteros también de manera secreta para resolver cuestiones particularmente delicadas, lo que, por lo demás, era un modo de decir «turbias». El rey, como es lógico, no sabía nada y tampoco el señor de Tréville, capitán de los mosqueteros. Pero incluso en ese cuerpo de élite no faltaban manzanas podridas que no desdeñaban ejecutar órdenes altamente secretas e ínfimas.

Guillame Orthez era esa manzana.

Y, por lo demás, lo había sido toda su vida: primero, durante el reinado del difunto Enrique, al servicio de una serie de nobles de la corte que lo contrataban como sicario y guardaespaldas. Después, a su muerte, y con la llegada de María de Médici, entrando en los carabineros del rey. Cuando finalmente Luis XIII había fundado el cuerpo de mosqueteros, que no era más que la prolongación del de carabineros, pero provistos de mosquetes, había obtenido un rango y un privilegio seguro.

Entretanto habían pasado los años. Su cuerpo había envejecido, él era menos ágil, los músculos resultaban menos tersos, si bien los duelos, que no faltaban nunca, y las guerras, que abundaban, lo habían endurecido, volviéndolo más curtido y resistente.

Orthez había sobrevivido al asedio de La Rochelle y a la guerra de Mantua en tiempos recientes y, pensándolo bien, no necesitaba poner a prueba sus habilidades de espadachín en broncas de taberna o en emboscadas nocturnas, pero con el paso del tiempo había aprendido dos cosas.

La primera y más importante era que, aparte de degollar cabezas y rebanar extremidades, no era capaz de hacer nada más. La segunda, que, a fuerza de hacerlo, había ido encontrando placer en ello. Le gustaba, en definitiva, y, para ser del todo sinceros, no conseguía ya prescindir de ello.

Por ello, la última tarea que se le encomendó no le pesaba. Era tener que ejecutarla de noche lo que le molestaba. El frío le cortaba la cara. Los músculos le dolían de manera insoportable. Estaba envejeciendo, y a pesar de que cortar cabezas era un trabajo noble, no lo era hasta el punto de hacerlo regocijarse ante una noche sin dormir. Había alcanzado un estatus que, en teoría, hubiera debido permitirle resguardarse calentito mientras sus esbirros ejecutaban las órdenes. A la luz del día no habría sido problema. O si por lo menos fuera verano.

De todas maneras, para llevar a cabo aquella misión había reclutado a cinco compañeros, ya que todos sabían que Laforge, el capitán de la guardia del cardenal, era un cliente difícil.

Por eso, Orthez silbó en cuanto lo vio pasar. Rápidamente los suyos aparecieron en la calle, cerrándole el paso al capitán.

Tan pronto como Laforge vio a los espadachines frente a él, comprendió de inmediato que se trataba de gente experta. Nada de ostentaciones ni fanfarronería. Calzaban altas botas, y vestían jubones oscuros y capas. Llevaban sombreros negros de fieltro y ala ancha, con plumas. Desenvainaron las espadas, que relucieron a la luz de la luna en el cielo.

Tenía dos delante, dos detrás y dos que le llegaban por los lados desde calles opuestas.

Querían hacerle la piel a tiras. Fin de la historia. Vio que uno de los que lo alcanzaba desde la calle lateral estaba a punto de empuñar una pistola.

Laforge no perdió el tiempo.

Sacó las dos pistolas que llevaba al cinto. Las llevaba cargadas. Siempre, ya que en París ese tipo de acechadores no eran poco frecuentes, sobre todo si uno tenía la desgracia de ser el capitán de la guardia del cardenal.

Estiró los brazos y disparó los dos gatillos al mismo tiempo. Dos rayos rojos iluminaron la encrucijada bañada de luz lunar. Dos detonaciones: formidables y borboteantes. Cada una de las dos balas fue a dar al pecho de sendos agresores, reventándoles el corazón. Ambos hombres se desplomaron, boqueando, fulminados por el disparo.

Sin preocuparse por las pistolas, Laforge las dejó caer al suelo. Al no tener que meterlas en el cinto, redujo al máximo el tiempo de reacción e inmediatamente después estaba preparado para recibir a sus agresores con la espada y el puñal desenvainados.

Llegó justo a tiempo. Levantó la espada ropera sosteniéndola en lo alto, parando el primer mandoble, mientras que con el puñal bloqueaba la cuchillada que iba en busca de su costado. Esquivó ambos movimientos y, saliendo de su área de guardia, hizo una pirueta contra el adversario de la izquierda. Evitó un segundo envite y al final le clavó el puñal en el corazón.

El hombre soltó la espada, que fue a parar a tierra, tintineando. Se llevó las manos al pecho, para luego encontrarse boca abajo, con el rostro palpitante contra el suelo.

Laforge apenas tuvo el tiempo justo de alejarse cuando otra hoja de puñal le hizo perder el aliento. Tenía otros dos adversarios que iban dando vueltas a su alrededor, como fieras hambrientas. A sus espaldas un tercer hombre, sin duda el cabecilla, que contemplaba aquel espectáculo, y que, precisamente para no perder más tiempo, había cargado una pistola que ahora apuntaba hacia él.

Laforge no sabía qué hacer. Ciertamente esperar la muerte no era una buena idea. Ojalá pudiera sorprender a aquel bastardo. Pero... ¿cómo?

64

Orthez

Laforge no perdió más tiempo.

Mientras el hombre apuntaba con su pistola, se arrojó sobre uno de los espadachines. Fingió un mandoble que hizo tambalearse al adversario. Mientras este se doblaba hacia delante, Laforge lo agarró de un brazo, poniéndolo delante de él, de modo que el hombre se encontró, a su pesar, haciéndole de escudo en el momento exacto en que el relámpago del disparo desgarraba el aire.

Se oyó un grito estrangulado. El espadachín se llevó las manos al pecho. Una sangre negra le explotaba en la boca, en tanto que su corazón reventaba por la bala de la pistola.

Laforge lo soltó. El hombre que había disparado no pudo contener una maledicencia.

Pero a Mathieu no le dio ni tiempo para alegrarse. Había olvidado al tercer hombre. Y ese error le costó caro, porque, apenas se dio la vuelta, se encontró ante sus ojos con un filo que se precipitó hacia él.

Lo esquivó a un lado, pero no fue lo suficientemente rápido.

La espada cortó en movimiento ascendente, alcanzándolo en la parte del pecho y luego en el hombro. Laforge dejó escapar un grito de dolor. La sangre empezó a manar de un corte profundo.

Sin embargo, aun herido y tocado, tuvo todavía fuerzas para parar el ataque de retorno. Estrechó al adversario en la guardia, lo presionó con el puñal, el otro detuvo el golpe, pero Laforge le soltó una patada en la pierna.

El hombre perdió el equilibrio y, mientras caía doblado hacia delante, Laforge tuvo suficientes reflejos para traspasarle el corazón con la espalda. Justo después le clavó la hoja del puñal bajo la barbilla, penetrándolo hasta el cerebro. El sicario escupió una bocanada de sangre negra.

Laforge desclavó la espada y el puñal como si fueran espetones clavados en el cuerpo de un cerdo. Con un rápido movimiento de muñeca sacudió la sangre de las hojas de las armas y se preparó para recibir a su último enemigo.

Orthez ya no estaba demasiado seguro de todo ese asunto. Aquel hombre acababa de matar a sus cinco hombres. Estaba claro que cualquier oponente, incluso de ese tipo, tendría que, por lo menos, estar cansado. Como mínimo más cansado que él. Por no hablar de que la herida que le habían infligido era un corte grande y profundo, y le había desgarrado el pecho. Sin embargo, pese a todo, parecía muy lejos de poder ser abatido y mostrarse listo para ir a parar al cementerio.

Había en él una obstinación y una voluntad de luchar hasta la muerte que, literalmente, daba miedo.

Se aseguró de que el pañuelo que le cubría el rostro hasta la nariz, y que dejaba al descubierto tan solo los ojos, estuviera bien colocado.

Después, sin perder más tiempo, desenvainó la espada y avanzó.

Dejó de lado los amagos y las esperas, y pasó directamente al ataque, y emprendió un envite tras otro. Advirtió el cansancio de su adversario, pero también la obstinación con la que continuaba protegiéndose, alternando paradas y mandobles, escabulléndose como una anguila con una agilidad verdaderamente sorprendente en un hombre que tan solo tenía algunos años menos que él.

Muy pronto, Orthez sintió que el sudor le perlaba la frente. Sus envites se iban haciendo gradualmente menos precisos, sus golpes eran cada vez más débiles, los brazos le dolían.

Intentó un enésimo ataque y una vez más aquel hombre endiablado se lo paró, desviándole la hoja del arma. Debía de haber perdido ya mucha sangre. En el golpe de retorno, Orthez redobló la guardia. Las hojas de las armas chirriaron en un gruñido de metal. A poca distancia logró asestar un buen puñetazo en el hombro ensangrentado del capitán de la guardia.

Laforge dejó escapar un rugido sordo. Sus ojos se habían convertido en dos ranuras, los dientes apretados por el dolor. Pero no se rendía. Fue en ese punto cuando soltó un rodillazo que cogió a Orthez por sorpresa.

El viejo mosquetero sintió un dolor sordo en las costillas. Se quedó sorprendido porque un golpe como aquel no tenía por qué haberle hecho tanto daño. Sin embargo, el rodillazo había sido encajado con una energía asombrosa, obligándolo a desplomarse.

El pañuelo sobre el rostro lo estaba ahogando. Se lo quitó: al diablo con tanta precaución.

También su adversario se había detenido en ese punto.

Finalmente parecía cansado. Pero Orthez estaba en peor

situación que él, aunque procuraba darlo a entender lo menos posible.

Laforge estaba a punto de desmayarse. El hombro le dolía a morir. Había perdido mucha sangre y su último adversario parecía ser el mejor de todos. Esperaba poder vencerlo, pero sentía que las energías lo abandonaban.

Entonces, después de haberlo reducido de un rodillazo, lo vio quitarse el pañuelo con el que se protegía el rostro para que no lo reconocieran, y fue en ese momento cuando el capitán de la guardia del cardenal entendió a quién tenía delante.

Habían pasado muchos años; no obstante, un rostro como aquel no se olvidaba fácilmente. Su cabello había encanecido y también la barba, pero aquel semblante de rasgos poderosos, resueltos, si bien más afilados y delgados a causa de la edad y de los años que habían dibujado en la piel arrugas parecidas a los pliegues de un viejo mapa, le sugerían un nombre. No fue capaz de reprimirlo mientras le llegaba a los labios a saber de dónde.

—Orthez —murmuró, y después, pese a que la ocasión no era la mejor, no logró contener la risa, ya que realmente no dejaba de tener gracia que después de treinta años se fueran a encontrar una vez más enfrentándose el uno al otro.

El hombre que tenía delante debió de intuir algo, ya que lo miró de modo extraño.

—Ya os derroté una vez —dijo Laforge, con el único propósito de distraerlo.

—¿De verdad? —preguntó el otro con incredulidad—. ¡Pero si es la primera vez que os veo!

—Por supuesto que no me habríais reconocido nunca, pero yo sí. Quizás el nombre de monsieur de Montreval os diga algo...

—¿El qué...? —susurró al principio Orthez sin entender; pero luego abrió los ojos de par en par y pareció comprenderlo todo de repente.

—¡Vos!

Y sin agregar nada más se abalanzó sobre Laforge, en un último y desesperado ataque. Pero estuvo demasiado lento. El capitán de la guardia del cardenal detuvo el golpe con el puñal, bloqueando la hoja del arma adversaria en la guardia. Después fue derecho al pecho con la espada, que atravesó el pectoral derecho de Orthez.

El viejo sicario dejó escapar un grito.

En el momento de su muerte sus ojos estaban desmesuradamente abiertos por el estupor de aquel último descubrimiento, irónico y trágico a un tiempo.

Pero no tuvo tiempo de darse cuenta, porque ya se le estaba escapando la vida. La espada cayó en el barro helado de la calle. La empuñadura tintineó. Orthez dobló las rodillas y cayó de lado. Laforge soltó la espada. Su hoja atravesaba a ese desgraciado tipo de lado a lado.

Orthez se desplomó en el suelo sin aliento. Se quedó en el centro de la calle.

Muerto.

Laforge, ya extenuado, sobresalía por encima de él con una mirada incrédula. Una sonrisa amarga se le dibujó en el rostro. Se apoyó en el muro de un establo que daba a la encrucijada de caminos. Ansioso, se miró la herida. Era un corte feo, pero con un poco de suerte llegaría a casa de esa buena amiga suya.

Confiaba en que estuviera en condiciones de ayudarlo, curándole la herida y demostrándole de lleno toda la devoción. Esperaba haber entregado su confianza a una persona digna. Así, entre juramentos ahogados y pensamientos oscuros, el capitán de la guardia del cardenal se arrastró en dirección a la puerta de Saint-Denis.

65

El día de los engañados

María estaba furiosa.

Una vez más, con tal de seguir al cardenal Richelieu en sus obsesiones guerreras, Luis había puesto en riesgo su vida. De retorno de Lyon, donde la hemorragia primero lo había obligado a guardar cama y luego lo redujo a un estado moribundo, su hijo aparecía pálido y tan flaco que se asemejaba a un fantasma.

Sacudió la cabeza.

Por los vitrales de la maravillosa galería del Palacio de Luxemburgo la luz otoñal se filtraba tan intensa y envolvente que parecía una lluvia de mercurio líquido. Los lienzos de Rubens constituían el testimonio de todo el dolor que había sentido al ver de nuevo a su hijo tan dispuesto a desobedecerla, y a poner en peligro su vida, con el único propósito de complacer la voluntad de Richelieu.

No podía más. Ya en el pasado había ordenado al cardenal que no arriesgara la vida de su hijo. No iba a permitir que volviera a suceder.

Esta vez, Richelieu se había pasado de la raya. María ya se había convencido de que el cardenal disfrutaba alejando a su hijo y educándolo en el odio hacia ella. Comprendía el amor por la vida de soldado que Luis alimentaba, pero desaprobaba por completo esa aceptación de limitarse a ser la marioneta de Richelieu. Especialmente porque ese hombre de la Iglesia ejercía sobre él una influencia nefasta. Por tal razón había preparado a su hijo para cesar al cardenal de su cargo de primer ministro, y poner en su lugar al ministro de Justicia, monsieur Michel de Marillac.

Pero cuando se lo propuso, Luis pareció rechazar esa posibilidad, hasta el punto de intentar defender a Richelieu una vez más.

Entonces, María le había hecho notar que las campañas militares del cardenal eran tan depravadas que de ellas se sucedían, a modo de consecuencia, el agotamiento de las arcas del reino, la muerte de miles de franceses, el hambre del pueblo por culpa de los impuestos establecidos y, el hecho más grave de todos, el peligro que corría su vida, que no era la de un hombre cualquiera, sino la del rey de Francia.

Mientras María hablaba de manera abierta y sincera, madame de Combalet, su *dame d'atours* y sobrina de Richelieu, se había aventurado a aparecer en la galería, con el único objetivo de avisarla de una visita.

Pero María estaba tan furiosa y roja de rabia que, al oír que alguien interrumpía el hilo de sus pensamientos, había perdido el control.

—¿Qué queréis? ¿No veis que estoy debatiendo cuestiones vitales para mi hijo, vuestro rey, y para Francia? ¿Qué razón tenéis para interrumpirme precisamente ahora? ¿Además de que sois la sobrina del hombre que es el primer motivo de desgracia de ese infeliz reino que es Francia? ¡Mejor haríais en desaparecer de inmediato, antes de que ordene que os azoten!

Al escuchar tales palabras, madame de Combalet se retiró, consternada, mientras el propio rey miraba a su madre con los ojos atónitos, incapaz por completo de articular palabra ante semejante acceso de ira.

Pero, justamente aprovechando el desconcierto de su hijo, María lo había urgido más aún. Había utilizado un tono que él conocía muy bien, lleno de desdén y sarcasmo. Le había preguntado si de verdad era su intención enemistarse con toda Europa con la única idea de hacer feliz a Richelieu, y al verlo vacilar había insistido, intentando conseguir el cese del primer ministro, reiterando que Marillac era igualmente un hombre con experiencia y capaz, pero infinitamente más desinteresado en el ejercicio del poder. Y, mientras le rogaba de ese modo, María se había deshecho en llanto, ya que proteger a ese hijo suyo tan indefenso, en absoluto preparado para los engaños crueles de hombres más probados que él, la postraba física y anímicamente.

Pero Luis no había respondido. Estaba decepcionado y contrariado. Había preferido abandonarla a su llanto, dejando que fueran los tacones de sus zapatos, golpeando el suelo de la galería, los que le entregaran la más indiferente de las despedidas.

Por descontado, María no podía encajar todo aquello. Esa indiferencia hacia sus ruegos por parte del rey la atormentaba más que todas las acusaciones del mundo. Miraba los lienzos de Rubens con la esperanza de hallar la solución a sus problemas: en el rojo y en el dorado de las escenas soñaba con descubrir una señal, una sugerencia que pudiera darle un soplo de esperanza. Las del artista flamenco no eran pinturas intranscendentes para ella, sino más bien talismanes auténticos, imágenes que devolvían una transfiguración grandiosa de la realidad, espejos que reflejaban los detalles de un mundo onírico, heroico, incontaminado, y por eso mismo ideal y perdido para siempre. Pero en ese mundo, que nacía en su Florencia natal, sentía que quería refugiarse, ya que el cansancio, el amor roto, las amistades perdidas... parecían revivir en los colores y en las alegorías.

Pero, por más que ella planteara preguntas con su mirada, tampoco aquellos lienzos podían liberarla de la visita más inoportuna que jamás hubiera podido recibir en aquella tarde trágica y también extraña.

—Vuestra majestad —dijo una voz que conocía demasiado bien—. He oído decir que estáis enojada conmigo. ¿Puedo permitirme preguntaros por qué?

Richelieu estaba a sus espaldas.

¿Así que esa era la enésima broma de pésimo gusto que le deparaba un destino que se burlaba de ella?

María estalló en una carcajada, pero el rencor que dejaba traslucir helaba la sangre.

Se volvió de repente. Señaló al cardenal con el dedo índice como si fuera un hombre cualquiera. Parecía querer incendiarlo con los ojos brillantes de ira.

—¡Vos, Richelieu! ¿Venís a mi palacio después de dejar a mi hijo agonizante y osáis preguntarme por qué estoy enojada con vos? ¿Después de haber querido la guerra a los hugonotes primero, obligando a vuestro rey a excavar trincheras y a vivir en el barro para tomar aquella maldita Rochelle, y que a continuación no habéis vacilado en atacar Casale Monferrato y Mantua, enemistándoos, con un único movimiento, con España y Austria? ¡Tras obligarlo a viajar en medio del frío, casi conseguís que se muera en Lyon! ¡Y todo ello con el único propósito de reforzar vuestro poder! ¿Y todavía tenéis la osadía de preguntarme por qué estoy enojada con vos? ¡Bien sabéis que Luis os seguiría hasta el fin del mundo! ¡Sabéis bien que haría cualquier cosa para no contrariaros! Y, sin embargo, abusáis de su buena fe. ¡De su entusiasmo! Y lo hacéis con la sola idea de robarle el trono, la corona. ¡Francia! Vos, Richelieu, hacéis todo esto después de llegar a ser lo que sois gracias a mí. ¡Y el agradecimiento por tamaña concesión ha sido la traición!

El silencio que siguió a esas palabras estaba cargado de tensión. Durante un rato largo Richelieu no se atrevió a hablar. No se esperaba un ataque de rabia como aquel.

Después, poco a poco, como recogiendo del silencio letra por letra, el cardenal intentó engatusar el resentimiento y el dolor de María de Médici.

—Majestad, lo que decís me llena de un dolor inmenso. Pero si consideráis que yo haya podido siquiera pensar en dañar al rey o a vos, entonces expulsadme ya de aquí, puesto que jamás podría actuar para conquistar el poder, sino siempre y únicamente a mayor gloria del rey. Y mi gratitud por todo lo que habéis hecho es profunda e imperecedera, y os ruego que creáis en mi inocencia.

Y mientras encontraba las palabras, Richelieu plasmaba con falsa humildad y doblez un monólogo que quizás hubiera podido incluso engañar a una reina menos cansada y menos angustiada que la que se hallaba delante de él en esos momentos. Pero sin percatarse de lo capaz que ella era de desenmascarar ese modo ambiguo de hablar, habiendo ya comprendido cuán corrompido se hallaba él por su sed de poder, Richelieu continuó esperanzado su labor persuasiva.

—Si me queréis creer, yo no tendría ningún reparo en dejar la corte hoy mismo, majestad, y este mundo si fuera necesario, donde yo muero mil veces al día después de que vos me hayáis mostrado que pensáis que yo no soy el mismo de hace un tiempo y, por lo tanto, vuestro muy humilde, fiel y devoto servidor.

María escuchó aquel torbellino de palabras y no halló ni una que fuera sincera ni que le diera consuelo. Eran fórmulas vacías, espejismos, trucos para mantenerla alejada de la verdad, la verdad que ella conocía muy bien y que trataría de impedir a cualquier precio.

—Cardenal —dijo por fin—. No os creo. A pesar de todas vuestras lealtades, he reconocido vuestra insana ansia de poder, que os devora de manera incontrolable. Por ello no me vengáis con más mentiras. Basta que sepáis que he pedido al rey vuestra renuncia y que yo misma personalmente os relevo del cargo aquí y ahora. No quiero veros más. Eso es todo.

Pero no había ni terminado de pronunciar aquellas palabras cuando Richelieu, ya sin más preámbulos ni ambages, se le acercó y, arrodillándose, rompió a llorar tomándole el vestido entre las manos y cubriéndolo de besos.

María no le dedicó ni siquiera una mirada. Es más, se volvió dándole deliberadamente la espalda. Y así, al constatar con qué indiferencia y gélida frialdad lo estaba tratando la reina, el cardenal se puso de nuevo en pie y, desconsolado, abandonó la galería.

Al verlo alejarse, María mantuvo los ojos fijos sobre esa figura delgada, esbelta, envuelta en una túnica de color escarlata, llameante bajo la luz otoñal, hasta el punto de recordar más los colores del demonio que los de la Iglesia. Sintió un escalofrío, quizá reflejo de un presagio. Era consciente de que ese día se cumplía su destino. Y entendió que, a partir de ese momento, nada ni nadie la iba a proteger.

FEBRERO DE 1631

66

Compiègne

María había llegado a Compiègne en pleno invierno. Ya no era una niña y viajar en la carroza real le costaba esfuerzo y mal humor. A pesar de los suaves cojines de terciopelo y la delicadeza de la tapicería, el vehículo había dado tantos saltos en el barro invernal de los caminos rurales que la reina madre se sentía reventada.

Durante el viaje había tratado de hablar con Ana, en un intento de comprender si su relación con el rey mejoraba, pero, como era previsible, su nuera había evitado suministrarle demasiados detalles.

Aquella locura suya con el duque de Buckingham no había pasado ciertamente inadvertida. De alguna manera, a una distancia de cinco años, todavía estaba pagando las consecuencias. María no le había ahorrado ásperas críticas en ese tiempo. Y, sin embargo, estaba dispuesta a dejar de atacar porque conocía muy bien los pesares de ser reina y consorte de un rey inconstante y voluble, y en el caso de Luis, además, frío e insensible.

Cuando por fin apareció Compiègne ante sus ojos y el

castillo de torres afiladas e inquietantes, más parecidas a una prisión que a una residencia, sintió un mordisco en las entrañas. Y esa sensación no mejoró al ver los árboles desnudos cubiertos de nieve y los guardias del cardenal con sus casacas rojas con cruces blancas.

Había aceptado esa invitación por amor a su hijo. Una vez más. Pero sabía que detrás que aquella petición se ocultaba la doblez del cardenal Richelieu, que, bien visto, de doble tenía más bien poco, ya que sus ambiciones de poder absoluto eran inequívocamente claras.

Por ello, mientras bajaba el estribo y era escoltada junto con Ana por la guardia de su eminencia a las habitaciones que les habían asignado, reconoció con infinita amargura el rostro pálido y afilado de Mathieu Laforge.

¡Cuánto tiempo había pasado!, pensó. ¡Y cuántas cosas habían sucedido! ¡Y con qué habilidad se había movido aquel hombre! Él y Richelieu formaban una desvergonzada pareja de hipócritas. Hasta la vida de Laforge tenía dos caras: la primera, a la sombra del espionaje, y luego, bajo el sol de los uniformes estridentes. E incluso ahora, quizá por culpa de los colores lúgubres del paisaje y grisura del castillo, aquella casaca llena de galones de capitán de la guardia destacaba de manera obscena.

Le debía mucho, evidentemente, pero también él a ella. Y ahora, al final, había elegido permanecer con el cardenal. Precisamente cuando ella se había quedado sola.

Por esa razón, en concreto, María sentía crecer el resentimiento dentro de ella de manera ingobernable, puesto que percibía, neta e indiscutiblemente, su debilidad, la vulnerabilidad dictada por los años, que ya le habían encanecido el pelo y vuelto pesado el físico.

—Laforge —dijo entonces la reina madre—, os podéis cambiar el nombre y la vestimenta, pero por más que lo hagáis no engañaréis a una mujer como yo, una florentina que os conoce demasiado bien.

—Majestad, no entiendo a qué os referís —respondió con simpatía Laforge, alisándose el bigote.

—Digo que ahora ya sois un hombre del cardenal.

—¿Queréis decir el primer ministro de Francia?

Aquel hombre había ido afinando su talento para no descomponerse nunca, ni siquiera cuando era atacado abiertamente. Se limitó a lanzar una mirada de soslayo, tocándose el ala ancha del sombrero con una mano enguantada. Lo hizo de modo distraído, como aburrido, pero sin darlo a entender de inmediato. Era como si se moviera a un ritmo completamente singular e imprevisible, destinado a determinar los tiempos exactos de los interlocutores.

—¡Claro! Con el que ha alejado al rey de mí, el que ha envenenado la voluntad de mi hijo, el que lo ha llevado a una guerra con el único propósito de ponerlo en mi contra. ¿No creéis? —María estaba cansada de esa cantilena. Y por ello había decidido hablar claro. Incluso hasta demasiado.

—Creo que estáis exagerando, majestad.

—¿En serio? —preguntó María, contrariada. De ese modo logró abrir una fisura en aquella máscara de impasibilidad. Lo aprovechó—. ¿Tenéis idea de quién soy yo?

—Sois la reina madre y mi fidelidad hacia vos ha sido siempre absoluta. Tanto que, si mal no recuerdo, fui precisamente yo el que hace ya tiempo desafió la nieve y el viento para protegeros.

—Y os estaré eternamente agradecida, Laforge. Pero eso no os autoriza a hablarme de ese modo.

—Tenéis razón, majestad, y os pido disculpas. No obstante, he expresado con sinceridad la opinión que me habéis pedido. Y, por otro lado, ¿no os parece que habéis tenido duras palabras sobre su eminencia?

—¡En absoluto! Más bien esta preocupación vuestra por Richelieu me permite entender muy bien lo equivocada que estoy al haber venido aquí —dijo con amargura María. Y era realmente lo que pensaba.

Laforge se calló.

Se oían botas de hierro golpear contra la piedra de la escalera: las espuelas de los guardias que avanzaban de manera siniestra.

—Vuestra majestad —dijo finalmente Laforge, volviéndose hacia María—, el rey y el cardenal os esperan en el salón de invierno. Si no os supone demasiada molestia, os llevaré hasta allá en cuanto estéis lista.

Pero María no quería perder tiempo. Si querían hablar, tanto daba hacerlo de inmediato. Así, mientras Ana se acomodaba en sus aposentos, se volvió hacia Laforge.

—Llevadme a donde os ha dicho el rey. Me sentiré feliz de hablar con él.

—Muy bien, majestad.

Cuando entró en el salón, María vio exactamente lo que más temía.

Luis estaba mucho más flaco que antaño. El rostro hundido. El bigote negro y bien cuidado parecía más bien subrayar ese evidente abatimiento y contrastaba netamente con la palidez de la piel, que sugería un silencioso padecimiento. Sin duda era un ser moribundo. Sin embargo, todas las dudas y las preocupaciones que lo atormentaban eran siempre por su propia persona, nunca por los demás. Es más, al contrario: Luis rechazaba el dolor que infligía a sus familiares y amigos con un encogimiento de hombros. Era el rey, bien era verdad, pero con el tiempo había desarrollado un cinismo y una frialdad tan evidentes que, literalmente, cortaban la respiración.

A poca distancia de él, Richelieu, con su hábito cardenalicio, se había deshecho, nada más verla, en una inclinación tan acusada como falsa. Los ojos claros y líquidos reflejaban, sin embargo, el vacío de su alma. Como si, finalmente, hubiera convertido su corazón en un puñado de escarcha.

Pero sus palabras, como siempre, estaban sazonadas de mentiras.

—Majestad, ¡qué honor veros! —dijo con voz meliflua—. Estáis radiante. Os pedimos disculpas por haberos convocado tan pronto.

—Vuestra eminencia otorga una excesiva importancia a su propia persona, ya que imagino que ha sido mi hijo, y únicamente él, el que me ha convocado. Él y solo él es el rey, ¿no es verdad, Luis?

El rey asintió en silencio. Parecía estar buscando las palabras precisas que pronunciar, como si el cardenal se las hubiera sugerido previamente y ahora, por culpa de la emoción y de la sorpresa al escuchar todo lo que afirmaba la reina madre, se hubieran derretido como nieve al sol.

—Naturalmente —farfulló el rey—, y, sin embargo, teníamos cierta urgencia en veros porque..., bueno..., pretendíamos tantear vuestra disponibilidad para volver a formar parte del Consejo del rey.

María se acercó a Luis y le besó las mejillas.

—¿Cómo estáis, hijo mío? —le preguntó, preocupada, al verlo tan demacrado y dolorido.

—Majestad... —señaló el cardenal untuosamente.

—¡Sí! ¡Lo he entendido! Y la respuesta que doy a la pregunta es la siguiente: vos, monseñor —dijo volviéndose hacia Richelieu—, ¿estaríais presente en el Consejo del rey?

—Pues bien, majestad —confesó Richelieu—, ya que me lo preguntáis, debo responderos que sí. La petición de poderos ver iba, a decir verdad, en ese sentido. Esperaba una reconciliación entre nosotros, tanto más porque, para ser sincero, no comprendo las razones de vuestro resentimiento hacia mí.

Al oír esas palabras, María intentó dominarse. Lo logró solo en parte.

—Entonces, eminencia, me preguntáis cuáles son las razones de mi resentimiento hacia vos...

—Eso es lo que he dicho.

—¡Sé muy bien qué habéis dicho! Pues bien, dejadme que os cuente una historia. Había hace un tiempo un joven obispo. Mostraba una vocación particularmente profunda, pero había elegido la carrera eclesiástica el día en que su hermano le sustrajo la carrera militar delante de sus narices. Y, sin embargo, tenía buena retórica y buen arte de oratoria, hasta el punto de ser capaz de impresionar favorablemente a la Asamblea de los Estados Generales y obtener los favores de una influyente *dame d'atours*, primero, y de una reina, después. Gracias a esta última, aquel joven pudo introducirse en el círculo más estrecho de los políticos de la corte. A pesar de los reveses del destino y manteniéndose al lado de quien lo quisiera con él, consiguió convertirse en primer lugar en secretario de Estado, después en cardenal, y ya por último en primer ministro. Finalmente, no satisfecho aún de lo que había obtenido, comenzó a azuzar al rey contra su madre, justamente contra aquella que lo había querido en la corte, ayudándolo a convertirse en lo que era. Pues bien, os pregunto: ¿cómo podéis siquiera pensar que pudiera perdonar a un hombre semejante al tenerlo ante mis ojos? Y, creedme, monseñor, lo veo ante mí en estos momentos.

Richelieu sacudió la cabeza, descorazonado. El rey, en cambio, no soportaba más la manera de proceder de su madre. Quizá tenía razón y él no se había percatado nunca de lo que ocurría a su alrededor, pero ese maldito vicio de hablar de él y no con él lo soliviantaba. Asimismo, también era verdad que desde el día del exilio lo que había entre ellos se había roto irremediablemente. Y a pesar de los esfuerzos de mediación de Richelieu, el intento de recomponer los pedazos no había llegado a buen puerto. Por ello era buena idea encontrar una solución.

Pero sin involucrar a la reina madre.

No sabía qué decir, porque tampoco se le daban bien las palabras, pero también porque había madurado la convicción de que no serviría de nada, ya que las personas continuaban cometiendo los mismos errores y no había manera de reparar una relación rota.

—¡Dejadnos! —dijo finalmente.

María lo miró, abriendo los ojos desmesuradamente.

—¡Madre, dejadnos! —repitió el rey con más fuerza.

Al verlo tan decidido, tan firme en su propósito, María comprendió. De una vez y para siempre. Supo que aquel presagio, de hacía unos meses, cuando había visto la túnica escarlata del cardenal volviéndose hacia el diablo, se había hecho realidad.

Y entonces comprendió que, para ella, todo había terminado.

Ya no tenía sentido combatir. Luchar para convencer. Había confiado en poder vivir con la dignidad y el esplendor de una reina en su palacio de París. Pero, evidentemente, después de la muerte de Enrique, Concino y Leonora, lo que había vivido no había sido más que una vida prestada, hecha con pobres materiales. Con las promesas de un hombre ambicioso y falso. Con la ayuda de un espía que poco a poco había abandonado su fidelidad hacia ella, vendiéndosela de nuevo al mejor postor.

Y su hijo, al que tanto amaba, ya no quería saber nada de ella. A duras penas pudo contener las lágrimas.

—De acuerdo —dijo por fin con un hilo de voz.

Y, sin añadir nada más, salió de la sala.

67

El *pactum sceleris*

Era un febrero frío. Y después de haber escuchado lo que la reina madre tenía que decir, para Richelieu todavía lo era más. La campiña desnuda y cubierta de nieve añadía toques de desolación al pequeño y estrecho castillo de Compiègne, situado en el borde de un bosque de árboles desnudos y grises, de ramas frágiles y teñidas de blanco.

En el salón iluminado por las luces rojas de las velas, mientras el calor de una gran chimenea trataba de arrebatar al frío las paredes revestidas de paneles de artesonado de madera oscura y tapices desvaídos, Richelieu tenía que rendir cuentas al rey sobre el pésimo resultado de la conversación con María de Médici. El acuerdo con ella parecía lejos de poder alcanzarse.

Su posición, en verdad, sacaba una ventaja absoluta del conflicto que se había abierto de modo casi irresoluble entre el rey y su madre, pero era lo suficientemente avispado y perspicaz para comprender lo poderosa que aún resultaba María. Tenerla como enemiga, por lo tanto, era un lujo que ni siquiera él podía permitirse, a menos de encontrar las contraprestaciones adecuadas.

Y, en consecuencia, el encuentro que había organizado estaba pensado para intentar llegar a un acuerdo o bien, mejor aún, establecer una ruptura tan definitiva como para quitar de en medio a María de una vez para siempre. Evidentemente, sugeriría la vía moderada, como era siempre su costumbre.

A pesar de que se sentía bastante bien, Richelieu no dormía desde hacía por lo menos una semana. Tenía los ojos hundidos y brillantes. Y el tiempo que pasaba en la cama le servía solamente para torturarse, abandonarse al llanto y el desahogo de todas sus frustraciones. En el Louvre todo lo que hacían eran despotricar contra su excesivo poder en la corte, contra sus modos sutiles y sibilinos de seducir al rey, y contra su cruel y total ingratitud frente a quien por vez primera había sido su benefactora: María de Médici. Por otro lado, podía cargarse de razones, en medio de sus detractores y aliados, al poner de relieve cuán responsable era la reina de una política que se había revelado como fallida. El cardenal subrayó a continuación con gran celo cuánto había valorado, en su intervención, las dotes de soldado y hombre de acción del rey, que, por otro lado, no dejaba de reconocerle todos los méritos posibles.

María, de todos modos, había disipado cualquier duda sobre la imposibilidad de reconducir el conflicto. Quizás había llegado a Compiègne con las mejores intenciones y con la esperanza de limar las divergencias, pero el resultado del encuentro saltaba a la vista tanto del rey como de su primer ministro. Y no había mucho de lo que congratularse.

Por no mencionar que todas las precauciones y atenciones que Richelieu había sugerido al rey no habían hecho más que sumirlo en el pánico hasta el punto de que tal vez, de entre todos ellos, él resultaba ser la persona más preocupada.

Y, para ser sinceros, tenía sus buenas razones, ya que las más recientes campañas de Mantua y Casale, que casi le cuestan la vida, habían sido un completo desastre por la irrupción de la peste y por el trágico desperdicio de recursos que habían vuelto a empobrecer Francia una vez más.

Huelga decir que, a la luz de semejantes resultados, una tromba de voces contrarias a su política y a la de Richelieu parecía a punto de desbordarlos, y entonces Luis, que más bien se había convertido en súbdito del cardenal, se hallaba preguntándose con viva preocupación qué hacer. Richelieu se lo leía en el fondo de los ojos.

Tanto más cuando resultaba obvia la aversión que la reina madre sentía hacia él.

—¿Qué me aconsejáis hacer, cardenal? —preguntó el rey—. Puesto que, ya lo habéis visto, la reina, mi madre, ya no es amiga vuestra como en el pasado y, lo que es peor, ya se opone a vos con un resentimiento inexplicable. Y si por un lado yo he saludado con alegría esta iniciativa vuestra de intentar una reconciliación, por otro no sé realmente cómo poder alcanzarla. Especialmente teniendo en cuenta lo que acaba de suceder. Lo habéis visto también vos, ¿no?

Richelieu sonrió, conciliador, aunque también en el fondo la rabia lo reconcomía.

—Majestad —dijo—, estoy de acuerdo con vos acerca de ese último hecho. Diré más: tratar con la reina madre es una hipótesis compleja, por no decir improbable. Y con seguridad, me temo, para nada resolutiva. Ella es extremadamente vengativa y no se aplacará hasta que no consiga un poder absoluto. Me parece bastante evidente que semejante perspectiva comportaría una drástica disminución de vuestra autoridad y un grave peligro para los intereses del reino. Naturalmente, podría abandonar serenamente mi cargo de primer ministro para eliminar así de raíz todo motivo de conflicto. Confieso que una hipótesis de ese tipo me proporcionaría un gran alivio, puesto que me liberaría de muchas preocupaciones que me angustian. Y, si lo hiciera, estoy seguro de que vos resolveríais cualquier desavenencia con la reina madre. Es verdad, no tengo ni idea de por qué me odia tanto, desde el momento en que siempre la he reconocido como mi dueña y señora, poniendo buen cuidado, eso sí, en ver en vos y solo en vos al rey de Francia.

Pero al escuchar esas palabras, Luis frunció el ceño.

—Entonces, ¿queréis abandonarme, eminencia? —Y al formular esa pregunta le dio la espalda al cardenal, alargando los brazos hacia las llamas de la chimenea.

—En lo más mínimo, majestad. Me permito sugerir una posible solución al problema.

Esa pequeña estratagema suya tenía como objetivo disipar posibles dudas, por parte del rey, en relación con el hecho de que no tuviera en el punto de mira más que el poder absoluto. Sabía muy bien que, al ofrecer su propia dimisión, podría alejar a Luis de la sospecha de que ambicionaba el trono.

Y, de hecho, ese truco banal estaba funcionando.

Repentinamente, Luis se volvió hacia él, mirándolo fijamente a los ojos.

—Vuestra dimisión, eminencia, no admite ni discusión. Hemos llegado juntos hasta este punto y juntos afrontaremos a los enemigos de Francia. Por ello, cardenal, por favor, decidme que tenéis en mente otra solución.

Richelieu suspiró. Como consumado actor que era, pretendía llevar al rey al límite de la máxima tensión posible.

—Quizás una solución sería...

—¿Y pues? ¿De qué se trata, monseñor? Estoy aguardando —le instó el rey.

—El caso es que no tengo el valor de sugeriros dicha solución, majestad, puesto que me parece una elección extrema, aunque no soy capaz de imaginar otra cosa.

—No tengáis miedo, eminencia. Habladme —dijo el rey, con los ojos que volvieron a recuperar su luz natural, después de haberse mostrado oscuros y llenos de sombras.

—En efecto, existe una posibilidad. Desde el momento en que no queréis aceptar mi dimisión, creo que la única manera de devolver la unidad a la gobernanza del reino que hoy afronta una oposición notoria es alejar a la reina madre de la corte y de París. Lo digo, naturalmente, con infinito respeto y toda la cautela necesaria. Solo de esta manera podremos apaciguar a la oposición y ganar así, majestad, la posibilidad de establecer una línea política precisa y no sujeta a reclamaciones ni objeciones de ningún tipo.

Luis no parecía traslucir desilusión o sorpresa en su mirada.

—Haremos lo que sea necesario, eminencia. ¿Tenéis ya un plan?

Richelieu se encogió de hombros bajo su túnica cardenalicia, como protegiéndose.

—Majestad, para nada, puesto que contaba con que aceptarais mi dimisión y de ese modo alcanzar el acuerdo que tan necesario es para este reino. Pero si consideráis que estáis dispuesto a tomar la última vía que os sugiero... —Richelieu vaciló de manera premeditada con el fin de consentir al rey que lo instara a proseguir, reforzando en él la convicción de exiliar a su madre.

Y, de hecho, su majestad no se hizo de rogar.

—De hecho, tal es mi intención y ninguna otra.

Richelieu suspiró de nuevo, como si aquella decisión le causara un enorme dolor.

—Entonces habría que asegurarse de que vuestra madre no tenga otra elección.

—Explicaos mejor.

—Me temo, majestad, que aprovechando la presencia de vuestra madre en este castillo...

—Tendremos que actuar de modo que se quede aquí, ¿no es así? —preguntó el rey con un tono casi apático, dejando caer aquella pregunta como el más indiferente de los asuntos.

—Exactamente, majestad.

—Está bien —concluyó el rey—. Así lo haremos. Pero ¿de qué forma?

—Dejadme pensar en ello. Vos preocupaos de marchar esta noche a París junto con la reina Ana.

—De acuerdo. Haremos como vos decís. Tan pronto como sea medianoche daré la orden de partir.

La mirada de Richelieu emitió un destello. No pensaba que sería tan fácil. Y, sin embargo, la victoria estaba ahí, al alcance de la mano.

—Bien —dijo con voz tranquilizadora—. Hagámoslo de ese modo y veamos qué nos reservará el futuro. Tengo confianza.

Y con esas palabras cada uno de los interlocutores se encerró en su propio silencio, como con miedo a romper aquel delicado equilibrio que parecía haberse creado. Ya no volverían a mencionar ese hecho, pero, en sus mentes, cada uno de ellos sabía exactamente lo que iba a llevar a cabo con tal de salvaguardar sus propios privilegios.

Se miraron el uno al otro por un momento.

Justo como dos conspiradores. Dos cómplices. Dos traidores. En el instante preciso en el que han llegado al acuerdo perfecto.

68

Decadencia de una reina

Cuando vio que los guardias del cardenal le cerraban el paso, María comprendió. Sentía que había sucedido algo irreparable.

Por supuesto, lo que no había imaginado era que pudiera suceder de una manera tan mezquina. De noche, sin siquiera saludarla. Sin siquiera tener el valor de mirarla a los ojos y anunciarle su destino.

También Richelieu se había eclipsado en la noche, dejando solos a sus perros guardianes, y eso era todo. Y la había dejado en manos de sus guardias y de Mathieu Laforge, el hombre que tan bien los conocía a los dos.

Había una trágica ironía en aquel epílogo: el capitán de la guardia era el personaje que había iniciado aquella historia y ahora también era el que estaba destinado a clausurarla.

Fue sobre él con quien María descargó su rabia y su decepción. Sabía que no podía cambiar nada, pero tanto era el resentimiento acumulado contra ese hombre que en cuanto le anunciaron que tenía que darse por exiliada y prisionera en aquel castillo, tan estrecho como oscuro e inquietante, la reina no se guardó ya nada dentro de sí. Ya que, por lo demás, ¿de qué hubiera servido?

—Finalmente habéis revelado vuestra verdadera naturaleza, Laforge, que es la del lacayo, de quien ha renunciado a la decencia para conseguir poder y dinero. Si Leonora pudiera veros ahora... —Su mente volvió a la amiga. La echaba mucho de menos.

Pero Laforge miró a María con los ojos fríos, indiferentes. La reina volvió a ver en ellos el hielo ardiente de hacía unos años, cuando aquel hombre trabajaba para ella, llevando a cabo misiones de vital importancia para el reino de Francia.

—Majestad, de ahora en adelante este castillo será vuestra casa —dijo con desprecio—. En cuanto a mi naturaleza, puedo únicamente decir que os he salvado la vida más de una vez. El resto son habladurías de una mujer que ya no cuenta para nada.

Al escuchar tales palabras, María lo abofeteó con fuerza.

—¿Cómo os atrevéis? ¡Soy vuestra reina!

—¡Adelante! —dijo Laforge sin descomponerse—. Después de todo, hace solo pocos meses he sobrevivido a pruebas bien distintas. ¿O quizá debería decir emboscadas?

—No entiendo de qué estáis hablando.

—De seis hombres que atentaron contra mi vida en el Faubourg Saint-Denis.

María dejó entrever un amago de sorpresa.

—Si por lo menos hubieran logrado quitaros la vida...

—Entonces, ¿lo admitís?

—¡En lo más mínimo, infeliz Laforge! ¡Alguien más está interesado en vuestra piel! Imagino que tenéis dónde elegir. Enemigos, por ahora, seguro que no os faltan.

—¡Mentís! —dijo el capitán de la guardia.

Esta vez le tocó a María sonreír.

—En absoluto. Pero, por lo que vale, esta noticia no me asombra y tampoco me causa ninguna alegría, ya que tenéis razón, estoy acabada. Habría tenido que entender de inmediato que Richelieu no albergaba otra intención, al invitarme aquí, que la de encerrarme en una prisión. Estoy disgustada con ese hombre. Ahora, por favor, marchaos.

—Como queráis —obedeció Laforge. Y se despidió, dejando a la reina sola en sus aposentos.

María se quedó con el rostro pegado al cristal de la ventana.

Miró al cielo. La lluvia caía sobre el campo a su alrededor, cubría el mundo de gotas como si fueran lágrimas. Las suyas, que aún derramaba su alma rota. La tierra parecía saciar su sed con su dolor, como si tuviera una necesidad cruel de ello y no estuviera dispuesta a renunciar. Y entonces, María lloró, liberó todo el sufrimiento en esa mañana gris y fría. Miró las ramas desnudas de los árboles, la costra de hielo que hacía brillar la corteza. Comprendió que ya no lucharía. No le quedaba nada, nada por lo que tuviera sentido vivir, sentía el corazón destrozado por el rechazo, por aquel exilio impuesto por segunda vez. ¿Por qué la habían odiado tanto en el transcurso de su vida? ¿En qué se había equivocado? Detuvo la mirada en los bosques que tenía enfrente, azotados por el viento; dejó que sus ojos se demoraran en los campos vacíos, barridos por la escarcha, lo gélida que resultaba la estancia en la que se hallaba. Las gotas de lluvia repiqueteaban contra el cristal y descendían en riachuelos perezosos y cansados. Acercó el rostro a la superficie lisa y fría, y las manos tocaron la placa helada.

Se dejó caer. Se soltó el pelo, que se deslizó, largo y blanco, sobre el rostro humedecido por el llanto. El pecho destrozado por los sollozos. Si la hubieran visto en ese momento, ¿qué habrían pensado? Le habían arrancado el alma, no solamente la vida; se lo habían quitado todo. Y, a cambio, no le habían dejado nada.

Estaba allí, en esa habitación pequeña, en un castillo olvidado en uno de los rincones más remotos del reino. De aquel reino que había sido el suyo y que ya no lo era.

Volvió a pensar en Florencia, en el Palacio Pitti, en la corte toscana; volvió a pensar en su hermana y en Rubens, en Italia como el único lugar que podría acogerla. Sintió que había traicionado su pasado, que se había hundido en una miseria que los Médici jamás habían conocido; sintió que había sido ella la que había condenado el nombre siendo que su dinastía había significado durante tanto tiempo poder, esplendor, pompa, arte, belleza para Italia y para el mundo entero.

Pero, poco a poco, el llanto iba borrando el dolor, lo percibía, un alivio que lentamente llegaba, quién sabe de dónde, pero que calmaba la respiración y la mente, una piedad hacia sí misma que, quizá, la salvaría. Al menos por un tiempo.

Todavía le quedaba algún amigo.

Pensó que quería retirarse donde un alma buena estuviera dispuesta a comprenderla. Y Rubens, aquel pintor tan elegante, amable y generoso, aquel hombre fuerte y valioso, aquel amigo sincero que tanto había hecho por ella y que había sabido capturar la belleza de los años vividos y de la memoria, el recuerdo de los días hermosos y de los más desgraciados con una inteligencia y una sensibilidad extraordinarias, era quizá la única persona que en ese momento ella habría querido ver.

Se aferró a ese pensamiento como su última esperanza. Y tal vez lo era realmente.

Tendría que irse de allí. De una u otra manera lo conseguiría. Llegaría a los Países Bajos, a Flandes.

El maestro Rubens la ayudaría.

Perdería todo lo que tenía: para empezar, aquel palacio maravilloso que había querido tanto y que ahora quedaba como prenda de amor a una ciudad que jamás la había aceptado.

María contempló el gran espejo que tenía enfrente.

Vio a una mujer cansada. Pero ahora, gracias a ese último hilo de esperanza, todavía no del todo perdida. Quizá, por fin, en el fondo de su alma, le quedaba algo por lo que vivir. Algo que se obstinaba en crecer y en resistir, a pesar del dolor y las decepciones, las traiciones y el escarnio.

Algo que llevaba dentro de sí y que nadie le arrebataría.

Nunca.

MAYO DE 1640

69

Envejecer

María miró a Rubens a los ojos: había en aquella mirada una luz tan intensa que se sentía abrumada y sobrepasada cada vez que lo miraba. Su buen amigo había envejecido. Como ella. Pero nunca se cansaba de hablarle de la magia de los colores, de los secretos de la luz y de las sombras, y de su desesperada búsqueda de la grandeza, de una dimensión heroica en la pintura, ese arte magnífico que lo había salvado hacía mucho tiempo.

Amberes era una ciudad espléndida, tampoco estaba demasiado lejos de Francia y de París, adonde ella ya no volvería, pero a la que, pese a todo, se sentía unida.

Ya no había vuelto a hablar con Luis, ni él había respondido a las cartas que ella le había enviado.

Y ese era el motivo de su mayor dolor. Su corazón estaba lleno de espinas y fue un niño cruel el que se las clavó, una por una.

—Veréis, majestad, la pintura es una manera de celebrar la gloria terrenal, así como la gloria celestial —decía mientras tanto Rubens—. Me parece que aporta valor para vivir vidas como la vuestra, y pienso que los lienzos realizados sirven, de alguna forma, para reconocer los méritos que os corresponden.

—Maestro Rubens, ya os dije mil veces que no uséis más ese título, que solo me recuerda las infinitas amarguras de un tiempo que ya pasó. María es mi nombre y así quiero que me llaméis. Por lo que respeta a vuestros espléndidos lienzos, tenéis toda la razón y entiendo lo que queréis decir, no podría estar más de acuerdo. Mi gran pesar es que vuestros cuadros me hayan sido arrebatados junto con aquel palacio que tanto deseé y de cuyas maravillas pude disfrutar por un tiempo realmente breve.

Rubens sonrió con amargura.

—Majestad...

—María, os lo ruego. Llamadme por mi nombre.

—María... —Y el pintor pareció hacer un gran esfuerzo—. María —repitió como para convencerse de tener el valor de poder romper el hechizo de la realeza—. Os pido mis excusas si no he podido ofreceros más que esta pequeña casa, ciertamente no la más adecuada para una mujer de vuestro linaje y vuestra gracia. Esto es todo lo que he podido poner a vuestra disposición y me siento mortificado por ello. —Mientras así hablaba, el maestro avanzó cojeando hacia ella, y mostrando la mano que había mantenido tras la espalda, le entregó un ramo de magníficas rosas blancas—. Las he cogido para vos, María, para homenajearos, a pesar de que sean poca cosa en comparación con todo lo que representáis para mí.

María se llevó una mano a los labios.

De repente, sin que pudiera detenerlas, sintió cómo le corrían las lágrimas por las mejillas.

Rubens no apartó los ojos de los de ella. Era demasiado tarde para enamorarse, pero podían cultivar aquella amistad que los unía desde siempre, desde que ella le había escrito y luego lo había acogido en aquel palacio esplendoroso, proponiéndole un reto que parecía imposible.

María fundió su mirada en la del pintor. Nunca hubiera rehuido esos ojos. Tenían tiempo, la vejez les consentía abandonarse a la espera: nadie la llamaría ni le quitaría los pequeños placeres. Nadie vendría ya a buscarla por su belleza, su poder, su riqueza.

Y la sabiduría no le importaba ya a nadie.

Era un mundo que ella había dejado de entender, pero ahora, en esa burbuja de simple gracia, finalmente podía recortar un pedacito de paraíso para ella.

Pensó en la belleza de poder compartir el silencio con un amigo, con un hombre bueno, capaz de escuchar el corazón de una mujer, sin la necesidad de darse explicaciones a sí mismo. Y así permanecieron: mecidos por el silencio, con los ojos en los ojos, las manos que se acercaban.

El sol de mayo se filtraba por la ventana.

María sonrió.

Sintió que había regresado a la esencia de las cosas. Que había vuelto a encontrar el significado profundo de la vida. Se abandonó a esa sensación.

Cerró los ojos mientras él, con dulzura, la estrechaba entre sus brazos.

Nota del autor

También esta novela dedicada a María de Médici se ha revelado como una obra compleja. Por una parte, de hecho, eran muchos los factores históricos relevantes que debían encontrar su lugar en la narración, y por otra, este libro tenía la misión, no fácil, de cerrar la imponente tetralogía dedicada a la dinastía de los Médici. Ha salido la novela más larga, a modo de confirmación de lo rica en aventuras que fue la vida de María.

Quisiera destacar, a partir de ahora, que muchos de los episodios relatados no son fruto de mi fantasía de novelista, sino que han sucedido verdaderamente: el accidente de la carroza, la fuga del castillo de Blois, la gran amistad con Pedro Pablo Rubens, el doble exilio, la guerra contra Richelieu.

María fue una mujer hermosísima y desgraciada, capaz de encarnar, quizá como ninguna antes que ella, la majestad real. Si bien, para ella, ser florentina no fue, por cierto, una ventaja. Por no hablar de que su pertenencia a la dinastía de los Médici significó una auténtica tara ante los franceses, dado el odio que fueron gestando hacia Catalina, la reina maldita, la que, hasta hacía menos de diez años antes de la llegada de María, reinaba todavía en Francia.

Es bien verdad que para trasladar al papel una personalidad tan compleja, una vez más tuve que llevar a cabo investigaciones meticulosas. Cito, por lo tanto, cuatro importantes trabajos biográficos que han resuelto muchos puntos de interpretación.

Me refiero a Maria Luisa Mariotti Masi, *Maria de' Medici*, Milán, 1993; Stefano Tabacchi, *Maria de' Medici*, Roma, 2012; Marcello Vannucci, *Caterina e Maria de' Medici. Regine di Francia* (Catalina y María de Médici. Reinas de Francia), Roma, 1989; André Castelot, *Maria de' Medici, un'italiana alla corte di Francia* (María de Médici, una italiana en la corte de Francia), Milán, 1996.

Otro personaje muy importante para esta novela fue Armand-Jean du Plessis de Richelieu, figura central, como mínimo, no solamente por su relevancia histórica objetiva, sino también por haber sido uno de los personajes literarios que más que ningún otro azuzó mi fantasía de niño, primero, y como hombre después, a través de las novelas de Alejandro Dumas. La sola idea de intentar abordar un personaje similar me aterrorizaba y, también en este caso, tras haber leído *Los tres mosqueteros*, he dedicado aún más atención a *La esfinge roja*, obra maestra francesa, que coloca como figura central de la novela a Richelieu.

Naturalmente, he hurgado en la historiografía para intentar recabar la mayor información posible sobre un hombre político tan formidable.

Entre las muchas obras consultadas, cito al menos las siguientes: Armand-Jean du Plessis de Richelieu, *Testamento politico. Massime di Stato* (Testamento político. Máximas de Estado), Turín, 2016; Carl Burckhardt, *Richelieu*, Milán, 1983; Hilaire Belloc, *Richelieu*, Milán, 1974; Mario Silvani, *Richelieu, il cardinale che faceva tremare il papa* (Richelieu, el cardenal que hacía temblar al papa), Milán, 1967; Manuela Doni Garfagnini, *L'idea di Europa nelle «Vite» di Richelieu. Biografia e storia nel Seicento* (La idea de Europa en las «Vidas» de Richelieu. Biografía e Historia en el siglo XVII), Florencia, 2016.

Pero no solo las biografías y los ensayos han sido objeto de indagación y análisis, sino también los mismísimos lienzos de Rubens —recuerdo el ciclo dedicado a María de Médici—, así como los pintores flamencos y franceses; entre estos últimos, en concreto, pienso en Henry-Paul Motte, autor de aquel cuadro sorprendente que es *El cardenal Richelieu en el asedio de La Rochelle*.

Como el lector habrá notado, esta novela representa, respecto a la anterior (*Una reina al poder*), una especie de cierre ideal. Es más, podríamos decir que las dos primeras partes de la tetralogía representan el díptico masculino y florentino dedicado a los Médici, mientras que la tercera y la cuarta forman un díptico femenino y francés.

En términos de modalidades narrativas, una vez más he decidido adoptar un relato por cuadros, ya que era lo único que me permitía poder seleccionar los más significativos de entre los muchos episodios importantes de la vida de María sin por ello perder la continuidad.

A tal efecto, muchas veces me he preguntado si, al principio, me habría decantado por la elección más oportuna, y siempre me he respondido que sí, ya que solamente de ese modo podía ofrecer al lector una auténtica perspectiva de conjunto, logrando que se pudiera entender en su totalidad lo profunda que había sido la influencia cultural y política ejercida por los Médici, no ya únicamente en Italia, sino en toda Europa.

Asimismo, también en este caso el lector podrá leer la novela como una historia independiente, o bien, si lo prefiere, abordándola después de haber concluido los tres primeros volúmenes, de modo que tendrá una mirada más eficaz y global sobre la dinastía de los Médici y del Renacimiento.

Los viajes son el pan de cada día de un novelista. Los castillos del Loira, la ciudad de París, la campiña francesa: agradezco ahora y siempre a mi buen amigo Giambattista Negrin, mi duque francés.

También para la decadencia de una familia, la novela por entregas es el modelo absoluto de referencia, entre las que cabe destacar, entre tantas otras, *Notre-Dame de París* de Víctor Hugo, y la ya mencionada *La esfinge roja* de Alejandro Dumas. Con un ojo atento también a las obras maestras italianas, como *I Beati Paoli* (Los beatos Paoli) de Luigi Natoli, o alemanas, pienso en particular en *Michael Kohlhaas* de Heinrich von Kleist.

Una vez más, las escenas de duelo y de batalla le deben mucho a los manuales de esgrima histórica y, por lo tanto, vuelvo a citar a mis imprescindibles: Giacomo di Grassi, *Ragione di adoprar sicuramente l'Arme sì da offesa, come da difesa; con un Trattato dell'inganno, et con un modo di esercitarsi da se stesso, per acquistare forsa, giudizio, et prestezza* (Razones para el uso habilidoso de armas tanto de ofensa como de defensa; con un tratado del engaño y con un modo de practicar por uno mismo, para adquirir fuerza, juicio y rapidez), Venecia, 1570; y Francesco di Sandro Altoni, *Monomachia-Trattato dell'arte di scherma* (Monomaquia-Tratado del arte de la esgrima), a cargo de Alessandro Battistini, Marco Rubboli y Iacopo Venni, San Marino, 2007.

Agradecimientos

Al final ha resultado una aventura de mil seiscientas páginas.

Quisiera dar las gracias a mi editor, Newton Compton, el mejor que hubiera podido tener para un reto como este.

Una vez más, mi agradecimiento más profundo y sincero para el doctor Vittorio Avanzini, que siempre me ha aconsejado de la mejor manera con generosidad y afecto.

Agradezco para siempre a Raffaello Avanzini por ser el hombre y el profesional que es. Ha creído en el proyecto de los Médici de manera extraordinaria, llevándome a ganar el premio Bancarella, el sueño de cualquier novelista. ¡Gracias de nuevo, capitán!

Por ello, mi gratitud también para el gran Ugo Massai.

Junto con los editores, también doy las gracias a mis agentes: Monica Malatesta y Simone Marchi son unas personas magníficas y valiosas, capaces de comprenderme en profundidad y de protegerme, en varias ocasiones, de mis ideas más descabelladas.

Alessandra Penna, mi editora, simplemente no admite clasificación. Es la expresión máxima de la competencia, clase, elegancia. ¡Qué suerte trabajar contigo, Ale!

Gracias a Martina Donati porque habla conmigo de los temas de la novela, los que me resultan más queridos y que tienen que encontrar su luz precisa en las páginas. ¡Eres asombrosa!

Gracias a Antonella Sarandrea por su extraordinaria capacidad de inventar soluciones incluso cuando parece que no las tenemos tan al alcance de la mano. ¡Increíble!

Gracias a Clelia Frasca y a Gabriele Anniballi por su atención y sensibilidad.

Agradezco, en fin, a todo el equipo de Newton Compton Editori por su extraordinaria profesionalidad.

Tim Willocks es uno de mis héroes. El personaje de Reinhardt Schwartz se inspiró en él. Me gusta poder decírselo en los agradecimientos de esta última aventura dedicada a los Médici, ya que quizá todavía no lo sepa.

Sergio Altieri ha sido uno de mis puntos de referencia. Desde siempre. Este año ha desaparecido de una manera que todavía lo logro aceptar. Esta novela está dedicada a él.

Chris Cornell nos ha dejado, pero sus canciones han sido el soporte sonoro de esta novela.

Gracias a Giambattista Negrin, mi amigo de infancia y la persona que más que nadie me hizo amar París y Francia.

Gracias a Patrizia Debicke Van der Noot: ella sabe por qué.

Agradezco naturalmente a Sugarpulp, que nunca ha dejado de animarme: Giacomo Brunoro, Valeria Finozzi, Andrea Andreetta, Isa Bagnasco, Massimo Zammataro, Chiara Testa, Matteo Bernardi y Piero Maggioni.

Gracias a Lucia y Giorgio Strukul, que me enseñaron a convertirme en un hombre.

Gracias a Leonardo, Chiara, Alice y Greta Strukul por estar siempre a mi lado.

Gracias a los Gorgi: Anna y Odino, Lorenzo, Marta,

Alessandro y Federico. Gracias a Marisa, Margherita y Andrea «el Bull» Camporese.

Gracias a Caterina y a Luciano porque son desde siempre y para siempre un modelo de vida.

Gracias a Oddone y a Teresa y a Silvia y Angelica.

Gracias a Jacopo Masini & i Dusty Eye.

Gracias a Marilù Oliva, Nicolai Lilin, Marcello Simoni, Francesca Bertuzzi, Francesco Ferracin, Gian Paolo Serino, Simone Sarasso, Antonella Lattanzi, Alessio Romano, Romano de Marco, Mirko Zilahi de Gyurgyokai, porque sin vosotros la literatura italiana sería menos hermosa.

Para acabar, gracias infinitas a Alex Connor, Victor Gischler, Sarah Pinborough, Jason Starr, Allan Guthrie, Gabriele Macchietto, Elisabetta Zaramella, Lyda Patitucci, Mary Laino, Andrea Kais Alibardi, Rossella Scarso, Federica Bellon, Gianluca Marinelli, Alessandro Zangrando, Francesca Visentin, Anna Sandri, Leandro Barsotti, Sergio Frigo, Massimo Zilio, Chiara Ermolli, Giulio Nicolazzi, Giuliano Ramazzina, Giampietro Spigolon, Erika Vanuzzo, Thomas Javier Buratti, Marco Accordi Rickards, Daniele Cutali, Stefania Baracco, Piero Ferrante, Tatjana Giorcelli, Giulia Ghirardello, Gabriella Ziraldo, Marco Piva a.k.a. el Gran Balivo, Paolo Donorà, Massimo Boni, Alessia Padula, Enrico Barison, Federica Fanzago, Nausica Scarparo, Luca Finzi Contini, Anna Mantovani, Laura Ester Ruffino, Renato Umberto Ruffino, Livia Frigiotti, Claudia Julia Catalano, Piero Melati, Cecilia Serafini, Tiziana Virgili, Diego Loreggian, Andrea Fabris, Sara Boero, Laura Campion Zagato, Elena Rama, Gianluca Morozzi, Alessandra Costa, Và Twin, Eleonora Forno, Maria Grazia Padovan, Davide De Felicis, Simone Martinello, Attilio Bruno, Chicca Rosa Casalini, Fabio Migneco, Stefano Zattera, Marianna Bonelli, Andrea Giuseppe Castriotta, Patrizia Seghezzi, Eleonora

Aracri, Mauro Falciani, Federica Belleri, Monica Conserotti, Roberta Camerlengo, Agnese Meneghel, Marco Tavanti, Pasquale Ruju, Marisa Negrato, Serena Baccarin, Martina De Rossi, Silvana Battaglioli, Fabio Chiesa, Andrea Tralli, Susy Valpreda Micelli, Tiziana Battaiuoli, Erika Gardin, Valentina Bertuzzi, Walter Ocule, Lucia Garaio, Chiara Calò, Marcello Bernardi, Paola Ranzato, Davide Gianella, Anna Piva, Enrico «Ozzy» Rossi, Cristina Cecchini, Iaia Bruni, Marco «Killer Mantovano» Piva, Buddy Giovinazzo, Gesine Giovinazzo Todt, Carlo Scarabello, Elena Crescentini, Simone Piva & i Viola Velluto, Anna Cavaliere, AnnCleire Pi, Franci Karou Cat, Paola Rambaldi, Alessandro Berselli, Danilo Villani, Marco Busatta, Irene Lodi, Matteo Bianchi, Patrizia Oliva, Margherita Corradin, Alberto Botton, Alberto Amorelli, Carlo Vanin, Valentina Gambarini, Alexandra Fischer, Thomas Tono, Ilaria de Togni, Massimo Candotti, Martina Sartor, Giorgio Picarone, Cormac Cor, Laura Mura, Giovanni Cagnoni, Gilberto Moretti, Beatrice Biondi, Fabio Niciarelli, Jakub Walczak, Lorenzo Scano, Diana Severati, Marta Ricci, Anna Lorefice, Carla VMar, Davide Avanzo, Sachi Alexandra Osti, Emanuela Maria Quinto Ferro, Vèramones Cooper, Alberto Vedovato, Diana Albertin, Elisabetta Convento, Mauro Ratti, Mauro Biasi, Nicola Giraldi, Alessia Menin, Michele di Marco, Sara Tagliente, Vy Lydia Andersen, Elena Bigoni, Corrado Artale, Marco Guglielmi, Martina Mezzadri.

Seguro que me he olvidado de alguien... Como digo ya desde hace un tiempo... será en el próximo libro. ¡Lo prometo!

Un abrazo y mi agradecimiento infinito a todas las lectoras, lectores, libreras, libreros, promotoras y promotores que depositaron su confianza en esta tetralogía histórica tan llena de amores, intrigas, duelos y traiciones.

Dedico esta novela y toda la tetralogía a mi mujer, Silvia: mi vida vale la pena ser vivida solamente porque estás tú.

Índice

JUNIO - JULIO DE 1602

JUNIO DE 1606

SEPTIEMBRE DE 1606

JUNIO DE 1609

MAYO DE 1610

FEBRERO DE 1615

DICIEMBRE DE 1615

AGOSTO DE 1616

ABRIL - MAYO DE 1617

FEBRERO DE 1619

AGOSTO DE 1620

DICIEMBRE DE 1621 - ENERO DE 1622

MAYO DE 1625

OCTUBRE DE 1628

NOVIEMBRE DE 1630

FEBRERO DE 1631

MAYO DE 1640

Los Médici IV de *Matteo Strukul*
se terminó de imprimir en Abril de 2024
en los talleres de Corporativo Prográfico, S.A. de C.V.,
Calle Dos Núm. 257, Bodega 4, Col. Granjas San Antonio,
C.P. 09070, Alcaldía Iztapalapa, Ciudad de México.